vmn

Matthias Fischer

Das Gift der Propheten

Casparis vierter Fall

vmn
Verlag M. Naumann

Verlag M. Naumann, **vmn**, Hanau, 2012
Druck: Aalexx Buchproduktion GmbH, Großburgwedel

ISBN 978-3-943206-07-4

1. Auflage 2012

Titelfoto: fotolia

Bibliografische Information der Deutschen Nationalbibliothek
Die Deutsche Nationalibliothek verzeichnet diese Publikation in der Deutschen Nationalbibliografie; detaillierte bibliografische Daten sind im Internet über http://dnb.ddb.de abrufbar.

Seht euch vor vor den
falschen Propheten,
die in Schafskleidern
zu euch kommen,
inwendig aber sind sie
reissende Wölfe.

(Matthäusevangelium 7,15)

Freitag, 5. Oktober
Polizeirat Heinz Bertram

Es war ein warmer Herbsttag. Die Blätter der Bäume trugen noch ein sattes Grün. Nur hier und da zeigte sich ganz vorsichtig ein kleiner roter Farbtupfer. Polizeirat Heinz Bertram, der Leiter des Polizeireviers Gelnhausen, blickte verträumt aus dem geöffneten Fenster seines Büros. Diese Temperaturen hätte er sich in den Sommermonaten gewünscht. Mit einem Seufzer setzte er sich an den Schreibtisch, krempelte die Ärmel seines Hemdes hoch und lockerte den Krawattenknoten. Widerwillig befasste er sich mit einer Ermittlungsakte, da klopfte es an seiner Tür. Arndt Müller steckte den Kopf herein.

»Was gibt es?«, fragte Bertram, dankbar für die Ablenkung.

»Chef, wir haben ein Mädchen mit ihren Eltern hier. Die wollen eine Anzeige wegen sexueller Belästigung erstatten.«

Die Nachricht riss Bertram aus seinem Müßiggang. Er atmete tief durch.

»Gut, schicken Sie Jürgen Jungmann zu mir, und bringen Sie dann die Familie in mein Büro.«

Der Beamte nickte und verschwand so leise wie er gekommen war. Wenig später stand Jungmann, sein Stellvertreter und gleichzeitig sein Schwiegersohn, in seinem Büro.

»Sexuelle Belästigung, habe ich gehört.«

»Ja, mal hören, was das Mädchen zu erzählen hat. Das behalten wir erst einmal für uns und geben es nicht an die Presse.«

»Klar.«

Es klopfte. Müller führte eine Jugendliche und zwei Erwachsene herein.

»Das sind Jasmin Huth aus Gelnhausen und ihre Eltern«, sagte er.

Bertram nahm sich Zeit, das Mädchen anzusehen. Er schätzte sie auf 16 bis 18 Jahre. Blondes Haar umrahmte ihr schmales Gesicht und reichte ihr bis über die Schultern. ›Eigentlich ein hübsches Mädchen‹, dachte Bertram, ›aber die verhärmten Gesichtszüge und der starre Blick sind wie schwarze Kleckse auf einem schönen Bild.‹

Bertram stellte Jungmann und sich vor, dann bat er die Familie, sich zu setzen.

»Wir sind zu Ihnen gekommen, um Anzeige zu erstatten«, begann Herr Huth mit finsterer Miene.

»Gegen wen richtet sich Ihre Anzeige?«, fragte Bertram.

»Gegen Pfarrer Gärtner.«

»Den evangelischen Pfarrer aus Gelnhausen?«, fragte Jungmann überrascht.

»Ja, genau den meine ich«, antwortete Huth kalt.

Bertram tauschte mit seinem Schwiegersohn einen Blick. Sie beide kannten Pfarrer Michael Gärtner seit vielen Jahren aufgrund der Zusammenarbeit der Polizei mit der Notfallseelsorge. Keiner von ihnen konnte sich vorstellen, dass dieser Pfarrer sich an Mädchen verging. Das traute Bertram Gärtner einfach nicht zu, und wenn er den Blick seines Schwiegersohnes richtig deutete, ging es ihm genauso. Andererseits – welchem Sexualstraftäter traute man seine Verbrechen schon zu?

Claudia Gärtner saß am Küchentisch über die Notenblätter der ›Russischen Klavierschule‹ gebeugt und sah sich das Pensum an, das ihr heutiger Schüler würde mit ihr üben müssen. Die aufgeregte Stimme ihres Mannes riss sie aus ihrer Konzentration.

»Fabian, warst du in den letzten Wochen etwa an meinem Dienstcomputer?«, rief Michael etwas zu laut durch das Treppenhaus. Eine Zimmertür ging auf, und Fabian, ihr Ältester, schlurfte durch den Flur.

»Nee, du weißt doch, dass ich nicht an das Ding gehe. Außerdem kenne ich dein Passwort ja auch gar nicht.«

Claudia stand auf und ging zu den Beiden.

»Warum regst du dich denn so auf? Was ist denn passiert?«

Michael sah sie mit dem Blick eines gehetzten Tieres an.

»Was passiert ist, weiß ich nicht. Aber es ist eine Katastrophe!«

»Was meinst du denn?«, fragte Fabian.

»Kommt mit«, sagte sein Vater mit belegter Stimme.

Als Claudia Gärtner auf den Bildschirm des Pfarramtsrechners sah, verstand sie die Aufregung ihres Mannes. Was dort zu sehen war, verschlug ihr die Sprache. Jasmin Huth stand nackt in einem dunklen Raum, die Scham und die Brüste mit ihren Händen bedeckt und das Gesicht halb abgewandt. Der Blitz des Fotoapparates tauchte ihre Haut in grellweißes Licht, während der Hintergrund fast schwarz war.

»Ich suchte nach passenden Fotos für meinen Artikel von der Konfirmandenfreizeit als ich das entdeckt habe«, erklärte Michael aufgeregt.

»Woher hast du das?«, fragte Claudia mit rauer Stimme.

»Ich weiß es nicht«, raunte Michael und wischte sich über die Stirn. »Das Erstellungsdatum der Datei ist vier Wochen alt. Das Bild ist wohl auf der Konfirmandenfreizeit entstanden, bei der sie als Betreuerin dabei war.«

»Hast du ...?«

Ihr war es egal, dass Fabian ihre Worte mitbekam.

»Nein, natürlich nicht. Was denkst du denn von mir. Ich habe sie weder nackt fotografiert noch mich ihr in irgendeiner Weise aufgedrängt. Verdammt nochmal, das Mädchen geht seit der Grundschule hier ein und aus!«

Er holte tief Luft.

»Aber das ist nicht das einzige Bild. Das war daneben.«

Er klickte auf die Computermaus. Ein neues Bild erschien. Es zeigte Jasmin und Michael in schmutziger Sportkleidung und mit erdverschmierten Gesichtern auf einer Wiese.

»Das berüchtigte Brennballturnier«, kommentierte Fabian und grinste.

»An dem Tag hatte es geregnet. Die Wiese war aufgeweicht. Weil wir aussahen wie die Ferkel, wollten die Konfirmanden uns unbedingt fotografieren.«

»Papa, das Bild ist doch völlig harmlos.«

»Nicht im Zusammenhang mit der Aufnahme davor. Das Nacktbild soll dieses Foto interpretieren, verstehst du?«

»Von welchem Konfirmanden stammt denn dieses Bild?«, fragte Claudia.

Ihr Mann zuckte mit den Schultern. Fabian beugte sich zum Bildschirm.

»Von keinem. Dieses Bild wurde mit einem großen Objektiv gemacht. Während die Konfis Jasmin und Papa fotografierten, nutzte jemand, der weiter weg stand, die Gunst der Stunde. Guck mal, das Bild ist grobkörnig und an den Rändern ein winziges bisschen unscharf. Da will dich jemand in die Pfanne hauen, Papa.«

»Aber wie soll das denn gehen?«, fragte Michael. »Das ist ein Intranet-Rechner. So leicht kann man sich nicht in das digitale Netz der Landeskirche schmuggeln und diese Bilder auf meinem Rechner platzieren.«

»Papa, du träumst. Das ist für einen guten Hacker bloß eine Frage von Zeit. Richtige Profis bekommen das auf jeden Fall hin. Da hilft die beste Schutz-Software nichts!«

Claudia Gärtner sah ihren Mann lange an. Sie wollte glauben, dass Fabian recht hatte. Doch in diesem Augenblick fragte sie sich, ob die Spuren des Entsetzens auf seinem Gesicht echt oder nur gut inszeniert waren. War Michael wirklich unschuldig, oder erlebte sie gerade einen theaterreifen Versuch ihres Mannes, seine Familie von seiner Schuld abzulenken?

Bertram und Jungmann

»Bitte nehmen Sie im Flur Platz!«, bat Bertram Herrn und Frau Huth.

»Soll das etwa heißen, wir dürfen nicht dabei sein, wenn Sie unsere Tochter verhören?«, erwiderte der Vater aufgeregt.

»Wir verhören Ihre Tochter nicht, wir befragen sie als Zeugin«, erklärte Bertram ruhig. »Dazu ist es wichtig, ein möglichst unverfälschtes Bild zu bekommen.«

Mit diesen Worten führte er das Ehepaar aus seinem Büro zu den Stühlen im Flur. Der erboste Vater folgte seiner Aufforderung nur widerwillig, während seine Frau die ganze Zeit über auf ihre Handtasche starrte.

Als er das Büro wieder betrat, hatte Jürgen schon das Aufnahmegerät auf den Tisch gestellt. Bertram setzte sich Jasmin gegenüber auf seinen Stuhl, zog sich die Computertastatur heran und rief das Programm auf, mit dem die Anzeigen erstellt werden. Er bat das Mädchen um ihren Personalausweis. Dann gab er ihre Daten in der Maske ein.

»Siebzehn Jahre – schönes Alter. Da hat man noch alles vor sich«, brummte er.

Jasmin blieb stumm, ihre Augen wirkten wie zwei verschlossene und verspiegelte Glastüren.

»Erzählen Sie uns bitte, was Sie zu der Anzeige gegen Pfarrer Gärtner führt«, forderte Bertram sie auf.

»Ich kenne die Familie Gärtner schon, seit ich ein Kind war. Deshalb habe ich mir auch nie etwas gedacht, wenn Pfarrer Gärtner mir mal die Hand auf die Schulter gelegt oder mir über den Kopf gestrichen hat», begann sie. »In letzter Zeit haben diese Berührungen allerdings zugenommen. Im Konfirmandenunterricht, im evangelischen Jugendtreff, bei den Pfadfindern und zum Schluss auf der Konfirmandenfreizeit, bei der ich eine der Betreuerinnen war.«

Sie holte ein Foto aus ihrer Tasche und legte es vor Bertram auf den Tisch. Der musste grinsen, als er den schlammbespritzten und verschwitzten Pfarrer sah, der seinen Arm um die Schulter von Jasmin gelegt hatte, die ebenso verdreckt in die Kamera grinste.

»Das ist bis hierhin noch ein völlig unverfängliches Bild«, urteilte Jungmann.

»Ja, das stimmt. Aber dabei scheint Gärtner wohl

auf den Geschmack gekommen zu sein. Denn als wir dann spät abends Schlafen gingen, fotografierte er mich, als ich mich umziehen wollte.«

Sie legte ein weiteres Bild auf den Schreibtisch, das sie nackt zeigte.

»Ich schaffte es gerade noch, mich notdürftig zu bedecken. Er meinte, ich solle mich nicht so haben, wir würden uns doch schon eine halbe Ewigkeit kennen. Er wollte mich ganz nackt sehen. Gott sei Dank machten die Konfirmanden in einem Zimmer Radau, sodass er mich in Ruhe lassen und nachsehen musste.«

»Hat er es noch einmal versucht?«, fragte Jungmann.

»Nein, ich habe ihm gedroht, es seiner Frau zu erzählen, falls er mich nicht in Ruhe lässt. Das hat gewirkt. Ich hätte diese Sache auf sich beruhen lassen, wenn er mir nicht vor drei Tagen dieses Foto per E-Mail geschickt hätte.«

»Was, meinen Sie, wollte er damit bezwecken?«, fragte Bertram.

»Ist doch klar. Das ist eine plumpe Anmache. Er will Kontakt.«

»Gibt es für diese Situation auf der Freizeit Zeugen?«, fragte Jungmann.

»Glauben Sie mir etwa nicht?«, erregte sich Jasmin.

»Wir nehmen jede Anzeige ernst und ermitteln selbstverständlich. Doch es ist hilfreich, wenn wir die Anschuldigung durch Zeugen erhärten können. Das stärkt Ihre Position«, erklärte Bertram.

»Nein, Zeugen gibt es nicht.«

»Existiert die E-Mail noch?«, fragte Bertram vorsichtig.

»Ja, mein Vater meinte, ich sollte die auf gar keinen Fall löschen.«

Bertram stöhnte innerlich. Das ganze Land diskutierte immer noch über die Missbrauchsfälle in der katholischen Kirche, von denen immer wieder ein neuer ans Tageslicht kam. Nun hatte er einen Nötigungsfall innerhalb der evangelischen Kirche am Hals. Ausgerechnet Gärtner! Den hatte er bisher für einen integeren Mann gehalten. Er führte eine gute Ehe, hatte zwei Söhne und eine Tochter. Nach außen hin schien alles solide und in Ordnung zu sein. Nach außen hin.

Gärtner

»Warum reagieren Sie erst jetzt auf vier Wochen alte Fotos?«, fragte Dekan Kern skeptisch. Gärtner hatte ihn um einen kurzfristigen Termin in einer sehr dringlichen Sache gebeten. Nun saßen sie in Kerns Büro im Dekanat. Auf dem Konferenztisch lagen zwei Fotos, die, zusammengenommen, den Kollegen sehr belasteten.

»Weil sie erst seit heute auf meinem Rechner abgelegt sind«, entgegnete Gärtner und erzählte, was passiert war.

»Gut, dass Sie gleich zu mir gekommen sind«, sagte Kern schließlich. »Das erspart uns und Ihnen unnötige Komplikationen. Jetzt müssen wir schnell handeln. Ich muss Sie beurlauben, das wissen Sie. Nicht, weil ich Sie für schuldig halte, sondern, um Schaden von Ihnen und der Kirche abzuwenden. Ich werde mich sofort mit den Fachleuten im Landeskirchenamt in Verbindung setzen und überprüfen lassen, wie diese Bilder auf Ihren Rechner geschleust werden konnten.«

»Sollten wir nicht die Polizei informieren?«, fragte Gärtner mit rotem Kopf.

»Dafür ist die Rechtsabteilung des Landeskirchenamtes zuständig. Sie halten erst einmal die Füße still und lassen den Dingen ihren Lauf.«

Gärtners Hände zitterten, als er einen Schluck Kaffee aus der Tasse trinken wollte.

»Das ist wie ein böser Alptraum. Aber ich bin mir sicher, dass sich das alles aufklären wird.«

»Und wenn nicht? Was, wenn mich jemand fertig machen will und damit auch noch Erfolg hat?«

Jasmins Eltern

»Verhaften Sie diesen sauberen Gottesmann jetzt?«, polterte Huth, als er und seine Frau wieder ins Büro gebeten wurden.

»Nein. So schnell geht das nicht«, erwiderte Bertram. »Zunächst werden wir Pfarrer Gärtner verhören, dann den Jugenddiakon der Kirchengemeinde und schließlich noch einige Jugendliche aus der Gruppe, die mit dem Pfarrer zusammenarbeitet.«

»Die anderen sollen als Zeugen aussagen?«, fragte Jasmin. »Muss das denn sein? Die ganze Sache ist doch auch so schon peinlich genug.«

»Peinlich, ja, aber für denjenigen, der eine junge Frau sexuell nötigt, nicht für die Betroffene«, antwortete Jungmann ruhig.

»Pfarrer Gärtner ist bei uns Jugendlichen sehr beliebt. Deshalb wollte ich mit niemandem darüber sprechen. Gegen den sagt doch keiner aus.«

»Wenn er sich strafbar gemacht hat, finden wir auch Beweise, verlassen Sie sich darauf!« entgegnete Jungmann. »Wir werden uns Ihren Computer ausleihen müssen, um die Mail genauer zu untersuchen.«

Das Mädchen nickte.

»Es gibt nur einen Freund, dem ich mich anvertraut habe. Der hat mit der katholischen Kirche seine ganz eigenen Erfahrungen gemacht. Wir haben uns gegenseitig ermutigt, Anzeige zu erstatten.«

Bertram fühlte, wie sich ein schwerer Kloß in seinem Magen ausdehnte.

»Das heißt, wir haben in den nächsten Tagen mit einer weiteren Anzeige zu rechnen?«

»Davon können Sie ausgehen. Ich möchte aber nicht darüber reden, das soll Vincent Ihnen selbst erzählen.«

Bertram unterdrückte einen Fluch. Gleich zwei Fälle zur selben Zeit in seinem Bezirk? Das bedeutete einen unglaublichen Medienrummel, wenn die Presse davon erfuhr.

»Wie geht es dann weiter?«, fragte Herr Huth.

»Wenn unsere Ermittlungen den Anfangsverdacht untermauern, geben wir dem Staatsanwalt die Empfehlung, Anklage zu erheben«, erklärte Jungmann.

»Ich muss Sie bitten, vorerst nicht an die Öffentlichkeit damit zu gehen«, sagte Bertram.

»Sie wollen diesen scheinheiligen Gottesmann schützen!«, blaffte Huth ihn an.

»Zu Allererst will ich Ihre Tochter schützen«, erwiderte Bertram schroff. »Sie haben ja keine Ahnung, was es bedeutet, von Medienvertretern umlagert zu sein. Das ist für einen jungen Menschen schwer zu verkraften. Suchen Sie sich lieber einen Rechtsanwalt, der die Interessen Ihrer Tochter vertritt. Den werden Sie nämlich brauchen, erst recht, wenn die Presse Wind von der Sache bekommt.«

»Das ist genau meine Meinung«, sagte Frau Huth, die bisher geschwiegen hatte. »Wir müssen überlegt vorgehen.«

Bertram sah, wie Huth sie wütend anfunkelte. Mit

einem solchen Choleriker verheiratet zu sein, war bestimmt kein Vergnügen.

Als die Familie gegangen war, riss Bertram das Fenster auf. Milde Luft wehte ins Büro.

»Was hältst du davon?«, fragte er seinen Schwiegersohn.

»Schwer zu sagen. Die Sache mit der E-Mail ist schon sehr belastend. Was mich allerdings stutzig macht, ist die zweite Anzeige, die wir noch zu erwarten haben. Zwei Jugendliche verabreden, ihre Pfarrer anzuzeigen? Wenn das mal kein Spiel mit gezinkten Karten ist.«

»Ich verhänge absolute Nachrichtensperre. Du kümmerst dich darum, dass die Kollegen nichts erfahren, und wenn sie schon etwas wissen, dass sie nicht darüber reden.«

»Geht klar. Und wie geht es weiter?«

»Du fährst jetzt gleich zur Familie Huth und lässt dir den Computer des Mädchens geben. Ich telefoniere mit dem Staatsanwalt und dann mit der Landeskirche.«

»Mit der Landeskirche?«

»Ja, das ist das übliche Vorgehen. Die evangelische Kirche will die Fehler verhindern, die die katholische zu Beginn der Missbrauchsskandale gemacht hat. Bei denen steht die Zusammenarbeit mit der Polizei an oberster Stelle.«

»Schön zu hören!«

Volker Waldmann, der Jugenddiakon der evangelischen Kirchengemeinde Gelnhausen, saß in seinem Büro und quälte sich mit der Beschreibung der Konzeption seiner Jugendarbeit, um die ihn der Kirchenvorstand gebeten hatte. Ein heftiges Klopfen riss ihn aus seinen Gedanken.

»Herein!«, rief er unwillig.

Pfarrer Gärtner trat ein. Waldmann erschrak über den Anblick, den sein Vorgesetzter bot. Er war blass, auf seiner Stirn stand Schweiß, sein Blick wirkte gehetzt.

»Ich brauche Ihre Hilfe«, begann Gärtner und setzte sich.

»Wobei?«, fragte Waldmann besorgt.

»Haben Sie Jasmin in den vergangenen Wochen gesprochen?«

»Nein, seit der Konfirmandenfreizeit habe ich sie nicht mehr gesehen. Jetzt, wo Sie mich darauf ansprechen, fällt es mir auf. Das ist ungewöhnlich. Die kommt sonst fast jeden Tag hier vorbei.«

»Ich habe ein Problem und weiß nicht, wie ich damit umgehen soll«, fuhr Gärtner fort.

Fahrig holte er einen Umschlag aus seiner Aktentasche und schüttelte dessen Inhalt umständlich aus. Waldmann warf einen ungläubigen Blick auf die Fotos.

»Um Gottes willen! Was ist das?«

»Jemand versucht, mich damit fertig zu machen.«

»Zusammen genommen sagen diese Bilder, dass Sie sich an das Mädchen herangemacht haben«, konstatierte der Jugenddiakon. »Wer hat die Fotos gemacht?«

»Keine Ahnung. Diese beiden Bilder fand ich in dem

Dateienordner, auf dem ich die Fotoalben der Konfirmandenfreizeiten abgespeichert habe.«

»Doch nicht etwas auf Ihrem Dienstcomputer?«

Gärtner nickte. »Bitte halten Sie Augen und Ohren auf. Noch weiß niemand, welches Ziel da verfolgt wird. Jeder Hinweis dürfte wichtig sein. Und bitte, das unterliegt Ihrer absoluten dienstlichen Verschwiegenheit.«

»Selbstverständlich«, entgegnete Waldmann. »Sobald ich etwas erfahre, melde ich mich bei Ihnen.«

»Nein, nicht bei mir. Ich habe den Dekan informiert und bin mit sofortiger Wirkung beurlaubt. Melden Sie sich bitte bei ihm.«

Nachdem Gärtner gegangen war, saß Waldmann noch eine ganze Weile ratlos an seinem Schreibtisch. Sollte er die Geschichte mit dem Computer glauben? Andererseits hatte sich sein Vorgesetzter immer korrekt den Jugendlichen gegenüber verhalten.

Caspari

»Christoph, wo warst du denn? Herr Fuhr lässt dich zu sich bitten«, rief Tina, als Caspari das Büro im Bundeskriminalamt betrat.

»Man wird ja noch mal auf die Toilette gehen dürfen«, grinste Caspari. »Zum großen Boss soll ich gehen? Hat er denn gesagt, was er will?«

»Nein, nur, dass du gleich kommen sollst.«

Caspari richtete seinen Krawattenknoten und machte sich auf den Weg. Als er über den Flur zum Fahrstuhl ging, bemerkte er, dass ihm jemand folgte. Er drehte sich um und sah seine ganze Abteilung hinter sich her laufen.

»Was wird das?«

»Hatte ich vergessen zu erwähnen, dass wir mitkommen sollen?«, fragte Tina und grinste.

Caspari wusste nicht, was das bedeuten sollte. Etwas Schlimmes konnte es, dem Gesichtsausdruck seiner Mitarbeiter nach zu urteilen, nicht sein. Aber was um alles in der Welt mochte der Präsident des Bundeskriminalamtes von ihm und seiner Abteilung wollen?

»Nun mal raus mit der Sprache!«, brummte er, als sie sich alle in den Fahrstuhl zwängten.

»Wir wissen nicht, was Sie meinen«, lächelte Jin Jang ihn an.

Er gab es auf. Gleich würde er ohnehin wissen, was hier gespielt wurde.

Die Sekretärin des Direktors führte sie in Fuhrs Büro. Der stand von seinem Schreibtisch auf, begrüßte alle und bat sie, sich an den Konferenztisch zu setzen.

»Mir war völlig entgangen«, eröffnete Fuhr das Gespräch, »dass Sie mit Ihrer Ausbildung, Ihrem akademischen Titel und Ihrer Berufserfahrung als Kriminalrat ganz falsch eingestuft sind. Der angemessene Titel für einen Abteilungsleiter des BKA mit ihrer Reputation ist der ›Kriminaldirektor‹. Ich ernenne Sie deshalb durch Handauflegung mit sofortiger Wirkung zum Kriminaldirektor.« Fuhr stand auf und legte die Hände auf Casparis Schultern. Dann gab er ihm die Hand.

»Herzlichen Glückwunsch!«

Alle Mitglieder der Abteilung folgten Fuhrs Beispiel, allen voran Tina und Mario. Von irgendwoher zauberte Jin Jang einen großen Blumenstrauß, den sie Caspari überreichte. Mario stellte eine Flasche toskanischen Barriqueweins auf den Tisch. Die Sekretärin kam mit einem Tablett voller Sektgläsern herein.

»Na, dann stoßen wir mal auf Sie an«, sagte Fuhr und hob das Glas. »Alles Gute und viel Erfolg!«

Als sie sich wieder auf den Weg machen wollten, bat der Direktor Caspari um ein Wort unter vier Augen.

»Ich muss mit Ihnen über Schneider sprechen«, begann Fuhr. »Wollen Sie den Mann tatsächlich in Ihrer Abteilung behalten?«

»Ich sehe keinen Grund, ihn wegzuschicken. Im Fall der Triadenmorde hat er als ehemaliges Mitglied der GSG 9 viel Erfahrung im Umgang mit Berufsverbrechern einbringen können. Solches Wissen fehlt uns in der Abteilung, die auf Serientäter spezialisiert ist. Er ist am Tatort ein guter Spurenleser und ein ausgesprochen guter Verhörspezialist«, erklärte Capari. »Warum fragen Sie?«

»Bisher konnte Schneider noch nichts nachgewiesen werden. Aber in der Unterwelt ist er gefürchtet. Er hat den Ruf, die schweren Jungs sehr hart anzupacken. Schneider ist ein Mann ohne soziale Kontakte, ein Einzelgänger, der sich bei Konflikten in einer Ermittlungseinheit nicht zurechtfindet. Deshalb war er innerhalb des BKA auch immer als Springer im Einsatz. Lange konnten wir ihn bisher in keiner Abteilung lassen. Dass er sich in Ihrer Abteilung einzuordnen scheint, ist außergewöhnlich. Meistens hat es nach spätestens einem Monat geknallt. Er ist verpflichtet, einmal wöchentlich unseren Psychologen auszusuchen. Seit er bei Ihnen ist, hat er alle Termine wahrgenommen. Kann es sein, dass Sie ihn auf Kurs bekommen.«

»Ich will mir diese Lorbeeren nicht allein zusprechen. Ich denke, es ist das ganze Team, in dem er sich wohl fühlt«, erklärte Caspari. »Allerdings würde ich schon gern einen Blick in seine Personalakte werfen, damit ich weiß, wie er tickt, wenn es einmal kracht.«

Clara

Der Weiher lag malerisch in der Nachmittagssonne. Clara blickte aus dem Arbeitszimmer, das sie sich von nun an mit Christoph teilte, hinaus. Sie öffnete das Fenster und sog gierig den Duft des Altweibersommers ein. In wenigen Tagen würde die Luft kühler werden und das Rot der Blätter den Herbst einläuten.

Langsam löste sie sich von dem Anblick und ging durch den Raum, wobei sie die Fingerspitzen über den Schreibtisch und die Buchrücken in den Regalen fahren ließ.

Seit einer Woche war das ihr neues Zuhause. Die halbe Stelle als Gemeindepfarrerin in Gelnhausen hatte sie aufgegeben, um mit ihrem Lebensgefährten und seiner Familie auf dem alten Gehöft zwischen Wittgenborn und Waldensberg zu leben. Die halbe Schulpfarrstelle hatte sie behalten, um nicht ganz und gar in dieser Abgeschiedenheit einzugehen. Doch nun fragte sie sich, ob eine halbe Stelle ausreichte, damit ihr bei aller Schönheit der Natur hier oben nicht die Decke auf den Kopf fallen würde.

Irina

Wenn es Herbst wurde, waren die Abende und Nächte in Sankt Petersburg kalt. In der zugigen Luft des alten Bahnhofes waren ihre Finger kaum warm zu bekommen. Doch mit kalten Händen konnte sie sich nichts verdienen. Stehlen war ihr Handwerk, das einzige, was sie in ihrem Leben gelernt hatte. An die ersten drei Schuljahre hatte sie noch eine dunkle Erinnerung. Dann waren ihre Eltern von einem Tag auf den anderen plötzlich verschwunden. Im Dorf redete man hinter vorgehaltener Hand von der russischen Mafia. Was das war, wusste sie damals noch nicht, nur, dass diese Mafia für das Verschwinden ihrer Eltern verantwortlich gemacht wurde. Großeltern und andere Verwandte hatte sie keine mehr, also brachte man sie in ein Heim. Schläge bei schlechten Schulnoten, Schläge, wenn sie das Essen nicht aufgegessen hatte, Schläge, wenn sie spielte, statt zu arbeiten.

Eines Nachts lief sie weg und wurde wie Strandgut an den Hauptbahnhof von Sankt Petersburg gespült. Hier gab es warme Schächte, in denen man sich verkriechen konnte. Die Mülleimer waren voll mit Essensresten, die die Leute in den teuren Mänteln achtlos wegwarfen. Ab und zu versuchte die Polizei, das Problem der Straßenkinder mit einer Razzia zu beseitigen. Doch die Banden hatten ein gutes Frühwarnsystem. Damals, als sie halbverhungert hier angekommen war, hatte Sascha sie unter ihre Fittiche genommen. Mit ihren kleinen Händen war sie die geborene Taschendiebin. Jeden Tag fischte sie aus den Taschen Portemonnaies und Brieftaschen. Die Verkäufer an den Essensständen fragten nicht, woher die Mädchen ihr Geld hatten. Sie wussten es. Und für die Ausweise und Führerscheine hatte sie genug Abnehmer. Der Schwarzmarkt für gefälschte Pässe blühte in Russland.

Doch heute lief es nicht gut. Eines der Mädchen war der Polizei direkt in die Arme gelaufen und weggeführt worden. Die Züge hatten an diesem Tag weniger Menschen als sonst auf den Bahnsteig ausgespien. Das Geld vom Vortag war schon aufgebraucht. Alle Mädchen der Bande warteten auf eine neue Gelegenheit, ihre leeren Bäuche zu füllen. Endlich fuhren die Züge mit den Berufspendlern ein. Sascha und Irina gingen langsam den Fahrgästen entgegen. Ihre Masche war immer die gleiche. Sascha quatschte eine betucht aussehende Person an und lenkte sie ab, während Irina flink in deren Tasche griff.

Doch dieses Mal ließen sich die Menschen nicht ablenken. Niemand wollte ein Gespräch mit Sascha anfangen. Männer, denen sie sich provokant anbot, brummten unwillig und schoben sie zur Seite. Frauen hielten gleich ihre Handtasche fest. Irina knurrte der Magen.

»Die Masche ist abgedroschen. Damit werdet ihr kein Glück mehr haben«, sagte eine Männerstimme mit starkem Akzent hinter ihnen. Irina sah Sascha erschrocken an. Die blickte über ihre Schulter.

»O nein, ihr braucht nicht wegzulaufen. Ich tue euch nichts, Ehrenwort. Ich will euch sogar helfen!«

Sascha sah sich nach allen Seiten um. Irina wagte einen Blick hinter sich. Die Stimme gehörte einem schlanken Mann, der sein Haar nach hinten gegelt hatte und eine englische Wachsjacke trug. Irgendetwas störte Irina an der Art, wie er sie ansah.

»Ich bin Mitglied einer kirchlichen Organisation. Wir haben Essen, warme Getränke und neue Schlafsäcke für euch dabei. Nun kommt schon. Wenn ihr unsere Hilfe ausschlagt, geht ihr heute hungrig zum Schlafen in die Schächte.«

Sascha pfiff wie ein Waldkauz. Von allen Seiten kamen Mädchen unterschiedlichen Alters angelaufen und bildeten einen Kreis um den Mann.

»Wenn Sie uns verarschen, sind Sie dran!«, fauchte Sascha. Irina bewunderte sie wegen ihres Mutes.

»Schon klar«, antwortete der Mann mit den schönen Haaren. Dann setzte er sich in Bewegung, gefolgt von den Mädchen, die ihn nicht aus den Augen ließen. Er ging auf den Vorplatz des Bahnhofes, auf dem drei Lieferwagen standen. Vor einem war ein Tisch aufgebaut, auf dem Becher standen, aus denen es nach heißem Tee roch. Auf einem anderen Tisch lagen belegte Brote. Vor dem Heck des dritten Wagens war ein Haufen zusammengerollter Schlafsäcke aufgestapelt.

»Bedient euch!«, lud sie der Mann ein.

»Warum helfen Sie uns?«, fragte Sascha skeptisch.

»Weil das zu unserem Glauben gehört«, antwortete der Mann lächelnd.

Irina wollte nicht länger warten. Gierig langte sie zu. Die anderen taten es ihr nach. Auch Sascha gab ihren Widerstand auf. Die Brote füllten den Magen, der schon seit dem Mittag vor Hunger schmerzte. Der Tee wärmte sie von innen. Sie fühlte sich sonderbar entspannt, fast schwerelos. Plötzlich gaben ihre Beine nach, und sie fiel zu Boden. Als sie aufschlug, sah sie in Saschas Augen, in denen eine tiefe Traurigkeit lag.

»Tut mir leid, kleine Schwester, tut mir leid.«

Sascha verdrehte die Augen, dann war sie bewusstlos. Verschwommen sah Irina noch, wie Männer in russischen Polizeiuniformen den vermeintlichen Kirchenmännern halfen, die Mädchen in die Wagen zu legen. Dann fiel sie in ein tiefes, dunkles Loch.

Samstag, 6. Oktober
Clara

Lukas, Casparis Sohn, rief nach Clara, die gerade den Hof kehrte. Er kam auf sie zugelaufen und gab ihr das schnurlose Telefon.

»Ein Mann will dich sprechen«, sagte der Kleine, der seit ein paar Wochen nun in die erste Klasse ging.

»Wer ist es?«, fragte sie.

»Kern!«

Grinsend nahm Clara den Hörer entgegen. Am anderen Ende der Leitung meldete sich Dekan Kern.

»Guten Morgen, Frau Frank. Ich rufe wegen Ihrer Verabschiedung morgen an. Tja, der Kollege Gärtner wird leider nicht dabei sein. Er hat mich um eine Auszeit gebeten. Es geht ihm mental sehr schlecht. Vielleicht hat er das Burnout-Syndrom, vielleicht ist er aber auch einfach nur völlig erschöpft.«

Clara war verwundert. Erst zwei Tage zuvor hatte sie mit ihrem Kollegen gesprochen. Er hatte nicht den Eindruck gemacht, kurz vor einem Kollaps zu stehen.

»Ach, das ist sehr schade«, antwortete sie.

»Ja, aber leider nicht zu ändern. Vikar Bender wird seinen Part im Gottesdienst übernehmen, sodass Sie außer der Predigt nichts weiter machen brauchen.«

»Ich werde mich mal bei Michael melden und ihm gute Besserung wünschen«, schlug Clara vor.

»Zurzeit möchte er keine Anrufe. Er sagt, er braucht Ruhe. Warten Sie mit Ihrem Anruf noch eine Weile.«

Clara verabschiedete sich und legte auf. Die Sache kam ihr merkwürdig vor. Spontan wählte sie die Nummer ihres Kollegen. Dort lief nur der Anrufbeantworter. Clara versuchte es mit Gärtners Mobilnummer. Nach dem vierten Läuten meldete er sich.

»Hallo, hier ist Clara. Sag mal, was ist denn mit dir los?«, fragte sie besorgt.

»Mir geht es echt beschissen«, antwortete Gärtner.

»Was hast du denn?«

»Lass mal gut sein, ich kann jetzt nicht darüber reden«, sagte er mit brüchiger Stimme. »Ich melde mich, sobald ich mich ein bisschen erholt habe.«

Clara war ratlos. Tief in Gedanken fegte sie weiter, bis Pia, Casparis Mutter, die Essensglocke läutete.

Der Weiherhof, den die Familie Caspari bewohnte, war hufeisenförmig angelegt. In einem Teil lebten Casparis Eltern, in einem anderen Clara, Christoph und Lukas. Einen weiteren bauten Christophs Schwager Benny, seine Schwester Iris und Christoph selbst zur Wohnung aus, in die das frisch vermählte Ehepaar demnächst einziehen wollte. Über dem ehemaligen Schweinestall schließlich waren noch Gästezimmer untergebracht. Christoph, Benny und Iris sah man an, dass sie die Tapeten gestrichen hatten. Überall klebten Farbspritzer in ihren Haaren.

»Papa«, rief Lukas in die Runde. »Wir wollen uns einen Hund kaufen!«

»Wer sagt das?«, fragte sein Vater.

»Ich«, erwiderte der Kleine.

»Ein Hund ist das Letzte, was ich gebrauchen kann. So ein Tier bedeutet viel Verantwortung. Die kannst du noch nicht allein übernehmen. Dazu bist du noch nicht groß genug. Clara und ich haben dafür keine Zeit«, erklärte Caspari.

»Sagt wer?«, unterbrach ihn Clara.

»Na, ich« , erwiderte er.

»Vielleicht solltest du mich auch nach meiner Meinung fragen«, entgegnete sie spitz. »Einen Hund finde ich gar keine so schlechte Idee!«

Sonntag, 7. Oktober
Clara

Caspari unterdrückte ein Gähnen. Er vermisste sein Mittagsschläfchen, das er sich an Sonntagen gönnte, sofern Clara und Lukas das zuließen. Er sah Lukas zu, der auf dem Hof zwischen der Marienkirche und dem Romanischen Haus an den Spielstationen, die die Pfadfinder betreuten, wirbelte. Bei dem schönen Wetter waren alle Aktivitäten im Rahmen des Gemeindefestes ins Freie verlegt worden. Außer Claras Verabschiedung. Nach dem Erntedankgottesdienst, in dem sie die Predigt gehalten hatte und verabschiedet worden war, war eine Reihe von Grußworten im Saal des Romanischen Hauses gesprochen worden. Caspari hatte neben Clara gesessen und zugesehen, wie sie die lobenden Worte des Dekans, des Kirchenvorstandsvorsitzenden, des Bürgermeisters und vieler anderer genossen hatte. Er hatte sich für sie gefreut, die verbrauchte Luft als notwendiges Übel hingenommen. Nun stand er endlich im Freien und atmete tief ein. Die Luft war mild, roch aber schon ein bisschen nach Herbst.

»Was für ein schöner Tag«, sagte eine wohlvertraute Stimme hinter ihm.

Er drehte sich herum und blickte in das Gesicht von Heinz Bertram.

»Herrlich, nicht wahr«, erwiderte er.

»In ein paar Tagen ist es damit leider vorbei.«

»Der September hat uns immerhin für einen verpatzten Sommer entschädigt«, meinte Caspari.

»Können wir uns kurz über etwas anderes unterhalten?«, bat Bertram. »Ich brauche deinen Rat als Kriminologe und Psychologe.«

Caspari sah sich um. In der Nähe des Hauptportals

sah er wenige Leute. Er machte eine Bewegung mit dem Kopf. Bertram folgte ihm. Vor der Skulptur, die an die Hexenverfolgungen in Gelnhausen erinnerte, blieben sie stehen.

»Was gibt's?«, fragte Caspari

»Jürgen und ich haben vorgestern die Anzeige einer Jugendlichen wegen sexueller Belästigung aufgenommen«, erklärte sein früherer Mentor. »Und jetzt wird es heikel: Das Mädchen, eine Siebzehnjährige, ist Betreuerin bei Konfirmandenfreizeiten. Sie hat Pfarrer Gärtner angezeigt.«

»Ach, daher weht der Wind«, kombinierte Caspari.

»Wie meinst du das?«

»Na, er ist heute nicht hier. Der Dekan hat Clara gestern gesagt, dass es Gärtner gesundheitlich schlecht geht. Von jetzt auf gleich.«

»Wir sind aber noch gar nicht in dieser Sache aktiv geworden. Lediglich den Staatsanwalt und das Landeskirchenamt haben wir informiert.«

»Wobei soll ich dir nun helfen? Willst du wissen, ob ich Gärtner das zutraue?«, fragte Caspari. »Ich halte Michael Gärtner für einen integren Mann, der sich und seinen Prinzipien treu ist. Andererseits schützt das nicht immer vor Dummheiten.«

»Das war das eine, wonach ich dich fragen wollte. Das andere ist der Hinweis des Mädchens, dass sie sich einem Freund anvertraut hat, der als Messdiener immer wieder vom katholischen Pfarrer Leistner geschlagen worden sein soll. Beide hätten sich gegenseitig darin bestärkt, gegen die Geistlichen Anzeigen zu erstatten. Was hältst du davon?«

»Das ist mir ein bisschen suspekt. Zwei Jugendliche verabreden sich, fast zeitgleich ihre Peiniger vor den Richter zu zerren.«

»Geht mir genauso«, erwiderte Bertram. »Das Mädchen hat uns ein Bild gezeigt. Sie ist, wahrscheinlich gegen ihren Willen, nackt fotografiert worden. Sie sagte, das war Gärtner.«

»Sonst habt ihr nichts?«

»Doch, eine E-Mail, die Gärtner ihr geschickt haben soll. Darin schreibt er, dass er sie so wiedersehen will, wie auf dem Foto.«

»Gärtner?«, fragte Caspari. »Das passt gar nicht zu ihm. Er ist Keiner, der solche E-Mails schreibt.«

»Was sagst du?«

Caspari schwieg und wog das Für und Wider ab.

»Du weißt ja selbst, dass die Hälfte aller Anzeigen wegen sexueller Belästigung, Nötigung oder gar Vergewaltigungen aufgrund einer unklaren Beziehung zwischen dem vermeintlichen Opfer und dem angeblichen Täter erstattet werden. Die vorgeworfene Straftat hat in diesen Fällen gar nicht stattgefunden.«

»Ja, ich kenne diese Statistik. Mir kommt die Galle hoch, wenn ich so etwas höre«, regte Bertram sich auf. »Leute, die solche falschen Anzeigen erstatten, nutzen das Leid der wahren Opfer für ihre Zwecke aus.«

»Ich kann dir nur den Rat geben, in beide Richtungen zu ermitteln. So unangenehm das ist – du musst beiden Pfarrern auf den Zahn fühlen und gleichzeitig die zwei Jugendlichen ins Visier nehmen.«

»So ungefähr hatten Jürgen und ich uns das auch gedacht. Gut, dass du das genauso siehst.«

Caspari

»Geht es dir gut?«, fragte Caspari. Was sollte Clara ihm darauf antworten?

»Ja und nein«, antwortete sie nach einer Weile. »Einerseits bin ich traurig, dass ich nicht mehr in der Gemeinde arbeite. Das hat mir viel Freude gemacht, auch wenn ich manchmal nicht mehr wusste, wie ich die Arbeit noch schaffen soll. Andererseits freue ich mich, dass mir so viele Menschen nach nur zwei Amtsjahren so große Sympathie entgegenbringen.«

»Ich bin mir im Klaren, was du für mich aufgibst«, sagte er leise und nahm sie in den Arm.

»Nein, ich gebe es nicht für dich allein auf, sondern auch für mich. Ich will ja in deiner Nähe sein. Und dieser Ort hier ist einfach wunderschön.«

»Wäre es dir recht, wenn ich den Fernseher anschalte?«, fragte Clara nach einer Weile. »Vielleicht lenkt mich das ein bisschen ab.«

»Ich dachte, Mendelssohn-Bartholdy und ich lenken dich ab«, lachte Caspari, schaltete die Musikanlage aus und gab ihr die Fernbedienung. Auf einem Programm lief eine langweilige Talkshow, in der Politiker darüber stritten, ob ein Minister seinen Hut nehmen sollte, weil er einen Teppich unverzollt auf einer seiner Dienstreisen mitgenommen hatte. Clara brummte unwillig und schaltete weiter. Die folgenden Programme waren auch nicht nach ihrem Geschmack. Schließlich landete sie bei einem Bericht über eine neue Actionkomödie mit dem Titel ›kiss and kill‹, die zum Teil im Frankfurter Bankenviertel gedreht worden war. In der Dokumentation über die Filmproduktion wurden einige kleine Aufnahmepannen gezeigt, über die Caspari lachen musste. Dann kamen die Hauptdarsteller zu Wort, die von ihrer Arbeit erzählten.

»Sieh mal, Maria MacDonald ist auch dabei. Die war doch mal eine ganze Weile von der Bildfläche verschwunden«, rief Clara und sah Caspari an.

Sein Gesichtsausdruck war ernst geworden.

»Ich weiß«, sagte er.

»Ach, hast du wieder mal beim Friseur Illustrierten gelesen?«, fragte sie ironisch.

»Nein, mich interessiert dieser Tratsch nicht. Aber Maria kenne ich persönlich.«

Clara lachte. »Du kennst einen der bestbezahlten Hollywoodstars? Willst du mich vergackeiern?«

»Nein, ich meine das ernst«, sagte er mit einem Gesichtsausdruck, den Clara nicht recht zu deuten wusste.

»Klar, und ich bin die Cousine von Bratt Pitt.«

»Maria und ich waren lange miteinander befreundet.« Langsam begann Clara, ihm zu glauben.

»Das musst du mir erklären!«

»Als Schüler war ich in einem deutsch-amerikanischen Austauschprogramm. Sie war die Schwester meines Austauschpartners. Ihr Bruder und ich wurden nicht so recht warm miteinander. Aber mit ihr habe ich mich blendend verstanden. Deshalb war sie es, die anschließend zu uns nach Deutschland kam.«

Clara blieb skeptisch.

»Irgendwie glaube ich dir immer noch nicht.«

»Dann geh doch rüber zu meinen Eltern und frage sie«, beharrte Caspari.

Clara bohrte weiter: »Warum hast du mir nie etwas von ihr erzählt?«

»Als Abiturient und später als Student habe ich sie öfter in den USA besucht, so gut es eben mein Geldbeutel zuließ. Dann steckte jeder von uns in seinen eigenen Verpflichtungen, und wir verloren uns aus den Augen.«

»Und das ist alles?«, fragte Clara.

»Das ist alles«, bestätigte er, doch sie wurde das Gefühl nicht los, dass das nicht stimmte.

MONTAG, 8. OKTOBER

CLARA

Clara mochte es nicht, nach einem anstrengenden Sonntag am Montag gleich wieder zu arbeiten. Doch der Schulbetrieb nahm auf Pfarrerinnen und deren Verpflichtungen an den Wochenenden keine Rücksicht. In den zwei letzten Stunden nahm sie die Kanonbildung des Neuen Testaments durch. Die Kämpfe der frühen Kirche mit den Gnostikern, den damaligen Esoterikern, wurden heiß diskutiert. Clara gefiel es, dass die Schüler es nicht einfach hinnahmen, dass die Kirchenväter Recht gehabt haben sollten, sondern dass sie sich mit den Argumenten aller Streitparteien intensiv auseinandersetzten.

Am deutlichsten fiel ihr Jasmin auf. Das Mädchen hatte sich in den vergangenen Monaten immer mehr zurückgezogen. In dieser Stunde schien sie allerdings aufzutauen. Heftig stritt sie mit und übernahm die Positionen der Gnostiker. Der Gong unterbrach schließlich eine der spannendsten Stunden, die Clara bisher in diesem Schuljahr unterrichtet hatte. Während die Schüler ihre Hefte und Bücher einpackten, sah sie zu Jasmin hinüber. Die Lebhaftigkeit, mit der sie diskutiert hatte, war schon wieder verflogen. Als Jasmin an ihr vorbeiging, hielt Clara sie an

»Einen Moment bitte, Jasmin.«

»Frau Frank?«

»Ich möchte dich kurz sprechen, ist das möglich?«

»Klar«, entgegnete das Mädchen. Sein Gesicht sagte etwas anderes.

»Mir fällt in letzter Zeit auf, dass du dich immer mehr zurückziehst«, begann Clara vorsichtig. »Du bist häufig abwesend.«

»Ich weiß nicht, was Sie meinen«, wand Jasmin sich.

»Geht es dir nicht gut? Ist etwas vorgefallen, das dich belastet oder dir Angst macht?«, fragte Clara ganz direkt.

»Nein, wirklich nicht«, erwiderte Jasmin ein wenig zu halbherzig.

Clara wusste, dass sie so bei dem Mädchen nicht weiterkommen würde.

»In Ordnung. Wenn du Hilfe brauchst – ich bin für dich da.«

Für einen kurzen Augenblick fiel die Maske.

»Ja, danke, das weiß ich.«

Clara gab sich damit zufrieden. Sie wechselte das Thema.

»Ich habe mit Erstaunen die Vehemenz gesehen, mit der du die Position der Gnostiker verteidigt hast.«

»Die sind mir irgendwie sympathischer. Auf die kirchliche Lehrmeinung stehe ich gerade nicht so.«

Clara ließ sie gehen. Wenn sie Jasmin helfen wollte, musste sie Geduld haben.

Während Clara zum Lehrerzimmer ging, fiel ihr Michael Gärtner wieder ein. Sie nahm sich vor, ihn gleich zu besuchen, wenn sie ihre Sachen aus dem Lehrerzimmer geholt hatte. Anders als Jasmin würde er Clara sagen, was mit ihm los war. Oder sie würde so lange bohren, bis er es tat.

Bertram

Vincent Montag war ein hochgewachsener junger Mann von 18 Jahren. Auf Bertram wirkte er sympathisch. Was dem altgedienten Polizeibeamten sofort auffiel, war der unruhige Blick.

»Geht es Ihnen nicht gut?«

»Der Gang zur Polizei fällt mir nicht leicht. Pfarrer Leistner ist schließlich eine Institution in Gelnhausen. Irgendwie fühle ich mich wie ein Königsmörder.«

»Was ist denn vorgefallen?«

»Nach meiner Kommunion wollte ich immer nur eins werden, und das war Messdiener. Ich fand es als kleiner Junge immer schon toll, neben dem Priester zu stehen und ihm dabei zu helfen, das Heilige zu zelebrieren. Am Anfang war Pfarrer Leistner auch sehr freundlich zu mir. Aber ich war ein Kind, das halt auch Fehler macht. Wenn er eine normale Arbeitswoche hatte, ließ er das durchgehen. Wenn er aber viele Beerdigungen und andere Verpflichtungen in der Woche hatte, war er sehr leicht reizbar. Einmal hatte er nach einer Messe einen heftigen Streit mit unserem Messner. Ich war noch in der Sakristei und räumte einige Kleinigkeiten weg, die die anderen Ministranten hatten liegen lassen. Pfarrer Leistner kam mit einem hochroten Kopf in die Sakristei, nachdem er den Messner nach Hause geschickt hatte. Er schrie mich gleich an: ›Du hast wieder einmal zu viel Weihrauch in das Fass getan. Sollen denn die Gottesdienstbesucher ersticken?‹ Dann hat er mich geschlagen.«

»Wie und wohin?«, fragte Bertram.

»Mit der flachen Hand auf meine Arme, dann hat er mich über's Knie gelegt.«

»Nicht ins Gesicht?«

»Nein, wieso?«

»Was Sie mir erzählen, zeugt von einem kontrollierten Akt der Gewalt. Nach Ihrer Schilderung war der Pfarrer aber außer sich vor Wut. Man würde bei einem solchen Gemütszustand eher eine explosive Eskalation erwarten. Was ich damit sagen will, ist, dass die meisten Männer in Pfarrer Leisners Situation Sie wohl eher geohrfeigt und vielleicht noch geboxt hätten.«

»Ich nehme an, er wollte vermeiden, dass meine Eltern die Spuren seiner Misshandlung an mir entdecken.«

»Möglich. Wie ging es dann weiter?«

»Irgendwann bekam er sich wieder in den Griff, keuchte heftig und setzte mich wieder auf. Dann bat er mich um Entschuldigung für seinen Ausbruch. Es täte ihm furchtbar leid.«

»Sie haben die Entschuldigung akzeptiert?«

»Ja, natürlich. Ich war ja noch ein Kind, und der Priester stand in meiner Vorstellung Gott ganz nahe, näher als alle anderen Menschen.«

»War das das einzige Mal, dass er sie misshandelt hat?«

»Nein. Ich bin weiterhin Ministrant geblieben. Aber es war, als wäre mit diesem Übergriff ein Damm gebrochen. Er hat sich immer wieder an mir abreagiert, egal, wer von uns Messdienern Mist gebaut hat.«

»Wie oft geschah das?«

»Drei bis vier Mal im Jahr. Als Firmling schlug ich dann einmal zurück. Ich war kein Kind mehr und wollte seine Brutalität nicht länger hinnehmen. Er bekam meine Faust mit voller Wucht in den Magen. Danach hatte ich Ruhe.«

»Warum kommen Sie ausgerechnet jetzt mit dieser Anzeige zu uns?«

»Wie meinen Sie das?«

»Nach Ihrer Gegenwehr wäre doch ein guter Zeitpunkt gewesen. Sie fühlten sich doch auch stark genug, dass Sie zurückschlagen konnten.«

»Das war eine Verzweiflungstat. Trotzdem war er für mich immer noch der Priester.«

Jungmann, der die Aussage auf dem Computer mitgeschrieben hatte, sah stumm zu Bertram hinüber. In seinen Blick stand der Zweifel geschrieben.

Nachdem sie Vincent den Text seiner Aussage vorgelesen hatten und dieser ihn unterzeichnet hatte, ließen sie ihn gehen. Nachdem er die Tür geschlossen hatte, sagten beide für eine halbe Ewigkeit kein Wort.

»Glaubst du ihm?«, fragte Bertram.

»Nicht eine Silbe«, antwortete Jungmann kalt.

»Und dem Mädchen?«

»Auch nicht.«

»Und die Sache mit der E-Mail von Gärtner?«

»Das ist das einzige, was meinen Standpunkt noch umwerfen könnte.«

»Aber warum um alles in der Welt belasten sie die beiden Pfarrer?«

»Gute Frage. Ich habe noch nicht mal eine Vermutung«, meinte Jungmann schulterzuckend.

»Aber es ist unsere Aufgabe, das herauszufinden.«

»Ja, das ist es«, brummte Bertram. »Und ich befürchte, das wird eine schmutzige Angelegenheit.«

IRINA

Irina kam nur sehr langsam zu sich. Der Boden bewegte sich. Sie wandte den Blick sofort Richtung Decke. Man hatte sie zusammen mit den anderen Mädchen in Betten gelegt, die in einem engen Raum mit weißen Wänden standen. Sie hörte ihre Kameradinnen husten und spucken. Eine würgte und erbrach sich in einen Eimer, der neben ihrem Bett stand.

Der Schwindel ließ allmählich nach. Gleichzeitig nahm sie das tiefe Brummen wahr, das nicht aufzuhören schien. Vorsichtig stellte sie die Füße auf den Boden und stemmte sich mit den Händen aus dem Bett. Der Boden wankte so stark, dass sie wieder zurück fiel.

Sascha schaute vom Bett über ihr herunter.

»Hallo, kleine Schwester«, sagte sie halblaut. »Du hast lange geschlafen.«

»Wo sind wir hier?«, fragte Irina.

»Auf einem Schiff.«

»Auf einem Schiff?«

»Ja, da ist eine Luke, da kannst du rausgucken, wenn du stehen kannst. Draußen siehst du die Wellen.«

»Warum sind wir hier, Sascha?«

»Ich weiß es nicht, Irina. Aber etwas Gutes kann das nicht bedeuten.«

Gärtner

Das Leben im zwangsverordneten Urlaub war unerträglich. Michael Gärtner lief im Haus umher wie ein Tiger im Käfig. Er hatte versucht sich damit abzulenken, dass er endlich einmal sein Büro aufräumte und die Ablage auf Vordermann brachte. Er hasste die Verwaltungsarbeit, doch sie lenkte ihn den Vormittag über ab. Dann versuchte er, mit seiner Frau zu kochen, so wie sie es sonst immer taten, wenn er sonntags predigtfrei hatte. Doch seine Gedanken wanderten immer wieder zu den beiden Fotos. Nachdem er sich beim Zwiebelschneiden in den Finger geschnitten hatte, nahm Claudia ihm das Küchenmesser aus der Hand.

»Lass gut sein, Michael. Das wird so nichts. Wir sind ja ohnehin fast fertig. Den Salat bekomme ich auch noch allein hin.«

Verärgert über sich selbst, ging er ins Bad und klebte ein Pflaster auf die Wunde.

»Dieses Warten macht mich fertig«, sagte er, als er in die Küche zurückkam.

»Du glaubst, diese Bilder waren erst der Anfang?«, fragte Claudia beunruhigt.

»Natürlich«, erwiderte er. »Wer auch immer in meinen Computer eingedrungen ist, wird garantiert nicht aufhören. Für einen dummen Jungenstreich kostet eine solche Hackerarbeit zu viel Zeit und Engagement. Was wollen die bloß von mir? Ich habe doch niemandem etwas getan.«

»Ich weiß es nicht, Michael, ich weiß es nicht. Wenn du selbst schon keine Idee hast ...«

Claudia drückte zärtlich seine Hand. Dann streichelte sie ihm über die Wange. Für solche kleinen Momente der Zärtlichkeit hatten sie sich in der Vergangenheit wenig Zeit genommen. Michael tat ihre Berührung unendlich gut. Ein schrilles Pfeifen ließ sie beide zusammenzucken. Der Dampfkochtopf signalisierte, dass die Kartoffeln fertig waren. Claudia grinste.

»Na dann, Mahlzeit!«

Kurz nach dem Essen klingelte es. Bertram und Jungmann standen vor der Tür.

»Guten Tag, Herr Pfarrer. Wir müssen mit Ihnen reden.«

Nachdem Gärtner sie hineingebeten hatte, fragte er: »Worum geht es denn?«

»Können wir ungestört sprechen?«, fragte Bertram.

»Natürlich, wir gehen in mein Amtszimmer.«

Nachdem sie sich gesetzt hatten, bot er ihnen etwas zu Trinken an. Innerlich brodelte es in ihm vor Aufregung, aber nach außen hin versuchte er, ruhig und gelassen zu wirken. Die Polizisten lehnten dankend ab.

»Wir sind hier, weil jemand eine Anzeige gegen Sie erstattet hat«, erklärte Bertram.

»Gegen mich? Aber warum? Ich verstehe nicht«, stammelte Gärtner.

Er hatte immer noch keine Ahnung, aus welcher Richtung der Angriff kommen konnte.

Jungmann legte zwei große Abzüge der Fotos auf den Tisch. »Kennen Sie diese Bilder?«

Zeit seines Lebens war Gärtner am besten damit gefahren, bei der Wahrheit zu bleiben, auch wenn das manchmal schwieriger war.

»Ja, ich kenne diese Bilder«, sagte er.

»Die Juristen Ihrer Landeskirche sagten mir vorhin schon am Telefon, dass Sie dem Dekan darüber Bericht erstattet haben«, antwortete Bertram.

Michael Gärtner war erleichtert. Er war bei der Wahrheit geblieben und hatte damit die richtige Entscheidung getroffen.

»Haben Sie eine Ahnung, wer diese Fotos in Ihren Dateien abgelegt hat?«, fragte Jungmann freundlich.

»Nein, beim besten Willen nicht. Ich selbst weiß auch gar nicht, wie man so etwas macht. Die Abteilung, die für unser Intranet zuständig ist, sucht bereits nach dem Leck in unserer Schutzsoftware.«

»Was tun Sie, wenn sich herausstellt, dass diese Fotodateien gar nicht auf einen Hackerangriff zurückgehen?«, fragte Jungmann weiter.

»Ich weiß es nicht.«

Das war die ehrlichste und zugleich auch die einzige Antwort, die Gärtner auf diese Frage hatte.

»Jasmin Huth und ihre Eltern haben Sie wegen sexueller Belästigung angezeigt«, erklärte Bertram.

»Angesichts dieser Bilder hatte ich mir so etwas schon gedacht.«

»Wissen Sie, das unfreiwillige Nacktfoto kann von jedem jedem gemacht worden sein«, meinte Jungmann. »Aber es existiert auch noch eine E-Mail von Ihnen, in der Sie Jasmin um ein Sex-Date bitten.«

»Wie bitte?«, rief Michael Gärtner außer sich. »Ich soll sie um ein Treffen gebeten haben?«

Die Nachricht, dass Jasmin ihm so etwas unterstellte, traf ihn wie ein Schlag ins Gesicht. Aufgeregt sprang er auf und lief im Amtszimmer auf und ab.

»Das Mädchen geht hier seit Jahren ein und aus. Jasmin gehört praktisch zur Familie. Gut, in letzter Zeit ist es etwas weniger geworden. Ich dachte, dass sie vielleicht einen neuen Freund hat. Seit Beginn meiner Amtszeit arbeite ich mit Jugendlichen zusammen. Ich versuche, ihnen Perspektiven, Lebensrichtung und Halt im Glauben zu geben. Dafür brenne ich, aber doch nicht dafür, über ein Mädchen herzufallen.«

»So kenne ich Sie ja auch«, versuchte Bertram ihn zu beruhigen. »Aber leider ist da diese E-Mail. Die ist in Verbindung mit diesen Fotos auf Ihrem Rechner sehr belastend für Sie.«

Gärtner versuchte, einen klaren Gedanken zu fassen. Dann kam ihm eine Idee.

»Kann ich diese Mail einmal sehen?«

Jungmann zog ein Blatt Papier aus einer Aktenkladde und reichte es ihm.

›Ruhig bleiben‹, ermahnte Gärtner sich. ›Sieh genau hin.‹ Er zwang sich, die Nachricht zu lesen.

›Hallo Jasmin, wir hatten eine schöne Zeit miteinander. Die Bilder erzählen davon. Du bist so schön! Ich will dich so wiedersehen, dich anfassen und streicheln. Lass mich nicht warten. Michael.‹

»Igitt! Das ist ja ekelhaft!«, platzte es aus ihm heraus.

»Diese Nachricht wurde zweifelsfrei zu Jasmins Mailbox geschickt. Der Absender trägt Ihre Adresse«, erwiderte Jungmann.

»michael.gärtner@ekkw.de, ja, das ist mein Postfach.«

Lange hielt er das Blatt in der Hand. Irgendwo musste doch ein Fehler sein, der seine Unschuld bestätigen konnte. Auch wenn er noch so klein und unbedeutend war, Michael Gärtner musste ihn finden. Wieder und wieder las er alles durch. Dann fand er, wonach er gesucht hatte. Ganz klein und unscheinbar stand es im Kopf des Schreibens.

»Die Nachricht kann nicht von mir sein«, sagte er mit fester Stimme.

»Warum nicht?«, fragte Jungmann.

»Weil sie zu einem Zeitpunkt abgeschickt wurde, an dem ich gar nicht am Rechner gesessen habe.«

»Können Sie das beweisen?«, fragte Bertram.

»Das ist kein Problem. An diesem Abend hatten wir eine lange Kirchenvorstandssitzung, in der wir unter anderem die Verabschiedung der Kollegin Frank planten.«

»Donnerstag, der 6. September 2012, 21.30 Uhr«, las Bertram vor. »Sind Sie sich sicher?«

»Hundertprozentig. Ich war turnusgemäß mit dem Schreiben des Protokolls dran.«

»Aber wie kommt diese Nachricht mit Ihrem Absender in Jasmin Huths Mailbox? Haben Sie dafür eine Erklärung?«, fragte Jungmann.

»Nicht die geringste«, erwiderte Gärtner.

»Für unsere Ermittlungen wäre es hilfreich, wenn wir Ihren Rechner mit auf's Revier nehmen dürften.«

»Ich kann ihn leider nicht so einfach rausgeben, denn er gehört nicht mir. Dieser Computer gehört der Landeskirche. Die muss mir erst grünes Licht geben, dann können Sie ihn selbstverständlich haben.«

»Wir werden unseren Wunsch den Kirchenjuristen vortragen«, meinte Bertram. »Ansonsten haben wir vorerst keine Fragen.«

Gärtner sah an Bertrams Gesicht, dass der sich seine Worte gründlich überlegte.

»Wir müssen gegen Sie ermitteln, Herr Pfarrer. Und zwar so lange, bis alle Verdachtsmomente ausgeräumt sind. Aber ich gehe von hier weg mit der Überzeugung, dass Sie unschuldig sind.«

»Und Jasmin? Warum tut sie so etwas?«, fragte Gärtner.

»Die Ermittlungen laufen auch in ihre Richtung. Ob sie auch nur ein Opfer ist oder eine Intrigantin, wissen wir derzeit noch nicht. Bitte suchen Sie nicht den Kontakt zu ihr, während die Ermittlungen laufen. Das würde Ihre Position nur schwächen.«

Gärtner verabschiedete die beiden Polizisten an der Haustür. Clara kam ihnen entgegen und grüßte sie. Gärtner wartete mit einem leisen Zittern auf sein Kollegin. Das Gespräch mit der Polizei hatte ihn viel Kraft gekostet. Vielleicht konnte Clara ihm dabei helfen, die Dinge in seinem Kopf zu ordnen.

PETER SAUER

Er wusste nicht, wie lange er noch die Demütigungen über sich ergehen lassen konnte. Dabei musste er froh sein, seinen Arbeitsplatz behalten zu haben. Peter Sauer kam frustriert aus der Redaktionssitzung des Gelnhäuser Anzeigers. Wieder hatte ihm der Ressortchef nur Aufgaben zugeteilt, die er hasste: Berichte über Jahreshauptversammlungen verschiedener Vereine im Kinzigtal. Jedes Mal musste er sich Vorstandsberichte anhören, das umständliche Prozedere der Neuwahlen miterleben und anschließend die neuen Vorstandsmitglieder möglichst vorteilhaft fotografieren. Dann verbrachte er viel Zeit in der Redaktion, um all das spannender in seinem Bericht darzustellen, als es seiner Meinung nach in Wirklichkeit war. Daneben versorgte sein Chef ihn mit reichlich Arbeit am Schreibtisch. In dieser Zeit waren die Kollegen unterwegs, um über heftige Streitigkeiten in Gemeindeparlamenten oder Abwahlen von Bürgermeistern zu berichten.

Vor zwei Jahren hatte er seiner Karriere selbst das Grab geschaufelt. Damals hatte er die Hoffnung gehabt, mit besonders investigativem Journalismus das Interesse bedeutender Zeitungsredaktionen an seiner Arbeit zu wecken. Lange war er der Liebling des Verlegers, bis er in einem großen Bericht über die regelmäßigen Treffen eines Kreistagspolitikers mit einer Edelprostituierten berichtet hatte. Der Fraktionsvorsitzende der FDP hatte daraufhin alle Register gezogen, um ihn fertigzumachen. Das war ihm auch fast gelungen. Nun war Peter Sauer eine ganz kleine Nummer in der Redaktion, seine Ehe war daran zerbrochen und er selbst nur noch der Schatten des damals vor Selbstbewusstsein strotzenden Journalisten.

Doch nun schien die Zeit gekommen zu sein, wieder den Platz einzufordern, der ihm zustand. Auf dem Tisch lag seine Fahrkarte für die Rückkehr in sein altes Leben. Lange hatte er überlegt, ob er den anonymen Brief überhaupt ernst nehmen oder gleich in den Papierkorb werfen sollte. Doch die Anschuldigungen gegen die beiden Pfarrer waren zu schwerwiegend, um sie einfach zu ignorieren. Falls sie sich bewahrheiteten, war das die Story seines Lebens. Er fasste den Entschluss, niemandem davon zu erzählen und auf eigene Faust zu recherchieren.

Clara und Caspari

Während des Abendessens brannten Clara einige Fragen unter den Fingernägeln. Das Gespräch mit Michael Gärtner ließ ihr keine Ruhe. Sie konnte und wollte nicht glauben, dass dieser sich jemals eine solche Entgleisung erlauben würde. Solange Lukas noch am Tisch saß, konnte Clara Caspari nicht nach seiner Meinung fragen. Der Kleine sollte von der ganzen Geschichte nichts mitbekommen. Als Caspari ihn endlich ins Bett gebracht hatte und die Treppe herunterkam, platzte es aus ihr heraus, noch bevor er wieder am Küchentisch Platz genommen hatte.

»Sag mal, Christoph, ist es eigentlich für einen Außenstehenden möglich, über das Internet fremde Dateien auf den Rechner eines anderen zu schmuggeln?«

»Interessant, dass du mich das fragst«, erwiderte Caspari mit einem Grinsen. »Ja, im Prinzip ist das möglich, soweit ich weiß. Allerdings braucht man dazu einen wirklich guten Hacker.«

»Meinst du, ein Hacker kann den Angriff eines anderen auf einen Computer erkennen?«

»Auch das ist möglich, vorausgesetzt, der ist auch richtig gut in seinem Fach. Warum willst du das denn wissen?«

Clara holte tief Luft.

»Du musst mir versprechen, das für dich zu behalten«, sagte sie schließlich.

»Na gut, aber nur, weil du es bist.«

Alles, was Michael Gärtner ihr erzählt hatte, sprudelte aus ihr heraus, auch die Beschreibung der beiden Bilder.

»Über die Anzeige gegen deinen Kollegen weiß ich Bescheid. Die Geschichte mit den zwei Fotos kannte ich allerdings noch nicht. Früher oder später wird sich ein Fachmann der Polizei den Rechner vornehmen. Aber bis das soweit ist, kann doch auch Lars den Trojaner suchen.«

Natürlich hatte Caspari recht. Wie hatte sie nur Lars vergessen können? Sie hatte ihn vor wenigen Wochen vor einer großen Dummheit bewahrt. Der Mathematikstudent und passionierte Hacker war ihr noch einen Gefallen schuldig.

Dienstag, 9. Oktober
Bertram

Bertram und Jungmann saßen im katholischen Pfarrbüro. Leistners Haushälterin goss ihnen Kaffee ein, dann ließ sie die drei Männer allein.

Der katholische Geistliche schaute sie erwartungsvoll an.

»Was kann ich für Sie tun, meine Herren?«, fragte der Priester.

Während Bertram in Gärtners Gesichtsausdruck eine dunkle Vorahnung gesehen hatte, schien sein katholischer Kollege tatsächlich nicht zu wissen, warum sie ihn aufsuchten.

»Kennen Sie einen Vincent Montag?«, begann Bertram.

»Ja, natürlich kenne ich den. Seit seiner Taufe sogar. Der ist ein ganz aktiver junger Mann in unserer Gemeinde. Ist ihm etwas passiert?«, fragte der Geistliche besorgt.

Jungmann übernahm es, den Pfarrer über die Anzeige und ihren Inhalt zu informieren.

Leistner starrte Bertram fassungslos an.

»Das kann doch alles gar nicht sein. Das gibt es doch gar nicht«, sagte er mit belegter Stimme.

»Gab es in der letzten Zeit irgendwelche Anzeichen, dass der Junge auf Sie schlecht zu sprechen ist?«, fragte Bertram.

»Nein, um Gottes willen, nein! Vincent war seit seiner Kommunion ein sehr netter und zuverlässiger Messdiener, über den es nicht das Geringste zu klagen gibt. Vor einiger Zeit kam er allerdings zu mir, um mir zu sagen, dass er mehr Zeit und Energie in die Schule investieren müsse. Seine Noten wären nicht so berauschend. Er musste als Messdiener aufhören. Es tat mir sehr leid, aber ich hatte Verständnis für seine Situation, zumal er diesen Dienst viel länger als irgendein anderer Jugendlicher in unserer Gemeinde ausgeübt hat. Die Anforderungen des Grimmelshausen Gymnasiums sind sehr hoch, wie ich immer wieder höre. Vincent ist zwar ein intelligenter Kerl, aber auch ein fauler Hund, wenn es um die Schule geht.«

»Wie kommt der Junge darauf, Sie wegen Missbrauchs anzuzeigen?«

»Ich habe nicht die geringste Ahnung. In meiner ganzen Amtszeit habe ich niemals ein Kind oder einen Jugendlichen geschlagen. Das wäre mir nie im Traum eingefallen. Natürlich muss man achtgeben, dass die einem nicht auf der Nase rumtanzen. Aber Schlagen – das lehne ich vollkommen ab!«

Nachdem sich Leistner wieder etwas beruhigt hatte, verließen Bertram und Jungmann das Pfarrhaus.

»Glaubst du ihm?«, fragte Jürgen Jungmann seinen Schwiegervater ganz direkt.

»Ja. In seinem Gesicht konnte man lesen wie in einem offenen Buch. Der arme Mann ist aus allen Wolken gefallen.«

»Es dürfte ohnehin schwer für Vincent Montag sein, seine Anschuldigungen vor Gericht zu beweisen. Es gibt keine Zeugen, keine Verletzungen oder Narben, keine brauchbare Spuren. Nichts außer der Aussage eines Jugendlichen. Was wird der Staatsanwalt dazu sagen?«

»Keine Ahnung!«

Caspari konnte Leute wie Marcel Nick nicht ausstehen. Der Inhaber einer Computer-Softwarefirma stand seit einiger Zeit im Fokus der Fahndungen des Bundeskriminalamtes. Die Abteilung für Internetkriminalität hatte Caspari und seine Leute bei den Ermittlungen gegen den Betreiber einer Kinderporno-Plattform um Zusammenarbeit gebeten.

Eigentlich gehörte dieser Bereich nicht zu Casparis Aufgaben, doch hier ging es nicht mehr ausschließlich um die Vergewaltigung von Kindern, sondern mittlerweile auch um Mord. Die Internetfahnder hatten ihnen ein Video gezeigt, in dem ein bulliger Mann mit einer Sado-Maso-Gesichtsmaske ein apathisch wirkendes Kind zuerst missbrauchte und dann erwürgte. Diese Eskalation der Gewalt würde auf Nicks Plattform künftig häufiger zu sehen sein, dessen war sich Caspari sicher. Bei den Produzenten wie bei den Konsumenten dieser Filme war ein Damm gebrochen. Abartige sexuelle Phantasien paarten sich ungehindert mit zügelloser Gewalt. Caspari war diesmal nicht einem Serientäter auf der Spur, sondern einem ganzen perversen, mordlustigen Netz. Gern hätte er jetzt Mario und Tina bei sich gehabt. Doch die Beiden nahmen an einem Blockseminar für Kriminalpsychologie teil und würden erst in einer Wochen wieder zurück sein. Dieses Mal musste er sich auf die Mitarbeiter verlassen, mit denen er erst seit zwei Monaten zusammenarbeitete. Die ganze Arbeit der vergangenen Wochen durfte nicht durch Fehler bei der Beschattung oder einen verpatzten Zugriff ruiniert werden.

Ein Team von Spezialisten hatte Nicks Büro- und Privaträume verwanzt und einen Trojaner auf allen Geschäftscomputern installiert. Die gesamte Aktion hatte das Bundeskriminalamt zwei Nächte und viel Geld gekostet. Aus abgehörten Gesprächen wussten sie, dass Nick an diesem Tag hierher kommen wollte. Einem Mitarbeiter hatte er erzählt, dass er nach einem Geschäftstermin seine Nichte von der Schule abholen müsse.

Die Kollegen waren sich sicher, dass Nick auch aktiv an Kindesentführungen und –missbrauch beteiligt war. Die Haingartenschule in Bruchköbel war eine Grundschule, deren Schüler zur Zielgruppe von Nick gehörten. Die Beamten wussten, dass er sich schon eines der Kinder ausgesucht hatte. Es war nicht das erste Mal, dass er an dieser Schule lauerte. Die meisten involvierten Abteilungsleiter hatten entschieden, ihn auf frischer Tat zu ertappen. Caspari war dagegen gewesen, hatte sich aber der Mehrheitsentscheidung beugen müssen.

Die beiden alten Hasen Erich Fuchs und Wolfgang Jung hatten sich als Mitarbeiter des städtischen Bauhofs verkleidet und ließen sich alle Zeit der Welt, Laub auf dem Schulhof und im Pausenbereich zu kehren.

Caspari saß in seinem Auto in einer Seitenstraße und beobachtete den Haupteingang der Schule. Jin Jang und Schneider beschatteten Nick mit dem Auto, Svenja Bauer und Andreas Sommer waren jeweils am Ende des Schulgeländes so postiert, dass man sie vom Haupteingang aus nicht sehen konnte.

Unruhig blickte Caspari auf seine Uhr. Es war zehn Minuten vor eins. Bald würde die Schule zu Ende sein und der Hof vor Kindern nur so wimmeln. Das Schlimmste bei einem Zugriff war das Warten. Ruhiges Atmen half ihm nicht immer bei dem Versuch, die aufkeimende Unruhe zu unterdrücken.

»Wir kommen hinter Nick zu Ihnen«, hörte er Schneiders Stimme durch seinen Kopfhörer.

»Was hat er nur vor?«, fragte Caspari. »Er wird doch nicht so blöd sein, ein Kind vor einem Haufen Zeugen abzufischen.«

»Vielleicht hat er eins ›angefüttert‹«, vermutete Jung über Funk. »Der nette Mann, der einem Kind ganz zufällig begegnet und immer Süßigkeiten und Spielsachen dabei hat.«

»Das fällt Eltern doch auf, wenn ihre Kinder plötzlich fremde Spielsachen haben«, entgegnete Svenja Bauer.

»Nicht in jeder Familie. Es gibt genug Kinder, die kaum Aufmerksamkeit von Mama und Papa bekommen«, hielt Andreas Sommer dagegen.

»Ihr müsstet ihn gleich sehen«, hörte Caspari Schneider sagen. In diesem Moment öffnete sich die Tür des Schulgebäudes und ein Mädchen kam ohne Ranzen auf den Hof. Vorsichtig sah es sich nach allen Seiten um, dann lief es mit schnellen Schritten über den Hof. Im selben Augenblick bog ein dunkler Mercedes Kombi in die Straße ein und fuhr auf den Schuleingang zu.

»Achtung, jetzt wird's spannend«, brummte Caspari.

Nick hielt an und stieg bei laufendem Motor aus. Wie immer hatte er seine schwarzen Haare mit Gel nach hinten frisiert und trug seine englische Wachsjacke. Vorsichtig blickte er sich nach allen Seiten um, dann winkte er dem Kind, das nun auf ihn zugerannt kam. Es blieb vor Nick stehen und redete mit ihm. Jung und Fuchs näherten sich unmerklich. Caspari sah aus dem Fernglas, dass die Kleine die Hand aufhielt und Nick erwartungsvoll ansah. Doch statt ihr etwas zu geben, griff er das Mädchen und hob es hoch. Sie wollte schreien, aber Nick hielt ihr den Mund zu.

»Zugriff!«, brüllte Caspari in sein Mikrofon, startete den Wagen und gab Gas. Mit quietschenden Reifen bremste Schneider hinter Nicks Auto. Während er sich abschnallte und die Autotür aufriss, blockierte Caspari Nicks Mercedes von vorn und sprang aus dem Wagen. Nick ließ das Kind los und rannte davon, Schneider und Jin Jang folgten ihm.

»Achtung, Herr Sommer, er kommt zu Ihnen«, rief Caspari.

Andreas Sommer sprang aus einer Hofeinfahrt und hielt die Pistole auf Nick gerichtet. Der störte sich nicht daran und rannte Sommer einfach um. Der junge Polizist taumelte zur Seite, schaffte es aber noch, Nicks Jacke festzuhalten. Dieser drehte sich um, schlug ihm mit der Faust ins Gesicht und rammte ihm dann das Knie zwischen die Beine. Caspari fluchte, während er rannte, so gut es sein beschädigtes Bein zuließ. Die alte Schussverletzung machte sich beim Training der alten Kampfkünste selten bemerkbar, dafür aber beim Rennen.

Bevor Nick sich auf und davon machen konnte, war Schneider bei ihm, gefolgt von Jin Jang. Nick kämpfte verbissen und aggressiv wie eine Ratte, die man in die Enge getrieben hatte. Doch Schneider war nicht zimperlich. Er dachte gar nicht daran, seine Waffe zu ziehen. Nachdem er zwei Schwinger des Pädophilen abgeblockt hatte, ließ er seine Faust auf dessen Kinn krachen. Dann knickte er den Schlagarm ein und rammte den Ellenbogen in Nicks Gesicht. Der Mann taumelte zurück und schüttelte sich. Wie ein Boxer hob er die Deckung und ging erneut auf Schneider los. Der platzierte einen Halbkreisfußtritt auf die Innenseite von Nicks linkem Oberschenkel, sodass dieser leicht wegsackte. Bevor Nick sich wieder fangen konnte, fing er eine Schlagkombination in Gesicht, Rippen und Magen. Kurz bevor Caspari die Gruppe erreicht hatte, fiel Nick endlich um. Schneider ging in die Knie und holte zu einem finalen Schlag aus.

»Sofort aufhören!«, befahl Caspari schnaufend.

Schneider ließ die Faust sinken und erhob sich. Jin Jang war augenblicklich bei Nick, der heftig hustete und würgte, und legte ihm die Handschellen an.

Wenig später war die Straße voll von Einsatzfahrzeugen. Jung und Fuchs hatten die Schulleitung informiert, sodass die Schüler durch einen anderen Eingang die Schule verließen. Die Eltern, die ihre Kinder abholen wollten, wurden von Streifenbeamten zu dem improvisierten Ausgang gelotst. In einem der beiden Krankenwagen lag Andreas Sommer, in dem zweiten Marcel Nick. Was Sommer betraf, so glaubte Caspari, dass der Schreck und die Unfähigkeit, auf Gewalt zu reagieren, schwerwiegender für den jungen Kollegen waren, als seine körperlichen Blessuren. Nick dagegen hatte ordentlich etwas abbekommen. Caspari stand zwischen beiden Wagen, so dass er hörte, wie Schneider mit dem jüngeren Kollegen sprach.

»Was macht das Glockenspiel?«

»Es geht. Er hat mich nicht richtig erwischt.«

»Und die Zähne?«

»Fühlen sich an, als wären sie noch drin. Nur die Lippe hat was abgekriegt.«

»Glück gehabt«, meinte Wolf kameradschaftlich. »Wieso hast du nicht richtig zugelangt? Du kannst das doch. Du bist doch im Training.«

»In diesem Moment, als er so auf mich zugerannt kam, konnte ich mich nicht mehr bewegen. Ich war wie gelähmt und meine Kehle total zugeschnürt.«

»Angst.«

»Bitte?«

»Angst«, wiederholte Schneider. »Du musst sie loswerden.«

Andreas Sommer nickte nachdenklich.

»Wie machst du das? Hast du keine Angst?«

»Manchmal. Aber ich zeige sie nie. Darauf warten die doch nur. Die vertrauen darauf, dass sie Narrenfreiheit haben, weil jeder Angst vor ihnen hat. Selbst die Polizei. Dass einer keine Angst vor ihnen hat, ist das Schlimmste für sie. Und das effektivste Mittel, ihnen das Handwerk zu legen.«

»Wie bekommst du das hin?«

»Ich vertraue auf meine Fähigkeiten. Ich kann kämpfen, also tue ich es.«

»Dazu bin ich nicht stark genug.«

»Doch, das bist du. Du musst das nur trainieren. Wenn dich das nächste Mal einer angreift, zögere nicht, selbst wenn er dich nur mit Worten und Gesten angeht. Hast du schon mal etwas von Miyamoto Musashi gehört? «

»Nein.«

»Das war der größte Samurai, der jemals gelebt hat. Von ihm stammt der Rat, seinen Feind niemals zu fürchten. Denke nur an den Kampf, nicht an den Ausgang, nicht an Sieg oder Niederlage. Lebe nur im Moment. Alles andere findet sich von selbst.«

Caspari schmunzelte. Er hatte einen modernen Samurai in seiner Mannschaft, den er davon überzeugen musste, dass Kampf immer nur das letzte Mittel sein durfte.

Er ging ins Schulgebäude, in dem Svenja Bauer gerade ihr Gespräch mit dem Mädchen beendet hatte. Caspari sah dem Kind nach, wie es an der Hand seiner Mutter zum Ausgang ging. Ein hübsches Mädchen mit tiefschwarzen Locken und großen braunen Augen. Er wollte gar nicht daran denken, was diesem Kind zugestoßen wäre, wenn sie Nick nicht gestellt hätten.

»Madita Meier«, sagte Svenja Bauer. »Acht Jahre alt. Die Mutter ist alleinerziehend. Die Frau tut für ihr Kind, was sie nur kann, aber sie ist schon an ihrer Belastungsgrenze.«

»Und der Vater?«, fragte Caspari.

»Hat sich aus dem Staub gemacht. Das scheint eine verkrachte Existenz zu sein, die auf Kosten der Allgemeinheit lebt. Säuft, arbeitet nicht und zahlt daher auch keinen Unterhalt. Die Frau muss viel abreiten, um über die Runden zu kommen. Das Mädchen ist in der Hausaufgabenbetreuung und geht anschließend zur Oma. Auf dem Weg dorthin sprach Nick sie an, schenkte ihr dies und das, zum Schluss sogar einen Nintendo.«

»Bitte was?«, fragte Caspari.

»Einen kleinen Spielcomputer. Auf jeden Fall wollte er ihr heute ein neues Spiel für diese Kiste schenken. Dazu sollte sie vor Ende der letzten Stunde so tun, als müsse sie aufs Klo. Als Treffpunkt war das Eingangstor verabredet.«

»Und niemand aus der Familie hat das bemerkt?«

»Nein, Nick erzählte Madita, sie könnten sich nie wiedersehen, wenn sie jemandem von ihnen beiden erzählen würde.«

»Alte Masche, neues Gewand«, kommentierte Caspari.

»Wie geht es Andreas?«, fragte seine junge Kollegin mit besorgtem Blick.

»Seelisch ist er mehr angekratzt als körperlich.«

»Ich fahre mit ihm ins Krankenhaus, wenn das in Ordnung ist.«

»Natürlich.«

Caspari ging wieder auf den Schulhof. Die Luft war merklich kühler geworden. Tief atmete er ein und gönnte sich einen kleinen Moment der inneren Ruhe, während um ihn herum alles in Bewegung war.

»Chef?«

Er drehte sich um und sah Schneider in die Augen.

»Alles in Ordnung, Chef?«, fragte der ihn.

»Ja, ich brauchte nur einmal einen kleinen Augenblick«, erklärte Caspari. »Ihre Arbeit vorhin hat mir übrigens gut gefallen. Sie waren als Beschatter fast unsichtbar und haben schnell reagiert, als der Kollege Sommer unter die Räder kam. Allerdings muss ich auch auf die Verhältnismäßigkeit zu sprechen kommen.«

»Was meinen Sie damit?«, fragte Schneider kühl.

»Sie waren drauf und dran, einen am Boden liegenden Mann zu verprügeln.«

»Er hatte zuvor einen Kollegen zusammengeschlagen.«

»Das ist richtig. Deshalb habe ich auch nichts zu kritisieren, bis auf den Moment, an dem ich Sie zurückpfeifen musste. Wissen Sie, wir müssen uns von denen unterscheiden, sonst hören wir auf, die Guten zu sein.«

Schneider grinste.

»Sie sind auch ein Krieger.«

»Im Sinne des Budo, ja.«

»Budo?«

»Ein japanisches Wort. Übertragen in unsere Sprache heißt es: ›Der Weg, die Lanze zu stoppen‹.«

»Kein erster Angriff, Konflikte vermeiden, den Weg des Friedens gehen, solange es möglich ist, aber auch sich hart verteidigen, wenn es nicht anders geht. Meinen Sie das?«

»Ja, genau das. Passen Sie auf sich auf. Sie sind ein guter Polizist, den ich gern in meiner Mannschaft habe.«

Bertram

Die junge Frau sah ihn mit einer Mischung aus Aufregung und Spannung an. Bertram saß mit Valerie Eckert im Büro des Jugenddiakons am Steitz. Der hatte es ihm ohne große Nachfrage überlassen, damit er sich in Ruhe mit einigen Mitgliedern des Konfirmandenbetreuer-Teams unterhalten konnte.

»Jasmin hing schon im Kindergarten an Pfarrer Gärtner wie eine Klette. Wenn der mal vorbeischaute, war sie immer ganz aus dem Häuschen. Später war der Kontakt auch sehr eng. Sie war ja die Sandkastenfreundin von Fabian, dem ältesten Sohn vom Pfarrer.«

»Wie verhält sich der Pfarrer gegenüber Kindern und Jugendlichen?«, fragte Bertram vorsichtig.

»Na, ganz normal, würde ich sagen. Er ist ein echt cooler Typ, die Konfirmandenfreizeiten mit ihm sind echt klasse. Wir haben bisher immer sehr viel Spaß mit ihm gehabt.«

»Verhielt er sich Jasmin gegenüber anders?«, fragte Jungmann etwas direkter.

»Keineswegs. Jasmin war zwar schon so etwas wie ein Familienmitglied, aber in den letzten paar Monaten war sie nur noch sporadisch hier im Steitz und bei den Treffen mit Pfarrer Gärtner. Trotzdem nahm er sie auf die Freizeit mit.«

»Pfarrer Gärtner hatte vielleicht einen anderen Umgang mit den Betreuerinnen als mit den Betreuern«, versuchte es Jungmann noch einmal.

»Quatsch! Er ist nie in die Rolle des Sugar-Daddys abgerutscht, falls Sie das meinen. Ich kenne diesen Mann nun schon, seit ich denken kann. Ich weiß, wovon ich rede.«

Bertram bat Valerie, wie auch die anderen zuvor, den Inhalt des Gespräches für sich zu behalten.

Als Valerie gegangen war, gähnte Jungmann und streckte sich.

»Meine Vermutung wird von Befragung zu Befragung betätigt. An den Vorwürfen gegen die Pfarrer ist nichts dran.«

»Aber warum behaupten das Mädchen und der Junge dann so etwas?«, fragte Bertram mehr sich selbst als seinen Schwiegersohn.

»Keine Ahnung! Wir müssen damit anfangen, ihr Umfeld zu durchforsten. Vielleicht finden wir dort eine Antwort.«

Bertram griff nach seinem Mobiltelefon und wählte die Nummer des Staatsanwaltes.

Clara

Seit ihrem Umzug hatte Clara sich nicht mehr bei den Pfadfindern blicken lassen. Der Stamm gehörte zur Gelnhäuser Kirchengemeinde, in der sie keine Gemeindepfarrerin mehr war. Doch über die Schule hatte sie nach wie vor engen Kontakt zu den Jugendlichen, von denen die meisten auch in der *Ansprechbar* mitarbeiteten. Dieser schulische Raum, der einen kleinen Winkelaltar beinhaltete und in dem Tee und Kaffee angeboten wurden, war ein Angebot für Jugendliche, die Rat und Hilfe suchten oder im schulischen Betrieb einfach einen Raum zum Abschalten brauchten.

Clara wurde vom Pfadfinderstamm Barbarossa herzlich begrüßt und bekam gleich eine Tasse Tee in die Hand gedrückt. Nach ein paar Gesprächen ging sie zu Lars, dem Mathematikgenie und Spezialisten für alle Fragen rund um das Hacken.

»Könntest du als Fachmann erkennen, ob jemand einen Trojaner auf den Computer eines anderen geschleust hat?«

Lars überlegte einen Moment.

»Das ist eine Frage der Qualität dieses Trojaners. Je besser der gemacht ist, umso schwerer ist er zu entdecken, besonders dann, wenn man nicht weiß, wonach man suchen soll. Aber im Prinzip kann ich einen solchen Virus hochnehmen.«

»Wenn das so ist, brauche ich deine Hilfe.«

»Bringen Sie mir Ihren Computer vorbei. Ich kriege ihn wieder clean.«

»Das geht leider nicht. Es ist der Dienstrechner von Michael Gärtner. Jemand hat ihm ein paar böse Dateien auf die Festplatte gepackt.«

Lars pfiff durch die Zähne.

»Chapeau. Ich rufe Pfarrer Gärtner an und mache mit ihm Termine aus. Apropos Pfarrer Gärtner. Vorhin waren zwei Polizisten hier, die haben uns Fragen über ihn gestellt. Wissen Sie, worum es da geht?«

»Um einen riesigen Kübel Mist.«

Maria

An diesem Abend bat Lukas, dass Clara ihn wieder einmal ins Bett bringen sollte. Es machte ihr Herz immer ganz warm, wenn der Kleine seine Zuneigung zu ihr zeigte. Nachdem Lukas eingeschlafen war, ging sie in das Wohnzimmer, das Caspari mit dem Holzofen beheizt hatte.

»Ich konnte Lars als Spürhund für den Trojaner auf Michaels Rechner gewinnen«, erzählte sie. Im Hintergrund spielte das Klavierkonzert Nummer drei von Ludwig van Beethoven. Caspari hatte sichtlich Mühe, seine Gedanken von der Musik zu lösen.

»Bitte?«

Sie wiederholte den Satz noch einmal.

»Lars ist ein verdammt guter Fachmann auf diesem Gebiet. Wenn einer etwas auf dem Rechner findet, dann er.«

Clara wollte einwenden, dass das eine zeitaufwendige Angelegenheit werden könnte, als das Telefon ihr Gespräch unterbrach. Widerwillig nahm Caspari ab. Sein Gesichtsausdruck veränderte sich so schnell in ein breites Grinsen, dass Clara den Lautsprecher anstellte, um mithören zu können.

»... mein Name ist Sophia Reuther. Ich arbeite für die Agentur Silverman & Meyer, die Maria MacDonald betreut. Frau MacDonald bat mich, mit Ihnen persönlich Kontakt aufzunehmen. Also, bitte noch einmal um Entschuldigung für das späte Telefonat.«

»Kein Problem, wir sind ja noch wach«, entgegnete Caspari.

»Die neue Actionkomödie ›kiss and kill‹ wurde zum Teil in Frankfurt am Main gedreht«, fuhr Sophia Reuther fort.

»Davon haben wir gehört«, unterbrach Caspari sie.

»Die Premiere wird deshalb am Freitag, den 24. November, auch in Frankfurt stattfinden, mit ganz großem Presserummel und anschließender Gala, versteht sich. Maria bestand ausdrücklich darauf, Sie als VIP-Gast einzuladen.«

Clara sah in Casparis verdutztes Gesicht.

»Doktor Caspari, sind Sie noch am Apparat?«

»Entschuldigen Sie, ich bin seine Partnerin und konnte alles mithören«, antwortete Clara. »Diese Nachricht hat ihn überrumpelt. Er sitzt hier etwas sprachlos.«

»Das kann ich mir gut vorstellen. Man wird nicht alle Tage von einem Hollywood-Superstar eingeladen. Natürlich dürfen Sie als seine Lebensgefährtin ebenfalls mitkommen.«

»Ich sage zu!«, sagte Caspari plötzlich. Dann blickte er in Claras Richtung und korrigierte sich sofort.

»Ich meine, wir kommen selbstverständlich.«

»Prima. Das wird Maria sehr freuen. Sie bat mich, Ihnen zu sagen, Sie mögen viel Zeit mitbringen. Sie möchte sich mit Ihnen nach dem offiziellen Teil noch in ihrer Hotelsuite unterhalten.«

Gernot Schneider

Der Sandsack, der an einem Balken in seiner Scheune baumelte, war groß und sehr schwer. Gernot Schneider liebte es, sich an ihm abzureagieren. Immer wieder ließ er die verschiedensten Kombinationen auf das weiche Leder niederfahren und bearbeitete das Trainingsgerät mit den Fäusten, Ellenbogen, Knien und Füßen. Nach einer halben Stunde schnaufte er wie ein Walross. Als er wieder zu Luft gekommen war, ging er zu Liegestützen und Klimmzügen über, dem idealen Krafttraining für Kampfsportler. Während er seinen Körper immer wieder in die Höhe pumpte, ging ihm das Gespräch mit Caspari durch den Kopf. Irgendwie mochte er diesen elitären Gutmenschen. Er akzeptierte ihn nicht nur wegen seines Sachverstandes und seiner freundlichen Art, sondern weil er ein hochgraduierter Kampfkünstler war. Schneider erwischte sich bei dem Gefühl des Bedauerns, das ihn bei der Vorstellung befiel, er könnte auch aus dieser Abteilung zwangsversetzt werden. Diese Gefühlsregung überraschte ihn. Seit dem Tod seiner Frau Annika vor vier Jahren war ihm alles egal gewesen – außer seinen beiden Kindern, Niklas und Sina. Die Trauer um Annika hatte ihn in ein großes schwarzes Loch geworfen, das sich unter ihm geöffnet hatte und ihn seither verschlang. Er war unfähig gewesen, sich um seine Kinder zu kümmern. Das Jugendamt war es schließlich gewesen, das die Kinder auf Betreiben seiner Schwiegereltern vor seiner Trauer gerettet hatte. Annikas Bruder und dessen Frau waren kinderlos. Das Jugendamt hatte sich für sie als Pflegeeltern entschieden. Schneider, der sich damals fast ganz aufgegeben hatte, war es recht gewesen. Jetzt, nach vier Jahren, fühlte er sich als Versager. Dem Schmerz, der durch seine Erinnerungen verursacht wurde, rückte er mit noch mehr Liegestützen zuleibe, bis er sich vollkommen erschöpft auf die Matte fallen ließ.

Mittwoch, 10. Oktober

Sauer

Er fluchte, als er wieder die Bandansage eines Anrufbeantworters hörte. Leistner und Gärtner, beide Pfarrer also, waren zurzeit nicht im Dienst. Wie sollte er nun vorgehen? Die Anschuldigungen in dem anonymen Schreiben waren zu vage, als dass sie einen Ansatz für seine Recherche boten. Er blickte ins Leere und dachte über eine Strategie nach. Auf jeden Fall durfte er niemanden mit seinen Fragen aufschrecken, sonst gingen gleich alle Türen zu. Dann fiel es ihm ein. Er würde eine Artikelserie darüber schreiben, wie kinderfreundlich die Kirchengemeinden im Gelnhäuser Raum waren. Jeden Samstag konnte er dann ein oder zwei Gemeinden vorstellen. Dazu musste er auch die Kinder und Jugendlichen befragen, ebenso die ehrenamtlichen Helfer. Wenn etwas an den Vorwürfen gegen dran war, würde er auf diese Weise Puzzleteile finden, die er zu einem Bild zusammenfügen konnte. Doch bevor er loslegte, musste er den Ressortchef davon überzeugen, dass die Artikelserie auf genug Resonanz bei den Lesern stoßen würde und dass es an der Zeit war, ihm eine zweite Chance zu geben.

Bertram und Jungmann

Staatsanwalt Grünewald sah nachdenklich auf die Akte, die vor ihm auf dem Tisch lag. Dann hob er den Kopf und sah Bertram und Jungmann an.

»Das ist mir alles zu – wie soll ich sagen? – zu vage. Zwei Jugendliche zeigen fast zeitgleich zwei Pfarrer an. Die Befragung von Zeugen ergibt ein Bild der beiden Geistlichen, das den Darstellungen der Jugendlichen widerspricht. Es gibt keine Misshandlungsspuren, keine Zeugen, nur zwei Fotos und eine dubiose E-Mail. Ich bin geneigt, die Ermittlungen einzustellen.«

»Bliebe dann nur noch die Frage zu klären, wieso Jasmin Huth und Vincent Montag die Pfarrer belasten«, erwiderte Bertram. Ihm war es mehr als recht, dass der Staatsanwalt so dachte. Er glaubte den beiden Jugendlichen mittlerweile kein Wort mehr.

»Das sehe ich genauso«, stimmte Grünewald zu. »Ich werde deshalb ein psychologisches Gutachten über die Beiden anordnen.«

»Ich bin gespannt, was dabei zu Tage kommt. Das Mädchen wirkte auf mich insgesamt sehr verschlossen. Zunächst hatte ich das auf die Belästigung geschoben. Mittlerweile aber glaube ich, sie wurde von jemandem zu ihrer Aussage gedrängt«, meinte Jungmann.

»Und der Junge?«, fragte der Staatsanwalt.

»Der wirkte insgesamt stabiler und offener. Bis auf seine Augen. Sein Blick wirkte seltsam leer auf mich.«

»Der berühmte kriminalistische Spürsinn«, kommentierte Grünewald. »Keine Bange, ich nehme Ihre Einschätzung ernst. Damit bin ich in der Zusammenarbeit mit der Polizei immer gut gefahren. Allerdings ersetzt das die Gutachten nicht.«

Caspari

Caspari vermisste Tina und Mario. In seinem Zimmer versuchte er bei Musik aus der Renaissance zu arbeiten, ertappte sich aber immer wieder dabei, dass seine Gedanken abschweiften und bei Marias Einladung hängen blieben. Durch das Innenraumfenster des Büros beobachtete er seine Truppe. Svenja Bauer betastete vorsichtig Andreas Sommers geschwollene Lippe, Jin Jang erzählte Gernot Schneider von dem vergangenen Abend in einem Frankfurter Kung Fu Zentrum, wobei sie völlig unasiatisch gestikulierte. Schneider lächelte dabei mehr, als ihm selbst wohl bewusst war. Die Abteilung fing an, sich in einen Heiratsmarkt zu verwandeln. Caspari lächelte bei dem Gedanken. Fuchs und Jung waren dagegen ganz mit der Aufgabe beschäftigt, die Dateien auf Nicks Bürocomputer zu lesen. Nachdem er seinen Kollegen eine Weile zugesehen hatte, befand Caspari, dass es Zeit für eine Besprechung war.

»Wir sehen uns im Konferenzraum«, rief er durch seine Bürotür und raffte seine Akten zusammen.

Im Besprechungszimmer waren verschiedene bunte, beschriftete Zettel an die Magnetwand geheftet, dazu auch Fotos, die durch Pfeile miteinander verbunden waren.

»Dann wollen wir mal zusammentragen, was wir seit der Verhaftung gestern in Erfahrung bringen konnten«, setzte Caspari an.

Bevor er weiterreden konnte, ging die Tür auf und Simone Köhler, seine Sekretärin, kam herein. Allerdings brachte sie nicht das obligatorische Tablett mit Kaffee und Gebäck, sondern eine schlechte Nachricht.

»Die Justizvollzugsanstalt Wiesbaden rief gerade an«, sagte sie mit ernster Miene. »Marcel Nick ist aus dem Krankenbereich des Gefängnisses ausgebrochen. Wann genau, weiß man nicht. Man hat es heute morgen erst bemerkt.«

Caspari fuhr aus der Haut.

»Verdammt! Ist das ein Knast oder ein Mädchenpensionat? Uns bleibt jetzt nur noch wenig Zeit. Wenn der Kerl eine zweite Wohnung unter falschem Namen gemietet hat, ist es für ihn ein Leichtes, von dort aus die Kinderpornoplattform mit allen Verbindungen für immer dichtzumachen. Ich informiere die Kollegen von der Internetkriminalität. Die müssen schnellstens so viele Daten über Nicks Kunden an Land ziehen wie möglich. Jin Jang und Herr Schneider machen das private Umfeld von Nick links. Herr Sommer und Frau Bauer nehmen sich noch einmal die Wohnung von Nick vor. Vorher geben Sie sofort eine Großfahndung heraus. Die Kollegen Fuchs und Jung fahren mit mir in die Justizvollzugsanstalt. Ran an die Arbeit!«

Im Nu war der Besprechungsraum leer.

Schneider und Jin Jang

Nicks Schwester hieß Silvia Mantai und lebte mit ihrer Familie in Bruchköbel. Den Rest konnten sie sich zusammenreimen. Nick hatte die Haingartenschule ausgewählt, weil er sie durch seine Nichten gut kannte und weil er mit der Kleinstadt und ihren Ausfahrtsstraßen vertraut war. Gernot Schneider war mit Jin Jang unterwegs zu Nicks Schwester. Nachdem sie schweigend am Frankfurter Flughafen vorbeigefahren waren, fragte Jin Jang: »Wo wohnen Sie eigentlich?«

»Wie bitte?«

»Na, ich meine, wo sind Sie zu Hause?«

»In Hochstadt, einem Ortsteil von Maintal. Ich lebe dort in dem Haus meiner Eltern.«

»Sie sind nicht verheiratet?«, fragte sie vorsichtig.

»Verwitwet«, antwortete er ein wenig zu hart.

»Oh, das tut mir leid.«

»Ist schon gut«, antwortete er beschwichtigend.

»Der Tod meiner Frau liegt schon ein paar Jahre zurück.«

Schneider sah kurz zu ihr hinüber. Sie wirkte erleichtert, aber zugleich auch neugierig. Ihre dunklen Augen musterten ihn interessiert.

»Haben Sie Kinder?«

»Ja, die leben bei Verwandten. Nach dem Tod meiner Frau war das die beste Lösung«, antwortete er ausweichend, um dann von sich selbst abzulenken.

»Für eine Chinesin fragen Sie aber sehr forsch.«

»Wie meinen Sie das denn, bitteschön?«, fragte sie gespielt empört.

»Ich dachte, in China hätte die Frau eine untergeordnete, zurückhaltende Rolle.«

Ihr Gelächter hatte einen glockenhellen Klang.

»Auch in China werden alte Zöpfe abgeschnitten, zumindest in den Städten.«

Schneider ertappte sich nun selbst beim Lachen. Bevor er nachdenken konnte, war ihm eine Frage herausgerutscht.

»Sind Sie denn in China verheiratet oder liiert?«

»Dazu ist mir nie Zeit geblieben. Der Dienst bei der Polizei war sehr anspruchsvoll. Außerdem bin ich eine der Erbinnen unseres Kung Fu Stils. Ich hatte viel damit zu tun, ihn weiterzuführen und anderen mein Wissen weiterzugeben.«

Schneider blickte noch einmal zu ihr. ›Was für eine Verschwendung‹, dachte er. Diese Frau war zu schön und zu attraktiv, um wie eine Einsiedlerin zu leben.

Silvia Mantai erwartete sie bereits. Als sie vor dem alten aber gut restaurierten Doppelhaus in der Friedrich-Ebert-Straße hielten, öffnete die attraktive Frau schon die Haustür. Sie glich Marcel Nick wie ein Zwilling dem anderen. Langes, tiefschwarzes Haar umrahmte das schlanke Gesicht. Sie hatte tiefblaue Augen und eine ebenso schlanke, drahtige Figur wie ihr Bruder. Schneider war vom ersten Moment an beeindruckt von ihrer Erscheinung. So nahm er es dankbar hin, dass seine chinesische Kollegin das Gespräch begann.

»Haben Sie eine Ahnung, wo sich Ihr Bruder nach seiner Flucht aufhalten könnte«, fragte Jin Jang.

»Marcel und ich haben nur noch selten Kontakt. Mein Mann hat ihm vor zwei oder drei Jahren verboten, unser Haus zu betreten. Wissen Sie, Marcel ist kein unbeschriebenes Blatt. An die Tochter unseres Nachbarn hat er sich auch schon mal rangemacht. Damals war das Mädchen fünfzehn und er Ende zwanzig. Als die Sache herauskam, gab es hier einen riesigen Krach. Jochen, mein Mann, ist nicht gerade zimperlich. Er warf Marcel in hohem Bogen raus. Seither treffen mein Bruder und ich uns alle ein bis zwei Monate auf einen Kaffee in Hanau.«

»Wie hat Ihr Mann darauf reagiert?«

»Er akzeptiert es. Er weiß, dass ich Marcel mein Leben zu verdanken habe.«

»Können Sie uns das genauer erklären?«, bat Jin Jang.

Schneider bemerkte, wie das offene und freundliche Gesicht der Frau einen Ausdruck tiefer Trauer annahm.

»Unser Vater war ein gewalttätiger Mann, ein Säufer. Tagsüber mimte er den Saubermann im Büro. Zu Hause trank er jeden Abend, an den ich mich erinnern kann, viel Alkohol. Oft fiel er dann über meine Mutter her. Marcel fing irgendwann an, laut zu schreien, wenn das passierte. Ich weinte nur leise. Dann kam mein Vater in unser Zimmer. Mein Bruder bekam immer die Schläge ab. Er ist zwei Jahre älter als ich. Mich verschonte mein Vater. So ging das jahrelang.«

»Ist denn niemandem etwas aufgefallen?«, fragte Schneider.

»Manche Nachbarn und Lehrer hatten einen Verdacht. Aber unser Erzeuger war beim Schlagen geschickt. Er schlug immer nur so hart, dass Marcels Haut feuerrot war. Aber am nächsten Tag war alles weg. Er hatte nie Blutergüsse. Nur ein einziges Mal. Meine Mutter erzählte der Klassenlehrerin, er sei beim Klettern vom Baum gefallen. Sie hatte zu viel Angst. Ich weiß nicht, wann sie aufgegeben hat. Jedenfalls musste sie einmal ins Krankenhaus. Die Gebärmutter sollte ihr entfernt werden. Sie versuchte, uns in dieser Zeit bei Familienangehörigen unterzubringen, aber mein Vater untersagte es. So waren wir ihm hilflos ausgeliefert. Am ersten Abend gab er sich noch Mühe. Er versuchte, nüchtern zu bleiben bis wir schliefen. Am zweiten Abend brachte er Ärger aus dem Büro mit nach Hause. Als die Cognacflasche beim Abendessen auf dem Tisch stand, wussten wir Bescheid. Als wir im Bett lagen, kam er in unser Zimmer. Marcel stellte sich ihm in den Weg. Er war damals für seine elf Jahre schon recht groß und stark. Aber nicht stark genug für Vater. Er schlug ihn zu Boden. Dann stürzte er sich auf mich. Ich weiß noch ganz genau, wie es sich anfühlte, als er mein Nachthemd zerriss und grob an meiner Unterhose zerrte. Weiter kam er nicht. Plötzlich verdrehte er die Augen, zuckte und begann, gurgelnde Geräusche von sich zu geben. Ich schrie mir die Seele aus dem Leib. Als er mit dem Gesicht auf das Kissen sank, sah ich, wie Marcel mit einem großen Messer auf ihn einstach.«

Sie begann zu weinen, stand auf und ging zur Anrichte. Dann kehrte sie mit einer Packung Papiertaschentücher zurück.

»Es tut mir leid. Wir wollten nicht in solchen Wunden rühren«, entschuldigte sich Jin Jang.

»Ist schon gut. Es muss ja erzählt werden, sonst können Sie nicht verstehen, dass ich so an meinem Bruder hänge, egal, welche schlimmen Dinge er tut. Er ist, was er ist, durch unseren Vater. Das konnte auch die Kinderpsychiatrie nichts ändern. Ich lernte, mit diesen furchtbaren Erinnerungen zu leben, Marcel hat die Erlebnisse nie verkraftet.«

Sie atmete tief durch und wischte sich noch einmal die Augen. Jin Jang fragte behutsam weiter.

»Hat Ihr Bruder Ihnen gegenüber jemals eine Zweitwohnung erwähnt?«

»Nein.«

»Erzählte er Ihnen vielleicht von Freunden?«, fragte Schneider.

»Nicht direkt«, überlegte Silvia Mantai. »Er sprach einmal davon, dass er Leute kennen gelernt habe, die ihm die Augen geöffnet und ihm ganz neue Perspektiven gezeigt hätten. Als ich nachhakte, wechselte er schnell das Thema. Ich fragte ihn danach auch nicht mehr. Das wäre zwecklos gewesen. Marcel gab immer nur so viel preis, wie er gerade wollte.«

Caspari

»Wie kann es sein, dass ein Mann wie Marcel Nick aus diesem Gefängnis entkommen kann?«, wetterte Caspari im Büro des Gefängnisdirektors.

»Ich kann Ihren Ärger gut verstehen, Doktor Caspari«, entgegnete dieser. »Aber wir sind genauso ratlos wie Sie. Der Krankenpfleger, der Nachtdienst hatte, ist ein erfahrener Mann. Rainer Kampe hat früher geboxt. Der lässt sich eigentlich nicht so schnell überrumpeln.«

»Wie konnte es dann Nick gelingen?«

»Wir sind noch dabei, das zu recherchieren. Er muss letzte Nacht die Klingel betätigt haben. Herr Kampe war allein in der Nachtschicht. Er ging hinein und wurde sofort niedergeschlagen. Wir alle hier wundern uns, dass Nick trotz all seiner Verletzungen so mobil war. Selbst der Arzt kann es nicht fassen. Nick hat die Kleidung des Pflegers angezogen und ist mit dessen Ausweis und Schlüssel geflohen.«

»Er musste doch durch mehrere gesicherte Türen, hinter denen ein Beamter sitzt. Ist das denn niemandem aufgefallen?«, fragte Jung.

»Nein«, sagte der Direktor. »Herr Kampe hat von Weitem betrachtet eine gewisse Ähnlichkeit mit dem Insassen. Deshalb fiel es nicht weiter auf.«

»Wir müssen uns die Aufzeichnungen der Überwachungskameras ansehen«, bestimmte Caspari.

»Ich sage Ihnen gleich, dass Sie darauf nichts finden werden«, erwiderte der Direktor. »Das haben wir auch schon getan. Auf den Aufnahmen ist nichts zu sehen.«

»Wie meinen Sie das?«, fragte Fuchs überrascht.

»Es ist wie ein Standbild in allen Fluren. Nichts ist zu sehen. Nur leere Gänge. Selbst der Moment, als Nick aus seiner Zelle hinausging, ist nicht darauf.«

Lars

Lars setzte sich an den Rechner in Gärtners Pfarrbüro, nahm einen großen Schluck Cola und begann, auf die Tastatur einzuhämmern. Gätrner schlich hinter ihm hin und her. Claudia steckte den Kopf durch die Tür.

»Möchte jemand einen Tee?«

Lars und der Pfarrer lehnten dankend ab. Clara hingegen nahm die Einladung an und folgte Claudia in die Küche.

»Wie geht es dir?«, fragte Clara, als eine dampfende Tasse Tee vor ihr stand.

»Miserabel. Die letzten Tage haben nicht nur Michael zugesetzt, weißt du. Seine Unruhe ist kaum zu ertragen. Und ich befürchte, dass wir von hier weg müssen. Gelnhausen ist mir eine liebgewonnene Heimat geworden. Unsere Kinder kamen hier zur Welt. Alle unsere sozialen Kontakte haben wir in dieser Stadt. Michael geht in seinem Beruf hier auf. Das Schlimme ist, dass wir hier nicht bleiben können, wenn diese Geschichte an die Öffentlichkeit kommt, egal, ob er unschuldig ist oder nicht. Etwas bleibt nach einer solchen Sache immer hängen.«

Caspari und die alten Hasen

Sie gingen die Liste von Nicks Geschäftskunden durch. Es waren alles mittelständische Unternehmen, die seine Firma mit dem Aufbau und der Pflege ihres Internetauftrittes beauftragt hatten. Caspari sah sich jede Homepage an. Nicks Engagement für eine einzelne Firma irritierte ihn. Das niederländische Unternehmen bot selbst Software-Lösungen im Objektschutz an. Wozu nahm diese Firma Nicks Dienste in Anspruch?

»Wir haben etwas«, sagte plötzlich eine Stimme. Caspari hob überrascht den Kopf. Svenja Bauer und Andreas Sommer waren von einer erneuten Untersuchung in Nicks Wohnung zurückgekehrt.

»In seinem Arbeitszimmer steht ein Aktenschrank,

der weggeschoben wurde. Das Ding hat versenkbare Rollen«, erzählte die junge Kollegin. »Echt raffiniert, der Schrank. Dahinter befindet sich ein Wandtresor. Den hat die Kriminaltechnik wohl übersehen. Er steht jetzt offen und ist leer. Na ja, fast leer. Ein paar Unterlagen sind noch drin, darunter die Quittung für den Kauf eines sauteuren Laptops.«

»Natürlich«, rief Caspari. »Das ist der Grund, warum wir keine einzige Datei oder einen Internetlink auf die Pornoseite auf seinen Rechnern finden konnten. Das schmutzige Geschäft wickelte er über einen separaten, geheimen Rechner ab.«

»Genau so sieht es aus«, ärgerte sich Andreas Sommer. »Diese Plattform ist seit einer Stunde hin!«

»Hin?«, fragte Jung.

»Sie existiert nicht mehr. Allerdings konnten die Kollegen aus unserem Haus vorher noch herausfinden, wo der Server stand, auf dem Nick die Kinderpornos abgelegt hatte und über den er seine Seite laufen ließ. Das ist echt der Kracher!«

»Jetzt spannen Sie uns nicht auf die Folter«, brummte Caspari.

»Ich hatte ja schon die ganze Zeit den Verdacht, dass die Datenmenge dieser Plattform zu groß für einen auch noch so guten Rechner sein muss. Vorhin haben wir die Nachricht erhalten, dass der Server der deutschen Botschaft in Baku zusammengebrochen ist.«

»In Aserbaidschan haben wir eine Botschaft?«, fragte Fuchs erstaunt.

»Jepp! Und die hat einen viel zu großen Server, von dem sie nur einen Bruchteil nutzen konnte. Nick muss dort irgendwie einen Trojaner eingeschleust haben. Der ermöglichte es ihm, den Server so zu manipulieren, wie er es wollte.«

»Wie geht denn so etwas?«, fragte Jung fasziniert.

»Für einen Hacker ist das gar kein Problem«, erklärte Sommer. »Du machst von der Festplattenanzeige eine falsche Kopie, die jeder Botschaftsangehörige zu sehen bekommt. Dann packst du alle deine Daten auf den Server, was kein Mensch mitbekommt, weil ja niemand mehr die originale Anzeige sieht. Weil die Serverkapazität viel zu großzügig ausgelegt ist, brauchst du auch keine Angst zu haben, dass die Sache auffliegt. Der Trojaner muss mit einem Selbstzerstörungsbefehl programmiert gewesen sein, den Nick vor kurzem aktiviert hat.«

»So wurde eine Einrichtung der Bundesrepublik dazu missbraucht, Kinderschändung über ihren Server zu verbreiten«, kommentierte Svenja Bauer. »Bis das Ding sich verabschiedete.«

»Und jetzt?«, fragte Jung.

»Jetzt haben wir mit großer Wahrscheinlichkeit den Bundesnachrichtendienst im Boot«, brummte Caspari.

Clara

Clara hatte Lars bei den Gärtners zurückgelassen. Sie brauchte nicht dabei zusehen, wie ihr Kollege um den Mathematikstudenten herumschlich, während der nach dem Computervirus suchte. Sie musste Lukas von der Nachmittagsbetreuung abholen und zum Aikido-Training fahren. Ihre zukünftigen Schwiegereltern waren nach Schweden gereist, um Johanna, ihre älteste Tochter, und deren Familie dort zu besuchen. Bis vor wenigen Wochen hatte niemand von deren Existenz gewusst. Caspari war auf den Namen seiner Schwester gestoßen, als er einen alten Fall von Kindesentführung und Mord neu aufrollen sollte. Nach vierzig Jahren hatte Clara das tot geglaubte Mädchen wiedergefunden und ihren leiblichen Eltern vorgestellt. Clara hatte Pia und Werner Caspari eine wunderschöne Zeit mit Johanna und deren Familie gewünscht. Doch sie sehnte den Tag herbei, an dem die Beiden wieder auf dem Hof waren und einige der Fahrdienste für Lukas übernehmen konnten.

Als Lukas in seinem weißen Anzug in den Trainingsraum gehuscht war, sprach Seydel, Casparis alter Trainer, Clara an.

»Na, in letzter Zeit hast du wohl wenig Gelegenheit zum Training gehabt? Sonst warst du mindestens zweimal in der Woche an den Geräten.«

»Ich habe wirklich viel um die Ohren. Allerdings zieht es mich auch nicht allzu sehr zum Krafttraining. Ich bearbeite eher mal meinen Sandsack zu Hause, jogge durch den Wald und mache Liegestütze.«

»Ich denke, ich hätte für dich genau das richtige Training«, meinte Seydel. »Hast du schon mal was von Krav Maga gehört?«

»Gehört, ja. Aber ich habe kein genaues Bild, was das ist.«

»Es ist eine Selbstverteidigungsform, die in Israel entwickelt wurde. Sie ist schnell und sehr direkt, ohne Schnörkel und ausgesprochen alltagstauglich. Dieses System ist eine Kombination aus Karate, Judo und Jiu Jitsu. Du als Boxerin würdest dich bestimmt sehr wohl dabei fühlen. Vor allem kann man sich richtig austoben und kommt ordentlich ins Schwitzen.«

»Das hört sich interessant an. Ich muss das aber erst mit der Sippe meines Mannes besprechen«, erwiderte sie und lachte.

»Ich habe den Trojaner gefunden! So was habe ich noch nie gesehen!«, rief Lars plötzlich. Michael Gärtner, dem die Stunden, in denen der Student seinen Rechner bearbeitet hatte, wie eine Ewigkeit vorgekommen waren, sprang von seinem Stuhl auf und lief zum Schreibtisch.

»Jemand hat es fertig gebracht, sich durch das Sicherheitssystem des Intranets hindurch zu bohren«, erklärte Lars. »So etwas können nur ganz wenige. Die Schutzprogramme dieses Intranets sind nämlich wirklich ausgezeichnet. Das muss ein Profi der allerhöchsten Liga sein.«

Pfarrer Gärtner fiel ein Stein von der Brust. Mit klopfendem Herzen lief er zu seiner Frau und seinen Söhnen, die den Tisch für das Abendbrot deckten. Claudia umarmte und drückte ihn so fest, dass er kaum Luft bekam.

»Gott sei Dank«, flüsterte sie. »Jetzt wird alles gut.«

Gärtner ging zurück in sein Büro, wo Lars immer noch am Computer saß und eine genaue Beschreibung des Trojaners niederschrieb.

»Das schicke ich jetzt Doktor Caspari und den Computerspezialisten Ihres Landeskirchenamtes. Eine Kopie der E-Mail bekommt auch der Dekan«, sagte er schließlich.

»Lars, wie kann ich dir danken?«, fragte Gärtner.

»Spenden Sie mal einen Kasten Bier für die erwachsenen Pfadis, dann ist es schon in Ordnung. Die Zeit an Ihrem Rechner war auch für mich eine Lehrstunde. Das war wirklich nicht ganz uneigennützig.«

Nachdem er den jungen Mann verabschiedet hatte, rief Gärtner Dekan Kern an.

»Das sind großartige Nachrichten. Ich werde morgen gleich mit der juristischen Abteilung des Landeskirchenamtes telefonieren und das weitere Vorgehen abstimmen. Allerdings muss ich Sie noch so lange freigestellt lassen, bis die Anzeige von Jasmin Huth vom Tisch ist. Im Landeskirchenamt möchte man den Entscheidungen der Staatsanwaltschaft nicht vorgreifen.«

»Ich muss wieder arbeiten, sonst werde ich noch verrückt«, erwiderte Gärtner ungeduldig.

»Ich kann Sie verstehen«, sagte der Dekan. »Aber Sie müssen stillhalten, bis alles überstanden ist.«

Caspari und Clara

Es war neun Uhr am Abend, als Caspari vom Training bei Seydel nach Hause kam. An diesem Abend wirkte er niedergeschlagen. Nachdem er in der Küche eine Kleinigkeit gegessen hatte, kam er mit zwei Gläsern und einer Flasche spanischen Rotweins ins Wohnzimmer, in dem das prasselnde Holz im Ofen für eine behagliche Wärme sorgte. Die Nächte begannen allmählich, empfindlich kalt zu werden.

»Was hast du?«, fragte Clara besorgt.

»Unser Hauptverdächtiger in einem Kinderpornofall konnte aus der Untersuchungshaft fliehen. Wie er das angestellt hat, wissen wir nicht. Nun ist er fort und hat alle Spuren im Internet verwischt.«

»Das wird er nicht ohne Helfer gemacht haben«, meinte Clara.

»Sicher nicht. Aber auch da fehlt uns jeglicher Ansatz. Alle seine Kontakte wurden überprüft – ohne Ergebnis. Er hat eine kleine Firma, die sich mit Softwarelösungen für Unternehmen befasst. Die Kontrolle lief wohl sehr erfolgreich. Alle Firmen haben wir genau unter die Lupe genommen. Alle sind seriös. Keine ist auch nur im Ansatz verdächtig, mit diesem Drecksack gemeinsame Sache zu machen.«

»Manchmal täuscht die schöne Fassade. Wo wir gerade bei Ermittlungen sind«, fuhr sie fort, »Michael rief vorhin an. Lars konnte tatsächlich den Trojaner finden. Er hat dir eine genaue Beschreibung geschickt.«

»Das ist am Ende dieses bescheidenen Tages mal eine gute Nachricht«, kommentierte Caspari. »Aber lass uns nicht länger über das Berufliche reden. Mein Sensei Seydel hat mir vorhin erzählt, dass er dich für Krav Maga begeistern konnte.«

Clara grinste und nickte. »Ja, er meinte, das passt zu mir. Was hältst du davon?«

Caspari dachte einen Moment nach.

»Ein sehr effektives System. Allerdings kennt es nur Krieg, keinen Frieden. Es ist der blanke Kampf. Die alten asiatischen Systeme legen Wert auf die Formung der Persönlichkeit und die Vermeidung des Kampfes. Krav Maga fehlt diese Komponente völlig.«

»Du rätst mir ab?«

»Nein, gar nicht. Du musst deine eigenen ethischen Grundsätze selbst mit einbringen. Die gibt es im Krav Maga nicht – zumindest noch nicht in dem Umfang wie zum Beispiel im Karate oder im Aikido.«

Er trank den Rest Wein aus seinem Glas und umarmte sie. Eng aneinander geschmiegt, lagen sie auf dem Sofa und küssten sich. Caspari roch gut nach seinem Duschgel. Seine Küsse schmeckten nach Vanille und Brombeere, daneben machte sich ein Hauch Kirsche breit. Der Wein war wirklich etwas Besonderes. Sein Aroma wirkte aphrodisierend auf Clara. Als sie Caspari ansah, wusste sie, dass es ihm genauso ging.

Donnerstag, 11. Oktober

Irina

Sie richtete sich mühsam auf und sah sich um. Der Raum, in dem sich Irina befand, war möbliert. Ein Schrank, ein Tisch mit Stuhl und das Bett, in dem sie gelegen hatte. Langsam stand sie auf und ging zu der Holztür gegenüber. Vorsichtig drückte sie sie auf und blickte in einen weiteren dunklen Raum. An der Wand sah sie im Halbdunkel einen Lichtschalter. Als sie ihn drückte, wurde das Zimmer in ein grelles Licht getaucht. Sie stand in einem Bad. Auf dem Waschbecken lagen Zahnbürste und Zahncreme. Hand- und Badetücher lagen auf einem Hocker. Waschbecken, Toilette, Dusche. Irina stand fassungslos da. Sie hatte noch nie ein Bad für sich selbst gehabt, schon gar nicht mit einer Dusche. Sie betrachtete sich im Spiegel. Im ersten Moment erschrak sie, dann dachte sie, dass ihr kurzgeschorenes Haar gar nicht so schlecht aussah. Ein Blick durch die Badezimmertür verriet ihr, dass jemand zwei komplette Sätze Kleidung auf den Tisch gelegt hatte. Sie hielt einen Moment inne, dann zog sie sich aus und ging unter die Dusche.

BKA

Von den Abteilungen Internetkriminalität, Pädophilie und Serienmorde waren Mitarbeiter zusammengekommen, um auszutauschen, was sie über Marcel Nick herausgefunden hatten.

»Wir haben rein gar nichts«, bekannte Andreas Sommer, der wegen seiner dicken Lippe noch sehr vorsichtig sprach. »Auf dem iPhone von Nick findet sich nichts Auffälliges, im Kalender stehen nur geschäftliche Termine und die Trainingseinheiten im Sportclub. Auch die Kontoauszüge geben nichts her. Außer den Einnahmen auf dem Geschäftskonto und den Ausgängen für Mitarbeiterlöhne, Mietabbuchungen und Abhebungen am Geldautomat gibt es faktisch keinerlei Geldbewegung. Eine Miete für einen zweiten Wohnsitz ist unauffindbar.«

»Aber irgendwohin muss doch das Geld der Pädophilen gegangen sein. Nick hat sich die Benutzung seiner Plattform doch sicher sehr gut bezahlen lassen«, sagte ein Kollege aus der Internet-Abteilung.

»Nicht auf diesem Konto. Wir haben alle Geldinstitute mit Filialen in Frankfurt abgefragt. Bei keinem ist er Kunde«, erwiderte Svenja Bauer.

»Vielleicht hat er ein Konto unter falschem Namen«, mutmaßte Caspari, »oder er war Kunde bei einer Bank außerhalb der EU.«

»Das Geld der Internet-Kunden wurde auf eine Bank auf den Cayman-Islands überwiesen. Soviel konnten wir schon ermitteln«, erläuterte einer der Internet-Ermittler. »Unser Avatar hat auf dieser Plattform eine Stange Geld für das Video mit dem Mord bezahlt. Ich bezweifle allerdings, dass das Geld auf diesem Konto bleibt. Nick wird die Einkünfte aus diesem Geschäft über mehrere Banken geschleust haben. Über die Nutzer der Seite bekommen wir auch nichts heraus, da es keine Tauschbörse ist, wie die anderen Pädophilen-Foren. Man kann Nicks Plattform eher mit einer Online-Videothek vergleichen, auf der sich die Pädophilen ihre Filmchen vollkommen anonym ansehen konnten.«

»Und die Daten dieser so genannten Kunden wurden mit dem Botschaftsserver ein- für allemal zerstört«, ärgerte sich Schneider.

»Das ist leider wahr.«

Caspari versuchte nachzudenken. Die kreativsten Gedanken kamen ihm, wenn er sich selbst nicht unter Druck setzte. Oftmals gelang ihm das. Auch dieses Mal kam ihm eine Idee.

»Besitzt Nick eine Kreditkarte?«

»Visa Gold«, antwortete Kollegin Bauer.

»Dann lässt sich doch anhand der Bezahlung mit dieser Karte ein Bewegungsprofil von unserem Mann erstellen«, kombinierte Caspari. »Wann war er in welchem Land? In welchem Hotel hat er übernachtet, wo gegessen et cetera. Ich will wissen, was er in den vergangenen fünf Jahren gemacht hat, sogar, mit welchem Taxi er gefahren und wo er ausgestiegen ist.«

»Das ist verdammt viel Arbeit«, äußerte sich ein Kollege der Pädophilenabteilung.

»Hier sitzen drei Abteilungen an einem Tisch. Das wird sich doch machen lassen«, knurrte Caspari. »Nur so werden wir herausbekommen, welche Bank seine Hausbank ist. Ran an die Arbeit!«

Schneider und Jin Jang

Immer und immer wieder sahen Jin Jang und Schneider sich die Überwachungsvideos an. Es war nichts zu finden. Schenkte man diesen Bildern Glauben, hatte Marcel Nick nie einen der Flure betreten. Seit vier Stunden suchten sie nach irgendeinem noch so winzigen Detail. In Schneiders Magen meldete sich mittlerweile der Hunger.

»Seid ihr schon weiter?«, fragte Fuchs, der zusammen mit Jung von einem weiteren Besuch in der Justizvollzugsanstalt zurückgekehrt war.

»Nichts, nada, niente«, maulte Schneider. »Der kann sich doch nicht in Luft aufgelöst haben!«

»Wie geht es eigentlich dem Pfleger, den Nick zusammengedroschen hat?«, fragte Jin Jang beiläufig.

»Nicht besonders gut. Der ist immer noch nicht vernehmungsfähig. Nick muss ihm neben der Tracht Prügel auch eine hohe Dosis eines Narkotikums verabreicht haben. Der arme Kerl ist noch vollkommen weggetreten.«

Clara

»Hallo Jasmin«, grüßte Clara die Schülerin auf dem Schulhof. Sie gab sich Mühe, sich nicht anmerken zu lassen, dass sie über die Anzeige gegen ihren Kollegen im Bilde war.

Jasmin wirkte gehetzt und abwesend.

»Fehlt dir etwas? Du siehst nicht gut aus.«

»Nein danke, es geht«, wehrte das Mädchen ab.

Clara entschied sich, direkter zu werden.

»Kann es sein, dass du mit anderen Menschen Stress hast, weil du Pfarrer Gärtner angezeigt hast?«

Jasmins Gesicht glich einer steinernen Maske.

»Nein, deswegen habe ich keine Probleme. Die Polizei ist ja auch sehr darauf bedacht, dass nichts nach draußen dringt. Einige aus der Jugendgruppe schneiden mich jetzt zwar, aber damit kann ich gut leben. Ich habe vor einiger Zeit echte Freunde gefunden. Die alte Clique brauche ich nicht mehr.«

»Jasmin, egal was ist, ich möchte, dass du weißt, dass wir alle dich ernst nehmen.«

»Lassen Sie's gut sein«, lachte Jasmin bitter und winkte ab.

Caspari beobachtete Jin Jang und Gernot Schneider durch sein Innenraumfenster und bekam ein paar Sätze ihres Gesprächs mit. Der sonst so düstere und introvertierte Einzelgänger schien an der Seite der jungen Chinesin aufzutauen.

»In China sind Hühnerfüße eine Delikatesse«, erklärte Jin Jang.

Schneider sah sein Frikadellenbrötchen mit einer gespielt angewiderten Miene an. Jin Jang kicherte.

»Störe ich Sie in Ihrer verspäteten Mittagspause, oder können wir uns über die Flucht unterhalten?«, fragte Caspari.

»Nein, Sie stören gar nicht«, erwiderte Schneider und biss noch einmal herzhaft in sein Brötchen.

»Wir haben nichts, rein gar nichts«, gab Jin Jang zu.

»Dann müssen wir die Aufnahmen halt noch einmal zu Dritt durchgehen«, bestimmte Caspari.

Immer und immer wieder sah er sich die Aufnahmen an. Es gab tatsächlich keinen Anhaltspunkt. Plötzlich sah er etwas. Ein winzig kleines Detail, von dem er noch nicht recht wusste, was es war, aber es war direkt vor seiner Nase. Er brauchte nur genau hinzusehen.

»Stopp!«, rief er. »Frieren Sie das Bild ein.«

Schneider tat, wie ihm geheißen. Caspari betrachtete jeden Winkel des Bildschirmes immer und immer wieder. Plötzlich wusste er es.

»Schauen Sie sich die Wanduhr auf dem Bild mal genauer an. Der Minuten- und der Sekundenzeiger stehen seit einer viertel Stunde auf ein und derselben Stelle.«

»Verdammt, wie konnten wir das übersehen?«, brummte Schneider.

»Wenn ich das richtig interpretiere, hat Nick sich

über den Rechner im Überwachungsraum in das Computersystem der JVA gehackt. Das dürfte für ihn kaum mehr als fünf Minuten gedauert haben. Er löschte alle Bilder, auf denen zu sehen ist. Dann kopierte er ein paar Minuten der Aufzeichnungen aller Kameras der Flure, durch die er anschließend auf seinem Weg ins Freie gegangen sein muss. Die hat er dann in einer Endlosschleife laufen lassen, damit man seinen Weg nach draußen nicht zurückverfolgen kann.«

»Aber warum sieht man dann keine Bilder von der Zeit vor, während und nach dem Überfall auf den Pfleger?«, dachte Jin Jang laut.

»Vielleicht, weil der Mann mit drin hängt, was damit vertuscht werden soll«, erklärte Caspari.

»Der ist zurzeit aber noch nicht vernehmungsfähig«, wandte Schneider ein.

»Ich weiß. Aber recherchieren Sie bitte auch seine Bankdaten, und erstellen Sie ein Bewegungsprofil mit Hilfe seiner Kreditkarte. Aber nicht mehr heute. Ich brauche Sie morgen frisch und ausgeschlafen. Gehen Sie nach Hause!«

Er selbst hatte für diesen Tag auch genug. Gähnend setzte er sich in sein Auto und fuhr die lange Strecke Richtung Vogelsberg. Während er fuhr, fiel ihm plötzlich Marias Einladung wieder ein. Maria. Er hatte eine halbe Ewigkeit nichts mehr von ihr gehört. Dabei hatten sie früher so oft es ging wie Kletten zusammengehangen. Begonnen hatte alles mit dem Schüleraustausch. Dabei war es allerdings nicht geblieben. Maria hatte ihn sehr engagiert getröstet, als in dem halben Jahr seines Aufenthaltes in den USA die Briefe von seiner damaligen Freundin Elke immer seltener und dann gar nicht mehr kamen. Caspari grinste in sich hinein, als er Maria und sich in der Erinnerung feixen und lachen hörte. Kurz bevor er den Weiherhof erreichte, schüttelte er die Erinnerungen ab. Gleich würde er für Clara und Lukas da sein müssen. Die Gedanken an Maria hatten da keinen Platz – wenigstens an diesem Abend nicht.

Nach dem Abendessen und mehreren Runden Schnauz brachte Caspari Lukas ins Bett. Der Kleine war so müde, dass er sofort einschlief. Als Caspari wieder am Küchentisch Platz nahm, legte ihm Clara eine Liste vor.

»Was ist das?« fragte er.

»Das ist die Liste der Menschen, die ich zu unserer Hochzeit einladen will oder muss.«

Ihre Hochzeit. Im August hatten sie sich versprochen, im kommenden Jahr zu heiraten. Caspari nahm sich Zeit, alle Namen zu lesen.

»Wer ist denn bitteschön Camillo?«, fragte er überrascht.

»Unser Hund, den ich bis dahin anzuschaffen gedenke«, erwiderte Clara und reckte kampflustig das Kinn.

»Ein Hund? Muss das denn sein?«

»Hör mal, ich bin zu dir hierher gezogen, weit ab vom Schuss. Nun hätte ich aber auch gerne mal von dir ein bisschen Entgegenkommen.«

Sie legte Fotos eines Berner Sennenhundwelpen auf den Tisch.

»Dieses Kerlchen stammt aus einem Wurf in Wittgenborn und ist noch zu haben.«

Caspari war hin- und hergerissen. Ein Hund bedeutete einen hohen Zeitaufwand und zusätzliche Verantwortung. Andererseits hatte Clara recht. Sie war tatsächlich hier oben weit ab vom Schuss, auch wenn es ein zauberhaftes Fleckchen Erde war.

»Na ja, drollig sieht er ja aus«, meinte er.

»Ist das ein ›Ja‹?«

»Es ist erst einmal kein ›Nein‹«, antwortete Caspari.

»Du musst dich auch mal an die Arbeit machen und die Gäste aus deiner Sippe aufschreiben«, forderte Clara ihn auf.

»Ja, natürlich. Allerdings möchte ich damit warten, bis meine Eltern wieder aus Schweden zurückgekehrt sind. Wegen des einen oder anderen Verwandten muss ich die Beiden noch mal fragen.«

»Wie geht es ihnen denn bei Johanna?«, fragte Clara.

»Beim letzten Anruf erzählten sie, alles sei sehr schön und aufregend. Viele neue Eindrücke prasseln auf sie ein. Vieles ist noch irritierend. Auf einmal sind wie aus dem Nichts drei weitere Enkel da. Die sind auch schon keine Babys mehr und stammen von einer Tochter, die deren Eltern für tot gehalten haben.«

Freitag, 12. Oktober
Irina

Das Paradies war von einem Zaun umgeben. Jenseits des Maschendrahtes lag das Meer. Irina und die anderen Mädchen durften das Haus nur unter Bewachung verlassen. Umgeben von fünf bulligen Männern gingen sie auf dem großen Grundstück spazieren. Irina betrachtete die Häuser und die Menschen. Sascha hatte sich neben sie gedrängt.

»Hallo, kleine Schwester, wie geht es dir?«

»Ich bin satt, habe ein eigenes Bad und ein warmes, weiches Bett. Das ist mehr, als ich jemals hatte«, antwortete sie vorsichtig.

»Ist das wirklich alles, was dir einfällt?«

»Nein. Ich bin einsam in meinem Zimmer. Ihr fehlt mir. Du fehlst mir.«

»Du fehlst mir auch, kleine Schwester.«

»Wo ist der Mann mit den schwarzen Haaren, der unsere Sprache spricht?«

»Ich weiß es nicht. Nimm dich vor ihm in Acht. Der ist gefährlicher als die Gorillas, die uns bewachen.«

»Ja, Sascha.«

Irina schwieg eine Weile. Ihr fiel ein Mädchen auf, mehr schon eine junge Frau, das aus dem Haupthaus kam. Ihr Haar war rotblond, sie wirkte in der gesteppten Jacke so breitschultrig wie eine Leistungssportlerin. Irina schätzte sie auf ungefähr sechzehn Jahre. Die Fremde hatte Bewacher wie sie selbst. Ihr Blick war stur auf den Boden gerichtet, der Ausdruck auf ihrem Gesicht wirkte finster. Trotz der steinernen Maske, zu der ihr Gesicht geworden war, ging etwas von dieser Jugendlichen aus, das Irina anzog. Ihre Bewacher führten sie an Irinas Gruppe vorbei. Als Irina und die Fremde auf einer Höhe waren, blickte diese auf und sah dem Sankt Petersburger Straßenkind direkt in die Augen. Für einen kurzen Moment wurde das Gesicht der jungen Frau wieder lebendig. Sie lächelte Irina kurz an. Dann beherrschte die finstere Maske wieder ihr Gesicht.

»Kennst du die?«, fragte Sascha.

»Nein, aber sie ist genauso eine Gefangene wie wir«, entgegnete Irina.

»Hör zu, kleine Schwester, wir müssen schnell von hier fliehen.«

»Können wir nicht warten, bis die Polizei uns befreit?«

»Die Bullen? Hast du nicht gesehen, dass die diesen Leuten dabei geholfen haben, uns zu verschleppen? Nein, meine Kleine, für die sind wir völlig uninteressant«, zischte Sascha.

»Was haben diese Leute mit uns vor?«

Irina wurde langsam bange.

»Nichts Gutes, fürchte ich«, antwortete Sascha leise.

»Wie sollen wir von hier fliehen?«, flüsterte Irina.

»Unser Haus ist nicht weit entfernt vom Haupttor. Wir werden diese Büffel beim Abendessen niederschlagen. Als Gruppe bekommen wir das hin. Zu den Mahlzeiten sind nie mehr als drei von denen da. Dann hauen wir über den Hinterausgang ab. Ich weiß, wie man dahin kommt.«

»Woher?«

»Die haben mich mal zu einem Arzt in das hinterste Zimmer gebracht. Da ist ein Notausgang.«

»Zu einem Arzt? Bist du krank?«

»Nein, verdammt! Der hat geguckt, ob alles mit mir in Ordnung ist. Danach musste ich mich ausziehen, und er hat mich untersucht wie ein Frauenarzt.«

Irina machte große Augen.

»Kommen wir da alle hin?«, fragte sie ängstlich.

»Ich fürchte schon, falls wir nicht vorher abhauen.«

»Wann?«

»Heute Abend. Die Anderen wissen Bescheid.«

Den Rest des Weges schwiegen sie. Irina schlang ihre Arme fest um ihren Oberkörper. Obwohl die Jacke angenehm wärmte war, fröstelte es sie.

Bertram, Jungmann und der Staatsanwalt

»Tja, meine Herren, das ist eine heikle Geschichte«, eröffnete Staatsanwalt Grünewald das Gespräch und schob Bertram das Gutachten hin. »Ich hatte darauf bestanden, dass der Psychiater sich ranhält. Ich will das vom Tisch haben.«

Bertram überflog die Beurteilung der beiden Jugendlichen.

»Wenn ich das Schreiben richtig deute, so hält der Gutachter Jasmins Geschichte für erfunden. Bei Vincent könnte etwas dran sein.«

»In der Kürze der Zeit kann man nicht alles erfassen, was er schreibt«, erklärte Grünewald. »Ich gebe Ihnen mal die Kurzfassung: Mit beiden Jugendlichen stimmt etwas nicht. Beide zeigen eine atypische Distanz zu den geschilderten Erlebnissen. Dem Jungen traut der Psychiater noch am ehesten zu, dass der etwas aus seiner Vergangenheit erzählt. Falls etwas dran sein sollte, ist das mittlerweile allerdings schon verjährt. Insgesamt zeigen Beide jedoch sehr deutliche Anzeichen, dass sie unter Druck stehen. Irgend jemand drängt sie zu diesen Aussagen.«

»Im Klartext: Beide lügen, aber nicht freiwillig!«

»In Kurzform, ja!«, bestätigte Grünewald. »Ich werde Familie Huth zu einem Gespräch einladen und ihr erklären, warum wir die Ermittlungen einstellen. Dasselbe werde ich mit Vincent Montag machen. Der ist schon achtzehn. Da sind die Eltern außen vor.«

»Um diese Aufgabe beneide ich Sie nicht«, meinte Bertram. »Jasmins Vater wird wahrscheinlich hochgehen wie ein HB-Männchen.«

»Mit dem werde ich schon fertig«, meinte Grünewald. »Von Ihnen erwarte ich, dass Sie ermitteln, wer die Jugendlichen unter Druck setzt. Gegen die Beiden werden wir nichts unternehmen. Ich will den Drahtzieher dahinter. Irgendwer hat ein Interesse an der Zerstörung des guten Rufs zweier angesehener Geistlicher.«

BKA

»Nicks Kunden sind durch die Bank sauber«, erklärte Andreas Sommer. »Da kommen wir nicht weiter.«

»Der Mann ist praktisch wie vom Erdboden erschwunden«, brummte Fuchs. »Die Fahndung ist bisher erfolglos.«

So schnell ließ Caspari sich nicht entmutigen.

»Was hat denn das Kreditkarten-Profil ergeben?«

»Nick war in den vergangenen Jahren oft in Dubai. Wir konnten sein Hotel identifizieren und die Taxifahrten nachverfolgen. Er wurde häufig an der First National Bank of Dubai abgesetzt und von dort auch wieder abgeholt. Wir können also davon ausgehen, dass er dort Konten hat«, erzählte Svenja Bauer.

»Kommen wir an die ran?«, fragte Caspari, obwohl er die Antwort schon kannte.

»Nein, keine Chance. Seit die Schweiz und Liechtenstein als Paradiese für Steuerhinterzieher ins Gerede gekommen sind, erweisen sich besonders die orientalischen Banken als Festungen des Bankgeheimnisses.«

»Einen richtigen Knüller haben wir noch«, grinste Andreas Sommer. »Nick hat seinen Handyvertrag bei einer Gesellschaft in Dubai abgeschlossen.«

»Da ist doch jeder seiner Anrufe in Europa sauteuer«, wunderte sich Jung.

»Richtig. Aber so kann er sicher sein, dass wir nicht an seine Anruflisten kommen. Er muss auch immer sehr gründlich beim Löschen seiner Anrufprotokolle gewesen sein. Das hat er zweimal täglich gemacht, so wissen wir nicht, mit wem er gesprochen hat.«

»Ein ausgebuffter Hund«, ärgerte sich Caspari.

»Beim Pfleger Ralf Kampe sind wir auch noch nicht weiter«, übernahm Jin Jang das Gespräch. »Er ist immer noch nicht vernehmungsfähig. Auf seine Bankdaten und seine Anruflisten warten wir noch.«

Caspari vermisste Mario und Tina. Zusammen mit den Beiden kam er immer auf die besten Ideen.

»Das heißt, wir sind noch keinen Schritt weiter.«

»So sieht es aus«, erwiderte Schneider.

Clara

Nach der Schule musste Clara einen langen Einkaufszettel abarbeiten. Für eine kleine Familie die Besorgungen in die Hand zu nehmen war etwas anderes, als sich als Alleinstehende zu versorgen. Im großen Supermarkt in Wächtersbach gab es fast alles, was man zum Leben brauchte. Als sie nach dem Einkauf den vollen Wagen zum Ausgang schob, fiel ihr Blick auf ein Plakat am schwarzen Brett. Vor dunklem Hintergrund sah sie eine große Fackel, darunter in gelb-orangefarbenen Buchstaben: lux aeterna – Ihr Weg zu innerem Wachstum und Größe. Werden Sie der Mensch, zu dem Sie bestimmt sind!

Weiter las Clara nicht. Sie hatte keine Lust, sich mit einer neuen Gruppierung religiöser Spinner zu befassen. Schnell verstaute sie ihre Einkäufe im Kofferraum. Bevor sie nach Wittgenborn fuhr, fiel ihr ein, dass sie noch zum Weidenhof musste, einem großen Bauernhof, der seine Produkte in einem Laden auf dem Hof verkaufte. Als sie dort ankam, begann es heftig zu regnen. Die warmen Tage waren endgültig vorbei. Der Herbst bestimmte nun das Wetter und die Temperaturen. Der Laden bestand aus einem großen Raum. Während sie wartete, bis die Kundin vor ihr bezahlt hatte, schweifte Claras Blick durch die Regale. An der Wand sah sie einen Aushang, der ihr Interesse auf sich zog. Langsam ging sie darauf zu. Die Familie, bei der sie sich einen Welpen ausgeguckt hatte, warb für den aktuellen Wurf. Mit einem Mal wurde ihr klar, dass sie sich beeilen musste, Caspari zu überzeugen. Die Züchter würden diesen Welpen nicht ewig für sie reservieren.

Sauer

»Dies ist der Anschluss von Pfarrer Michael Gärtner. Das Pfarramt ist zurzeit nicht besetzt. In dringenden Fällen wenden Sie sich bitte an …«

Verärgert knallte Peter Sauer den Hörer auf das Telefon. Er hatte sich vorgenommen, beide Pfarrer zunächst über die Angebote für Kinder und Jugendliche in ihren Gemeinden zu interviewen. Eines war klar: Wenn beide wirklich Dreck am Stecken hatten, dann stammten ihre Opfer aus dem Umfeld der Jugendarbeit. Er überlegte und trommelte dabei nervös mit den Fingern auf dem Schreibtisch. Das hatte er sich angewöhnt, während er mühevoll von seiner Nikotinabhängigkeit losgekommen war. Gärtner und Leistner wurden beschuldigt, sich an Jugendlichen vergangen zu haben. Falls an den Gerüchten etwas dran sein sollte, gab es mit Sicherheit auch Anzeigen. Sauer wählte die Nummer eines Staatsanwaltes, den er aus früheren Zeiten kannte.

»Grünewald.«

»Sauer, hallo, Herr Staatsanwalt.«

»Ach, Sie sind es. Was kann ich für Sie tun?«

»Ich wollte nachfragen, ob es Ermittlungen gegen die Gelnhäuser Pfarrer Leistner und Gärtner gibt.«

»Nein, wir haben keinen Grund, gegen die beiden zu ermitteln«, antwortete Grünewald. »Wie kommen Sie auf diese Idee?«

»Ein Vögelchen zwitscherte mir so etwas«, antwortete Sauer, der nun mit Sicherheit wusste, dass er an etwas ganz Heißem dran war. Grünewald hatte nicht gesagt, die Staatsanwaltschaft ermittle nicht gegen die Geistlichen, sondern, dass sie keinen Grund dazu habe. Hieß das nicht, dass Grünewald sich schon mit der Frage auseinandergesetzt hatte, ob er Ermittlungen fortsetzen oder einstellen sollte?

»Dann geben Sie mal acht, dass das Vögelchen beim Zwitschern nicht die falsche Melodie anstimmt«, kommentierte Grünewald ein bisschen zu scharf.

Sauer bedankte sich und beendete das Gespräch. Gleich darauf rief er im evangelischen Dekanat in Gelnhausen an und ließ sich mit Dekan Kern verbinden. Er erzählte ihm von seiner Idee eines Berichts über kirchliche Jugendarbeit.

»Ich versuche nun schon seit Tagen, Pfarrer Gärtner zu erreichen.«

»Tja, Herr Sauer, da kann ich Ihnen nicht weiterhelfen. Pfarrer Gärtner befindet sich zurzeit im Urlaub.«

»Wann wird er denn wieder im Dienst sein?«

Der Dekan schwieg einen kleinen Moment.

»Die Urlaube meiner Pfarrer habe ich nicht im einzelnen im Kopf. Das müsste meine Sekretärin heraussuchen«, sagte er schließlich.

›Du hast zu lange überlegt‹, dachte Sauer. Er bedankte sich und legte auf. Ein anschließendes Telefonat beim katholischen Dechanten verlief ähnlich, so wie Sauer es sich gedacht hatte. Die Sache stank zum Himmel. Sauer überlegte, was er als Nächstes tun sollte. Mit einem Mal fiel ihm Arndt Müller ein, ein alter Klassenkamerad. Der war mittlerweile Polizist und arbeitete auf dem Gelnhäuser Revier. Wenn Sauer jemals einen Freund gehabt hatte, dann war das Arndt Müller. Er wählte dessen Mobilnummer.

»Grüß dich, hier ist Peter. Hör mal, ich habe Informationen, dass gegen die Pfarrer Leistner und Gärtner ermittelt wird. Kannst du mir dazu etwas Genaueres sagen?«

»Nein, und das weißt du auch!«, brummte der Polizist unwillig.

»Ihr habt doch ein Intranet, über das sich jeder Polizist Informationen zu jedem Fall holen kann …«, setzte Sauer an.

»Ja, und der ermittelnde Kollege kann auch immer erkennen, wer sich für seinen Fall interessiert. Das hat man so eingerichtet, um eventuelle Gefälligkeitsdienste zu vermeiden.«

»Kannst du mir nicht irgend etwas sagen?«, drängte Sauer.

»Nur, dass beide Pfarrer Zeugenaussagen bei den Chefs gemacht haben. Das hast du aber nicht von mir, klar?«

Sauer hätte vor Freude einen Luftsprung machen können. Endlich war er einer ganz großen Sache auf der Spur. Er war wieder da!

Gärtner

»Michael, Telefon für dich!«, rief Claudia aus dem Wohnzimmer.

Michael Gärtner, der in seinem Amtszimmer tief in ein Buch versunken saß, schreckte auf. Wieso hatte er es nicht Läuten gehört? Langsam fand er in die Gegenwart zurück. Mit schlurfendem Schritt ging er zu seiner Frau und nahm den Telefonhörer entgegen.

»Kern, guten Tag, Herr Gärtner«, meldete sich der Dekan anscheinend bester Laune. »Der Staatsanwalt hat vorhin mit der Prälatin telefoniert, die dann wiederum mich anrief. Ich darf Ihnen die erfreuliche Mitteilung machen, dass die Ermittlungen gegen Sie eingestellt werden. Die Beurlaubung ist damit aufgehoben. Wenn Sie möchten, können Sie Ihren Dienst wieder aufnehmen. Falls Sie allerdings noch Zeit brauchen, kann Ihnen das niemand verdenken.«

»Nein, nein!«, widersprach Gärtner. »Ich will schnellstens wieder arbeiten. Dabei erhole ich mich am besten von dem Horror der vergangenen Tage.«

»Na gut. Ich empfehle Ihnen trotzdem, die Supervisionsangebote unserer Pastoralpsychologin in Anspruch zu nehmen.«

»Natürlich«, stimmte Gärtner zu.

»Zwei Dinge noch«, fuhr der Dekan fort. »Ein Reporter vom Gelnhäuser Anzeiger fragte vorhin telefonisch nach Ihnen. Er will eine Reportage über die Jugendarbeit unserer Gemeinden schreiben. Passen Sie ein bisschen auf, nur für den Fall, dass das ein Vorwand ist.«

»Verstehe«, antwortete Gärtner.

»Ich weiß, dass Ihnen das schwerfallen wird, um was ich Sie jetzt bitte«, begann Kern vorsichtig. »Unterlassen Sie jede Kontaktaufnahme mit Jasmin Huth und deren Eltern.«

»Aber ...«

»Ich weiß, diese Vorwürfe hinzunehmen, ohne anschließend auch nur ein Wort der Erklärung zu hören, fällt sehr schwer. Aber überlassen Sie die Aufklärung der Polizei. Das ist eine dienstliche Anweisung.«

»In Ordnung.«

»Ich bin mir sicher, dass alles ans Licht kommt. Der Hackerangriff war ja nun auch kein Lausbubenstreich. Vermutlich steckt etwas Größeres dahinter. Die Polizei hat einfach mehr Erfahrung im Umgang mit solchen Machenschaften.«

Krankenhaus

Gemeinsam mit Jin Jang schlenderte Schneider über die Flure des Wiesbadener Krankenhauses. Er hatte keine Eile. Er mochte die ungestörten Augenblicke mit der jungen Chinesin. In wenigen Minuten würden die allerdings durch die Zeugenbefragung von Ralf Kampe unterbrochen. Caspari war schon vorausgegangen, um sich vorab mit dem Stationsarzt zu unterhalten. Der hatte sie vor einer Stunde telefonisch benachrichtigt, dass der Krankenpfleger sich mittlerweile von der hohen Dosis Narkotika erholt hatte.

»Wer führt die Befragung?«, fragte Schneider. »Der Chef hat uns das übertragen.«

»Du«, sagte sie. Dann erschrak sie über sich selbst. »Entschuldigung, ich habe Sie ja … ich meine, das war keine Absicht.«

Schneider lachte.

»Aber meine liebe Frau Fang! Wo wir doch jetzt so etwas wie Partner sind, die im Dienst zusammenarbeiten, ist das ›Du‹ überfällig! Ich heiße Gernot.«

»Ja, ich meine, gut. Ich bin Jin Jang«, stammelte sie.

Sie war so zauberhaft, wenn sie errötete. Schneider spürte einen warmen Strom durch seine Adern fließen. Überhaupt fand er sie wunderschön. Das schwarze Haar zum Pferdeschwanz zusammengebunden, das schmale Gesicht mit den mandelförmigen dunklen Augen, die weibliche Figur, die doch viel Kraft ausstrahlte.

»Also gut, ich führe, du hakst dich immer wieder ein. Wollen wir ihn mit dem Verdacht konfrontieren, dass er möglicherweise an der Flucht mitgewirkt hat?«

»Nein, wir wiegen ihn erst einmal in Sicherheit.«

Vor dem Krankenzimmer von Ralf Kampe trafen sie Caspari. Er klopfte an und ging als Erster hinein, Schneider folgte als letzter. Bevor er die Tür schloss, hielt er inne. Über das Gesicht des Mannes zog sich ein großes Hämatom, das alle Farben des Regenbogens in sich vereinte. Der Bereich um das linke Auge war immer noch stark geschwollen.

»Da hatte einer aber mächtig viel Wut«, kommentierte er die Verletzungen, nachdem Caspari sie vorgestellt hatte. Ralf Kampe versuchte zu grinsen, was ihm augenscheinlich Schmerzen bereitete.

Schneider kam gleich zur Sache. »Wie ist das passiert?«

»Nick klingelte an seinem Krankenbett«, erzählte Ralf Kampe. »Ich ging zu ihm rein. Das einzige, woran ich mich dann noch erinnere, ist die Faust, die ich auf mein Gesicht zu kommen sah, dann wurde alles schwarz.«

»Gehen Sie immer allein in die Krankenzellen?«, hakte Schneider nach.

»Meistens ja. Es sei denn, dass es sich um ganz gefährliche Jungs handelt. Dann rufe ich einen Beamten aus einem Nachbartrakt zur Unterstützung.«

»Und Nick hielten Sie nicht für einen gefährlichen Jungen?«, fragte Jin Jang.

»Nein, mit seinen Verletzungen wirklich nicht. Den muss sich jemand bei der Festnahme ganz schön zur Brust genommen haben.«

Schneider sah zu Jin Jang. Die versuchte, ein Lachen zu unterdrücken.

»Nick hat Sie ordentlich mit Narkotika abgeschossen, nachdem Sie bewusstlos waren. Haben Sie eine Idee, woher er das Zeug haben könnte?«, fragte Schneider weiter.

»Nein, tut mir leid. Allerdings gibt es im Knast nichts, was Sie nicht bekommen können.«

»Aber Nick war doch erst ein paar Stunden auf Ihrer Station. Wie soll er in dieser kurzen Zeit Kontakt zu anderen Häftlingen aufgenommen haben?«, widersprach Jin Jang.

»Nach allem, was ich bis jetzt von der Flucht erzählt bekommen habe, glaube ich, dass ihn jemand von außen unterstützt hat«, erklärte Kampe.

»Können Sie sich erklären, warum Nick auch die Bilder auf der Überwachungskamera gelöscht hat, die zeigen, wie Sie zu ihm gehen?«

»Ich habe nicht den blassesten Schimmer«, meinte der Pfleger, der versuchte, den Mund beim Reden möglichst wenig zu bewegen.

»Gut. Das war es dann fürs Erste. Wir melden uns wieder bei Ihnen«, sagte Caspari und sah Jin Jang und Schneider mit einem durchdringenden Blick an.

Schneider war klar, was das hieß: ›Klappe halten!‹ Sie verabschiedeten sich schnell und gingen nach draußen.

»Was war das eben?«, platzte es aus Schneider heraus, als sie über den Flur liefen. »Den hätten wir jetzt doch richtig schön weichkochen können!«

Caspari sah ihn gelassen an.

»Nein, hätten wir nicht. Das müsste Ihnen als Verhörspezialist auch klar sein. Der Mann bleibt bei seiner Version, und wir haben nichts in der Hand.«

Schneider ärgerte sich über sich selbst. Natürlich hatte der Chef recht.

»Ich habe eine Telefon- und E-Mail-Überwachung bewilligt bekommen, genauso wie eine dauerhafte Überwachung von Ralf Kampe.«

Schneider war überrascht.

»Seit wann das denn?«

»Sie müssen wissen, ich sitze nicht nur in meinem Büro und höre Madrigalmusik«, lachte Caspari gutmütig.

Schneider wusste nicht, was er darauf antworten sollte. Der Chef blieb ihm ein Rätsel.

›Jetzt wird alles gut!‹, dachte Clara, als sie den Telefonhörer auflegte. Der Dekan hatte ihr gerade mitgeteilt, dass Gärtner nicht mehr verdächtigt wurde. Spontan griff sie nach dem Autoschlüssel und lief im Nieselregen zu ihrem Wagen. Lukas war heute Nachmittag bei seiner Mutter, die ihn erst nach dem Abendessen nach Hause bringen würde. So hatte sie Zeit für einen kleinen Besuch bei Gärtners. Bevor sie nach Gelnhausen-Haitz fuhr, machte sie einen Abstecher zum Blumenladen in Wächtersbach und zum Weidenhofladen, wo sie eine Flasche Williams-Birnenbrand abfüllen ließ. Michael trank diesen Schnaps sehr gern, das wusste sie.

Als Claudia öffnete, drückte Clara ihr den schönen Herbststrauß in die Hand.

»Für deine Geduld und dein Durchhaltevermögen«, erklärte sie.

Claudia fing an zu weinen.

»Ich habe so ein schlechtes Gewissen, Clara. Ich habe an Michael gezweifelt. Fast hätte ich die Lügen dieser Göre geglaubt.«

Clara nahm sie in den Arm und drückte sie.

»Das ist doch normal. Du bist eben auch nur ein Mensch!«

Claudia putzte sich die Nase und wischte sich die Tränen aus dem Gesicht. Dann führte sie Clara ins Wohnzimmer, wo Michael sie begrüßte.

»Jetzt trinken wir erst mal einen Schnaps auf deine Rehabilitation«, bestimmte Clara.

Michael lachte und holte drei Gläser aus dem Wohnzimmerschrank.

»O Mann, was bin ich erleichtert«, seufzte Gärtner

nach dem ersten Glas. »Mir fällt ein ganzer Gesteinsbrocken vom Herzen. Ich frage mich allerdings die ganze Zeit, was das Mädchen dazu gebracht hat, so etwas zu behaupten? Und vor allem, wie das mit dem Hackerangriff und den Fotos auf meinem Computer zusammenhängt.«

»Kümmert sich jemand darum?«, fragte Clara.

»Ja, vorhin war ein Servicetechniker der Landeskirche da und hat einen neuen Rechner aufgestellt. Den alten habe ich einem Beamten des Bundeskriminalamtes gegeben.«

»Das BKA kümmert sich um diese Sache?«, fragte Clara erstaunt.

»Ja, die Landeskirche ist ja keine kleine Klitsche. Und das BKA verfügt über eine hervorragende Abteilung für Internetkriminalität.«

»Du hast vorhin nach Jasmins Beweggründen gefragt«, griff Clara Gärtners Frage noch einmal auf. »Es wird meiner Einschätzung nach noch eine Weile dauern, bis die ans Tageslicht kommen. Irgendetwas stimmt ganz und gar nicht mit ihr.«

Sie holte tief Luft und überlegte schnell, wie sie dem Gespräch wieder eine fröhliche Note geben konnte.

»Komm, lass uns noch einen trinken«, sagte sie lachend.

Als sie nach Wächtersbach zurückfuhr, betete sie, dass sie in keine Verkehrskontrolle geriet.

Als sie später die Haustür aufschloss, kamen ihr unvertraute Klänge aus dem Wohnzimmer entgegen. Im Wohnzimmer entdeckte sie Caspari, der ›tiny dancer‹ von Elton John hörte und dabei im Bariton mehr mitbrummte als mitsang. Sie kicherte leise. Das war eine ganz und gar untypische Musik für einen Mann, der kaum etwas neben klassischer Musik gelten ließ. Umso skurriler war das Bild, das sie im Wohnzimmer vorfand.

Leise schlich sie sich an ihn heran und warf einen Blick über Casparis Schulter. In der Hand hielt er ein Foto, auf dem er als Jugendlicher zu sehen war, der, eng umschlungen von einem ausgesprochen hübschen Mädchen, in die Kamera lachte. Ruckartig drehte Caspari sich zu Clara um.

»Ach, hallo«, grüßte er sie verlegen.

Clara hatte plötzlich große Lust, ihn auf den Arm zu nehmen.

»Muss ich mir Sorgen machen?«

Caspari sah sie mit großen Augen an.

»Wieso? Ich meine … was meinst du?«, stammelte er, während Clara einen Lachanfall unterdrückte.

»Du hörst in der Phase unserer Hochzeitsplanung eine für dich vollkommen atypische Musik und starrst dabei auf ein Bild, auf dem dich so ein Sahneschnittchen umarmt«, antwortete sie mit gespielt ernster Miene.

»Es ist nicht so, wie es aussieht«, begann er zu erklären, »wie immer es auch aussehen mag. Das ist nur ein kleiner Ausflug in die Vergangenheit.«

»Wer ist das Mädchen?«

»Maria MacDonald«, sagte er mit belegter Stimme.

Clara war wie vor den Kopf gestoßen.

»Die Maria MacDonald?«

»Ja, ich schüchterner Trottel war tatsächlich mal mit einer jungen Dame zusammen, die heute zu den attraktivsten Schauspielerinnen in Hollywood gehört. Das ist gefühlte hundert Jahre her. Damals hörten wir fast nur Elton John. ›Tiny dancer‹ war unser Abschiedslied.«

»Was hat Elke dazu gesagt? Schließlich warst du

doch mit ihr auch während deines Schüleraustausches zusammen.«

»Wir waren Jugendliche und hatten uns ja noch nicht festgelegt. Wer weiß denn schon in diesem Alter, wen er später einmal heiratet? Sie hat während meiner Zeit in den USA auch dem Gebalze anderer Jungs nachgegeben, wie Benny mir in einem seiner Briefe damals geschrieben hat.«

»Da hast du recht«, pflichtete Clara ihm bei. »In dem Alter darf man noch ausprobieren. Aber warum hast du mir nie von deiner berühmten Freundin erzählt?«

»Ich hatte diese Zeit einfach vergessen, bis die Agentin anrief. Maria und ich – das hat sich irgendwann einfach verlaufen. Wir leben zu weit voneinander entfernt und führen unser Leben auf ganz unterschiedliche Weise.«

»Ja, so ergeht es selbst den besten Freundschaften«, bestätigte Clara. Eine kleine Spitze konnte sie sich aber nicht verkneifen.

»Legst du Elton John noch mal auf, oder hören wir bis zum Abendessen doch lieber Madame Butterfly – von wegen der unglücklichen Liebe?«

Er grinste und zog sie zu sich herunter.

»Dürfen die Feen in Irland so frech sein?«

»Sicher! Sie machen den Kobolden darin Konkurrenz«, erwiderte sie und gab ihm einen Kuss.

IRINA

»Sankt Petersburgs Katzen«, rief Sascha plötzlich laut beim Abendessen. Die muskelbepackten Bewacher sahen sich fragend an. Wie Sascha gesagt hatte, waren es nur drei. Auf diesen Schlachtruf hin stürzten sich alle Mädchen auf sie. Der Angriff lief wie ein gut geschmiertes Räderwerk. Die Ränder der Teller wurden den Dreien an die Schläfe und gegen den Kehlkopf geschlagen. Knie wurden zwischen Beine gerammt. Es ging so schnell, dass Irina sich hinterher gar nicht mehr daran erinnern konnte. Die Mädchenbande fesselte die Männer mit deren Hosengürteln und stopfte ihnen Servietten in den Mund. Wie auf Kommando stürmten alle los und zogen sich Schuhe und Jacken an, griffen nach allem Essbaren, das auf den Tischen lag und rannten zum hinteren Raum des großen Hauses. Sascha entriegelte den Notausgang, dann sprangen alle ins Freie.

»Vorsicht, Überwachungskameras«, raunte Sascha. Die Mädchen kannten diese Sicherheitselektronik vom Hauptbahnhof ihrer Heimatstadt und bewegten sich mit spielerischer Sicherheit außerhalb des Erfassungsbereiches der Geräte. So arbeiteten sie sich bis zum Haupttor vor.

»Lauft, was ihr könnt, und werft euch dem nächstbesten Passanten in die Arme!«, befahl Sascha. Dann griff sie nach Irinas Hand und rannte mit ihr los. Das Tor kam immer näher. Der Weg in die Freiheit, weg von diesen finsteren Männern, war zum Greifen nahe. Sie waren alle beim Hauptausgang und setzten an, in beide Richtungen davonzulaufen. Doch plötzlich prallten sie zurück. Zwei große Laster kamen von beiden Seiten des Tores aus den Wegen geschossen und blockierten den Ausgang.

»Nein!«, schrie Sascha verzweifelt und drehte sich blitzschnell um. Irina folgte ihrem Beispiel. Wie aus dem Nichts stand der Mann da, der sie am Bahnhof angelockt hatte. Sein Gesicht war dieses Mal aber nicht freundlich, sondern von Zorn gezeichnet. Mit einer gewaltigen Ohrfeige, die Irina nicht hatte kommen gesehen, streckte er Sascha nieder.

»Ihr Idioten!«, schimpfte er auf russisch. »Seid ihr zu blöd, ein paar kleine Mädchen zu bewachen?«

Betreten sahen die Kleiderschränke zu Boden. Irina wusste mit einem Mal, warum Sascha sie vor diesem Mann gewarnt hatte. Selbst die starken Wächter fürchteten ihn.

»Los, treibt sie zurück!«, befahl er. »Und zwar auf dem Weg, auf dem sie gekommen sind. Umso weniger unsere Mitglieder davon mitbekommen, desto besser.«

Kurze Zeit später umfing sie das Neonlicht des Essensraums. Die Mädchen wurden nacheinander wieder in ihre Zellen gesperrt, zuletzt Irina. Es fiel ihr schwer, den Blick von Sascha abzuwenden, die bewusstlos auf dem Boden lag.

Der Schwarzhaarige sah sie immer noch voller Zorn an.

»Das ist die Anführerin der Bande. Macht sie wach! Wir werden ein Exempel statuieren, das den anderen die Lust auf derartige Streiche gründlich verdirbt.«

»Die hat doch schon genug«, entgegnete einer der Bewacher.

»Ich habe dich und die anderen nicht aus dem Gulag freigekauft, damit du mir kluge Ratschläge gibst«, herrschte ihn der Schwarzhaarige an. »Im Studio ist alles noch aufnahmebereit?«

Ein anderer nickte.

»Genadi, du ziehst die Maske auf und spielst ganz langsam das Spiel, das Finale inbegriffen.«

»Aber Boss, wir können das im Moment doch gar nicht verkaufen«, widersprach der Wächter.

»Haben wir ein Archiv? Nein, wir haben kein Archiv. Das haben wir mit dem gehackten Server verloren. Deshalb wird es Zeit, ein neues anzulegen. Sobald es möglich ist, wird es unsere Seite wieder geben, klar?«

Der Russe nickte.

»Und jetzt zieh diese blöde Maske auf, und mach das Weib da fertig. So können wir an dieser Sache wenigstens noch Geld verdienen.«

»Ich habe das noch nie bei einer gemacht, die vollkommen klar ist«, wehrte sich Genadi. »Die anderen hatten wir vorher ordentlich zugedröhnt.«

»Wenn sie so richtig zappelt und kämpft, geilt das die Geldsäcke noch mehr auf«, widersprach der Boss.

Irina wurde in ihr Zimmer geschubst. Hinter ihr fiel die Stahltür ins Schloss. Sie begann zu weinen. Was würden sie Sascha bloß antun?

Irina saß mit dem Rücken an der Tür und horchte in die Nacht hinein. In den Nachbarzimmern hörte sie die anderen Mädchen wimmern. Sie selbst unterdrückte ihre Tränen. Sie musste wissen, was mit Sascha passierte. Dann hörte sie ihre Freundin vor Schmerz so laut schreien, wie sie es noch nie bei einem Menschen gehört hatte. Das Schreien wollte nicht aufhören, es wurde immer schriller. Es bohrte sich in Irinas Gehörgang. Nach einer halben Ewigkeit brach es plötzlich ab. Im Haus herrschte Totenstille. Jedes der Mädchen hatte aufgehört zu wimmern.

Irgendwo hinter den Stahltüren brachten sie Sascha um. Ein paar Mal meinte Irina noch, ein Röcheln zu hören. Dann war es still.

SAMSTAG, 13. OKTOBER
CLARA

An diesem Samstag hatte Clara nach dem Frühstück etwas anderes im Sinn als die gemeinsame Arbeit im Haus und auf dem Hof.

»Lasst uns einen Abstecher nach Wächtersbach zum Einkaufen machen«, schlug sie vor, während Lukas sich mit der Serviette das Eigelb aus dem Gesicht wischte.

»Muss das denn sein?«, fragte Caspari unwillig. »Ich dachte, du hättest gestern eingekauft. Ich muss noch den Berg Holz aufschichten, den ich letzten Samstag gehackt habe.«

»Lukas braucht neue Schuhe für den Winter. Ich habe gestern welche im Sportgeschäft gesehen«, log Clara.

»Au ja! Neue Schuhe!« Lukas war begeistert. »Aber auf dem Rückweg fahren wir bem Buchladen vorbei. Ich will ein Leselöwen-Buch!«

»Also gut«, gab Caspari nach. »Aber nur unter der Bedingung, dass ihr beide mir dann beim Holzaufschichten helft.«

»Abgemacht!«, rief Clara.

»Ich hatte ja keine Ahnung, dass du so leidenschaftlich gern einkaufen gehst«, wunderte sich Caspari.

Als sie eine halbe Stunde später durch Wittgenborn in Richtung Wächtersbach fuhren, bog Clara rechts ab. In der Straße mit dem klangvollen Namen ›An der Weihertanne‹ hielt sie nach wenigen Metern an.

»Was tun wir hier?«, fragte Caspari sichtlich überrumpelt.

»Einkaufen«, antwortete Clara und stieg aus.

Stirnrunzelnd folgte Caspari ihr, Lukas im Schlepptau.

»Ich wusste, dass da etwas im Busch ist. So leicht bist du sonst nicht zum Holzstapeln zu überreden.«

Clara schürzte die Lippen. »Ich verstehe gar nicht, was du meinst.«

Clara öffnete das Tor eines Vorgartens und sie traten ein. Sofort hörten sie ein tiefes Bellen, gefolgt von mehreren höheren Tönen. Frau Wasmeier, eine stämmige Frau mittleren Alters, kam aus der Haustür und begrüßte sie.

»Ah, Frau Frank«, sagte die Dame.»Und das sind Ihr Mann und Ihr Sohn?«

Clara nickte.

»Dann bringe ich Sie mal zu unseren Schätzchen«, fuhr Frau Wasmeier fort und bat sie, einen Moment zu warten. Sie wollte erst die Elterntiere wegsperren, damit sie ungestört nach den Welpen schauen konnten. Wenig später führte sie Clara, Caspari und Lukas hinter das Haus. Dort tobten schwarze Wollknäule mit braunen Beinen und weißen Flecken auf der Brust wild miteinander umher. Als Frau Wasmeier sie rief, kamen sie neugierig angerannt.

»Das ist der Knabe, den Sie beim ersten Besuch ins Herz geschlossen haben.« Frau Wasmeier deutete auf einen der Rabauken, der neugierig an Casparis Hosenbein schnüffelte.

»Wir nehmen ihn«, sagte Caspari zu Claras Überraschung.

Lukas jubelte und spielte eine Weile mit den kleinen Hunden, während Clara mit Frau Wasmeier den Kauf des Welpen besprach.

»Camillo, das ist ja witzig. Wie kommen Sie denn auf diesen Namen?«, fragte Frau Wasmeier.

»Der kommt von Don Camillo, den lustigen Priester in den alten Filmen.«

»Ach ja, ich erinnere mich.«

»Ich bin selbst Pfarrerin, wissen Sie. Schulpfarrerin. Da dachte ich, dieser Name passt doch wie die Faust aufs Auge«, erklärte Clara.

Als sie wenig später wieder zum Wagen gingen, war Lukas enttäuscht.

»Ich habe gedacht, wir nehmen den Hund gleich mit«, beschwerte er sich.

»Nein, mein Lieber. Der muss noch ein paar Wochen bei seiner Mutter bleiben«, erklärte Clara.

Es begann bereits zu dämmern, als Bennys Wagen auf den Hof fuhr. Er brachte Casparis Eltern nach Hause. Lukas rannte durch den Regen auf sie zu und umarmte sie.

In der warmen Küche erzählte Pia Caspari: »Johanna und Nils, ihr Mann, arbeiten beide als Ärzte im Krankenhaus. Björn, der Ältere, ist unverkennbar ein Caspari. Anna, die Kleinere, geht in die Richtung ihres Vaters. Flachsblond und sehr schmal ist sie.«

»Wir waren sehr aufgeregt«, berichtete Werner, ihr Mann. »Sie ist zwar unsere Tochter, aber 40 Jahre sind viel Zeit. Es ist alles noch sehr fremd. Wir haben uns viel erzählt, viele Bilder gezeigt und dabei oft gleichzeitig gelacht und geweint.«

»Was war mit Solveig, der Frau, die sich als Johannas Mutter ausgegeben hat?«, fragte Clara.

»Sie ließ sich die ganze Zeit nicht blicken, obwohl sie nur einen Steinwurf weit weg wohnt«, berichtete Pia. »Das ist ja auch nicht weiter verwunderlich. Ich möchte nicht in ihrer Haut stecken. Johanna erzählte, dass Annegret, ihre vermeintliche Schwester, den Kontakt zu Solveig abgebrochen hat und auch auf die Suche nach ihren wahren Eltern gegangen ist. Johanna sagt, sie hatte eine schöne Kindheit bei den Wagners. Sie hat ihren Frieden mit der Geschichte geschlossen. Und ich werde keinen Keil zwischen Johanna und Solveig treiben. Wir freuen uns einfach, dass wir unser tot geglaubtes Kind wiederhaben.«

Schneider

»Da bin ich wieder, mein Schatz«, sagte Schneider halblaut. Er stand vor dem Grab seiner Frau und redete mit ihr, wie er es seit ihrem Tod mindestens einmal in der Woche tat. Ganz in sich versunken nahm er die großen, rotbraun gefärbten Ahornblätter vom Grab. Am Tag von Annikas Beerdigung war der Ahorn neben ihrem Grab noch ein kleiner Baum gewesen. Nun war er an die vier Meter hoch und gab dem Grab zu viel Schatten, als dass sich dort etwas anderes als Efeu gehalten hätte. Schneider war es recht. Efeu galt als Symbol für das ewige Leben. Das wünschte er seiner großen Liebe von Herzen. Schneider hatte sich nie für einen besonders religiösen Menschen gehalten. Doch im Angesicht des Todes seiner Frau hatte er ein wenig Trost darin gefunden, dass der Tod nicht das Ende war.

»Ich weiß, ich habe dir versprochen, mit Linus und Nicola zu telefonieren. Aber ich schaffe es nicht. Willst du mir bitte helfen?«

Er zog sein Mobiltelefon aus der Jackentasche und suchte im Speicher die Nummer seines Schwagers und seiner Schwägerin, bei denen Schneiders Kinder seit einigen Jahren lebten. Er sah zum Grabstein, dann drückte er die Wähltaste. Doch noch während der Wählvorgang lief, brach er ihn abrupt ab. Ihm fehlte der Mut.

»Es tut mir leid. Es tut mir so leid!«, weinte er und ging in die Knie. Eine Weile verharrte er in dieser Haltung. Dann richtete er sich auf, warf das Laub in den Container und verließ den Friedhof. Kurz bevor er seinen Wagen erreicht hatte, klingelte das Telefon.

»Hallo Gernot, hier ist Jin Jang. Ich dachte, ich rufe mal an. An den Wochenenden fällt mir immer die Decke auf den Kopf. Und weil wir doch jetzt richtige Partner sind, dachte ich, wir könnten mal etwas zusammen unternehmen.«

»Ich glaube, ich bin heute keine große Stimmungskanone«, sagte er.

»Wo bist du denn gerade?«

»Ich komme eben vom Friedhof.«

»Oh, da rufe ich ja unpassend an. Warst du auf einer Beerdigung?«

»Nein, ich war am Grab meiner Frau«, antwortete Schneider und machte eine kurze Pause. »Nein, du rufst nicht unpassend an. Ich würde mich freuen, dich zu sehen.«

»Bist du sicher?«, fragte sie zögernd.

»Ja, ganz sicher. Hättest du Lust, mit mir etwas zu essen?«

»Ja, ich komme zu dir. Wo wohnst du überhaupt?«

»In Hochstadt. Eine knappe halbe Stunde von Frankfurt entfernt.«

»Dann mache ich mich gleich auf den Weg.«

Auf dem Heimweg kaufte Schneider ein großes Stück Mohnkuchen. Zu Hause feuerte er den Ofen an und schaltete die Kaffeemaschine ein. Während das heiße Wasser in den Filter tropfte, lief der Polizist unruhig umher. Immer wieder überzeugte er sich davon, dass die Putzfrau alles ordentlich sauber gemacht hatte. Er lief die Treppe hinunter, vorbei an der Wohnung seiner Eltern, hinaus auf den Hof. Schließlich kam Jin Jang mit ihrem Polo angefahren.

»Ohne das Navigationsgerät hätte ich das nie gefunden«, sagte sie zur Begrüßung. »Schön hast du es hier.«

»Ja, das ist ein altes Bauernhaus mit Wirtschaftsgebäuden, einem Hof und einem Garten«, zählte er auf.

»Ein Bauernhof mitten im Ort«, wunderte sich seine Kollegin.

»Der Hof ist seit Generationen im Besitz meiner Familie. Meine Eltern waren Obst- und Gemüsebauern. Es gab noch ein paar Schweine und Kühe. Früher rannten immer Hühner über den Hof.«

»Der Garten – darf ich den sehen?«, fragte Jin Jang. »Ich liebe Gärten.«

»Der ist aber arg vernachlässigt.«

»Egal. Zeig ihn mir!«

Schneider führte sie zu Garten, öffnete das hölzerne, mannshohe Tor und ließ sie eintreten. Vor ihnen lag ein romantisch-wildes Stück Paradies, über dessen passablen Zustand Schneider sich selbst wunderte. Zwei Reihen verschiedener hochstämmiger Obstbäume standen in einem fantastischen Rotton im Schein der Herbstsonne auf der Wiese. Erhard, Schneiders Nachbar und ein alter Freund der Familie, schien heimlich hier und da Hand angelegt zu haben.

»So etwas Schönes habe ich lange nicht mehr gesehen«, sagte Jin Jang leise. »Du bist ein Glückspilz, Gernot Schneider.«

»Ach ja, bin ich das?«, fragte er überrascht.

»Ja, du wohnst Tür an Tür mit so viel Schönheit.«

Bevor er nicht mehr wusste, was er sagen sollte, fiel ihm der Kaffee ein.

»Wollten wir nicht Kuchen essen?«, fragte er.

Jin Jang lächelte und ließ ihren Blick noch einmal durch den Garten schweifen. Dann folgte sie ihm ins Haus.

Beim Kaffeetrinken fragte Schneider sie über ihr Leben in China aus, hörte aufmerksam zu, als sie von der Familientradition des Kranich-Kung-Fu erzählte, in der sie groß geworden und von der sie eine Hauptvertreterin war. Plötzlich schwieg sie und sah ihn mit ihren großen Mandelaugen an.

»Nun erzähl mir von dir.«

Diese Worte öffneten die Schleusen. Schneider erzählte Jin Jang von seinem Leben mit Annika und den Kindern, von der Krebserkrankung seiner Frau und ihrem Tod. Und davon, dass seine Kinder jetzt bei ihren Verwandten lebten.

»Ich schaffe es nicht, sie anzurufen. Ich bin ein hoffnungsloser Feigling. Meine Schwägerin und mein Schwager kümmern sich ausgezeichnet um Linus und Nicola. Aber ich möchte meine Kinder wiedersehen. Seit meine Eltern tot sind, sitze ich hier nur noch alleine rum.«

»So wie du von Annika erzählst, hätte sie das nicht gewollt«, sagte Jin Jang ruhig.

»Nein, sicher nicht.«

»Dann wird es Zeit, Frieden zu schließen.«

»Aber wie? Ich würde es ja gern versuchen, aber ich weiß nicht, wie.«

»Wann bist du das letzte Mal unter Menschen gewesen – außerhalb des BKA meine ich?«, fragte Jin Jang.

»Ich weiß es nicht«, gab Schneider zu.

»Dann fangen wir heute Abend damit an. Ich habe Lust auf Pizza. Kennst du ein italienisches Restaurant in der Nähe?«

»Das letzte Mal war ich mit Annika in der Pizzeria hier im Ort. Da war es immer gemütlich, und es hat gut geschmeckt.«

»In Ordnung, dann gehen wir jetzt dort hin«, bestimmte Jin Jang.

Schneider hatte vollkommen vergessen, wie schön ein Abend in Gesellschaft sein konnte. Er plauderte angeregt mit Jin Jang, dann kamen ein paar Bekannte an ihren Tisch und unterhielten sich mit ihnen. Die Stimmung war ausgelassen. Fröhlich und reichlich angeschwippst liefen sie spät abends wieder zurück zu Schneiders Hof.

»So kannst du nicht mehr Auto fahren«, entschied Schneider.

»Was machen wir denn jetzt?«, fragte Jin Jang, die nach etlichen Sambucca nicht mehr ganz sicher auf den Beinen war.

»Wir haben ein Gästezimmer.«

»Gernot, das ist eine gute Idee.«

Gemeinsam gingen sie die Treppe hinauf. Jin Jang half Schneider beim Beziehen des Bettes, ließ sich von ihm noch eine Zahnbürste und Handtücher geben. Dann war sie im Bad verschwunden.

Am anderen Morgen tat Schneider sich schwer, aus dem Bett zu kommen. Er zog seine Sportsachen an und ging in die alte Maschinenhalle. Dort hatte er eine Stange für Klimmzüge an die Wand geschraubt, eine Matte für Liegestützen und andere Übungen ausgelegt und einen zwei Meter großen Sandsack aufgehängt. Über eine halbe Stunde lang quälte er sich und brachte seinen Körper dazu, den Kater zu besiegen.

Nach einer heißen Dusche holte er Aufbackbrötchen aus der Gefriertruhe und legte sie in den Ofen. Während der Kachelofen in der Wohnküche begann, eine behagliche Wärme zu verbreiten, deckte er den Tisch. Als alles vorbereitet war, klopfte er gegen die Tür des Gästezimmers. Jin Jang öffnete mit verschlafenem Blick und wirrem Haar. Sie sah so umwerfend aus, dass Schneider sie am liebsten geküsst hätte. Doch er widerstand diesem Impuls.

»Morgen«, stöhnte sie. »Hast du Schmerztabletten im Haus?«

Er lachte.

»Genug, um deinen Kater zu bekämpfen.«

Sie frühstückten eine Weile schweigend, dann zeigten die Tabletten Wirkung.

»Das war ein richtig schöner Abend«, meinte Jin Jang.

»Das finde ich auch. Hat mir sehr gut getan. Danke, dass du dich für mich betrunken hast«, sagte Schneider grinsend.

Jin Jang boxte ihm gegen die Schulter.

»Ich wollte gar nicht so viel trinken, aber der Schnaps war so lecker.«

Schneider sah Jin Jang an.

»Es tut so gut, dass du da bist.«

»Es ist schön hier mit dir«, gab sie zurück. Dann schwieg sie, als würde sie über etwas nachdenken.

»Sag mal, was geschieht eigentlich mit der Wohnung deiner Eltern?«

»Ich weiß es nicht«, gab er zu. »Sie starben kurz nach Annika. Ich hatte bisher keine Kraft, die Wohnung auszuräumen und zu vermieten.«

»Kannst du dir vorstellen, dass ich unten einziehe?«

Schneider wusste nicht, was er sagen sollte.

»Du wohnst schon viel zu lange allein in diesem großen Haus. Und ich würde mich freuen, wenn ich aus dem Wohnheim rauskommen könnte. Du würdest natürlich Miete von mir bekommen. Außerdem müsste ich nicht immer von Frankfurt anreisen, um dich zu sehen«, erklärte sie. »Was sagst du?«

»Ja!«

Irina

Sascha lag in ein Bettlaken gewickelt auf einem der Esstische. Die Mädchen standen stumm vor Angst und Trauer um die Leiche ihrer Anführerin herum. Irina konnte sich nicht zurückhalten. Sie trat an den Tisch und fuhr sanft mit der Hand über das verquollene Gesicht.

»Sascha!«, schluchzte sie und brach zusammen. Natalja, Saschas rechte Hand, richtete sie auf und nahm sie in den Arm.

»Wir sind verloren«, wimmerte Irina. »Liebe, liebe Sascha, o Gott, warum?«

»Es ist gut, kleine Schwester, es ist gut. Sascha hat das für uns getan. Sie würde nicht wollen, dass wir aufgeben.«

Irina sah den Schwarzhaarigen auf die Gruppe zukommen.

»Ihr solltet sehen, dass sie tot ist«, sagte er kalt. »Das ist eine Warnung an jede von euch. Ihr seid unsere Gäste, findet euch damit ab, dann wird es leichter für euch.«

Er blickte jedem Mädchen in die Augen.

»Glotzt nicht so! Wir lassen Sascha nicht in der Fremde liegen. Ein Frachter wird sie in russischen Gewässern über Bord gehen lassen, dann treibt sie auf die Heimat zu und findet dort ihr Grab.«

Montag, 15. Oktober
BKA

Caspari war glücklich. Tina und Mario waren wieder da.

»Büffeln und Pauken, Büffeln und Pauken«, fasste Tina die Fortbildung zusammen und umarmte Caspari. »Du hast uns gefehlt!«

»Ihr mir auch«, erwiderte er.

»Was war denn während unserer Abwesenheit los?«, fragte Mario neugierig.

Caspari gab ihnen einen langen Rapport.

»In wenigen Minuten ist eine Besprechung angesetzt«, schloss er.

Gemeinsam gingen sie zum Besprechungsraum, wo die anderen schon auf sie warteten. Nachdem Caspari sich einen Kaffee eingegossen hatte, eröffnete er die Sitzung.

»Kurz und knapp – was gibt es zum Wochenanfang an neuen Informationen?«

»Bezüglich Marcel Nick nichts, rein gar nichts«, fasste Schneider zusammen. »Die bundesweite Fahndung hat keine Hinweise ergeben. Ich bezweifle, dass er sich ins Ausland abgesetzt hat. Das wäre zumindest mit dem Flugzeug oder der Bahn schwer gewesen. Die Kontrollen dort waren sehr gründlich. Europol und Interpol sind informiert und halten die Augen offen.«

»Sein Aufenthaltsort bleibt ein großes Rätsel«, stimmte Jin Jang zu.

»Na gut, dann müssen wir das so hinnehmen, bis er einen Fehler macht«, konstatierte Caspari.

»Über den Ralf Kampe gibt es dafür mehr zu berichten«, meinte Svenja Bauer. »Er war zweimal zur selben Zeit in Dubai wie Marcel Nick, sogar im selben

Hotel. Aber offensichtlich nicht allein. Er hatte ein Doppelzimmer gebucht. Wer die zweite Person war, konnten wir noch nicht herausfinden. Kampe ist unverheiratet. Nick hat einmal ein Essen für drei Personen in einem Restaurant gezahlt, das gegenüber der First National Bank of Dubai liegt. Wir können annehmen, dass Kampe und seine Begleitung Nicks Gäste waren.«

Caspari atmete durch.

»Na, da haben wir doch unseren Ansatz. Tina, ich möchte wissen, wer Kampes Begleitung war, wie er oder sie heißt und wo er oder sie wohnt. Frau Fang und Herr Schneider nehmen sich Kampe zur Brust. Er soll ihnen mal erklären, warum er einen Mann aus dem Gefängnis entkommen lässt, mit dem er in Dubai zu Mittag gegessen hat. Mario …«

»Mir ist gerade eingefallen, dass es doch interessant wäre herauszufinden, ob eine von Nicks Kundenfirmen eine Vertretung in Dubai hat«, fiel ihm sein Freund ins Wort.

»Super! Daran hatten wir gar nicht gedacht. Hat sonst noch jemand eine Idee?«

Der Vertreter der Abteilung Internetkriminalität meldete sich.

»Ich weiß nicht, ob das im Zusammenhang mit der Suche nach Marcel Nick steht«, fing er unsicher an. »Wir untersuchen derzeit einen Intranet-Rechner einer evangelischen Landeskirche, auf den ein Hackerangriff stattgefunden hat. Interessant wurde für uns diese Untersuchung, als wir den Angriff zurückverfolgen konnten. Jetzt raten Sie mal, wie weit wir gekommen sind?«

Caspari und die anderen zuckten mit den Schultern.

»Bis zum Server der Deutschen Botschaft in Aserbaidschan.«

»Frau Huth, wir sind hier, weil wir Grund zu der Annahme haben, dass Jasmin bei ihrer Anzeige gegen Pfarrer Gärtner nicht die Wahrheit gesagt hat.«

Bertram betrachtete das Gesicht von Jasmins Mutter, während sein Schwiegersohn, Jürgen Jungmann, direkt auf den Punkt kam. Sie hatten den späten Vormittag für dieses Gespräch gewählt, um sicherzugehen, dass Herr Huth nicht im Haus war.

»Ich verstehe nicht, wie Sie darauf kommen«, wehrte Frau Huth ab.

»Wir haben einen sehr erfahrenen Psychiater und Psychotherapeuten hinzugezogen. Der bestätigt unsere Vermutung. Wir glauben, dass Jasmin bedrängt wird.«

Frau Huth schnappte nach Luft.

»Ist Ihnen aufgefallen, dass Jasmin sich verändert hat?«

»Jasmin war immer sehr aktiv in der Kirchengemeinde. Manchmal war sie kaum zu Hause, oft war sie mit einem der Jungs von Gärtners unterwegs. Aber seit einigen Wochen hat sie sich zurückgezogen. Auch mir gegenüber ist sie verschlossener geworden. Ich wollte mit ihr reden, aber sie blockt immer ab.«

»Jugendliche teilen sich Freunden oft in Chatrooms mit. Es wäre ausgesprochen wichtig für uns, einen Blick darauf zu werfen«, erklärter Jungmann. »Wissen Sie, in welchen Chatrooms Ihre Tochter unterwegs ist?«

»Nein, tut mir leid. Außer Facebook kenne ich solche Internetseiten auch gar nicht.«

»Dann möchten wir Sie bitten, in Jasmins Zimmer und auf ihrem Computer nach Hinweisen suchen zu dürfen«, bat Bertram.

»Nein, das geht nicht. Ich kann das nicht zulassen. Damit würde ich Jasmin ganz verlieren.«

Caspari und Bertram

»Unser Ermittlungsstand?«, brummte Bertrams Stimme durch den Telefonhörer.

Caspari musste ob der Bärbeißigkeit seines früheren Mentors grinsen.

»Wir tappen im Dunkeln, mein Junge. Die Jugendlichen sind traumatisiert, aber nicht durch die beiden Pfarrer. Wir stochern im Nebel. Warum interessieren dich denn die Polizeinachrichten aus der Provinz?«

»Das kann ich am Telefon schlecht erklären. Was hältst du davon, wenn ich morgen Vormittag auf eine Tasse Kaffee vorbeischaue?«

»Tu, was du nicht lassen kannst. Wir sind dann wahrscheinlich beide noch im Haus, die Kaffeemaschine auch!«

Caspari lachte und legte auf. Der Hörer lag noch nicht in der Gabel, als die Tür aufgerissen wurde. Jin Jang starrte ihn mit großen Augen an.

»Ralf Kampe ist spurlos aus dem Krankenhaus verschwunden.«

Mit einem Mal hielt sie inne und besann sich.

»Ich habe nicht geklopft, oder?«

»Nein«, antwortete Caspari ruhig.

»Tut mir leid.«

»Was sagen denn die Kollegen, die ihn beschatten sollten?«

»Denen ist das völlig unerklärlich.«

»Mir auch«, ärgerte sich Caspari, »mir auch!«

»Was wir schon jetzt wissen, ist, dass Kampe wahrscheinlich den Spind eines Rettungsassistenten aufgebrochen, dessen Kleidung angezogen und die Autoschlüssel samt Wagen geklaut hat«, erzählte die junge Chinesin.

»Sagen Sie Fuchs und Jung, sie sollen umgehend Kontakt mit Kampes Eltern aufnehmen! Wenn er keine mehr hat, dann halt mit einem anderen Familienmitglied. Ich besorge auf dem ganz kurzen Dienstweg einen Durchsuchungsbefehl für seine Wohnung. Sagen Sie Schneider, Hergenrath und Bartoldi Bescheid. Die Wohnung stellen wir gemeinsam auf dem Kopf. Sie kommen natürlich auch mit.«

»Was ist mit Svenja und Andreas?«

»Die kümmern sich weiter um unsere Dubai-Connection.«

Nach einem ausführlichen Gespräch mit der Bundesanwaltschaft und einer halben Stunde Wartezeit fuhren sie zu Kampes Wohnung in die Generaloberst-Beck-Straße nach Mainz Finthen. Kampes Wohnung lag in einem Häuserblock mit dem Charme eines modernisierten Plattenbaus. Der Hausmeister erwartete sie schon. Ohne viele Worte schloss er auf und ging schnell wieder.

»Der Mann scheint keine guten Erfahrungen mit der Polizei gemacht zu haben«, sagte Mario.

Die Drei-Zimmer-Wohnung war recht schmucklos eingerichtet. An der weißen Tapete im Wohnzimmer hing ein großes Poster, auf dem ein Soldat zu sehen war, der vor einem Grab kniete und den Kopf hängen ließ. In großen Buchstaben stand ›WHY?‹ darüber.

»Nur CDs und Bücher. Keine Bankunterlagen, Steuererklärung und dergleichen. Hier siehst es allerdings so aus, als hätten dort vor kurzem noch zwei Ordner gestanden. Staub erzählt viel«, meinte Mario.

»Da steht ein großzügiges Doppelbett im Schlafzimmer. Es scheint eine Partnerin in Kampes Leben zu geben«, meinte Tina.

»Oder einen Partner«, wandte Mario ein.

»Tina hat recht. Es ist eine Frau«, widersprach Caspari, der in einer Schublade ein gerahmtes Foto gefunden hatte. Es zeigte Ralf Kampe am Strand, Arm in Arm mit einer südländisch aussehenden Frau.

Caspari kam eine Idee. Er nahm sich das schnurlose Telefon von der Station und durchsuchte das elektronische Telefonbuch. Es dauerte nicht lange, bis er fündig wurde. Der Name ›Emilia‹ passt zu der hübschen Südländerin auf dem Bild. Caspari drückte die Wahltaste. Das Tuten aus dem Lautsprecher war schier endlos. Gerade wollte er auflegen, als sich eine verschlafene Stimme meldete.

»Ralf, was gibt es denn? Ich hatte Nachtdienst, Mensch.«

»Kriminaldirektor Caspari. Ich rufe vom Anschluss von Ralf Kampe an.«

»Polizei? Was ist passiert?«, fragte Emilia aufgeregt.

»Herr Kampe hat sich aus dem Staub gemacht. Das ist passiert«, antwortete Caspari.

»Ich verstehe nicht? Was bedeutet das alles?«

»Es ist schwer, das am Telefon zu besprechen. Wir kommen jetzt zu Ihnen und reden in aller Ruhe«, bestimmte Caspari.

Nachdem er wusste, wo Emilia wohnte, rief er Tina zu sich.

»Wir beide fahren jetzt zu Kampes Freundin. Die scheint nichts von der Geschichte zu wissen.«

Den anderen gab Caspari den Auftrag, in der Wohnung weiter nach Hinweisen zu suchen. Dann fuhr er mit Tina in die Innenstadt.

Emilia Tozzi wohnte im dritten Stock eines gut erhaltenen Altbaus am Rheinufer. Caspari tippte auf neugotischen Baustil. Aus dieser Zeit musste auch die Holztreppe stammen, die bei jedem Tritt quietschte. Die junge Frau, die ihnen öffnete, war die Tochter italienischer Einwanderer. Das schwarze, volle Haar kringelte sich in dichten Locken um das runde Gesicht. Neben der Müdigkeit sah Caspari viel Lebensenergie in ihren Augen. In einen Trainingsanzug lässig gekleidet, ging sie vor ihnen in das Wohnzimmer.

»Entschuldigen Sie bitte meine Erscheinung«, bat Emilia. »Ich bin Krankenschwester und habe acht Nächte im Schichtdienst hinter mir. Ich bin wie gerädert.«

»Kann ich mir vorstellen«, erwiderte Caspari freundlich.

»Aber sagen Sie doch bitte, wieso verfolgen Sie Ralf«, kam sie unvermittelt zur Sache.

»Wir haben den Verdacht, dass er einem Verbrecher zur Flucht aus dem Gefängnis verholfen hat«, erklärte Tina.

»Wie bitte?«, rief Emilia entsetzt.

Caspari und Tina nahmen sich Zeit, ihr alles zu erzählen.

Schweigend sah Emilia sie an.

»Kein Wunder«, sagte sie plötzlich. »Er kennt das Krankenhaus ja auch wie seine Westentasche.«

»Der Reihe nach«, bat Caspari.

»Vor ein paar Jahren haben wir uns im Sankt Josefs-Hospital kennengelernt. Er kam damals von einem langen Einsatz für ›Ärzte ohne Grenzen‹ wieder und arbeitete in der Klinik als Intensivpfleger. Wir haben uns zum ersten Mal im Fahrstuhl getroffen. Da hat er mir gleich gefallen.«

»Sie sind ein Paar?«, fragte Caspari und gab ihr das gerahmte Foto aus Kampes Wohnung.

Emilia presste die Lippen aufeinander. Tränen liefen ihr über die Wangen.

»Das war an der toskanischen Küste vor zwei Jahren«, sagte sie. »Unsere glücklichste Zeit. Wir waren verliebt, machten Pläne und dachten daran, zusammenzuziehen. Sogar von Hochzeit hatten wir schon gesprochen. Nach dem Urlaub bewarb Ralf sich auf die Stelle des Stationsleiters. Aber die Klinikleitung hatte schon längst einen Wunschkandidaten. Nachdem die neue Leitung im Amt war, wurde er gemobbt, wo und wie es nur ging. Alle machten mit. Irgendwann konnte er nicht mehr. Es war eine schlimme Zeit für uns beide. Als er das Angebot von der JVA bekam, dachte ich, jetzt wird alles gut. Am Anfang lief alles sehr gut, bis er in die Fänge dieser Sekte geriet.«

»Welche Sekte?«, fragte Caspari überrascht.

»*Lux aeterna*«, antwortete Emilia knapp. »Er hat fast sein ganzes Vermögen für Psycho-Kurse dieser Sekte ausgegeben. Mich wollte er auch immer zu diesen Erleuchtungsgesprächen mitnehmen, aber ich wollte nicht. Ich bin katholisch erzogen worden, wissen Sie.«

»Und Ralf?«, wollte Tina wissen.

»Der war evangelisch. Hat in der Kirche alles mitgemacht: Kindergottesdienst, Pfadfinder, Konfirmandenzeit und so weiter. Wegen dieser Sekte ist er aus der Kirche ausgetreten. Er sagte, dass Menschen ihr Potential verschleudern, dass sie es ungenutzt liegen lassen und deshalb kriminell werden oder ihr Leben nicht in den Griff kriegen. Wir haben uns immer öfter gestritten. Und dann machte er ohne Vorwarnung mit mir Schluss. Einfach so, von jetzt auf gleich. Und wissen Sie, was das Seltsamste dabei war? Er weinte dabei wie ein kleines Kind. Ich glaube, dass er mich noch liebt – die Trennung ist ihm befohlen worden, da bin ich mir sicher.«

»Warum?«, wollte Tina wissen.

»Weil ich es abgelehnt habe, *Lux aeterna* beizutreten. Ich war eine beratungsresistente Person, ein Erdmensch, wie sie es nennen.«

Caspari schüttelte ungläubig den Kopf

»Ein Erdmensch?«

»Ja, das hat etwas mit ihrer Glaubenslehre zu tun. Ich weiß das alles nicht so genau. Ich weiß nur, dass ich Ralf nicht helfen konnte.«

CLARA

Clara hatte sich immer für recht gut trainiert gehalten. Das Krav Maga Training in Seydels Fitnesscenter belehrte sie eines besseren. Einer langen Aufwärmphase folgte ein Konditionstraining, das sie ordentlich ins Schwitzen brachte. Sie übten Schläge in Kombination mit Tritten, verschiedene Befreiungsmöglichkeiten aus unterschiedlicher Umklammerung. Claas, der Trainer, trug ihnen auf, nicht zimperlich beim Zupacken zu sein. Clara verstand allmählich, was Caspari meinte, wenn er vom Unterschied zwischen Kampfsport im Wettkampf und realistischer Selbstverteidigung auf der Straße redete.

»Du kommst vom Boxen, nicht wahr?«, sprach Claas sie direkt danach an.

»Ja, alte kubanische Schule«, erzählte sie. »Ich haue aber nur noch auf den Sandsack.«

»Die Reflexe hast du aber immer noch«, entgegnete Claas.

Aus dem Nachbarraum drangen vertraute Geräusche. Clara blieb vor der Glastür stehen und sah Caspari und Benny dabei zu, wie sie mit hoher Geschwindigkeit und Intensität trainierten.

»Sieht geschmeidig und harmonisch aus – fast wie ein Tanz», kommentierte Claas. »Ist aber sehr effektive Selbstverteidigung. Allerdings braucht man viele Jahre, bis man das Niveau erreicht hat, auf dem die beiden Jungs trainieren. Angreifen, den Angriff aufnehmen und vorbeileiten, die Energie des anderen gegen ihn selbst einsetzen. Keiner der beiden gewinnt die Oberhand. In ihren Bewegungen zeigt sich das uralte Wissen um das innere Wesen des Kampfes, das nur durch Üben erworben werden kann.«

Clara nickte und verkniff sich die Bemerkung, dass sie diese Erklärungen schon von Caspari kannte.

Sauer

Das Dasein als Single ödete ihn an. Er vermisste seine Familie, die er früher um seines Berufes willen immer hatte zu kurz kommen lassen. Er betäubte sich mit einem Fernsehprogramm, das er bestenfalls als mittelmäßig empfand und trank dabei reichlich Bier. Zu seiner Überraschung meldete sich ein Mobiltelefon. Er sah auf die Uhr. Elf Uhr dreißig. Wer rief um diese Uhrzeit noch an? Die Nummer des Anrufers war unterdrückt.

»Herr Sauer?«, fragte eine Stimme, die verzerrt klang.

»Am Apparat«, antwortete er.

»Haben Sie unsere Nachricht erhalten?«

»Wer spricht denn da?«

»Das tut nichts zur Sache. Haben Sie unsere Nachricht erhalten?«

»Wenn Sie die Sache mit den beiden Pfarrern meinen, dann ja.«

»Kommen Sie beim Recherchieren voran?«, fragte die Stimme.

»Ich habe in den vergangenen Tagen gründlich gearbeitet. Außer ein paar Mutmaßungen hat sich nichts ergeben.«

»Das liegt daran, dass die Polizei die Sache geheim hält. Niemand dort traut sich, zwei Geistliche anzuklagen.«

»Ja, aber warum denn?«, fragte Sauer.

»Das herauszufinden ist Ihre Aufgabe.«

Dienstag, 16. Oktober
Caspari

Als Caspari den Konferenzraum seiner Abteilung betrat, warteten schon alle auf ihn.

»Ich komme von einem ausführlichen Gespräch mit dem Chef des Gelnhäuser Polizeireviers«, berichtete er. Ausführlich erzählte er, was er von Bertram und Jungmann erfahren hatte. Dabei vermied er es, auch nur ein Wort darüber zu verlieren, dass er durch Clara schon vorher ausreichend informiert gewesen war.

»Die Internetabteilung unseres Hauses ist doch schon an dem Fall dran, wenn ich mich recht erinnere«, meinte Schneider. »Wenn der Botschaftsserver nicht von mehreren Hackern missbraucht wurde, gibt es auf jeden Fall einen Zusammenhang zwischen der Gelnhäuser Geschichte und unserem Fall.«

»Ein Computerspezialist und ein Krankenpfleger können das Ganze unmöglich allein ausgeheckt und durchgezogen haben. Dahinter steht etwas Größeres.«

»Da gebe ich Mario recht«, pflichtete Tina bei. »Kampes Freundin Emilia Tozzi erwähnte eine Sekte. Vielleicht geht alles von der aus?«

»Eine Sekte als Drahtzieher für Verbrechen? Ich weiß nicht«, meinte Caspari. »Andererseits, warum eigentlich nicht. Die Pfarrer könnten dieser Sekte ja durch irgendwelche Stellungnahmen das Leben schwer gemacht haben. Mit einer falschen Anschuldigung kann man seine Feinde wunderbar kaltstellen. Die Gelnhäuser Kollegen beißen bei ihren Ermittlungen noch auf Granit.«

»So wird das auch nichts«, entgegnete Mario. »Das Mädchen und der Junge müssen sehr intensiv beschattet werden. Das geht nicht vom Auto aus.«

»Was schlägst du vor?«, fragte Caspari.

»Tina und ich können das übernehmen. Wir lassen uns als Aushilfs-Lehrkräfte ins Gymnasium einschleusen.«

Caspari überlegte. »Na schön«, stimmte er schließlich zu. »Dann haben wir wohl wieder einen ›Kinzigtalfall‹.«

Sauer

Manchmal muss der Mensch eben Glück haben. Schon nach dem ersten Klingelton nahm Arndt Müller das Gespräch an.

»Sag mal, warum sind die beiden Geistlichen noch auf freiem Fuß?«, fragte Sauer ohne große Umschweife.

»Weil sie unschuldig sind«, lautete die lapidare Antwort.

»Und du kannst mir nicht sagen, was ihnen zur Last gelegt wurde?«

»Das kann ich nicht, und das weißt du ganz genau! Außerdem habe ich sowieso keine Ahnung, was da abgelaufen ist. Das wissen nur Bertram und Jungmann, natürlich auch der Staatsanwalt. Über alledem hängt eine Nachrichtensperre.«

»Kannst du nicht ein bisschen für mich nachfragen?«

»So viel kannst du mir gar nicht zahlen, dass ich mich darauf einlasse. Wenn das rauskommen würde, wäre ich meinen Job los«, konterte Müller. »ich gebe dir den guten Rat, die Finger davon zu lassen. Das BKA ist mittlerweile auch involviert.«

Mit diesen Worten legte der Polizist auf.

Sauer spielte mit seinem Mobiltelefon, während er nachdachte. ›Das BKA ist mittlerweile auch involviert‹, hatte sein alter Klassenkamerad gesagt. Hatte man an höherer Stelle etwa Zweifel an der Unschuld der Pfarrer? Oder lag der Fall doch ganz anders und die beiden Geistlichen waren eher die Opfer? Wer ließ ihm anonym Informationen zukommen, mit denen er im Grunde kaum etwas anfangen konnte? Sauer beschlich immer mehr der Verdacht, als Spielfigur missbraucht zu werden.

Schon einmal hatte er sich instrumentalisieren lassen, damit ein paar Politiker einen unliebsamen Mann zu Fall bringen konnten. Dafür hatte er keine journalistischen Lorbeeren erhalten, sondern war zur persona non grata erklärt geworden. Ein zweites Mal würde ihm das nicht passieren.

Clara

Nachdem Clara mit der dreizehnten Klasse die Gnosis besprochen hatte, wollte sie in den kommenden Stunden den Unterschied zwischen Kirchen und Sekten herausarbeiten. Die Vorbereitungen zogen sich schon den ganzen Vormittag hin. Das Material war einfach zu umfangreich.

›Sekten sind ursprünglich als Abspaltungen aus Religionsgemeinschaften hervorgegangen. Das Verhältnis zwischen der Mutterkirche und der Sekte verschlechtert sich meist so weit, dass die Sekte ihrer Mutterkirche jede Glaubwürdigkeit abspricht. Von ihren Anhängern fordert sie totale Unterordnung. Typisch für eine Sekte sind der Absolutheitsanspruch und die einfachen Antworten auf komplizierte Probleme menschlichen Lebens‹, notierte Clara. Die Diskussionen mit Jasmin fielen ihr wieder ein. Sie hatte die

Gnostiker verteidigt und gegen die Positionen der Kirchenväter und der römischen Kaiser gewettert.

Spontan griff Clara nach dem Telefon und rief Michael Gärtner an.

»Sag mal: Weißt du, ob Jasmin in eine esoterische Gruppe abgerutscht ist?«, fragte sie den Kollegen.

»Das weiß ich beim besten Willen nicht«, antwortete der. »Wieso fragst du?«

Clara erzählte ihm von Jasmins Standpunkten.

»Das hört sich stark nach *Lux aeterna* an«, überlegte Gärtner. »Diese Sekte versucht derzeit, sich auszubreiten. Ihrer Lehre liegt die Gnosis zugrunde. Wenn Jasmin in deren Kreise geraten ist, dann erklärt das ihre verschlossene Art in den vergangenen Monaten.«

»Was kannst du mir über *Lux aeterna* erzählen?«

»Ich würde dir empfehlen, beim Sektenbeauftragten unserer Landeskirche anzurufen. Der Kollege kennt sich mit *Lux aeterna* sehr gut aus, ist mittlerweile ein Spezialist und hat sehr viel Material, das er dir mailen kann.«

»Warum?«, fragte Clara erstaunt.

»Weil er ständig Anfragen von Kommunen und Kirchengemeinden hat, denen der Expansionsdrang von *Lux aeterna* nicht geheuer ist. Außerdem ist er oft der erste Gesprächspartner für Aussteiger in Nordhessen. Vielleicht weißt du ja, dass die Sekte schon seit Jahren in Kassel ihr Unwesen treibt.«

Tina und Mario

Müde nach einem langen anstrengenden Arbeitstag fuhr Caspari nach Hause. Im Hof parkte der Wagen von Tina und Mario.

»Ja, das ist aber eine Freude, dass ihr beiden uns wieder beehrt«, rief Werner Caspari, von der Haustür aus. Aus der anderen Tür kam Lukas gerannt und sprang seinem Vater in die Arme. Clara war ihm gefolgt und begrüßte Tina und Mario herzlich. Während die Beiden mit ihren Koffern und Taschen Casparis Vater zum Gästeappartement folgten, sah Clara Caspari finster an.

»Hältst du es nicht für nötig, mir mitzuteilen, dass die beiden ab jetzt wieder auf dem Hof wohnen? Tina und Mario werden doch sicher mit uns zu Abend essen, oder? Ich bin schließlich keine Hausmamsell, die hüpft, wenn der Herr pfeift, schnell noch mal einkauft und Essen für alle vorbereitet.«

»Das war keine böse Absicht. Ich habe es einfach bei dem ganzen Trubel vergessen. Tut mir leid«, entschuldigte sich Caspari.

»Das sollte es auch!«, knurrte Clara.

Dann sah er Neugier in ihren Augen aufblitzen.

»Darfst du darüber reden?«

»Es geht um einen entlaufenen Untersuchungshäftling und einen Krankenpfleger, der ihm wahrscheinlich bei der Flucht geholfen hat.«

Während Lukas auf seinem Schoß saß und ein Bild ausmalte, machte Caspari seinem Frust über die schleppenden Ermittlungen Luft.

»Meinst du, *Lux aeterna* hat auch etwas mit dem Hackerangriff auf Michaels Computer zu tun?«, fragte Clara.

»Das ist eine naheliegende Schlussfolgerung«, meinte er vorsichtig.

»Dann habe ich einige interessante Informationen für euch«, sagte sie.

Nach dem Abendessen, als Lukas im Bett lag, hielt es Caspari nicht länger aus. »Clara hat uns wichtige Informationen zu unserem Fall versprochen«, klärte er Tina und Mario auf.

»So ein bisschen Pater Brown steckt wohl doch in dir«, meinte Mario augenzwinkernd zu Clara.

»Ich habe mich im Rahmen meiner Unterrichtsvorbereitungen mit dem Thema ›Sekten‹ und besonders *Lux aeterna* beschäftigt«, sagte sie, während sie sich setzte. »Womit soll ich anfangen? Mit der Lehre oder der Struktur der Sekte?«

»Mit der Lehre bitte«, meinte Caspari, »wenn ich weiß, wie jemand tickt, verstehe ich eher seine Handlungsmuster.«

»Also gut. Die Glaubenslehre von *Lux aeterna* geht auf die Gnosis zurück. Das ist eine weltanschauliche Mixtur aus verschiedenen orientalischen Religionen und einiger griechischer Philosophien. Die Gnostiker glaubten, dass es einen Gott gibt, der vollkommen und allumfassend ist. Das unwandelbar Gute. Dem gegenüber steht das Materielle, das Böse schlechthin. Es wird durch den Demiurgen repräsentiert. Dieser Demiurg erschafft das materielle All.«

»Der Teufel steckt hinter dem Urknall? Eine interessante Idee«, kommentierte Mario.

»Ja, so ungefähr. Der Schöpfergott ist ein anderer als der Erlösergott«, fuhr Clara fort. »Die Gnostiker hielten den Menschen Jesus von Nazareth und den Christus auseinander. Christus ist das Kind des wahren Gottes, Jesus hingegen nur seine menschliche Erscheinung. Eine Schule der Gnosis unterteilt die Menschen in drei Kasten: die Pneumatiker, in denen Funken des wahren Gottes leben, dann die Psychiker, die nur ganz unreflektiert und unerleuchtet glauben. Sie haben keinen Zugang zur Gnosis. Als letzte Kaste bleiben noch die Hyliker, die ihren Blick nur auf das Materielle, das

Fassbare richten. Ziel allen Strebens der Gnostiker ist die Entmischung der Elemente Geist und Materie. Sie glauben, ihr göttlicher Funke sei in ihrem Leib gefangen und müsse sich befreien, damit er heimkehren könnte zum wahren Gott. Den Psychikern gestehen sie eine niedere Form der Seligkeit zu, während die Hyliker dem Untergang geweiht sind.«

»Im Klartext: Wir sind die Guten, denn wir haben den richtigen Glauben. Die anderen sind Fußvolk oder der Straßenstaub der Ewigkeit«, fasste Tina zusammen.

»Richtig.«

»Wann weiß ein Mensch, dass er ein Pneumatiker ist?«, fragte Caspari nach.

»Wenn er Anhänger der gnostischen Lehren ist gehört er zu denen, die den göttlichen Funken in sich tragen.«

»Und welche Rolle spielt nun Christus in dieser Lehre?«, fragte Mario.

»Er kam, um den Pneumatikern den Weg zurück in die Heimat zu zeigen.«

»Wie löst der Gnostiker nun das Pneuma von der Materie, damit er zum wahren Gott heimkehren kann?«, wollte Mario wissen.

»Zunächst durch sehr strenge Askese. Dann schlägt es in das Gegenteil um. Die Gnostiker setzen den Demiurgen mit dem alttestamentlichen Gott gleich. Und wenn der Gott Israels in Wahrheit der Teufel ist, dann sind die zehn Gebote halt auch teuflisch. Ergo: Man braucht sich nicht daran zu halten.«

»Anarchie und Chaos«, kommentierte Tina.

»Einer der Gründe, warum sich die Gnosis nicht gehalten hat«, lachte Clara. »*Lux aeterna* hat diese antike Religionsmixtur aufgegriffen. Das heißt, ihre Begründer haben das getan. Mike und Walter Frazer, ein Zwillingspaar aus Kentucky, kam aus dem Koreakrieg mit massiven psychischen Schäden zurück. Sie waren drogenabhängig und wurden von einer psychiatrischen Einrichtung zur nächsten weitergereicht. Daher ihre große Abneigung gegen jede Form von Psychotherapie. Schließlich nahm sich Jack Matthew, ein radikaler Pastor einer Freikirche, ihrer an. Unter seiner Fuchtel kamen sie von den Drogen los und fanden den Weg zurück in ein normales Leben. Nach Matthews Tod treten Mike und Walter Frazer als Propheten mit einer modernen Form der Gnosis auf und verkaufen sie als ihre Lehre. Durch ihr charismatisches Auftreten finden sie schnell eine ständig wachsende Anhängerschar. Die beiden selbsternannten Propheten fügen dem Pneumatiker noch ein paar Qualitätsstufen hinzu. Am oberen Ende stehen natürlich sie selbst als höchste Form des menschlichen Seins. Sie behaupten, Misserfolge im Leben kämen davon, dass das Pneuma zu stark mit der Materie vermischt ist. In Kursen und Einzelcoachings soll der Funke wieder geweckt und an seine göttliche Heimat erinnert werden. Wenn das gelungen ist, wird der Kunde über die Materie erhaben.«

»Und wenn der Sektenjünger dann doch mal scheitert oder an Krebs erkrankt?«, wandte Caspari ein.

»Dann ist sein Funke eben nicht stark genug, die Materie zu bezwingen. Oder der Betreffende ist und bleibt ein Hyliker. Jedenfalls sind diese Kurse sehr kostspielig. Eine Menge Menschen haben sich dadurch völlig verschuldet.«

»Wie funktioniert das?«, wollte Tina wissen. »Ich meine, wie rutscht denn ein halbwegs stabiler Mensch in diese Sekte?«

»Der Kunde wird massiv verunsichert, anfangs meist mit Hilfe des Persönlichkeitstests. Dessen Auswertung ergibt natürlich massive Mängel in der Persönlichkeit. Nach einem Coachingmarathon siehst du nur noch deine Probleme. Die Lösungen, die *Lux aeterna* anbietet, erscheinen dir vollkommen logisch, und du fragst dich, warum du das die ganze Zeit nie gesehen hast. Diese Methode wird in verschiedenen Bereichen angewendet. Sogar bei Hausaufgabenhilfen für Schüler, die die Sekte natürlich unter anderem Namen anbietet. *Lux aeterna* gehören mehrere Beratungsfirmen, die Unternehmensberatung und –coaching anbieten. Es wird eine Personalführung durch absolute Kontrolle des Personals propagiert, die den schönen Titel ›Ressourcenorientiertes Arbeiten‹ trägt. Kurzum: Ergebnisoptimierung durch Einschüchterung und radikalen Druck. Das wird damit gerechtfertigt, dass man dem Mitarbeiter helfen will, seine Möglichkeiten voll auszuschöpfen und sich selbst weiterzuentwickeln.«

»Im Grunde ist *Lux aeterna* selbst ein Wirtschaftsunternehmen, das unter dem Deckmantel der Religion einen Haufen Geld scheffelt«, fasste Mario zusammen.

In Casparis Unterbewusstsein hatte sich etwas geregt. Er schloss die Augen, während die Anderen weiterredeten und ließ noch einmal Revue passieren, was Clara erzählt hatte.

»Wer vermutet schon eine radikale Sekte hinter einer Firma?«, hörte er Tina sagen. ›Firma!‹ Das war es, wonach er gesucht hatte.

»Eine Firma für Unternehmensberatung gehört zu den Kunden von Nick«, rief Caspari aufgeregt in die Runde.

Mittwoch, 17. Oktober
Irina

Der Mann im weißen Kittel hörte sie mit dem Stethoskop ab. Sie stand splitternackt vor ihm und dem Mann, den die Aufpasser nur mit Nick anredeten. Dann musste sie sich auf die Wage stellen. Der Weißkittel machte sich Notizen und begann, sie am ganzen Körper abzutasten. Mit einer Lampe leuchtete er ihr in den Mund und in die Ohren. Dann wies er sie an, sich auf einen Stuhl zu legen, der ihr Angst machte. Sie unterdrückte ein Schluchzen und kroch hinauf. Irina sah, wie er sich Handschuhe anzog und mit den Fingern in sie hineinkroch. Erschrocken schrie sie auf.

»Sei still, dummes Kind!«, herrschte sie der Weißkittel an. Sie biss die Zähne zusammem, während er seine Untersuchung sehr unsanft fortsetzte.

»Und, Doktor?«, fragte Nick.

»Sie ist noch Jungfrau. Im Genitalbereich ist alles normal entwickelt.«

»Ist sie zu gebrauchen?«

»Im Prinzip schon«, brummte der Arzt. »Ihr solltet aber warten.«

»Warum denn das? Auf dieses Alter stehen einige ganz besonders.«

»Verschonen Sie mich damit«, erwiderte der Arzt ungehalten. »Das Kind ist noch zu schwach für einen Tanz mit Igor, Genadi oder wie sie alle heißen.«

»Was können wir da tun?«, fragte Nick genervt.

»Eine ausgewogene Ernährung und frische Luft.«

»Frische Luft? Ja, spinn ich denn. Das hier ist doch kein Mädchenpensionat«, beschwerte sich Nick. »Die Gören haben uns viel Geld gekostet.«

»Wenn Sie das mit ihr wieder reinkriegen wollen,

müssen Sie tun, was ich Ihnen empfohlen habe. Sonst war die Investition vergebens«, entgegnete der Arzt ungerührt.

Clara

»Das kann doch nicht Ihr Ernst sein!«, machte Rektor Neuhaus seinem Unmut Luft.

Clara saß mit Tina und Mario im Büro des Rektors, dem sie gerade erklärt hatten, dass das BKA beide Beamten als verdeckte Ermittler in die Schule einschleusen wollte.

»Das Land Hessen arbeitet doch schon seit Jahren mit U-Plus Kräften«, konterte Tina. »Diese Aushilfskräfte sind bestimmt nicht immer das Ideale. Herr Bartoldi und Frau Hergenrath sind fachlich sehr gut und studieren noch neben ihrem Dienst.«

»Fachlich gut als Kriminalbeamte, ja sicher. Sie wissen doch genau, was ich von diesem U-Plus-Quatsch halte. Wenn ich fachfremde Personen einsetze, stelle ich indirekt die Kompetenz und die Qualifikation unsers Berufsstandes in Frage. Außerdem brauche ich Ihnen nicht zu sagen, wie wichtig das Unterrichtsniveau für unsere Schule ist. Das Grimmelshausen-Gymnasium genießt einen guten Ruf. Den möchte ich auf gar keinen Fall gefährden.«

Clara wartete ab. Sie kannte Neuhaus und sein Temperament.

»Nichts gegen Sie«, sagte er schließlich zu Mario und Tina. »Es geht mir um das Wohl der Schüler und das Ansehen unserer Schule.«

»Wir haben natürlich Verständnis für Ihre Bedenken», antwortete Tina. »Aber hier geht es um die Aufklärung einer Straftat. Die Schüler haben die Pfarrer absichtlich falsch beschuldigt. Wir gehen davon aus, dass Jasmin und Vincent unter Druck stehen.«

»Sie meinen, beide wurden zu ihren Aussagen gezwungen?«, fragte der Rektor.

»Das ist unser Ermittlungsansatz«, erklärte Mario. »Wäre es nicht so, hätten die Kollegen schon Verfahren wegen Verleumdung und Falschaussage eingeleitet. Das ruht aber vorerst, weil wir glauben, dass beide Jugendliche selbst Opfer sind.«

Schneider und Jin Jang

»Ich kann nicht verstehen, dass man mit einem halbwegs normalen Menschenverstand an eine Sekte gerät wie *Lux aeterna* «, sagte Schneider, während er aus dem Bürofenster in den trüben, wolkenverhangenen Oktoberhimmel starrte. »Ich will mir von niemandem vorschreiben lassen, was ich zu glauben habe.«

»Aber *Lux aeterna* ist kein Club religiöser Spinner, sondern eine Organisation, die Menschen manipuliert«, erwiderte Jin Jang und deutete auf das umfangreiche Dossier, das der Boss ihnen ausgehändigt hatte. Svenja Bauer und Andreas Sommer waren nun damit betraut, die Bankverbindungen des deutschen Ablegers von *Lux aeterna* zu durchforsten und nach Verbindungen zu Nick zu suchen. Jin Jang und Schneider mussten Nicks privates Umfeld überprüfen. Auf Schneider wartete wieder ein trostloser Tag mit zermürbenden, unergiebigen Recherchen. Das war nichts für einen Mann wie ihn, der lieber Verdächtige in die Mangel nahm, Tatorte untersuchte und Verbrecher festnahm.

Jin Jang nahm das Dossier noch einmal in die Hand.

»Wie wollen wir jetzt vorgehen?«, fragte sie.

»Die private Schiene ist unergiebig. Wir nehmen jetzt mit den Finanzämtern Kontakt auf, die regelmäßig Steuerprüfungen bei den betreffenden Firmen durchführen. Die Einschätzung und die Unterlagen der Steuerprüfer sind wichtig für uns. Auf diese Weise können wir unseren Youngstern zuarbeiten.«

»Hast du heute Abend Zeit?«, fragte Jin Jang plötzlich.

»Ja, was hast du vor?«, antwortete er überrascht.

»Ich dachte, wir könnten vielleicht mit den Vorbereitungen für meinen Umzug beginnen«, sagte sie.

Schneider brauchte eine Weile, bis er verstand. Sie wollte mit ihm die Wohnung seiner Eltern ausräumen. Ein Stich fuhr im durch die Magengrube. Er wusste, dass er in seinem Haus und in seinem Leben Platz für Neues schaffen musste. Und doch kam es ihm irgendwie pietätlos vor.

Jin Jang schien den Widerstreit seiner Gefühle zu bemerken.

»Es ist noch zu früh, oder?«

»Nein, es ist gerade der richtige Zeitpunkt.«

Jin Jang zeigte ihr asiatisches Lächeln, das für ihn so undurchdringlich war wie die chinesische Mauer.

Die Nachforschungen waren so zäh wie ergebnislos. Den Finanzbeamten war nichts Besonderes aufgefallen. Allerdings hatten sie auch nie nach Verbindungen zu einer dubiosen Sekte geforscht. Nach schier endlosen Telefonaten und dem Durcharbeiten der Unterlagen standen sie wieder dort, wo sie angefangen hatten – bei Null. Erschöpft und frustriert überbrachten sie dem Chef die Nachricht ihrer Erfolglosigkeit. Während Schneider redete, nippte Caspari an seinem Tee. Zu ihrer Überraschung stand er plötzlich auf und drückte eine Taste auf seiner Compact-Anlage. Aus den Lautsprechern erklang klassische Musik, die Schneider bekannt vorkam.

»Mozarts kleine Nachtmusik«, meinte Caspari, als er sich wieder setzte. »Ich glaube, ein bisschen positive Energie tut uns jetzt gut.«

Schneider wartete darauf, dass der Chef weiterreden würde. Doch der starrte auf einen Punkt im Büro, der nicht existierte. Jeden anderen Gesprächspartner hätte Schneider bei einem solchen Verhalten für ausgesprochen wunderlich gehalten. Doch Caspari war anders. Verzweifelt versuchte Schneider, die Musik auf sich wirken zu lassen, während Jin Jang sich ausgesprochen gut zu entspannen schien. Caspari erlöste ihn nach einer gefühlten Ewigkeit, indem er mit der Fernbedienung das Gerät ausschaltete.

»Ich habe in den Handelsregistern nachgesehen, während Sie über den Unterlagen der Finanzämter gebrütet haben. Dabei hat sich mein Verdacht bestätigt. Die Beratungsfirma *Optimum* ist die Tochter einer Firma in der Schweiz, die wiederum die Tochter einer Firma in Russland ist, die wiederum die Tochter einer Firma in einem anderen Land ist, et cetera. Am Ende einer langen Kette habe ich die Zentrale von *Lux aeterna* in Kentucky gefunden.«

»Bleibt nur noch das klitzekleine Problem, dass wir nachweisen müssen, dass die Sekte etwas mit Kinderpornografie im Internet und mit dem Hacken von Kirchencomputern zu tun hat«, meinte Scheider.

»Genau das ist unser Problem – im Augenblick«, stimmte Caspari zu.

Es war schon dunkel, als Caspari nach Hause kam. Müde setzte er sich an den Esstisch und trank ein großes Glas Wasser.

Clara legte ihm die Hand auf die Schulter.

»Na, wie war es?«

»Zäh wie Kaugummi. Wir brauchen viel Geduld. Außerdem muss ich auch noch der große Motivator sein, der die Beamten bei Laune hält«, brummte er. »Wie lief es denn in der Schule?«

»Neuhaus war ›not amused‹, aber was blieb ihm anderes übrig? Er hat Tina und Mario irgendwie untergebracht. Mario unterrichtet nun Französich und EDV, dazu bietet er eine Italienisch-AG an. Tina übernimmt Sport und Englisch. Die Beiden sitzen gerade in ihrem Appartement und büffeln Unterrichtsentwürfe.«

Clara leistete Caspari Gesellschaft, als dieser in Ruhe sein Abendessen zu sich nahm. Als der Tisch abgeräumt war, legte sie die Unterlagen zur Hochzeitsvorbereitung vor ihn hin.

»Schau dir mal die Bibelsprüche an. Wir müssen uns auf einen gemeinsamen Trauspruch einigen.«

»Jetzt schon?«, stöhnte Caspari. »Die Hochzeit ist doch erst in einem dreiviertel Jahr.«

»Jammere nicht. Du kannst dir die Sprüche ja durchlesen, während du auf dem Sofa liegst und Camillo kraulst.«

Belustigt sah sie, wie er die Augen verdrehte.

Donnerstag, 18. Oktober

Tina

Mein Name ist Tina Hergenrath, und ich vertrete ab der nächsten Stunde Herrn Schmidt. Das heißt, ab kommender Woche werdet ihr mit mir allein Vorlieb nehmen müssen.«

Tina hielt nichts von langen Erklärungen. Eigentlich sollte sie an diesem Morgen noch im Sportunterricht hospitieren. Doch Roland Schmidt, ein lockerer und unkomplizierter Typ, hatte ihr angeboten, in seinem Beisein den Sportkurs zu trainieren.

Mit Hilfe der Schüler hatte Tina einen Trainingszirkel aufgebaut. Während die Schüler ihn durchliefen, beobachtete Tina Jasmin, die einen abwesenden Eindruck machte.

»Du bist Jasmin, ist das richtig?«, fragte Tina.

Die Schülerin nickte.

»Ich habe den Eindruck, dir geht es nicht gut. Kannst du noch weitermachen, oder brauchst du eine Pause?«

»Nein, es geht schon«, schnaufte Jasmin. »Ich habe im Moment ein paar Schwierigkeiten am Hals. Die bremsen mich ein bisschen aus.«

Johanna

Das Telefon auf seinem Schreibtisch riss Caspari aus den Gedanken. Lustlos griff er danach und meldete sich. Zu seiner Überraschung hörte er Johanna am anderen Ende der Leitung.

»Hey, kleiner Bruder!«

»Hey, große Schwester!«, erwiderte er.

»Hast du einen Moment Zeit für mich?«, fragte sie mit ihrem schwedischen Akzent.

»Ja, eine kleine Ablenkung tut mir jetzt ganz gut.«

»Nils und ich haben uns überlegt, dass wir Weihnachten gern mit euch zusammen auf dem Weiherhof feiern würden. Dann wäre die Familie einmal komplett. Was hältst du davon?«

»Ja, das ist eine schöne Idee«, sagte Caspari spontan. »Ich würde mich freuen. Hast du Mama und Papa schin davon erzählt?«

»Ja, aber die sagten, ich soll das auch mit dir und Clara abklären, auch mit Iris und Benny.«

»Im Prinzip spricht erst einmal nichts dagegen«, antwortete Caspari. »Aber du hast ganz recht. Ich muss natürlich mit Clara darüber sprechen. Ich weiß nicht, ob sie das Fest schon anders geplant hat. Schließlich hat sie ja auch noch Eltern und Brüder mit Familie.«

»Ja, da hast du recht.«

»Was wird deine Ziehmutter denn an Weihnachten machen? Mama sagte, Annegret sei mit ihr zerstritten.«

»Annegret hat ihre leibliche Familie gefunden und ist dort hin gereist. Es muss sehr enttäuschend für sie gewesen sein. Sie hat bisher nur wenig erzählt. Jedenfalls gab es nach diesem Reinfall eine große Versöhnung zwischen Mutter und ihr. Jedenfalls feiert Solveig in diesem Jahr bei Annegret, so dass wir uns um sie keine Sorgen zu machen brauchen.«

Clara

Clara hatte es eilig. Auf dem Weg zur Schule war sie hinter einem Mülllaster hergefahren und kam erst knapp vor Schulbeginn an. Schnellen Schrittes lief sie durch den Haupteingang zum Verwaltungsbereich. Doch etwas ließ sie inne halten. Sie sah sich um, da fiel ihr Blick auf das schwarze Brett. Dort hing ein Plakat, wie sie schon einmal eins gesehen hatte. Eine Fackel vor dunklem Hintergrund, darunter in gelb-orangenen Buchstaben geschrieben: *Lux aeterna* – Ihr Weg zu innerem Wachstum und Größe. Werden Sie der Mensch, zu dem Sie bestimmt sind!

Darunter las Clara die Adresse der Frankfurter Filiale von *Lux aeterna*. Erbost riss sie das Plakat ab und ging damit geradewegs in der Büro des Rektors.

»Wie kommt es, dass ein solches Plakat an unser schwarzes Brett gehängt werden darf?«, fragte sie ihn.

Rektor Neuhaus sah lange darauf, während der Gong zur ersten Stunde ertönte.

»Ich habe keine Ahnung. Meine Genehmigung wurde nicht eingeholt. Ich hätte sie, ehrlich gesagt, auch nicht erteilt.«

»*Lux aeterna* ist eine gefährlich Psycho-Sekte, die vom Verfassungsschutz überwacht wird. Ich glaube, das sagt schon alles.«

»Ich werde den Hausmeister und die Klassenlehrer anweisen, diese Plakate sofort abzuhängen, wenn sie sie sehen. Vielleicht erwischen wir ja auch auf diese Weise denjenigen, der das aufhängt.«

Samstag, 20. Oktober
Der Hund

Nach der anstrengenden Woche freute sich Caspari auf ein erholsames Wochenende. Doch ruhig würde dieser Samstag nicht werden. Camillo, das schwarz-braun-weiße Wollknäuel, das sie am Vormittag abgeholt hatten, war unermüdlich am Spielen.

Caspari erzählte Clara von Johannas Anruf. Sie rollte die Augen.

»Weißt du, ich finde deine Familienbande ja toll. Aber manchmal frage ich mich, ob es denn auch mal Zeiten gibt, wo wir beide mal ganz für uns sind.«

»Johanna ist mit ihrer Familie doch hauptsächlich bei meinem Eltern und wird nicht andauernd bei uns sein«, wandte er ein.

»Ich habe auch noch eine Familie, mein Lieber. Meine Mutter hat schon anklingen lassen, dass sie in diesem Jahr gern mal mit uns feiern würde.«

»Na, deine Eltern bekommen wir doch auch noch unter.«

»Das ist nicht die Frage, Christoph. Das Problem ist, dass unser Eheleben bei dem ganzen Großfamilienhappening völlig zu kurz kommt.«

»Ja, ich kann dich verstehen. Aber was können wir dagegen tun?«, fragte er einsichtig.

»Keine Ahnung. Ich war es ja, die Johanna aufgespürt hat. Deshalb bin ich auch so hin- und hergerissen. Aber vielleicht sollten wir anfangen, öfter auch was allein zu unternehmen, nur als Paar, meine ich.«

Tina und Mario

Tina kam nicht recht voran mit ihrem Bericht voran. Das ausgelassene Lachen von Lukas und das Bellen des Welpen lenkten sie ab. Mario stand am Herd und nippte immer wieder an einem Glas Montepulciano, während er Spaghetti carbonara kochte.

»Welchen Eindruck hast du von Vincent?«, fragte Tina.

»Er wirkt sehr verschlossen. Ich habe ihn gut beobachten können. Er ist sehr in sich gekehrt.«

»Diesen Eindruck hatte ich von Jasmin auch.«

»Den Lehrern ist die Veränderung der Beiden auch aufgefallen. Früher waren sie fröhlich und aufgeschlossen«, erzählte Mario.

»Das bestätigt unseren Verdacht, dass sie fremdbestimmt sind – vielleicht durch diese Sekte.«

Tina sah wieder aus dem Fenster auf den Hof, wo Lukas hinter Camillo her rannte.

»Es kann einem schon Angst machen, welchen Gefahren Kinder und Jugendliche heute ausgesetzt sind«, sagte sie halblaut.

»Was meinst du?«, fragte Mario.

»Nichts, ich habe nur laut gedacht.«

Jin Jang und Schneider

Die Aufbauanleitungen des schwedischen Möbelhauses hatten sich in den vergangen Jahren enorm verbessert. Nachdem Schneider mit Jin Jang die Tapeten in der Wohnung seiner Eltern in freundlichen Farben gestrichen hatte, half er ihr nun, das Bett zusammenzubauen.

»Ich muss mich eigentlich bei dir bedanken«, sagte er plötzlich.

Sie sah ihn an. »Warum?«

»Du bist da. Du hörst mir zu.«

Schneider sah sie verlegen lächeln. Sein Herz fing an, wild zu klopfen. Schnell wechselte er das Thema.

»Was hältst du von unserem Chef?«

»Doktor Caspari? Er ist ein Mensch mit einem großen Herzen. Er ist ein ›weiser Krieger‹.«

Schneider sah sie fragend an. Diesen Ausdruck hatte er noch nie gehört.

»Das ist ein großer Krieger, der im Dienst des Guten steht«, erklärte sie. »Was ist er für dich?«

»Er nimmt mich ernst und bleibt völlig unbeeindruckt von meiner manchmal etwas ruppigen Art. Das imponiert mir. Ich glaube, er mag mich. Das ist für mich eine ganz neue Erfahrung«, sagte er und lachte.

Irina und Christina

So kaltherzig der Arzt gewesen war, er hatte doch dafür gesorgt, dass Irina als einzige das Haus für Spaziergänge an der frischen Luft verlassen durfte. Der Duft von Seetang und Salzwasser gefiel ihr. Sie hielt ihr Gesicht in den Wind und atmete tief ein. Es roch angenehmer als in den Schächten des Sankt Petersburger Hauptbahnhofs, der noch vor wenigen Tagen ihr Zuhause gewesen war.

Iwan, ein Mann mit einem besonders brutalen Gesichtsausdruck, war an diesem Tag als ihre Wache abgestellt. Als sie sich auf die Umrandung des großen Sandkasten setzte, ließ er sich auf eine Bank in der Nähe fallen und schaute gelangweilt umher. Sie beugte sich vor und schrieb mit den Fingern ihren Namen in den Sand. Dann kniete sie sich und begann, eine große Blume in den Sand zu malen.

»Hi!«, sagte plötzlich eine Stimme hinter ihr.

Erschrocken drehte sie sich um und sah dem Mädchen ins Gesicht, das ihr schon einmal begegnet war. Ihr Begleiter war ein dunkelhäutiger Hüne mit kahlrasiertem Schädel. Er setzte sich neben Iwan.

Das Mädchen sagte etwas zu Irina, das sie nicht verstand. Sie zuckte mit den Schultern.

»Russin«, sagte Irina entschuldigend.

Die andere lächelte. »Ich bin Christina. Und wer bist du?«, fragte sie in holprigem Russisch.

»Ich bin Irina. Du kennst unsere Sprache?«

»Ja. Aber nur ein kleines bisschen. Mein Kindermädchen war Russin. Sie sprach immer russisch mit mir, wenn meine Eltern nicht da waren. Wo kommst du her?«

»Sankt Petersburg«, antwortete Irina leise. Iwan sah finster zu ihnen herüber.

»Ich komme aus Santa Monica in Kalifornien.«

»Wo ist das?«

»In Amerika«, lachte Christina.

»Ist sie lange bei euch geblieben?«

»Wer?«

»Das Kindermädchen«

»Zwölf Jahre. Es war eine schöne Zeit mit Katjuscha. Sie sang mir immer ein Wiegenlied aus ihrer Heimat, wenn ich nicht einschlafen konnte.«

Christina begann, eine Melodie zu summen.

»Bajushki Baju«, rief Irina und sang es ihr leise vor.

»Irina, wir gehen!«, befahl Iwan.

»Sehen wir uns wieder?«, fragte sie Christina leise.

»Bestimmt, Irina, bestimmt.«

Montag, 22. Oktober
Mario

»Mein Name ist Mario Bartoldi. Ich bin Ihr Vertretungslehrer in Französisch und EDV«, stellte Mario sich vor. »Die meisten von Ihnen haben mich bereits in der letzten Woche gesehen. Ich hoffe, Sie finden Gefallen an meiner Art, zu unterrichten.«

»Und wie ist die?«, fragte ein Schüler grinsend.

»›Italien Style‹, würde ich sagen.«

Die Klasse lachte. Es fing gut an. Mario hoffte, mit seiner lockeren Art das Vertrauen der Jugendlichen gewinnen zu können. Nur einer der Schüler sah ihn reserviert an und verzog keine Miene.

Mario schaute demonstrativ auf die Namensliste.

»Herr Montag scheint aber nicht gerade glücklich, mich als Vertretung zu bekommen. Na, ob das der Beginn einer langen Freundschaft ist, weiß ich nicht.«

Schallendes Gelächter.

»Der ist seit ein paar Monaten immer so«, klärte ihn ein Schüler auf, den er als Niklas Baumann erkannte. »Sie brauchen sich nichts draus zu machen.«

»Na gut, dann nehme ich das mal so hin«, entgegnete Mario. »Apropos ›Italien Style‹. Ich habe mir vorgenommen, in diesem Schuljahr eine Italienisch-AG anzubieten. Das können Sie sich ja mal durch den Kopf gehen lassen. Wenn ich genug Interessierte zusammenbekomme, fange ich in der nächsten Woche damit an.«

Für einen kurzen Augenblick sah er ein Lächeln über Vincents Gesicht huschen. ›Na also!‹, dachte er.

BKA

Die Besprechungen begannen ihn zu nerven. Sie traten auf der Stelle. Caspari konnte nicht erkennen, dass sie wirklich weiterkamen. Als Jung und Fuchs den Status quo ihrer Ermittlungen vorstellten, klopfte es an der Tür. Frau Köhler, Casparis Sekretärin, führte einen Mann herein, den Caspari auf Ende fünfzig schätzte. Das kantige Gesicht passte zu dem schmalen Körper. Mit tiefer Stimme und unverkennbar oberbayerischem Akzent sagte er: »Doktor Caspari, nehme ich an. Ich bin Karl Bogner vom Bundesnachrichtendienst.«

Caspari gab ihm die Hand und stellte seine Leute vor. Dann bot er ihm einen Stuhl an.

»Ich bin wegen des Hackerangriffs auf den Botschaftsserver in Baku hier«, begann Bogner. »Wir haben mitbekommen, dass Sie aus anderen Gründen auch an diesem Fall dran sind.«

»Ja, er ist Teil unserer Ermittlungen. Ich dachte, ich hole mir bei Ihnen ein bisschen Amtshilfe. Wir kommen in dem Fall nicht wirklich weiter.«

Dienstag, 23. Oktober

Sauer

»Nun komm, ich habe nun schon lange genug büßen müssen«, bearbeitete Peter Sauer seinen Ressortleiter Robert Michel. »Eine mehrteilige Reportage über kirchliche Jugendarbeit ist nun wirklich nichts Anrüchiges.«

»Ich gebe zu, die Idee ist wirklich gut«, meinte Michel. »Ich bin nur überrascht über dein plötzliches Interesse an kirchlichem Leben.«

»Man darf seine Meinung ja auch wieder ändern, oder?«, konterte Sauer. »Außerdem leisten die Kirchengemeinden wirklich gute Arbeit auf diesem Gebiet.«

»Dein erster Beitrag ist schon mal gut gelungen. Den nehmen wir in das Wochenendmagazin rein. Das ist kein Investigativjournalismus, sondern eine gute, schlichte Berichterstattung, die den Alltag der Menschen im Kinzigtal abbildet. Wie ich sehe, hast du dazu gelernt.«

›Du wirst dich noch wundern!‹, dachte Sauer und nickte stumm.

Mittwoch, 24. Oktober

Gärtner

Vor der Pfarrkonferenz musste Michael Gärtner noch einen Patenschein ausstellen. Die Frau am Telefon hatte es eilig gehabt. Er stellte die Kaffeetasse neben sich ab, gab das neue Passwort ein und sah zu, wie sich das Hintergrundbild aufbaute. Der neue Computer war schneller als der alte, der immer noch im BKA stand. Plötzlich war der Bildschirm rabenschwarz. In blutroten Buchstaben wanderte ein Schriftzug darüber: »Es ist noch nicht vorbei!«

Gärtner stieß einen Schrei aus. Panik überfiel ihn. Mit zittrigen Fingern wählte er Lars' Nummer. Der Student nahm sofort ab.

»Rühren Sie das Ding bloß nicht mehr an«, riet ihm der junge Mann. »Rufen Sie Doktor Caspari an, der wird alles Weitere in die Wege leiten.«

Caspari! Hastig suchte Gärtner noch während des Telefonats die Nummer des Polizisten.

»Lars, ich habe sein Nummer nicht«, sagte er schließlich aufgelöst.

»Dann rufen Sie Frau Frank an.«

Eine Stunde nach Claras Anruf fuhren Caspari und ein Computerspezialist bei Gärtner vor. Als der Pfarrer sie in sein Amtszimmer begleitete, saß Jürgen Jungmann dort. Nach einem kurzen Gruß deutete der auf den Bildschirm.

»Guck dir das doch mal an. Das ist so etwas von abgefahren. Jemand scheint doch tatsächlich ein zweites Mal durch die Schutzsoftware gekommen zu sein.«

Caspari betrachtete den Text eine Weile. Dann überließ er den Rechner dem Spezialisten. Gärtner bat sie ins Wohnzimmer und schenkte ihnen Kaffee ein.

»Irgendwem müssen Sie mächtig auf die Füße getreten sein«, meinte Jungmann.

»Wer sollte das sein?«, fragte Gärtner verzweifelt.

»Sagt Ihnen *Lux aeterna* etwas?«, klinkte Caspari sich in das Gespräch ein.

»Ja, natürlich. Ich habe mich mit Clara erst neulich über diese Sekte unterhalten. Schlimmer Haufen, diese Gruppe.«

»Welchen Grund könnte diese Sekte haben, sie fertig zu machen?«

»Ich habe nie direkt mit Vertretern von *Lux aeterna* zu tun gehabt.«

»Aber irgendwie müssen Sie auf die Liste der Sekte geraten sein, genauso wie Ihr katholischer Kollege.«

»Vor den Sommerferien waren wir zu einem Festakt anlässlich eines Jubiläums eingeladen. Am Rande der Veranstaltung sprach der Bürgermeister uns an. Er erzählte uns, dass *Lux aeterna* sich darum bemüht, die Weiße Villa zu kaufen.«

»Diesen riesigen Kasten im Jugendstil?«, fragte Caspari.

»Ja, genau den. Er erzählte uns, der Verfassungsschutz hätte ihn gewarnt. Gelnhausen soll wohl der Brückenkopf von Frankfurt nach Ostdeutschland werden.«

»Ausgerechnet Gelnhausen?«, fragte Jungmann überrascht.

»Jedenfalls wollte der Magistrat den renovierungsbedürftigen Bau lieber behalten, als ihn dieser Sekte zu verkaufen. Der Bürgermeister fragte, ob wir ihn darin öffentlich unterstützen würden. Kollege Leistner und ich sagten sofort zu. Darüber hinaus haben wir mit einigen anderen Gruppen Informationsstände gegen *Lux aeterna* auf dem Obermarkt organisiert und eine

Unterschriftenaktion gegen den Verkauf der Weißen Villa an die Sekte. Aber wir sind dabei nie öffentlich in den Vordergrund getreten.«

»Was Sie getan haben, reicht aus, um die Aufmerksamkeit der Sekte auf sich zu lenken«, widersprach Caspari. Sein Mobiltelefon klingelte. Jin Jang rief ihn an.

»Chef, Emilia Tozzi sitzt in unserem Büro. Sie hat erzählt, dass Ralf Kampe sie völlig aufgelöst angerufen hat.«

Emilia

Tränen liefen der jungen Frau über die Wangen. »Er sagte mir, er ist sich jetzt darüber im Klaren, das er sich in die Hände von Verbrechern begeben hat. Dabei hat er immer wieder so furchtbar geweint. ›Bitte verzeih mir!‹, hat er gesagt. Dann war das Gespräch plötzlich unterbrochen.«

Jin Jang legte den Arm auf Emilias Schulter und beruhigte sie soweit, dass Schneider behutsam weiterfragen konnte. Die junge Frau tat ihm leid.

»Welchen Anschluss hat er denn angerufen?«

»Auf meiner Mobilnummer«, antwortete sie. »Die Telefonnummer war aber unterdrückt.«

»Das macht nichts. Über Ihre Telefongesellschaft bekommen wir den Anschluss schon heraus«, entgegnete Jin Jang, während sie sich Emilias Nummer notierte,

»Meinen Sie, ihm ist etwas zugestoßen? Ich meine, das Gespräch wurde so plötzlich unterbrochen.«

»Das ist schwer zu sagen«, sagte Schneider.

»Wir werden Sie umgehend informieren, sobald wir selbst etwas Näheres wissen«, versicherte Jin Jang.

Als Scheiders Blick den seiner Partnerin traf, wusste er, dass sie genauso dachte wie er. Der plötzliche Abbruch des Telefonats konnte nichts Gutes bedeuten.

Sauer

Bei den Pfadfindern des Stammes Barbarossa war Sauer gern gesehen. Die Stammesführung hatte seinen Bericht über das Engagement der Kirchengemeinde laminiert und an die Pinnwand gehängt. ›Kein Wunder‹, dachte Sauer. Den Pfadfindern hatte er ja auch einen großen Abschnitt gewidmet.

»Mein Chef meinte, ich soll nochmal genauer über die Pfadfinderbewegung recherchieren, die Geschichte, die Hintergründe, die Ideale und so weiter.«

Lars, ein junger Student, und Valerie, seine Freundin, die gerade eine Kindergruppe beim Basteln betreuten, erzählten ihm alles, was er wissen wollte.

»Und nun noch einmal zu euch – wenn ich das beim letzten Besuch richtig verstanden habe, ist die Pfadfinderarbeit das Steckenpferd von Pfarrer Gärtner.«

»Ja«, stimmte Valerie zu.

Nun war es an der Zeit, die Falle auszulegen.

»Wenn man sich so sehr um Kinder und Jugendliche bemüht, ist es doch schrecklich, wenn man solche Schwierigkeiten bekommt, wie Pfarrer Gärtner«, meinte er beiläufig.

»Jasmin, die blöde Kuh!«, entfuhr es Valerie.

Sauer sah, wie Lars ihr einen strengen Blick zuwarf.

»Diese Schwierigkeiten waren völlig unberechtigt«, entgegnete der Student. »Genaueres wissen wir auch nicht.«

›Wer's glaubt ...‹, dachte Sauer, während er sich verabschiedete. Jasmin. Der Name war schon einmal ein Anhaltspunkt. Er hatte eine Idee, wo und wie er an ihren vollen Namen kam.

Der Plakatmann

Dieses Mal war er fällig! Clara sah den Mann, als er ein neues Plakat von *Lux aeterna* an das schwarze Brett hängte. Clara schätzte ihn auf Anfang dreißig.

»Haben Sie eine Genehmigung dafür?«, fragte sie scharf.

»Ich wusste nicht, dass man dafür eine braucht« antwortete der Mann ruhig.

»Ist aber so«, beharrte Clara. Währenddessen drückte der Mann einen weiteren Reißnagel durch die Pappe in die Pinnwand. Er deutete auf das Plakat, das für ein Adventskonzert der Jungen Kantorei der evangelischen Kirchengemeinde warb.

»Die evangelische Kirche hängt hier doch auch ihre Plakate auf!«

»Die hat ja auch eine Genehmigung von der Schulleitung.«

»Ach so, die Schulleitung bestimmt, was man glauben darf und was nicht. Das verstößt gegen das Grundrecht auf Religionsfreiheit!«

»Nein, ganz und gar nicht«, konterte Clara. »Die christlichen Kirchen befinden sich in Übereinstimmung mit dem Grundgesetz. Sie und Ihre Sekte nicht.«

»Sagt wer?«, fragte der Mann heftig.

»Sagt der Verfassungsschutz in seinem letzten Jahresbericht«, erwiderte Clara ungerührt. »Also nehmen Sie Ihr Plakat und verschwinden Sie. Sie sind kein

Schüler, kein Elternteil und Sie gehören nicht zum Lehrkörper. Sie haben hier nichts zu suchen.«

Der Mann drehte sich um, riss das Konzertplakat ab und rannte zum Ausgang. Clara wartete, bis der Mann das Schulgebäude verlassen hatte. Dann bückte sie sich, hob das Konzertplakat auf und pinnte es wieder an die Wand. Anschließend nahm sie das Sektenplakat ab. Aus dem Augenwinkel konnte sie sehen, wie Vincent ihr dabei zusah.

Caspari

Erschöpft und frisch geduscht saß Caspari nach dem Training mit Benny auf einem Barhocker an der Theke des Get Fit.

»Eigentlich könnten wir öfter in unserem Dojo auf dem Hof trainieren«, meinte Benny. »Dann fällt die Fahrerei flach.«

»Das könnten wir tun«, stimmte Caspari ihm zu. »Aber zum einen brauchen wir ab und zu die kleinen Korrekturen unseres Sensei, zum anderen möchte ich auf Bilder wie diese nicht verzichten.«

Er deutete auf Clara, Tina und Mario, die verschwitzt und mit roten Köpfen aus dem Raum geschlurft kamen, in dem sie Krav Maga trainiert hatten.

»Wo du recht hast, hast du recht!«, grinste Benny.

»Krav Maga muss ja sehr schweißtreibend sein. Für den Verteidigungsfall solltest du vielleicht ein paar Handtücher ins Auto legen«, begrüßte Caspari Clara, wofür er gleich einen Knuff in die Rippen bekam.

»Fahr doch schon mal vor und hol Lukas von deinen Eltern ab«, bat Clara. »Ich habe dann auch noch etwas, das ich mit dir besprechen muss.«

Nachdenklich fuhr Caspari den Wittgenborner Berg hinauf. Was hatte Clara ihm Wichtiges zu erzählen?

Zuhause brachte er Lukas ins Bett, der ihm stolz alle Seiten zeigte, die er im Leselöwenbuch mit Omas Hilfe gelesen hatte. Während er sich mit dem Kleinen unterhielt, hörte Caspari Stimmen aus der Küche. Clara, Tina und Mario waren angekommen.

Beim Abendessen hielt es Caspari nicht mehr aus.

»Was wolltest du mir denn nun erzählen?«

Clara hielt ihm eine Plastiktüte hin.

»Da drin ist ein Werbeplakat von *Lux aeterna*. Ich habe den Kerl erwischt, der es aufgehängt hat. Meinst du, es lohnt sich, Fingerabdrücke davon zu nehmen?«

»Das bringt nichts«, sagte Caspari. »Wir können nicht von jedem Sektenmitglied die Fingerabdrücke identifizieren.«

»Na ja, vielleicht hat der Typ ja schon mal was ausgefressen.«

»Also gut«, gab er nach. »Ich gebe es in die Kriminaltechnik.«

»Ich wundere mich, warum *Lux aeterna* nicht Jasmin und Vincent beauftragt hat, die Plakate aufzuhängen«, meinte Tina.

»Sie sollten die Pfarrer denunzieren«, überlegte Mario laut. »Wenn sie öffentlich Plakate für die Sekte aufhängen würden, würde das ihre Glaubwürdigkeit schmälern.

Caspari nickt zustimmend. Plötzlich klingelte sein Mobiltelefon.

»Jan Janssen vom LKA Niedersachsen, moin!«, meldete sich eine norddeutsche Stimme am anderen Ende. »Wir haben eine Leiche im Watt gefunden, die zu Ihrer Beschreibung des flüchtigen Ralf Kampe passt.«

»Wonach sieht es aus?«, fragte Caspari

»Nach Mord und Totschlag. Auf den ersten Blick wurde der Mann erschlagen, dann auch noch erwürgt. Sicher ist sicher. Der Fundort ist übrigens nicht der Tatort.«

Schneider und Jin Jang

»Warst du schon mal an der Nordsee?«

Jin Jang schaute Gedanken versunken auf die Landschaft, die an ihnen vorüberflog.

»Hm?«

»Ob du schon mal an der Nordsee warst?«, wiederholte Schneider die Frage an seine Partnerin, die ihm im ICE gegenübersaß.

»Ach so«, sagte sie und gähnte. »Nein, ich hatte bisher keine Gelegenheit. Ich bin ja auch erst seit ein paar Monaten hier.«

»Ich dachte, du wärest vielleicht schon früher mal in Deutschland gewesen, weil du unsere Sprache so gut sprichst.«

»Das habe ich von meinem Vater. Der hat als junger Student viele Jahre in der DDR gelebt und in Ostberlin Germanistik studiert. Als wir Kinder waren, hat er oft mit uns deutsch gesprochen. Deutschland ist bis heute seine ganz große Liebe. Neben meiner Mutter natürlich.«

Jin Jang lächelte.

»Dann muss dein Vater furchtbar stolz auf dich sein, dass du nun in Deutschland arbeitest«, fand Schneider.

»Vor allem ist er sehr froh, dass ich nicht mehr in Shanghai gegen die Triaden ermittle. Das überleben Polizisten in manchen Fällen nämlich nicht. Aber daneben vermissen mich meine Eltern sehr.«

»Und du vermisst sie«, vermutete er.

Jin Jang nickte.

»Lade sie doch zu dir ein«, schlug Schneider vor.

»Nein, das geht nicht«, widersprach sie. »Ich kann dir doch nicht einfach meine Eltern ins Haus setzen.«

»Warum denn nicht?«

Schneider wunderte sich über sich selbst. Noch vor ein paar Wochen hätte er niemanden in seinem Haus haben wollen. Und nun lebte Jin Jang in der Wohnung seiner Eltern. In dieser kurzen Zeit hatte er schon mehr mit ihr geredet, als in den Jahren nach dem Tod seiner Frau mit sonst einem anderen Menschen. Was hatte ihn so verändert, dass er wieder anfing, Menschen an sich heranzulassen?

»Du hast ein gutes Herz, Gernot Schneider«, sagte Jin Jang leise.

»Ich befinde mich ja auch in guter Gesellschaft«, erwiderte er ebenso leise.

Sie lächelte und sah wieder zum Fenster hinaus.

»Was machen wir denn nun genau bei den Kollegen vom LKA Niedersachsen?«, fragte sie nach einer Weile. »Die DNA-Proben aus Kampes Wohnung haben wir doch schon zum Abgleich in die Gerichtsmedizin nach Hannover geschickt.«

»Der Chef meint, wir sollten uns den Fundort und die Leiche zeigen lassen. Er hält unseren persönlichen Eindruck für wichtig.«

»Was hältst du von Kampes Tod?«

»Ich glaube, dass die Sekte nervös geworden ist und deshalb schnell und heftig reagiert«

»Oder Marcel Nick.«

»Oder der. Oder auch beide zusammen.«

Am Bahnhof empfing sie Jan Janssen, der Sie nach Emden fuhr und sie dort zu einem Kaffee einlud. Anschließend fuhren sie weiter über Krummhörn zur Schleuse Leysiel. Als sie am Yachthafen ausstiegen, sog Jin Jang gierig die Seeluft ein. »Ist das schön hier«, rief sie gegen das Kreischen der Möwen an.

»Mützenwetter«, kommentierte Schneider und zog seine Matrosenmütze auf.

Janssen, der sich bisher im Hintergrund gehalten hatte, schien die Sache hinter sich bringen zu wollen.

»Die Leiche wurde hier gefunden. Direkt an der Schleuse.«

»Wurde sie dort abgelegt?«, fragte Schneider.

»Nee, die lag schon eine Zeit lang im Wasser«, antwortete der norddeutsche Kollege. »Wie lange, lässt sich bis jetzt noch nicht sagen. Die Gerichtsmediziner sind noch dran. Der Schleusenwärter hat sie jedenfalls gestern früh gefunden und uns sofort benachrichtigt.«

»Wie kommt eine Wasserleiche über eine so große Matschfläche zu einem Schleusentor?«, fragte Jin Jang. »Ich meine, das ist doch gerade mal ein Rinnsal, das vom Meer bis zur Schleuse fließt.«

Schneider konnte sich ein Grinsen nicht verkneifen, als der Norddeutsche tadelnd die Augenbrauen hob.

»So 'ne asiatische Deern kann ja keine Ahnung vom Tidenhub haben«, meinte Janssen gutmütig. »Liebe Kollegin, was Sie hier sehen, ist das Watt. Das liegt nur bei Ebbe frei. Bei Flut ist es völlig vom Meer bedeckt.«

»Also hat die Flut den Körper angeschwemmt«, konstatierte Schneider. »Können Sie ungefähr sagen, von wo aus sie ins Meer geworfen wurde?«

»Wir hatten vorgestern Sturm mit zwölf Windstärken. War nicht lustig. Die Seenotrettung hatte einige Einsätze«, erklärte Janssen. »Von wegen Strömung und so weiter lässt sich daher nicht viel sagen. Vor der

Küste liegen die Inseln Borkum, Memmert und Juist. Von dort aus kann ein Boot aufs Meer fahren und eine Leiche entsorgen. Memmert ist allerdings unbewohnt, also bleiben nur Borkum und Juist.«

»War wohl nicht gerade schlau, den Mann dort im Meer zu versenken«, meinte Jin Jang.

»Warum?«

»Na ja, derjenige, der das getan hat, musste doch damit rechnen, dass die Leiche sehr bald angespült wird. Besser wäre doch gewesen, er wirft sie auf offener See ins Wasser. Da dauert es Wochen, bis man die Leiche findet, wenn überhaupt«, erklärte sie.

»Oder die Leiche landet auf einer der Sandbänke, für die Borkum bekannt ist«, erwiderte Janssen.

»Gehen wir also davon aus, dass der oder die Täter unter Zeitdruck standen oder zumindest nervös waren. Und gehen wir weiter davon aus, dass die Leiche mit einem Boot oder einer Yacht von Borkum oder Juist hinausgefahren wurde, um sie im Meer zu entsorgen, dann liegt doch der Verdacht nahe, dass erstens Kampe sich in den Tagen nach seinem Verschwinden auf einer der Inseln befunden haben muss und zweitens, dass er vor dem Sturm umgebracht und ins Meer geworfen wurde.«

»Davon ist auszugehen«, pflichtete ihm Janssen bei. »Aber nun erklären Sie mir doch, warum sich das BKA für diesen Mord interessiert. So etwas können wir doch selbst aufklären.«

»Wir suchen den Toten seit einiger Zeit im Rahmen der Ermittlung gegen eine Sekte«, erklärt Jin Jang, während sie auf das Watt hinaus blickte.

»Doch nicht etwas *Lux aeterna*?«, rief Janssen erstaunt.

Schneider und Jin Jang sahen sich an.

»Doch, genau gegen die. Warum fragen Sie?«

»Weil wir die gemeinsam mit dem Verfassungsschutz unter Beobachtung haben. Und weil dieser Haufen vor drei Jahren auf Borkum über einen Strohmann eine Feriensiedlung gekauft und zur europäischen Zentrale ausgebaut hat.«

»Borkum?«, fragte Schneider ungläubig.

»Warum nicht? Bietet sich doch an«, erklärte Janssen. »Borkum ist ein Urlaubs- und Kurort. Da gibt es ein paar renommierte Kliniken. Zeitweise befinden sich fünfzigtausend Menschen auf der Insel. Ein paar Sektenheinis fallen in diesem Trubel doch nicht auf.«

»Was ist das für eine Feriensiedlung?«, fragte Schneider.

»Großes, parkähnliches Areal. Waren ziemlich heruntergekommene Bungalows. In der Mitte ein großer Klinkerbau als Verwaltung. Gehörte einer Investorengruppe, die das Interesse daran verloren hatte. War billig zu haben. Also hat es die Sekte gekauft und einen hohen Zaun darum gezogen, die Gebäude saniert und erweitert. Eine regelrechte Festung ist das jetzt.«

»Und ich weiß, wen wir da finden könnten«, brummte Schneider.

Peter Sauer

Er hockte am Computer und sah sich im digitalen Archiv der Zeitung alte Berichte über die Gelnhäuser Pfadfinder an. Nach einer Weile wurde Sauer fündig. In einer Bildunterschrift las er den Namen Jasmin Huth. ›Bingo!‹, dachte er. Jetzt musste er herausfinden, was die Kleine Pfarrer Gärtner hatte anhängen wollen und warum.

»Hallo Irina«, sagte eine vertraute Stimme hinter ihr.

Sie saß wieder auf der Umrandung des Sandkastens und malte mit den Fingern in den Sand. Christinas Bewacher und Iwan hatten heute nichts dagegen, dass sie sich unterhielten.

»Hallo Christina, wie geht's?«

»Wie geht es einem im Gefängnis?«, fragte Christina zurück.

»Ist deine Familie reich?«, platzte es aus dem russischen Mädchen heraus.

»Warum fragst du?«, wollte Christina wissen. Die Frage schien sie zu belustigen.

»Wegen des Kindermädchens. Ich kenne niemanden, der sich eins leisten könnte.«

»Ja, meine Mutter hat viel Geld«, antwortete die Amerikanerin.

»Und dein Vater?«

»Ist tot.«

»O, das tut mir leid.«

»Schon gut, Irina. Es tut nicht mehr so weh.«

»Warum bist du hier?«, fragte das Mädchen.

»Weil ich den falschen Leuten vertraut habe.«

Christinas Stimme klang rau, als sie das sagte.

»Wie kommt eine Horde russischer Mädchen auf diese Insel?«

Irina sah ängstlich in Iwans Richtung. Der sah zum Meer hin. Sie bezweifelt nicht, dass er alles das hörte, was er hören wollte.

»Aus demselben Grund, glaube ich.«

»Also sind wir so was wie Leidensgenossinnen«, stellte Christina fest.

»Ja.«

»Es ist schön, mit dir zu reden. Dann fühle ich mich nicht so allein«, sagte Christina und starrte dabei auf den Sand.

»Geht mir genauso«, lächelte Irina. »Vielen Dank, wollte ich dir noch sagen.«

»Wofür?«

»Für Bajushki Baju. Du hast mich daran erinnert. Seitdem singe ich es jeden Abend. Dann kann ich wenigstens einschlafen.«

Freitag, 23. November

Caspari mit Clara

Der Tag des großen Ereignisses war gekommen. Das Metropolis war das größte Kino in Frankfurt. Trotzdem war es eine mutige Entscheidung, die Weltpremiere von ›kiss and kill‹ nicht in Berlin, sondern in Europas Bankenzentrum stattfinden zu lassen. Für solche Feste wurde sonst immer Berlin fest gebucht.

Caspari und Clara standen hinter den Fotografen, die die Stars mit einem wahren Blitzgewitter empfingen. Als Maria MacDonald aus dem Auto stieg, verschlug es Clara kurz den Atem. Sie war eine unbeschreiblich schöne Frau, die ihre Reize vor den Kameras gekonnt einzusetzen wusste. Clara sah kurz zu Caspari. Der wischte sich gerade mit der Hand über das Auge. Was war zwischen den Beiden damals wirklich gelaufen? Clara liebte ihren großen Christoph, doch er war nun wirklich nicht George Clooney, den man eher an der Seite einer Schönheit wie Maria Macdonald vermuten würde.

Sie beschloss, den Film zu genießen und sich ihre Fragen für den Heimweg aufzuheben. Während der Vorstellung hielt sie Casparis Hand. Nach dem Film, dem lange anhaltenden Applaus und den anschließenden Dankesworten des Regisseurs und der Schauspieler begann für Clara der spannendste Teil des Abends. Marias Agentin Sophia Reuter hatte dafür gesorgt, dass ein Wagen sie zum Frankfurter Hof brachte. Vor dem Nobelhotel stiegen sie aus und folgten dem Tross von Filmleuten und geladenen Gästen in den Saal, in dem der Empfang stattfand. Sophia Reuter war sehr um das Wohl von Clara und Caspari bedacht, versorgte sie mit Sekt, zeigte ihnen das Büfett und führte sie schließlich zu einem Tisch, der für sie reserviert war. Kaum saßen sie, da sprach ein Mann Caspari an.

»Doktor Caspari? Das ist aber eine Überraschung!«

»Herr Fuhr. Guten Abend. Darf ich Ihnen meine Partnerin vorstellen?«

Clara reichte dem BKA-Präsidenten die Hand und beteiligte sich an dem Geplauder der beiden. Zu ihrer Überraschung entpuppte sich Herr Fuhr als angenehmer Gesprächspartner. Schließlich kam er auf den Film zu sprechen.

»Das war doch mal Polizeiarbeit, wie sie unsereins sich wünscht.«

»Wie meinen Sie das?«, fragte Clara.

»Na, keine lästigen Debatten über Gesetze und Vorschriften. Die Bösewichte sind im Grunde ganz sympathische Kerle, aber die Heldin ist immer noch ein bisschen besser und sieht daneben so fantastisch aus wie Maria MacDonald. Die Agenten verfügen über einen unerschöpflichen Fundus an Waffen und allerlei technische Hilfsmitteln. Das sind doch himmlische Arbeitsbedingungen für Polizisten.«

»Sind Sie traurig, dass die Wirklichkeit anders aussieht?«, lachte Clara. »Nicht nur Polizisten werden in Filmen unrealistisch dargestellt. Bei uns Pfarrern ist das nicht anders.«

»Und trotzdem fühlen wir uns von Filmen wie diesen gut unterhalten«, ergänzte Fuhr amüsiert.

Sophia Reuter trat zu ihnen und bat sie, ihr zu folgen. Caspari und Clara verabschiedeten sich von Fuhr und gingen mit der Agentin zur Suite von Maria MacDonald.

Mit einem Mal stand Clara vor einem der ganz großen Hollywood-Stars und fühlte sich wie Aschenputtel am Herd. Die Agentin zog sich zurück, doch Clara hatte das Gefühl, dass sie nicht allein mit der Schauspielerin waren. Sie sah sich um und sah zwei Hünen stumm neben der Eingangstür stehen. Maria folgte ihrem Blick und wurde rot.

»Das sind ein alter Freund und seine Frau. Wäre es wohl möglich, dass wir unser Wiedersehen ohne Ihre Gegenwart feiern können?«

Die beiden Muskelberge sahen sich unschlüssig an, dann trotteten sie mit finsteren Mienen davon.

»Wo hast du denn diese beiden Clowns aufgetrieben?«, brummte Caspari.

»Ich konnte sie mir nicht aussuchen«, erwiderte Maria. Dann lächelte sie. »Komm her, mein Großer. Lass dich umarmen.«

Clara zuckte innerlich zusammen. Wie hatte Maria Caspari gerade genannt? »Mein Großer.« Die Worte liefen durch Claras Gehörgänge wie flüssige Lava.

Die Umarmung schien kein Ende nehmen zu wollen, und Clara begann, sich unwohl zu fühlen. Es war Caspari, der sich langsam aus der Umarmung löste. Mit seinen Fingern wischte er vorsichtig die Tränen aus Marias Gesicht.

»Wo warst du nur all die Jahre?«, fragte sie.

»Dort, wo du mich haben wolltest – in freundschaftlicher Distanz«, sagte er, ohne dass es wie ein Vorwurf klang.

»Ja, du hast recht«, stimmte sie zu, immer noch um Fassung ringend. »Christina, die Karriere, dann das Desaster mit Sam. Plötzlich war kein Raum mehr für dich.«

Sie hielt inne und sah Clara an, als begreife sie erst jetzt, dass Caspari nicht allein gekommen war.

»O mein Gott!«, rief sie. »Wie konnte ich nur so unhöflich sein? Bitte entschuldigen Sie!«

Sie lief auf Clara zu und umarmte sie so unvermittelt, dass Clara sich überrumpelt fühlte. Maria musterte sie.

»Und Sie sind die Frau, die auf diesen scheuen Bären aufpasst?«

»Das trifft ziemlich genau den Punkt«, stimmte Clara zu und bemühte sich zu lächeln.

»Darf ich ›Du‹ sagen?«, fragte Maria. »Das fällt mir leichter, wenn wir uns unterhalten.«

»Gern. Ich bin Clara.«

Maria führte sie in ein weiteres Zimmer. Dort stand ein großer Tisch mit einer kleineren Ausgabe des Büfetts vom Empfangssaal. Während sie aßen, stellte Maria so viele Fragen, als wollte sie die vergangenen Jahre an nur einem Abend nachholen. Als Caspari ihr erzählte, das Clara und er im kommenden Jahr heiraten wollten, nickte Maria.

»Ich habe mir immer gewünscht, dass du glücklich wirst. Du weißt, ich habe Elke nie für die passende Frau gehalten. Aber Clara und du, ihr wirkt als Paar ganz anders, viel – wie heißt das auf deutsch? – viel lebendiger. Ihr strahlt so viel Energie zusammen aus.«

Sie hielt einen Moment inne und sah auf ihre Hände. Clara fiel auf, dass sie leicht zitterten. Caspari, der gerade sein Weinglas zum Mund führen wollte, setzte es wieder ab und sah sie an.

»Was ist mit dir?«

»Ich habe mich sehr darauf gefreut, dich wieder zu sehen«, begann Maria. »Aber das ist nicht der einzige Grund, warum ihr hier seid. Die Wahrheit ist, ich brauche deine Hilfe, Christoph.«

Samstag, 24. November
Tina und Mario

Tina hatte sich bei Mario eingehakt, als sie die Sankt Peter Kirche in Gelnhausen verließen. Nach den vielen neuen Informationen über die Sekte hatte es Mario nach den vertrauten Strukturen der katholischen Liturgie verlangt. In der Vorabendmesse hatte er sie gefunden. Sie war die Begegnung mit dem Ewigen. Mario besuchte die Messe sonst eher unregelmäßig. Tina war evangelisch und nahm daher ohnehin nicht an der Eucharistiefeier teil. An diesem Abend aber hatte sie ihn begleitet. Hatte das etwas mit dem Heiratsantrag zu tun, den er ihr im letzten Urlaub unter Palmen gemacht hatte? Tina, die sonst so starke und energische Frau, hatte nur stumm gelächelt und genickt, als er sie bei einem sündhaft teuren Abendessen gefragt hatte, ob sie ihn heiraten wollte.

Marios italienische Familie war groß und natürlich katholisch. Eine evangelische Trauung kam da nicht infrage. Bestenfalls die Mitwirkung einen protestantischen Pfarrers. Tina musste sich also langsam mit dem katholischen Ritus vertraut machen.

»Hallo, Herr Bartoldi. Guten Abend, Frau Hergenrath«, grüßte sie jemand auf dem Kirchplatz.

Vincent wirkte irgendwie unbeholfen. Mario erinnerte er an den verlorenen Sohn aus dem Gleichnis Jesu. Hier lief allerdings kein liebender Vater dem reumütigen Heimkehrer entgegen.

»Sie kommen gerade aus der Messe?«, fragte der junge Mann schüchtern.

»Seit Langem wieder«, antwortete Mario. »Und du?«

»Nein, zurzeit wäre das keine gute Idee«, nuschelte Vincent.

Täuschte Mario sich, oder klang Vincents Stimme etwas wehmütig?

»Schönes Wochenende«, rief Vincent dann plötzlich und hob die Hand zum Gruß. »Ich freue mich auf die nächste Italienisch-Stunde!«

Mario hob ebenfalls die Hand.

»Was war denn das?«, fragte Tina.

»Ein verlorenes Schaf, das den Hirten gewechselt hat«, sagte Mario finster.

Sauer

Peter Sauer hatte sich fest vorgenommen, an diesem Abend nicht über die Arbeit nachzudenken, sondern seine Rückkehr an die vorderste Front des Journalismus im *Dudelsack*, einer gemütlichen Kneipe in der Gelnhäuser Innenstadt, zu feiern. Doch als er den Pub betrat, warf er seinen guten Vorsatz über Bord. Sein alter Kumpel Arndt Müller saß am Tresen, ganz in der Nähe des Tisches, an dem Sauers Freunde warteten. Sauer legte Müller die Hand auf die Schulter. Der drehte sich überrascht um.

»Na, wenn das kein Zufall ist«, begrüßte Sauer den Polizisten. Der lächelte zurück, doch Sauer spürte, dass sein Gegenüber sich unbehaglich fühlte.

»Was macht eure Ermittlung gegen die kleine Huth?«, fragte er fast beiläufig.

Müller machte ein Gesicht, als hätte er in eine Zitrone gebissen.

»Du hast es also herausgefunden.«

»Ja, und zwar ganz ohne deine Hilfe!«

»Was hast du jetzt vor?«

»Die Kleine fragen, wer oder was sie dazu treibt, Anzeige gegen einen Pfarrer zu erstatten.«

»Bist du wahnsinnig?«, regte Müller sich auf. »Wie kommst du überhaupt darauf, dass da jemand im Hintergrund die Strippen zieht?«

»Die Tatsache, dass dieser Jemand unbedingt will, dass ich einen Artikel über die Sache schreibe.«

»Wie meinst du das?«, fragte Müller.

Sauer erzählte ihm von der anonymen Post und dem Anruf.

»Sei bloß vorsichtig. Wir haben da eine gefährliche Sekte im Auge. Mit denen ist nicht zu spaßen.«

Montag, 26. November
BKA

»Da wollte jemand auf Nummer sicher gehen«, erklärte Schneider in der morgendlichen Besprechung.

Caspari hörte aufmerksam zu. Langsam kamen sie mit ihren Ermittlungen weiter.

»Allein die Schläge, die Kampe mit einem Holzpaddel auf den Hinterkopf bekam, waren schon tödlich. Aber die Gerichtsmedizin sagt, dass man ihn auch noch erwürgt hat, als er schon im Sterben lag. Entweder war es ein Affekt oder Kampe musste schnell getötet werden. Ein Sturm zog vom Meer zur Küste, so dass keine Gelegenheit war, weit über die Fahrrinne der großen Frachtschiffe hinaus auf das offene Meer zu fahren und die Leiche dort ins Wasser zu werfen. Also musste der Tote im Meer zwischen den Inseln und dem Festland versenkt werden. In diese Richtung konnte man noch relativ ungefährdet fahren. Der Zeitdruck muss aber enorm gewesen sein, denn das Gewicht, das die Leiche auf dem Meeresgrund halten sollte, löste sich vom Bein des Toten. Jedenfalls wurde Kampes Leiche durch das Hochwasser gegen die Wattenmeerschleuse gedrückt, oder besser gesagt, wie eine Puppe dagegen geworfen. So pietätlos sich das anhört – der Kerl sieht ziemlich ramponiert aus.

»Wie kommt ihr auf ein Paddel? Kann es nicht ein anderes Stück Holz gewesen sein, mit dem Kampe erschlagen wurde?«, fragte Fuchs.

»Die Jungs von der Kriminaltechnik in Hannover sind sich sehr sicher. Die haben das Paddel sogar nach Fabrikat und Typ bestimmen können. Der Angreifer hat so fest zugeschlagen, dass ein kleiner Holzsplitter tief in der Schädeldecke steckengeblieben ist«, erläuterte Schneider.

»Da wird jemand ziemlich nervös«, kommentierte Caspari Schneiders Referat.

»Wie meinen Sie das?«, fragte Andreas Sommer.

»Wer nicht unter Zeitdruck steht, der plant ein Verbrechen. Dem unterlaufen nicht solche Fehler. Kampe wollte wahrscheinlich aussteigen. Er musste zum Schweigen gebracht werden, und das sehr schnell. Also tötet man ihn. Doch ein Unwetter ist angekündigt. Statt die Leiche irgendwo zu deponieren, wird sie in aller Eile zwischen der Insel und der Küste ins Meer geworfen. Selbst das Gewicht an den Beinen ist nicht richtig befestigt. Wonach sieht das wohl aus?«

Er blickte erwartungsvoll in die Runde.

»Nach Nervosität«, antwortete Jin Jang.

»Völlig richtig.«

Caspari nickte zufrieden.

»Mit wem wir es auch zu tun haben – gehen wir mal davon aus, es ist *Lux aeterna* – sie verlieren langsam die Kontrolle. Sie werden zu Getriebenen.«

»*Lux aeterna*«, schaltete sich Schneider ein. »Das Beste kommt erst noch. Die Europazentrale dieser Sekte ist auf Borkum.«

Caspari sah schweigend zu, wie Schneider eine Karte der Nordseeküste auf dem Tisch ausbreitete. Ein kleines Detail machte ihm Kopfzerbrechen. Er brauchte allerdings noch eine Weile, bis er es fassen konnte.

»Wie wir alle sehen können, liegt Borkum nahe der Küste«, erklärte Schneider. »Dass die Leiche von dort zur Schleuse getrieben werden konnte, ist durchaus möglich.«

»Der Kollege Janssen vom LKA Niedersachsen hat

mit einigen Leuten auf Borkum telefoniert. Der Kapitän des dortigen Seenotkreuzers hat ihm erzählt, dass er versucht hat, den Besitzer einer großen Motoryacht davon abzubringen, eine Stunde vor dem Sturm auf das Meer raus zu fahren. Der Yachtbesitzer hat dem Kapitän mit einem holländischen Akzent geantwortet, dass sein Boot so schnell sei, dass er es spielend nach Emshaven schaffen würde. Aber eine halbe Stunde später kam die Yacht wieder zurück. Der Niederländer sagte, es wäre ihm doch zu gefährlich gewesen«, erzählte Jin Jang.

»Haben wir den Namen der Yacht?«, fragte Caspari.

»Jepp!«, triumphierte Schneider. »Der Hafenmeister konnte sich noch sehr gut erinnern. Die Yacht gehört einem niederländischen Geschäftsmann namens Jan van Ruiker.«

»Was wissen wir über ihn?« wollte Caspari wissen.

»Die Suchmaschinen im Internet sind wirklich praktisch«, sagte Jin Jang. »Seine Firma SEC-TEC stellt Sicherheitselektronik her. Überwachungskameras mit Computersteuerung, Alarmanlagen und so weiter. Sie vertreibt und installiert sie auch selbst. Laut Firmenhomepage gehören auch einige Hotels und Banken in Dubai zu van Ruikers Kunden – auch die First National Bank of Dubai.«

»Da brat mir doch einer 'nen Storch«, kommentierte Erich Fuchs die Ausführungen seiner Kollegin. »Langsam wird's interessant!«

Caspari wusste plötzlich, welches Detail ihn störte.

»Eins irritiert mich schon«, warf er ein. »Der Bundesnachrichtendienst hat hochqualifizierte Mitarbeiter. Warum sind die noch nicht auf diese Verbindung gekommen? Das ist für die doch kein Problem.«

»Vielleich wissen sie es ja schon, aber sagen es uns

nicht«, entgegnete Jung.

»Gut möglich, aber warum?«, fragte Caspari. »Schließlich hat dieser Bogner uns doch um Zusammenarbeit gebeten. Diese Dubai-Connection müsste denen doch längst bekannt sein.«

»Ich tippe auf das alte Konkurrenzdenken. Es geht für den BND wohl nicht an, dass das BKA die Geschichte mit dem Botschaftsserver aufklärt«, meinte Fuchs.

»Wahrscheinlich haben Sie recht«, pflichtete Caspari bei.

»Reicht das, was Gernot und Jin Jang berichtet haben, für eine kriminaltechnische Untersuchung der Yacht?«, meldete Svenja Bauer sich zu Wort.

Caspari grübelte einen Augenblick, während alle Augen auf ihn gerichtet waren.

»Wohl kaum. Aber das müssen die niederländischen Kollegen entscheiden. Für eine Vernehmung van Ruikers langt es aber allemal.«

Irina

Die Spaziergänge hatte der Mann namens Nick eingeschränkt. Immer seltener konnte sie zum Spielplatz gehen und nach Christina Ausschau halten. An diesem Morgen war ihr Verlangen, aus ihrem Zimmer und diesem Haus herauszukommen, größer denn je. Sie wurde mit den anderen Mädchen aus ihrem Zimmer zum Frühstück im Speisesaal geführt. Die anderen Mädchen wirkten auf sie sehr seltsam. Sie liefen wie Schlafwandlerinnen durch den Flur und saßen teilnahmslos am Tisch. Irina konnte einen Platz neben Natalja ergattern und erzählte ihr sofort von ihrer amerikanischen Freundin.

»Natalja, das Mädchen mit den hellroten Haaren heißt Christina. Sie kommt aus Amerika«, flüsterte Irina. Natalja schien sie gar nicht gehört zu haben. Sie sah Irina an. Das Haar war verschwitzt und klebte an ihrer Stirn. Ihr Gesicht war blass und voller Schweißperlchen.

»Irina, was ist mit dir?«

»Es ist wie tief schlafen und gleichzeitig wach sein«, antwortete Natalja.

»Hat er euch Pillen gegeben?«

»Zweimal am Tag müssen wir eine nehmen.«

»Warum?«

»Damit es uns egal ist, wenn die Männer es mit uns machen. Olga hat es mir erzählt. Die musste gestern den Schwanz von Iwan in den Mund nehmen.«

»Iiiih!«, schüttelte sich Irina angeekelt. Sie hatte am Bahnhof oft gesehen, wie betrunkene Männer an die Mauer pinkelten. Wie konnte man so etwas in den Mund nehmen?

»Du darfst die Pillen nicht nehmen!«, raunte sie Natalja zu. Die nickte apathisch.

Gärtner und Leistner

Michael Gärtner klopfte seinem katholischen Amtsbruder auf die Schulter.

»Na, Franz, du siehst müde aus.«

Später, als sie in Leistners Büro Kaffee tranken, kam Gärtner direkt auf den Grund seines Besuches zu sprechen.

»Wir beide haben vor kurzem merkwürdige Erfahrungen mit Jugendlichen gemacht, zu denen wir bisher ein gutes Verhältnis hatten.«

»Du auch?«, fragte Leistner, um dann gleich die nächste Frage stellen. »Woher weißt du das?«

»Der kleine Wink eines Polizeibeamten«, erklärte Gärtner. »Ich mache dir einen Vorschlag. Ich erzähle dir zuerst von meiner Anzeige, dann kannst du, wenn du willst, von deiner erzählen.«

Gärtner machte eine kurze Pause.

»Und lass es uns als Beichtgeheimnis behandeln«, sagte er schließlich.

Nach einer halben Stunde wusste jeder von der Geschichte des anderen.

»Traurig«, konstatierte Leistner. »Dieser Hass... Aber Vincent hat auch allen Grund, wütend auf mich zu sein.«

»Wie meinst du das?«

»Was er der Polizei erzählt hat, habe ich tatsächlich getan. Ich bin nicht stolz darauf. Es gab eine Zeit, in der meine Nerven blank lagen. Meinen Zorn habe ich an dem Jungen abreagiert. Allerdings nicht so oft, wie er behauptet. Insgesamt geschah es vier Mal. Als er dreizehn oder vierzehn war, hat er einmal zurück geschlagen. Der Junge spielt Handball, der Hieb hat gesessen. Vincent ist selbst erschrocken und weggerannt. Dieser Moment war ein Wendepunkt für mich. Ich habe mit meinem Beichtvater darüber geredet. Der riet mir zu einer Therapie, die ich auch lange gemacht habe. Zwischendrin habe ich mich bei Vincent entschuldigt und ihn um Vergebung gebeten.«

»Und dann ist euer Verhältnis normal gewesen?«, fragte Gärtner.

»So normal das nach einer solchen Geschichte eben sein kann. Wir kamen gut miteinander aus. Ich dachte, die Sache wäre längst vergessen. Als Herr Bertram mich mit den Vorwürfen konfrontierte, war ich nicht stark genug. Ich habe alles abgestritten. Das macht mir genauso viel zu schaffen wie die Anzeige selbst.«

»Aber da steckt noch mehr dahinter«, klärte Gärtner ihn auf. »Die Sache ist doch die: Beide Jugendliche sind in ihrer Kirchengemeinde aktiv und hatten zu uns ein gutes Verhältnis. Beide zeigen uns mehr oder weniger zeitgleich an.«

»Du vermutest einen Zusammenhang?« fragte Leistner.

»Die Polizei tut es«, antwortete Gärtner und nahm einen großen Schluck Kaffee.

»Gibt es einen Verdacht?«

»Kannst du dich noch an unsere Aktion gegen *Lux aeterna* erinnern?«

»Ja, natürlich.«

»Das BKA vermutet eine Verbindung«, erklärte Gärtner.

»Was sollen wir deiner Meinung nach jetzt tun?«

Dienstag, 27. November

Clara

Mit einem unterdrückten Gähnen lief Clara über den Schulhof. Das trübe Licht des feuchtkalten Wintertages wirkte sich auf ihre Stimmung aus. Ausgerechnet an ihrem freien Tag hatte sie Vertretungsstunden für zwei kranke Lehrer übernehmen müssen. Der Unterricht hatte sich träge dahingeschleppt. Sie konnte es den Schülern nicht einmal verübeln. Die Luft war deutlich kühler geworden. Es roch nach Schnee. Achtlos warf sie ihre Tasche auf den Beifahrersitz und wollte gerade ins Auto steigen, als sie innehielt. Ungefähr fünfzig Meter entfernt sah sie Vincent in ein Gespräch mit dem Mann vertieft, den sie beim Aufhängen des Sektenplakats erwischt hatte. Langsam schloss sie den Wagen wieder ab und stellte sich neben das Auto. So konnte sie weder von Vincent noch von dem anderen gesehen werden. Clara verstand nicht, was gesprochen wurde. Allerdings war unschwer zu erkennen, dass sie nicht einer Meinung waren. Vincent schüttelte ein paar Mal heftig den Kopf, während der andere auf ihn einredete.

»Schluss!«, rief Vincent plötzlich aufgebracht. »Ich habe getan, was ihr wolltet. Feierabend! Mit euch bin ich fertig. Jasmin übrigens auch. Lasst uns endlich in Ruhe!«

»So einfach geht das nicht, mein Freund!«, schrie der andere zurück.

»Ach, und warum nicht?«, fauchte Vincent, der sich jetzt vor seinem Gegenüber aufbaute. »Willst du mir drohen oder was?«

Der Mann schüttelte den Kopf, drehte sich um und ging. Clara wartete, bis auch Vincent gegangen war, dann folgte sie dem Unbekannten. Der lief mit schnellem Schritt auf die Berliner Straße zu. Den Blick gesenkt, näherte er sich dem Feierabendverkehr. Wie in Trance ging er hinter einem Pulk von Schülern her. Clara folgte ihm und zog die Kapuze ihres Dufflecoats tief in die Stirn. Der Mann sollte sie nicht gleich erkennen, falls er sich umdrehte. Schließlich blieb er vor einem großen hölzernen Hoftor in der Röthergasse stehen. Er griff in seine Manteltasche, zog einen Schlüssel heraus und schloss die Tür auf, die in das Tor eingesetzt war.

Ruhig und ohne Hast ging Clara auf einen Laden in der Nähe zu, in dessen Schaufensterauslage sie christliche Literatur entdeckte. Gebetswürfel, Taufkerzen und andere religiöse Artikel. Sie betrat das Geschäft und schlug die Kapuze zurück. Der Ladenbesitzer grüßte freundlich.

»Guten Tag, Frau Frank.«

Clara grüßte zurück und wunderte sich, dass der Inhaber sich noch an sie erinnern konnte. Sie war ein- oder zweimal während ihrer Zeit als Gemeindepfarrerin hier gewesen. Unschlüssig betrachtete sie das Angebot. Was sollte sie kaufen? Plötzlich fiel ihr Blick auf eine kugelförmige Kerze, die fast doppelt so groß war wie ein Tennisball. Die weihnachtlichen Motive darauf sprachen sie sehr an. Das warme Licht einer Kerze war ein Stimmungsaufheller in dieser trüben Jahreszeit. Sie ging zum Tresen.

»Ah, die Jerusalemkerze«, stellte der Inhaber lächelnd fest. »Soll ich sie als Geschenk einpacken?«

»Nein, danke«, lehnte Clara ab. »Die möchte ich selbst anzünden.«

»Die Kerze brennt so herunter, dass die Außenhülle mit den Motiven bestehen bleibt. Die werden von innen beleuchtet. Wenn sie ausgebrannt ist, können Sie sogar ein Teelicht hineinstellen.«

Clara bedankte sich für den Tipp und bezahlte.

»Sie haben neue Nachbarn«, meinte sie beiläufig. »Das Anwesen nebenan stand doch lange Zeit leer.«

»Ja, und es war in einem schlechten Zustand. Das hat so eine Beratungsfirma vor einem Jahr gekauft und für viel Geld restaurieren lassen.«

»Beratungsfirma?«, fragte Clara.

»Ja, Beratung von Leuten, die mehr aus sich machen wollen, beruflich gesehen. ›Wie komme ich weiter, wie steigere ich meine Leistungsfähigkeit, wie erweitere ich mein Bewusstsein und so weiter«, antwortete der Mann mit einem ironischen Unterton. »Wenn Sie mich fragen, ist das reine Geldmacherei. Außerdem halte ich nichts davon, Menschen auf Leistung und Karriere als einzige Lebensinhalte zu trimmen.«

»Sie sind gut informiert.«

»Die wollten Werbebroschüren bei mir auslegen«, erklärte er kopfschüttelnd. »Aber bevor ich mich auf etwas einlasse, mache ich mich erst einmal schlau. Das Internet macht's möglich. Ich habe dem jungen Mann dann auch gesagt, dass solche Ziele meiner Meinung nach nicht mit dem christlichen Menschenbild vereinbar sind. Allerdings brauchen die meine Ladentheke auch gar nicht, um zu werben. Es gehen auch so genug Leute zu denen. Das sehe ich jede Tag.«

Clara bedankte sich für die Auskunft, zog die Mantelkapuze über den Kopf und verließ das Geschäft. Dann sah sie sich das Edelstahlschild neben dem Holztor genau an.

Caspari goß einen großen Schuss Rum in seinen Tee und schob die Flasche in die Mitte des Esstisches, an dem er mit Clara, Tina und Mario saß. Clara nahm sie und verwandelte ihren Tee ebenfalls in Grog. Sie wirkte müde und sah abgespannt aus, fand Caspari. Camillo stupste sie mit seiner Schnauze an. Sie sah zu ihm runter und lächelte, während sie seinen Kopf kraulte. Caspari hätte sich gerne etwas entspannt. Doch es lag noch Arbeit vor ihm.

»Ich habe den Eindruck, ich komme an Vincent ran«, erzählte Mario. »Wir haben uns nach der Italienisch-AG über das Verhältnis der Italiener zur katholischen Kirche unterhalten.

»Was hat er erzählt?«, fragte Caspari.

»Vincent hatte eine schöne Zeit als Messdiener. Das scheint ihm viel Freude gemacht zu haben. Dann erzählte er von irgendeiner Begegnung, die sein Leben völlig verändert hätte. Aber inzwischen hätte er den Eindruck, dass er nur ausgenutzt worden sei.«

Caspari wollte wissen, wie Tina an Jasmin herankam.

»Das lässt sich mit zwei Worten beschreiben: gar nicht!«, antwortete Tina frustriert. »Das Mädchen ist eine Festung. Die lässt niemanden an sich ran.«

»Zusammenfassung: Vincent beginnt sich von der Sekte zu lösen. Jasmin bleibt auf Kurs«, sagte Caspari. »Es hilft nichts, ihr Beide müsst noch dran bleiben.«

Er nahm einen großen Schluck. Der Grog lief angenehm warm seine Kehle hinunter.»Nächster Punkt: *Optimum*.«

»Das ist eine der Beratungsfirmen, die Kunden von Nick sind«, erläuterte Tina.

Mario rief auf seinem Notebook die Homepage der

Firma auf und sagte: »*Optimum* hat seit Anfang des Jahres einen neuen Geschäftszweig aufgebaut. Der nennt sich ›Lebens- und Berufsberatung‹. Damit will die Firma auch Privatkunden ansprechen, so wie sich das hier liest: ›Nutzen Sie alle Ihre Fähigkeiten! Aktivieren Sie die bisher passiven Bereiche Ihres Gehirns für optimale Leistung und Erfolg im Beruf, in der Schule und im privaten Leben. Mit unseren von renommierten Wissenschaftlern entwickelten Methoden werden Sie der Mensch, der Sie schon lange sein könnten. Vereinbaren Sie mit uns einen Termin. Ihr erster Schritt zum Erfolg!‹«

Clara reckte verächtlich das Kinn.

»Mir kommt der Grog hoch, wenn ich diesen Blödsinn höre. Wer keine Leistung bringt, ist wertlos. Das ist doch faschistoid. Seinen Wert und seine Würde hat der Mensch doch deshalb, weil er ein von Gott gewolltes und geliebtes Individuum ist, nicht, weil er erfolgreich ist und bis zum Burn out Leistung bringt.«

»Das hört sich ganz nach der Ideologie von *Lux aeterna* an«, sagte Caspari. »Die Terminologie ist ein bisschen weniger esoterisch, aber es ist derselbe Inhalt.«

»Dann werden in den *Optimum*-Zentren Menschen als Mitglieder für die Sekte geködert«, ergänzte Tina.

»Genau das ist der Punkt«, stimmte Caspari zu. »Wie das im Detail funktioniert, werden wir allerdings erst wissen, wenn wir jemanden dort eingeschleust haben.«

»Ich mach's!«, rief Mario spontan.

Überrascht sah Caspari ihn an.

»Bist du sicher?«

»Ja. Die sollen mich ruhig mal ein bisschen ›erfolgsoptimieren‹.«

Mittwoch, 28. November

Irina

Traurig malte sie große Blumen in den Sand. Christina war wohl zu einer anderen Zeit draußen gewesen als sie. Mit wem konnte sie jetzt noch reden? Alle Mädchen wandelten wie lebende Tote durch das Haus. Irina war es unheimlich in den Fluren und bei den Mahlzeiten. Plötzlich hörte sie, wie jemand die Melodie von Bajushki Baju summte. Sie drehte sich um und sah Christina, ihren Bewacher im Schlepptau.

»Hallo, meine Kleine«, grüßte die Amerikanerin.

»Christina! Ich bin ja so froh«, sagte sie. Dicke Tränen liefen ihr über die Wangen.

»Was bedrückt dich, Irina?«

»Ich darf nicht darüber reden. Sonst lässt mich niemand mehr raus.«

Christina legte ihr den Arm um die Schulter. Gemeinsam betrachten sie das Meer.

»So frei wie das Wasser möchte ich sein«, sagte Irina.

»Ich verspreche dir etwas«, meinte Christina leise. »Wenn wir beide hier jemals wieder herauskommen, ziehst du zu meiner Familie. Wir haben ein Haus am Meer. Dort ist es fast das ganze Jahr über warm. Wir werden dann oft am Strand sitzen und dem Meer zusehen.«

Mario

Mario saß in einem nüchtern gehaltenen Büro einem asketisch aussehenden Mann gegenüber, der nach Claras Beschreibung der Plakatmann sein musste. Er hatte sich als Axel Weinmann vorgestellt.

Einzig ein großes Gemälde an der Wand brachte etwas Farbe in den Raum. Marios Gegenüber lächelte.

»Sie sind nicht der Erste, dessen Blick an diesem Bild hängen bleibt. Es zeigt die strahlende Energie, die den Kokon der Alltagsgewohnheiten erst abschütteln muss, um sich ganz entfalten zu können.«

Mario erkannte einen hellen, warm leuchtenden Lichtstrahl, der aus einer rotbraunen Schale in den Vordergrund drängte, während der Hintergrund zu den Rändern hin immer dunkler wurde.

»Sie haben bei unserem Telefonat angedeutet, dass Sie mit Ihrer gegenwärtigen Situation nicht zufrieden sind und beruflich mehr von Ihrem Potential ausschöpfen wollen«, fuhr Weinmann fort.

»Von Haus aus bin ich Software-Entwickler. Ich habe auch etliche Semester Romanistik studiert. Ich hatte einen guten Arbeitsplatz, hab ganz ordentlich verdient. Vor drei Monaten hat mich meine Firma dann einfach wegrationalisiert. Mit einer dicken Abfindung. Aber ich habe nichts Vergleichbares mehr gefunden. Seit ein paar Wochen bin ich jetzt Aushilfslehrer im Gymnasium. Das macht mir zwar Spaß, bringt aber monetär nicht viel, vom beruflichen Fortkommen ganz zu schweigen. Ich möchte hier nicht stehen bleiben, verstehen Sie?«

Weinmann sah ihn an. »Natürlich! Solche Karrieren kennen wir. Wir sind da, um Ihnen zu helfen. Sie werden sehen, schon bald sind Sie wieder auf der Seite der Gewinner. Voraussetzung ist, dass Sie unserer Methode vertrauen.«

»Was ist das für eine Methode?«, fragte Mario.

»Wir setzen am Selbstverständnis und an der Selbstwahrnehmung an. Meistens liegt der wahre Grund für das Scheitern in uns selbst, nicht bei den anderen.«

»Wie darf ich das denn verstehen?«, hakte Mario nach.

Weinmann hob beschwichtigend die Hände.

»Verstehen Sie das bitte nicht als persönlichen Angriff. Aber, schauen Sie, es hat doch Gründe, warum man ausgerechnet Ihnen und nicht Ihren Kollegen gekündigt hat.«

»Im Prinzip, ja«, lenkte Mario ein.

»Sehen Sie! Und hier liegt der Hund begraben«, fuhr Weinmann fort. »Wäre es Ihnen möglich gewesen, Ihr gesamtes Potential auszuschöpfen, wären Sie für die Firma zu kostbar gewesen.«

»Soweit kann ich Ihnen zustimmen«, meinte Mario und hoffte, dass das Mikrofon unter seinem Hemd das Gespräch störungsfrei übertrug. Caspari und Tina saßen draußen in einem VW-Bus und schnitten alles mit.

»Bevor wir anfangen, muss ich Sie über die Kosten informieren«, sagte Weinmann. »Wir nehmen für jede Sitzung hundert Euro. Wenn eine Sitzung länger als eineinhalb Stunden dauert, berechnen wir nichts extra.«

»Hundert Euro.« Mario pfiff leise durch die Zähne.

»Sie werden es nicht bereuen, verlassen Sie sich drauf.«

Nach kurzem Zögern sagte Mario zu. Weinmann ließ ihn einen Vertrag unterschreiben, der sieben Sitzungen beinhaltete.

»So, dann können wir auch gleich anfangen, wenn Sie möchten«, meinte er.

Er zog einen kleinen Rolltisch heran, auf dem ein Gerät stand, das Mario an die EKG-Untersuchungen beim Arzt erinnerte.

»Das ist unser Pneumomat«, erklärte Weinmann.

»Ich lege Ihnen nun eine Manschette um jedes Handgelenk. Das Gerät misst die Haut- und Pulsreaktionen bei jeder meiner Fragen und speichert sie. So kann ich später das Gespräch auswerten und in der nächsten Sitzung gezielter mit Ihnen arbeiten. Sind Sie damit einverstanden?«

Mario nickte. Er krempelte die Ärmel hoch und ließ sich von Weinmann die Manschetten anlegen.

»Machen Sie oft gedankenlose Bemerkungen oder Anschuldigungen, die Sie später bereuen?«

»Ja, manchmal.«

»Bleiben Sie in stressigen Situationen eher ruhig?«

»Ja.«

»Blättern Sie einfach zu Ihrem Vergnügen in Bahnfahrplänen, Telefonbüchern oder Wörterbüchern?«

»Nein, nur wenn ich muss.«

»Wenn Sie eine Entscheidung treffen sollen, werden Sie dann durch Ihre Zuneigung oder Abneigung zu der Person, die daran beteiligt ist, beeinflusst?«

»Ja, natürlich.«

»Bekommen Sie manchmal ein Zucken in Ihren Muskeln, auch wenn es keinen ersichtlichen Grund dafür gibt?«

»Ja.«

»Werden Ihre Handlungen von anderen als unberechenbar angesehen?«

»Das weiß ich nicht.«

Im Bus wurde Tina neben Caspari allmählich unruhig.

»Oh Mann, der nimmt Mario ja ganz schön in die Mangel. Hoffentlich geht das gut.«

Caspari sah sie an. »Mach' dir keine Sorgen«, beruhigte er sie. »Mario weiß, was er tut. Er ist ein Profi.«

»Vincent und Jasmin stecken bis zum Hals in Schwierigkeiten. Und ich weiß nicht, wie ich ihnen helfen kann, Clara.«

Clara hatte nach der Schule einen Abstecher zu ihrem Kollegen Gärtner gemacht, um zu sehen, wie es ihm ging. Nun saß sie mit ihm in der Küche. Er hielt einen Teepott mit beiden Händen umklammert, seine Frau warf ihm einen missbilligenden Blick zu.

»Michael macht sich Sorgen um ein durchtriebenes Luder, das sein Ansehen als Pfarrer fast zerstört hätte. Kann man mehr Gutmensch sein?«

»Du hast doch nicht etwa Kontakt zu Jasmin aufgenommen?«, fragte Clara ungläubig.

»Natürlich hat er, der alte Narr. Na ja, indirekt. Seinen Freund Leistner hat er auch mitgenommen. Sie haben die Eltern der Jugendlichen besucht.«

»Michael, der Dekan hat dir eine klare Dienstanweisung gegeben«, sagte Clara. »Es hat seinen Grund, warum du dich raushalten sollst. Du störst die Ermittlungen der Polizei. Das ist auch nicht in Jasmins Interesse.«

»Das war nicht die Jasmin, die wir alle kennen. Jemand hat sie zu seiner Marionette gemacht.« Es schien, als hätte Gärtner Claras Worte gar nicht gehört.

»Du kannst sie nicht retten, Michael. Überlass das anderen«, unterbrach ihn seine Frau.

»Claudia hat recht«, stimmte Clara zu. »Du kannst jetzt nichts für sie tun. Sie ist in den Fängen der Sekte. Du bist der Feind, verstehst du.«

»Aber ich bin doch nicht ihr Feind!«, rief Gärtner.

»Du bist der Feind, Michael«, beharrte Clara, »weil dich die Sekte als Feind betrachtet. Wir Kirchenleute sind alle ihre Feinde, weil wir ihre ihre Machenschaften kritisch hinterfragen. Du bist zur Zielscheibe für sie geworden, genauso wie Leistner. Ihr habt den Bürgermeister gegen *Lux aeterna* unterstützt. Wenn du weiter rührst, werden sie dich wieder attackieren.«

»Aber man muss doch etwas tun!«, erwiderte Gärtner erregt. »Die Jugendlichen gehen zu diesem Beratungszentrum, wo sie günstig Nachhilfe erhalten. Sie sollen dort lernen, ihre geistigen Kapazitäten auszuschöpfen. Erinnert dich das an etwas?«

»Ich weiß es. Christoph und seine Kollegen sind dran. Mehr kann ich dir dazu leider nicht sagen.«

»Vincents und Jasmins Eltern erzählten, wie die beiden sich verändert haben, seitdem sie zu dieser Nachhilfe gehen. Aber weil sich die Noten tatsächlich deutlich gebessert haben, haben sie nichts unternommen. Gewundert haben sie sich nur, dass der Unterricht so lange gedauert hat.«

»Klar, weil sie im Anschluss an die Nachhilfe der Gehirnwäsche der Sekte unterzogen wurden.«

»Gehirnwäsche?«, fragte Claudia entsetzt.

»Ja, schon. Unser Staat mit seinen Gesetzen ist nach der Ideologie der Sekte ein vom Demiurgen, vom Teufel geschaffenes Instrument, das den Einzelnen daran hindert soll, den Geistfunken in sich zu wecken.«

»So ein Blödsinn«, kommentierte Claudia.

»*Lux aeterna* setzt alles daran, unseren Staat zu unterwandern, um ihn schließlich zu übernehmen und die Gesellschaft nach ihren Leitbildern umzuformen.«

Clara sah durch das Küchenfenster dicke Schneeflocken auf die hart gefrorene Erde fallen.

»Ich muss los. Lukas hat bald Training, und Camillo erwartet mich sicher auch schon sehnsüchtig.«

»Dein Hund?«, fragte Gärtner.

»Ja«, sagte Clara und stand auf. Dann hielt sie noch einmal inne.

»Hör mal, Michael. Das mit dem Nachhilfeunterricht von *Optimum* ist ein wichtiger Hinweis. Ich werde Christoph gleich informieren, der kümmert sich darum. Aber versprich mir bitte, dass du dich ab jetzt raushältst. *Lux aeterna* ist nicht zimperlich.«

Gärtner brummte unwillig. Schließlich nickte er.

»Also gut. Ich halte mich zurück, auch wenn das nicht meine Art ist.«

Clara nickte zufrieden und klopfte ihm auf die Schulter.

»Ich weiß, Michael, ich weiß.«

Clara

Nachdem Clara Lukas ins Training gebracht hatte, ging sie mit Camillo im Schlosspark spazieren. Der Welpe versuchte immer wieder, eine der dicken, flauschigen Schneeflocken zu fangen, die wie ein weißer Vorhang durch den Abendhimmel schwebten. Clara lachte. Mit klammen Fingern holte sie ihr Mobiltelefon aus der Manteltasche, als es klingelte.

»Ich bin im Get-Fit. Wo steckst du?«, fragte Caspari. Seine Stimme klang müde.

»Ich laufe mit Camillo durch den Schlosspark.«

»Bei diesem Wetter?«

»Hunden ist das Wetter egal. Die brauchen ihren Auslauf«, erklärte Clara.

»Na, mir soll es recht sein. Ich wollte dir nur sagen, dass ich Lukas mit nach Hause nehmen. Du kannst hier unten in Ruhe dein Krav Maga trainieren. Tina und Mario wollen auch kommen.«

»Willst du heute nicht trainieren?«

»Ich treffe mich mit Benny in unserem Dojo auf dem Hof, wenn Lukas im Bett liegt.«

»Hört sich gut an. Nimmst du Camillo mit ...«

»... der jetzt wahrscheinlich ein feuchtes Fell hat. Da wird sich mein Auto aber freuen«, maulte Caspari.

»Stell dich nicht so an. Ich rubbele ihn vorher noch ab. Wir sehen uns gleich im Get-Fit«, sagte sie und legte auf.

Eine halbe Stunde später stand Clara im Trainingsraum und wärmte sich auf. Hier und da war ihr, als würde sie jemand durch die Glastür vom Hantel- und Geräteraum aus beobachten. Aber jedes Mal, wenn sie sich umsah, konnte sie niemanden entdecken. Mario und Tina standen weiter vorn in der Gruppe. Mit halbem Ohr hörte Clara hin, wie Claas, der Trainer, die Abwehr von Würgeangriffen erklärte. Gern hätte sie das mit Mario geübt. Doch der schien ihrem Blick auszuweichen und ging stattdessen auf einen älteren, drahtig aussehenden Mann zu.

»Bist du noch frei?«, brummte eine Bassstimme hinter ihr. Clara drehte sich um. Uwe war ein Kleiderschrank. Seine Hände beeindruckten Clara am meisten. Riesige Pranken, durch harte körperliche Arbeit geformt. Uwe war der Inhaber eines kleinen Schlosserbetriebes, und Clara traute ihm zu, Stahlstäbe auch ohne Erhitzen biegen zu können. Clara lächelte. Mit einem Mann, der solche Hände hatte, konnte das Training nur realistisch werden.

»Hallo, Uwe«, begrüßte sie ihn. »Ja, prima, lass uns ein bisschen tanzen.«

Als Clara eineinhalb Stunden später aus der Dusche kam, waren Mario und Tina bereits gegangen. Sie ließ sich von Seydels Mitarbeiter ihre Wertsachen geben, winkte Uwe noch einmal zu, der einen Protein-Shake trank, und ging.

Ihr Auto war mit einer dicken Schneedecke überzogen. Sie fluchte leise. Vorsichtig öffnete sie die Beifahrertür, stellte die Tasche auf den Sitz und begann den Handbesen zu suchen. Er musste unter den Sitz gerutscht sein. Sie beugte sich tiefer in den Wagen. Plötzlich spürte sie einen dumpfen Schlag. Der Schmerz explodierte in ihrem Körper. Sie stöhnte und spürte, wie ihre Knie weich wurden. Clara sackte nach vorn und lag hilflos auf der Sporttasche in ihrem Wagen. Mit einem Mal spürte sie das Gewicht eines fremden Körpers auf sich.

»Na, du kleine Kirchennutte, wie fühlt sich das jetzt an?«, flüsterte ihr eine Stimme ins Ohr. Der Mann schlug ihr von oben mit der Faust mehrmals in die Rippen. Während sie gegen den Schmerz kämpfte, griff er unter ihren Fleecepullover und schob seine Hand zu ihren Brüsten. Sie ließ es zu und wartete auf einen Moment, in dem seine Aufmerksamkeit nachließ. In dem Augenblick, als er sich an dem BH zu schaffen machte, kam er ihr mit seinem Gesicht näher. Clara spürte den heißen Atem auf ihrem Hinterkopf. Das war ihre Chance. Wie beiläufig ließ sie ihren Kopf nach vorn sinken, als wollte sie seinem Atem entgehen, dann warf sie ihn nach hinten. Clara hörte ein lautes Knacken, ihr Angreifer heulte auf. Ohne zu überlegen, riss sie ihren Ellenbogen nach hinten und drehte sich zum Armaturenbrett. Der Mann rutschte von ihr herunter und fiel mit dem Oberkörper in den Fußraum. Mit Mühe schälte Clara sich aus dem Auto. Die Rippen stachen, als sie versuchte, sich aufzurichten. Sie musste so schnell wie möglich weg, weg von ihrem Wagen, weg von diesem Parkplatz. Bevor sie einen Schritt rückwärts gehen konnte, hatte der Mann sie wieder gepackt und zog sich an ihr aus dem Fußraum heraus.

»Dafür wirst du bezahlen!«, zischte er unter der schwarzen Skimaske, die sein Gesicht verbarg. Clara schlug mit ihrer freien Faust auf das Handgelenk des Mannes und riss gleichzeitig ihre umklammerte Hand nach oben. Sofort schlug sie noch einmal gezielt auf die Nase. Der Schrei des Angreifers ging in Uwes Donnerstimme unter.

»Was ist hier los?«

Trotz der Schmerzen, die der Mann haben musste, glitt er behände aus dem Wagen. Für einen kurzen Augenblick taxierte er Claras Trainingspartner, dann rannte er schnell wie eine Schneekatze davon. Uwe wollte ihm nachsetzen, aber Clara hielt ihn davon ab.

»Lass nur, den kriegst du nicht«, rief sie atemlos. Dann wurden ihre Knie weich, und sie sackte zusammen.

Caspari

Caspari spürte das Zittern, das Clara wellenartig durchfuhr. Sie hatte sich eng an ihn geschmiegt. Das Beruhigungsmittel, das ihr der Notarzt noch im Get Fit gespritzt hatte, wurde von immer neuen Adrenalinschüben förmlich überschwemmt. Caspari kannte dieses Phänomen aus eigener Erfahrung: Eine alte Narbe an seinem Unterarm war eine bleibende Erinnerung an einen seiner ersten Einsätze als junger Streifenbeamter. Er öffnete den Bügelverschluss der Bierflasche und hielt sie Clara hin.

»Hier, trink! Hopfen und Alkohol sind eine gute Ergänzung zum Beruhigungsmittel. Das neutralisiert das Adrenalin.«

Sie saßen in Casparis Küche. Tina blickte nachdenklich durch das Fenster in den verschneiten Innenhof. Mario warf einen Holzscheit in den Ofen.

»Wenn ich geahnt hätte, dass so etwas passiert, wären wir nie ohne Clara gegangen.«

Caspari nickte schweigend.

»Du hattest gute Gründe zu gehen. Das hätte jeder verdeckte Ermittler getan, nachdem dieser Sektenjünger dort aufgetaucht ist.«

»Was? Der hat dort trainiert?«, fragte Clara mit Bierschaum an der Oberlippe. »Ich hatte ein paar Mal das Gefühl, dass mich jemand beobachtet.«

Caspari lächelte sie an und reichte ihr eine Papierserviette. Clara brauchte einen Augenblick, bis sie diese Geste verstand. Er wartete, bis sie sich den Mund abgewischt hatte, bevor er ihr antwortete.

»Wir sind uns sicher, dass er Mario nach dem Beratungsgespräch ins Get Fit gefolgt ist, um ihn zu beobachten.«

»Du meinst, die Sekte will vermeiden, dass ein Günter-Wallraff-Verschnitt einen interessierten Kunden mimt und nachher darüber berichtet?«, fragte Clara. »Glaubst du, der Mann von *Optimum* hat mich angegriffen?«

»Das halte ich für wahrscheinlich«, brummte Caspari.

»Morgen werden wir es sehen, wenn Mario wieder hingeht. Eine gebrochene Nase kann man nicht verbergen.«

»Wir machen weiter wie bisher?«, fragte Tina.

»Klar!«, meldete sich Mario zu Wort. »Der Typ hat einen gewaltigen Fehler gemacht.«

»Ich habe die Überprüfung aller Krankenhäuser von Frankfurt bis Fulda veranlasst«, fiel Tina ein.

»Ja, das ist sinnvoll«, antwortete Caspari. »Aber ich habe den Verdacht, dass wir keine Ergebnisse bekommen werden. Wenn der Maskierte wirklich Weinmann war, geht er zu einem Arzt von *Lux aeterna*.«

Caspari sah wieder zu Clara und bemerkte ihren trüben Blick.

»Das Beruhigungsmittel und der Hopfen haben sich gefunden. Lasst uns morgen weiterreden.«

Donnerstag, 29. November

Irina

Sie fühlte sich leicht wie eine schwebende Feder und zugleich unendlich müde. Ein Rauschen in ihrem Kopf wollte nicht abebben. Genadi schob sie durch den Flur zu einem Zimmer, in dem Scheinwerfer aufgebaut waren. In der Mitte des Raumes stand ein Bett. Grobe Finger versuchten, ihr das Nachthemd über den Kopf zu ziehen. Sie war zu müde, um zu schreien.

»So Fräulein, jetzt musst du für dein Geld arbeiten«, hörte sie die Stimme des bösen Mannes sagen. »Setz dich auf das Bett!«

Sie wollte dem Befehl folgen, aber sie konnte es nicht. Plötzlich begann sich alles zu drehen. Ihre Beine wurden weich, und sie fiel auf die Matratze.

»Was ist denn jetzt mit dem Gör los?«, rief Nick.

»Sie verliert das Bewusstsein«, antwortete Genadi.

»Das gibt es doch gar nicht. Die Dosis war doch genau abgestimmt«, hörte Irina Nick aus immer größer werdender Entfernung schimpfen. »Hast du ihr auch die gelbe Pille gegeben?«

»Die waren alle, da dachte ich, die orangene tut es auch«, antwortete Genadi.

»Du Idiot, das war die doppelte Dosis. Davon geht die über den Jordan!«

Christina

Heute saß Irina nicht am Sandkasten. Christina gab es einen Stich. Sie tat, als sei sie in Gedanken versunken und wählte eine andere Route als sonst. Irina wohnte in dem Haus mit den vergitterten Fenstern. Langsam steuerte Christina darauf zu, gefolgt von ihrem Bewacher. Sie war bis auf zehn Meter herangekommen, da flog die Haustür auf, und ein Mädchen, mit einem Nachthemd bekleidet, rannte heraus. Ihr folgten Nick, den Irina den »bösen Mann« nannte, und einer der bulligen Typen, der sich die Rippen hielt.

»Natalja, bleib stehen!« befahl Nick. »Verdammtes Miststück!« Er rannte hinter dem Mädchen her und holte schnell auf. Nach wenigen Metern hatte er sie, packte sie an den Haaren und warf sie zu Boden. Christina schrie auf, als Nick das Mädchen mit den Stiefeln trat. Aus einem Impuls heraus wollte sie ihr zu Hilfe eilen. Doch ihr Wärter, der wortkarge dunkelhäutige Hüne, hielt sie fest.

»Nicht deine Angelegenheit.«

Christina musste zusehen, wie Nick Natalja am Arm packte, hochzog und zwei harte Ohrfeigen gab.

»Wehe, du spuckst die Medizin noch einmal heimlich aus!«

»Das ist Gift, keine Medizin«, keuchte Natalja.

Christina bewunderte ihren Mut.

Nick schlug Natalja in die Magengrube. Das Mädchen brach zusammen und blieb zusammengekrümmt liegen.

»Was glotzt ihr so?«, schimpfte Nick mit den bulligen Männern, die vor der Tür standen. »Hebt sie auf, und bringt sie rein, aber ein bisschen plötzlich!«

Auf dem Weg zurück zum Haus sah er Christina kurz scharf an. Sie hatte begriffen, warum Irina ihn den ›bösen Man‹ nannte.

»Die niederländischen Kollegen waren sehr kooperativ«, begann Schneider seinen Bericht. Im Konferenzzimmer waren alle außer Mario und Tina versammelt. Die Beiden unterrichteten an diesem Morgen in der Schule.

Caspari saß Schneider gegenüber. Er sah müde aus. Die Ereignisse des vergangenen Abends hatte er bereits geschildert. Schneider konnte ihn gut verstehen. Wenn damals irgendwer seine Frau angegriffen hätte, wäre er verrückt geworden.

»Die Kollegen haben van Ruiker ausführlich befragt. Der war wohl auch recht umgänglich. Von einer Zugehörigkeit zu *Lux aeterna* wollte er allerdings nichts wissen. Auf seine Yacht wollte er auch niemanden lassen. Van Ruiker gab an, Kampe auf Borkum bei einem Gespräch am Tresen des Yachthafenrestaurants kennengelernt zu haben.«

»Der Kerl dürfte schwer zu knacken sein«, kommentierte Fuchs.

»Unser Problem ist, dass wir nicht genug gegen ihn in der Hand haben, um sein Boot untersuchen zu lassen«, brummte Caspari unwillig.

»Vielleicht haben wir etwas gefunden, das uns weiterhilft«, warf Andreas Sommer ein.

Schneider sah ihn überrascht an.

»Ich dachte, ihr versucht, an die Bankdaten von Dubai heranzukommen?«

»Richtig«, bestätigte der junge Kollege. »Dem BND ist dann doch noch eingefallen, dass man ja mit uns kooperiert. Von denen wissen wir, dass van Ruikers Firma eine Tochtergesellschaft in Dubai aufgebaut hat. Der Geschäftsführer ist ein Einheimischer.«

»Kluger Schachzug. So kriegt man den Fuß in die Tür von ausländischen Märkten«, bemerkte Jin Jang.

»Ja, aber dieser Geschäftsführer hat im Grunde kaum Befugnisse. Die Fäden zieht van Ruiker, aber auch der nicht allein. Da steckt noch ein anderer Gesellschafter mit drin. Und jetzt dürft ihr alle mal raten, wer das ist«, sagte Sommer mit triumphierendem Gesichtsausdruck.

»Unser Computerpädophiler« sagte Caspari.

Sommer nickte, und Schneider sah den Chef an diesem Morgen zum ersten Mal lächeln.

»Gute Arbeit, wirklich gute Arbeit von allen«, lobte Caspari. »Mal sehen, ob das den niederländischen Kollegen für eine Durchsuchung der Yacht reicht.«

Gärtner

»Wir klagen euch nicht an«, eröffnete Leistner das Gespräch.

Gärtner beneidete ihn um die Ruhe, die er ausstrahlte. Er selbst war viel zu aufgewühlt. Die beiden Pfarrer, die Jugendlichen und ihre Eltern hatten sich im Esszimmer von Vincents Familie versammelt. Gärtner sah dem Jungen an, wie unangenehm ihm die Situation war. Jasmins Gesicht glich einer Maske. Die Blicke der Eltern wanderten nervös umher.

»Allerdings möchten wir verstehen, warum ihr uns in diese Situation gebracht habt.«

Vincent knetete seine Hände. Jasmin verzog das Gesicht.

»Ich sage nichts!«, fauchte sie.

»Wir wissen, dass ihr nicht ganz freiwillig gehandelt habt«, fuhr Leistner unbeirrt fort.

»Ich kann darüber nicht reden«, stammelte Vincent.

»Halt den Mund!«, fuhr Jasmin ihn an.

»Tickst du noch richtig?«, schnauzte Vincent zurück. »Kapierst du nicht? Die wollen uns helfen.«

Jasmins Maske war einem Ausdruck von Wut, Angst und Verzweiflung gewichen.

»Wir sind jedenfalls hier, um euch unsere Hilfe anzubieten, wenn ihr aussteigen wollt«, sagte Gärtner.

»Wie kommen Sie darauf, dass ich vor irgendetwas gerettet werden will? Und dann noch von Ihnen!«, wehrte Jasmin ab.

Das war zu viel. Gärtner platzte der Kragen. »Du bist anmaßend und undankbar! Wir haben dir von klein auf eine Heimat geboten. Du trittst unsere Freundschaft und Liebe mit Füßen. Wer glaubst du eigentlich, dass du bist?«

Gärtner war laut geworden. Alle Anwesenden sahen ihn erschrocken an.

»Entschuldigung. Nach den letzten Wochen liegen bei mir die Nerven blank.«

Der Zorn war aus Jasmins Gesicht gewichen. Plötzlich fing sie heftig an zu schluchzen. Vincent legte den Arm um ihre Schulter.

»Das alles ist zu groß für uns. Erst wurden wir überrollt und dann ausgenutzt.«

Leistner sah ihn an. »Von wem, Vincent, von wem?«

Mario

»Ist Herr Weinmann nicht da?« Mario gab sich alle Mühe, eine Unschuldsmiene aufzusetzen. Der Mann, der ihm die Tür geöffnet hatte, saß ihm nun gegenüber. Er hatte sich als Janus Körner vorgestellt.

»Nein, tut mir leid. Er musste in einer dringenden Familienangelegenheit kurzfristig abreisen.«

»Ah. Ich dachte, ich hätte ihn gestern im Fitnesscenter gesehen.«

»Das muss eine Verwechslung sein«, erwiderte sein Gegenüber, wobei sich seine Wangen röteten.

»So muss es sein«, pflichtete Mario bei.

Caspari, der zusammen mit Tina wieder im Kleinbus mithörte, konnte sich ein breites Grinsen nicht verkneifen.

»Er soll nicht übertreiben«, meinte Tina skeptisch. »Sonst fühlt der sich verschaukelt.«

»Mario hat alles im Griff«, widersprach Caspari.

»Da Herr Weinmann leider nicht hier sein kann, führe ich die Sitzungen als Ihr Coach.«

»Muss ich Ihnen etwa noch einmal alle Fragen beantworten? Dafür bezahle ich aber nichts«, beschwerte sich Mario.

»Nein, natürlich nicht. Unsere Beratungsgespräche sind aufeinander aufgebaut. Ich kann dort weitermachen, wo Herr Weinmann aufgehört hat. Die Auswertungen kann ich anhand unseres Diagramms vornehmen. Ihre Investition soll ja gut angelegt sein.«

Mario nickte.

»Gut, dann fangen wir an«, schlug Körner vor. »Wie geht es Ihnen nach der gestrigen Sitzung?«

»Die Fragen haben mich sehr aufgewühlt. Ich fühle mich, als stünde ich vor einem großen Scherbenhaufen.«

»Das ist eine vollkommen normale Reaktion«, erklärte der junge Mann. »Die Schale, die Ihre Seele gefangen hält, bricht auf. Der Lichtfunke blickt nun auf Ihr Leben mit all seinen Brüchen. Sie müssen lernen, ohne den Panzer zu leben, der zugleich Schutz und Gefängnis für Sie war. Sie müssen lernen, Ihre Strahlkraft zu entfalten, damit Ihr Geist den Weg zur Heimat findet und Sie sich selbst verwirklichen können. Wir helfen Ihnen dabei.« Er schwieg einen Moment. »Können wir dort weitermachen, wo Sie gestern aufgehört haben?«

Mario nickte.

»Also gut. Fangen wir an.«

Clara

Clara sah Caspari zu, wie er das Bett im Gästezimmer bezog, während sie die Hand- und Badetücher auf die Kommode legte. Er strahlte eine innere Unruhe aus, die sie von ihm nicht kannte.

»Bist du immer so zappelig, wenn du Maria triffst?«

»Bitte? Was?«, fragte er. Sein Blick verriet, dass sie ihn aus seinen Gedanken gerissen hatte.

»Muss ich mir Sorgen um unsere Hochzeit machen?«, fragte sie verärgert.

»Äh, nein, wieso?«

»Weil du dich wie ein frisch verliebter Teenager benimmst, der vor der ersten Verabredung mit seiner Flamme steht«, fauchte sie. »Eigentlich habe ich gar keine Lust mehr auf diesen Besuch! Vielleicht werde ich ja bald abserviert?«

»Nein«, rief er. »Hier wird niemand abserviert. Ich liebe dich!«

»Und warum benimmst du dich dann so … so merkwürdig?«

»Weil ich mich auf Marias Besuch freue.«

Caspari nahm Claras Hände.

»Mit Maria verbindet mich eine sehr enge und tiefe

Freundschaft, obwohl wir uns in den letzten Jahren aus den Augen verloren hatten. Wir verstehen uns einfach blind, wie Zwillinge.«

»Und das ist alles?«

»Was soll ich sagen? Du weißt, dass wir mal was miteinander hatten. Aber jetzt habe ich dich, und ich denke nicht daran, dich aufzugeben.«

Sie löste ihre Hände aus seinen und umarmte ihn.

»Ich will auch nur dich. Jetzt bist du mein Großer.«

Mario

»Ha!«

Erschrocken fuhr Tina aus dem Schlaf. Mario schien von einem Albtraum gequält zu werden. Immer wieder redete er unverständlich vor sich hin. Als Tina die Nachttischlampe anschaltete, wachte Mario auf.

»Hey, was ist mit dir?«, fragte sie.

»Ich habe von diesen Gesprächen geträumt. Die versuchen, in mich einzudringen. Und gleichzeitig muss ich meine falsche Identität aufrecht erhalten. Das laugt mich völlig aus. Ich fühle mich wie ein Weichei.«

»So darfst du nicht denken«, widersprach sie. »Christoph hat dich das machen lassen, weil sonst keiner von uns dieser Aufgabe gewachsen ist.«

»Aber ich weiß nicht, wie ich dort morgen hingehen soll«, stöhnte Mario.

»Dann sag ab. Meld dich krank. Das ist besser, als dass deine Tarnung auffliegt.«

»Du hast recht.«

Freitag, 30. November
Dienstbesprechung

»Die Durchsuchung des Bootes war sehr aufschlussreich«, berichtete Schneider. Er sah zu Jin Jang. Um ihren Mund spielte ein Lächeln. Am Abend zuvor waren sie über den Frankfurter Weihnachtsmarkt gegangen. Nach dem ersten heißen Apfelwein hatte sie sich bei ihm untergehakt. Nach dem zweiten hatte er ihren Kopf auf seiner Schulter gespürt. Seither lag eine seltsam euphorische Spannung in der Luft.

Schneider atmete tief durch, bevor er fortfuhr. »Van Ruiker und seine Helfer haben sich große Mühe gegeben, alle Spuren zu beseitigen. Das ist ihnen allerdings nicht vollkommen gelungen. Die Kollegen fanden kleine Blutspritzer an der Kajütdecke. Das Blut wurde untersucht. Es stammt eindeutig von Kampe.«

Caspari nickte mit angespanntem Gesichtsausdruck.

»Sie brauchen Ihre Freude nicht zu verkneifen, Chef. Wir haben ihn an den Eiern!«, sagte Schneider.

Ein Lächeln huschte über Casparis Gesicht.

»Es kommt noch besser«, fuhr Schneider fort. »Auf einer Whiskyflasche an Bord fanden die Kollegen die Fingerabrücke von Marcel Nick.«

An diesem Tag hatte Andreas Sommer seiner Partnerin Svenja Bauer den Vortrag überlassen.

»Der BND hat uns einen Hacker geschickt. Er zeigte uns, wie Nick seine Datenströme kreuz und quer durch die Welt geschickt und in den Botschaftsserver in Baku gewebt hat.«

»Weinmann, den wir hinter dem Angriff auf Doktor Casparis Lebensgefährtin vermuten, ist weiterhin untergetaucht«, übernahm Jung. »Eine Personenbeschreibung ist bundesweit rausgegangen. Für den Fall, dass er versucht, über Emshaven nach Borkum zu kommen, haben wir den Niederländern auch gleich eine geschickt. Die Kollegen sind gehalten, ihn nur zu beobachten.«

»Wie wollen wir nun weiter in Gelnhausen verfahren?«, fragte Jin Jang.

»Mario und Tina sind weiter an den beiden Jugendlichen dran. Sie sind der Schlüssel. Nur sie können uns erzählen, wie sie für die Ziele der Sekte eingespannt wurden. Dann haben wir zumindest die Möglichkeit einer Razzia bei *Optimum*. Wenn wir dann noch die Verbindung der Sekte und der Beratungsfirma zu Nick und seinen Verbrechen nachweisen können, wird es eng für *Lux aeterna*.«

»Mit van Ruikers Festnahme sind wir ein gutes Stück vorangekommen«, stellte Schneider fest.

»Ja, das stimmt«, stimmte Caspari zu. »Aber es liegt noch viel Arbeit vor uns.«

Schneider sah ihn erwartungsvoll an.

»Sicher kennen Sie alle die amerikanische Schauspielerin Maria MacDonald.«

Schneider hatte diesen Namen schon einmal gehört, konnte aber kein Gesicht damit verbinden. Seit Jahren war er nicht mehr im Kino gewesen.

»Maria MacDonald hat eine Tochter namens Christina. Das Mädchen wird seit geraumer Zeit von *Lux aeterna* festgehalten.«

»Was hat das mit unseren Fällen zu tun?«, fragte Andreas Sommer.

»Sehr viel. Nach meinem Kenntnisstand befindet sich das Mädchen auf Borkum.«

»Herr Pfarrer, ich bitte Sie. Wir beide wissen sehr genau, dass der Schüler Vincent Montag Sie in die Pfanne hauen wollte, oder vielmehr: sollte. Das gleiche Spiel hat Jasmin Huth mit Ihrem Kollegen Gärtner getrieben.«

Sauer musste mit so viel Fingerspitzengefühl vorgehen, wie er aufbringen konnte. Würde er jetzt zu forsch auftreten, stünde er schnell wieder vor der Tür des Pfarrhauses.

»Woher, um alles in der Welt, wissen Sie das?«, fragte Leistner aufgelöst.

Sauer zog wortlos zwei Dokumente aus seiner Umhängetasche. Während Leistner sich die Schriftstücke ansah, wurde er aschfahl.

»Das sind Kopien der Anzeigen gegen uns«, raunte er. »Von wem haben Sie das?«

»Ich weiß es nicht.«

»Sie wissen es nicht?«

»Gestern habe ich in meiner Mailbox in der Redaktion ein anonymes Schreiben mit diesen beiden Fotokopien gefunden.«

Leistner sah ihn skeptisch an.

»Sie wollen mir erzählen, dass jemand die Anzeigen vom Computer der Polizei kopiert und Ihnen zuschickt. Was soll derjenige damit bezwecken wollen?«

»Jemand hat es auf Sie abgesehen und versucht, mich auf diese Geschichte zu heben.« Sauer holte tief Luft. »Wissen Sie, meine Reputation als Journalist ist nicht gerade die beste. Ich bin einigen Leuten auf die Füße getreten, hab einmal den Bogen überspannt. Jeder kann sich leicht ausrechnen, dass ich auf der Suche nach der großen Story bin.«

Leistner saß einen Moment schweigend da und dachte nach.

»Was haben Sie nun vor?«

»Ich lasse mich nicht missbrauchen und auch nicht verschaukeln.«

Weihnachtsfeier

Der Schnee knirschte unter ihren Schuhen, als sie zum Eingang des ›Q‹ liefen. Das Restaurant gehörte zum Weidenhof und war in die ehemaligen Schweineställe des Bauernhofes gebaut worden. Als Rastplatz war es vom Frühjahr bis zum Herbst bei den Radlern, die vom Vogelsberg hinunter ins Kinzigtal gefahren kamen, beliebt. Im Winter bevölkerten Weihnachtsfeiern das kleine Restaurant, in dem vornehmlich Produkte des eigenen Hofes und anderer Bauernhöfe serviert wurden. Caspari hatte schon im September einen Tisch für seine Abteilung reserviert. Andreas Sommer, Svenja Bauer, Fuchs und Jung, die aus dem Wiesbadener Raum angereist waren, hatten sich Gästezimmer gebucht, Jin Jang und Schneider hatten es nicht allzu weit bis nach Hochstadt. Mario und Tina wohnten ohnehin auf dem Weiherhof.

»Jetzt bin ich aber gespannt auf das Restaurant im Stall«, lachte Jin Jang, als sie neben Clara durch den Hof lief. Clara spürte Casparis Blick. Sie tat sich schwer, an diesem Abend entspannt und gut gelaunt zu sein. Das lag an dem Gast, den sie noch zum Essen erwarteten. Die Aussicht, dass Maria MacDonald ebenfalls kommen würde, bedrückte sie. Sie hatte Caspari in der letzten Zeit immer wieder vorgeworfen, zuhause verträumt und abwesend zu sein, seitdem Maria wieder aufgetaucht war. Clara war sich nicht sicher, ob er tatsächlich nur alten Erinnerungen nachhing oder einer alten Leidenschaft nachgab.

Als sie Casparis Hand auf ihrer Schulter spürte, zuckte Clara zusammen. Sie merkte, wie er sich zurückfallen und die anderen zuerst das ›Q‹ betreten ließ. Vor der Tür blieb er stehen.

»Clara, was muss ich noch tun, damit du mir glaubst und mir vertraust?«

»Ich weiß es nicht. Wir machen uns nicht nur einen netten Abend mit deiner alten Flamme, sie übernachtet auch noch bei uns. Ich komme damit nicht klar!«

»Du weißt, dass dieser Aufenthalt auf dem Weiherhof besonderen Umständen geschuldet ist«, erwiderte er ruhig.

»Ich weiß«, gab sie widerstrebend zu.

»Clara, Maria ist für mich ein ganz besonderer Mensch. In Irland nennt man das, glaube ich, eine Seelenfreundin. Aber jeder von uns hat sein eigenes Leben, seine eigene Liebe. Als du mich aufgegabelt hast, war ich ein schüchterner, verklemmter Trottel. Du hast mich verändert. Wir beide gehören zusammen.«

»Ich bin halt … eifersüchtig.«

Im Restaurant warteten die anderen schon auf sie. Eilig legten sie ab und setzten sich an den Tisch.

»Ein solches Kleinod vermutet man gar nicht in einem so großen Bauernhof«, stellte Andreas Sommer fest, während er seinen Blick durch den Raum wandern ließ.

Caspari nickte zustimmend.

»Sind wir heute Abend eigentlich die einzigen Gäste?«, fragte Svenja Bauer, die nah an Sommer herangerückt war.

»Wir bekommen noch außergewöhnlichen Besuch«,

erklärte Caspari. »Ich habe das bis jetzt für mich behalten, weil ich darum gebeten wurde. Maria MacDonald wird mit uns essen.«

Bei der Erwähnung des amerikanischen Stars pfiff Fuchs durch die Zähne, Jung nickte zustimmend.

»Na, so etwas hat man nicht bei jeder Weihnachtsfeier«, kommentierte er.

Caspari tat es leid, dass er die Euphorie dämpfen musste. »Der Besuch ist leider nicht ganz zweckfrei«, sagte er. »Wir werden uns eine halbe Stunde Zeit nehmen müssen, uns ihre Geschichte anzuhören.«

»Wie verhindern wir, dass andere Gäste mithören?«, fragte Svenja Bauer.

»Ich habe in Marias Auftrag das komplette Restaurant gemietet. Wir sind heute Abend eine geschlossene Gesellschaft. Vom Hollywood-Star Maria MacDonald höchstpersönlich eingeladen.«

»Jawoll!«, rief Erich Fuchs. »Das lasse ich mir gefallen.«

Caspari sah auf die Uhr. Maria hätte eigentlich längst da sein müssen. Er empfahl den anderen, sich schon einmal etwas zu Trinken zu bestellen, dann stand er auf und ging zum Eingang. Er hörte laute Stimmen und erkannte Maria im Streit mit ihren Leibwächtern. In der Nähe der Eingangstür stand ein riesiger Bauernschrank, der als Garderobe diente. Caspari stellte sich daneben, so dass ihn die Gruppe auf dem Hof nicht sehen konnte. Durch die geschlossene Tür verstand er nur Wortfetzen.

»No discussions anymore. Go away!«, schrie Maria aufgebracht und lief, einen großen Trolley hinter sich her ziehend, zum Eingang. Unschlüssig standen die Männer einen Augenblick auf dem Hof, dann drehten sie sich um und gingen.

Als Maria den Flur betrat, begrüßte Caspari sie. Maria fiel ihm um den Hals.

»Oh Christoph, my dear.«

Er musste jetzt schnell etwas Unverfängliches sagen.

»Du hast ein herzliches Verhältnis zu deinen Personenschützern.«

»Hör mir auf mit diesen Idioten«, fauchte sie. »Das sind keine Beschützer, sondern Bewacher.«

Capari führte Maria in den Gastraum und stellte ihr seine Mannschaft vor.

»Es hat etwas länger gedauert. Maria musste erst ihre Gorillas abschütteln.«

»Abschütteln?«, fragte Schneider skeptisch. »Das hört sich aber nicht nach guten Personenschützern an.«

»Ihre Aufgabe ist es nicht, mir Ärger vom Hals zu halten, sondern dafür zu sorgen, dass ich so funktioniere, wie ihre Chefs das gern hätten.«

»Wenn das so ist, dann sind Sie eine Gefangene, die man an der langen Leine durch die frische Luft laufen lässt.«

»Richtig!«, bestätigte Maria.

»Wer sind die Auftraggeber der Aufpasser?«, fragte Mario. »Ich meine, Sie werden diese Chorknaben ja nicht selbst angestellt haben. Wer hat ein Interesse daran, Sie zu kontrollieren?«

»*Lux aeterna*«, antwortete Maria.

»Warum lassen Sie sich das gefallen?«, hakte Jin Jang nach. »Sie sind doch eine Frau des öffentlichen Lebens, die genug Geld und Publicity hat, um sich diese Leute vom Hals zu halten.«

»Ich werde erpresst«, erwiderte Maria mit rauer Stimme. »Diese Leute haben meine Tochter. Solange ich mitspiele und mich als Werbeikone für diese Sekte hergebe, passiert Christina nichts.«

»Wissen die Behörden in Ihrer Heimat nichts davon?«, wunderte sich Jin Jang.

»*Lux aeterna* hat in den USA mittlerweile ein großflächiges Netz gesponnen. Man hat mir sehr deutlich klar gemacht, dass auch der Polizeiapparat von denen unterwandert ist.«

Caspari schaltet sich ein.

»Ich denke, wir sollten die Geschichte von Anfang hören.«

»Wo soll ich beginnen?«, fragte Maria.

»Bei Samuels Tod«, sagte Caspari halblaut.

Er sah, wie sie blass wurde, sich dann aber schnell fing. Er wusste, dass es nicht leicht für sie war, sich das schreckliche Ereignis noch einmal in Erinnerung zu rufen.

»Samuel, also Sam, mein verstorbener Mann«, begann Maria holprig, »war ein gefragter Drehbuchautor. Er kam bei einem Autounfall ums Leben. Er recherchierte gerade für ein neues Drehbuch. Es sollte ein Thriller um eine Psycho-Sekte werden. Er fuhr die Küste entlang, wurde von einem anderen Wagen abgedrängt und stürzte die Klippen hinunter. Heute weiß ich, dass er sich mit Aussteigern von *Lux aeterna* getroffen hatte. Zwar fand man später das Auto, dass Sams Wagen abgedrängt hatte, doch es war gestohlen. Von dem Fahrer fehlte jede Spur. Kein Fingerabdruck, keine DNA, keine Stofffasern. Nichts.«

»Wie furchtbar«, meinte Svenja Bauer sichtlich bewegt.

»O ja, es war die schlimmste Zeit in meinem Leben. Ich verlor völlig den Boden unter meinen Füßen. Ich versuchte, mich mit Medikamenten und Drogen zu betäuben. Meiner Tochter war ich zu dieser Zeit die denkbar schlechteste Mutter, die man sich vorstellen kann. Meine Eltern haben sich um Christina gekümmert, die gelitten haben muss wie ein Hund. Ein damals elfjähriges Mädchen, das mit dem Tod des Vaters kaum zurecht kam, musste mit ansehen, wie die Mutter sich selbst zerstört und sie dabei links liegen lässt. Mom und Dad gaben mich nicht auf. Sie fuhren mit mir nach einer sehr harten Entziehung in ein Benediktinerinnenkloster. Dort lebte ich drei Monate nach der strengen Ordensregel. Ora et labora. Die Ruhe und das klar geordnete Leben nach den Ordensregeln halfen mir genauso, wie die langen Gespräche im Beichtstuhl. Aber Christina war ein völlig verstörter und verängstigter Mensch geworden. Ihr Therapeut gab irgendwann auf, weil sie ihn nicht an sich heranließ. In dieser Zeit tauchte ein neuer Mitschüler in Christinas Privatschule auf. Hübscher Kerl, gute Manieren. Auf den ersten Blick ein Junge, mit dem man seine Tochter ruhigen Gewissens ins Kino gehen lässt. In Wahrheit war er von *Lux aeterna* eingeschleust worden, um Christina zu ködern. Der Junge, Nathan, hatte ein leichtes Spiel. Er überredete sie bald zum Persönlichkeitstest der Sekte.«

»Den kenne ich aus eigener Erfahrung«, unterbrach Mario sie. »Selbst für stabile Persönlichkeiten ist der die reinste Fallgrube.«

»Das kann man wohl sagen«, fuhr Maria fort. Caspari fiel auf, dass sie die ganze Zeit ihre Serviette knetete, während sie redete.

»Christina ging der Sekte vollkommen auf den Leim. Anfangs bemerkte ich nichts. Mir fiel auch gar nicht auf, das sie immer weniger Taschengeld hatte. Sie trug ja jeden Cent zu den teuren Sitzungen. Zu dieser Zeit bekam ich das Angebot für die Actionkomödie, die gerade Premiere hatte. Das war die Chance für ein Comeback. Ich sagte natürlich zu. Als ich vor einem dreiviertel Jahr von den Dreharbeiten zurückkam, war mein Kind verschwunden. Die Hausangestellten sagten mir, sie hätte kurz zuvor mit drei Koffern das Haus verlassen. Ihr Zimmer war leergeräumt. Sie war heimlich ausgezogen. Auf ihrem Bett lag ein Brief, in dem sie mir schrieb, dass sie jetzt wüsste, wer sie sei. Sie sei jetzt bei einer Gruppe von Gleichgesinnten. Ich solle nicht nach ihr suchen und ihr diese neue Heimat gönnen. Das kann ich natürlich nicht. Sie ist ja erst sechzehn. Bei der Polizei habe ich Vermisstenanzeige erstattet. Die suchten auch nach ihr, aber ohne Ergebnis. Von der Schule erfuhr ich, dass Christina nicht mehr zum Unterricht kam. Nathan war kurzfristig von seinen Eltern abgemeldet worden.«

»Ein Albtraum«, meinte Clara mitfühlend.

»Ich beauftragte eine Privatdetektei. Sie präsentierten mir Fotos von Christina auf dem Areal, das dem US-Schulungszentrum von *Lux aeterna* in Kentucky gehört. Christina war eine Jüngerin der Sekte geworden. Mein Anwalt setzte sich mit dem FBI in Verbindung. Der Fall war klar: Christina ist minderjährig und dürfte sich nicht ohne meine Einwilligung dort aufhalten. Das FBI führte eine Großrazzia im Schulungszentrum durch und drehte dabei jeden Stein um. Die Agenten konnten zwar nachweisen, dass Christina sich dort aufgehalten hatte, mehr aber nicht. Allerdings fand das FBI dort etliche Teenager, die von ihren Eltern gesucht wurden. Und verschiedene Dokumente, die bewiesen, dass *Lux aeterna* versucht, den Staat zu unterwandern. Verschiedene Sektenmitglieder waren schon in Schlüsselpositionen eingeschleust. Der FBI leitete zusammen mit dem Ministerium für Heimatschutz eine umfangreiche Ermittlung gegen *Lux ae-*

terna ein. Einige hochrangige Mitglieder der Führungsetagen wurden rechtskräftig verurteilt. Die Frazers hingegen kamen davon, weil sie behaupteten, von dem Treiben nichts gewusst zu haben. Zwei FBI-Agenten wurden speziell damit beauftragt, Christina zu finden. Sie verschwanden in einem Motel in der Nähe von Chicago und sind bis heute nicht wieder aufgetaucht. Ein Zweig der Sekte ist bestens paramilitärisch ausgerüstet und ausgebildet. Kurz vor der Promotion-Tour für ›kiss and kill‹ bekam ich dann eine E-Mail auf meinen geheimen Account mit der Mitteilung, dass es Christina gut geht. Damit das auch so bliebe, erwarte man meine Kooperation. Ich sollte mich bei meiner Europa-Tour als Werbeikone für *Lux aeterna* in Szene setzen, dann bekäme ich auch regelmäßig Post von meinem Kind.«

»So erklärt sich auch deine Anwesenheit bei der Eröffnung der ›Hauptstadtkirche‹ von *Lux aeterna* in Berlin«, sagte Clara.

»Und mein medienwirksamer Besuch bei den anderen Zentralen in Europa.«

»Wenn du Clara und mir diese Geschichte nicht schon nach der Filmpremiere in Frankfurt erzählt hättest, hätte ich dich tatsächlich für eines dieser Vorzeigemitglieder von *Lux aeterna* gehalten. Die Medien berichteten jedes Mal darüber, wenn auch nur beiläufig«, fügte Caspari hinzu

»Das war auch die Absicht der Sekte«, erklärte Maria. »Ich mache das böse Spiel mit und erhalte im Gegenzug Lebenszeichen von Christina.«

»Schreibt sie denn etwas über ihren Aufenthaltsort?«, fragte Mario.

»Ja und nein. Zunächst fällt auf, dass die Briefe sehr stereotyp sind. Immer dasselbe: ›Mir geht es gut. Lass mich los, Mama, ich bin erwachsen. Suche nicht mach mir‹. Anfangs glaubte ich, jemand hätte Christina die Briefe diktiert. Doch dann fiel mir auf, dass einige Textelemente in jedem Schreiben an genau der gleichen Stelle auftauchten. Ich erinnerte mich, dass ich mit ihr früher oft ein Spiel gespielt habe, das uns Samuel beigebracht hat. Wir schrieben uns Geheimbotschaften und machten uns einen Spaß daraus, wenn mein Vater verzweifelt versuchte, sie zu entschlüsseln. Dad weiß bis heute nichts von der ›equal distance-Methode‹.«

»Ein alter Geheimdienstcode«, erklärte Mario. »In einem harmlos wirkenden Text plaziere ich Buchstaben in demselben Abstand zueinander, zum Beispiel jeder fünfte Buchstabe. Der Empfänger des Schreibens muss sie herausnehmen und hintereinander aufschreiben, so erhält er die Botschaft.«

»Samuel war vor seiner Zeit als Drehbuchautor Nachrichtenoffizier bei der Navy gewesen. Er hat erst mir diesen Code beigebracht, dann Christina, als sie alt genug war. Christina und ich hatten uns auf einen Abstand von fünf Buchstaben festgelegt. Im ersten Brief, den ich vor zwei Monaten bekam, schreibt sie Folgendes: ›Es ist wie ein Gefängnis hier. Hilf mir! Will ausbrechen. Mein Gefängnis ist Borkum.‹«

»Verdammt noch mal! Alle Fäden laufen auf der Insel zusammen«, platzte es aus Schneider heraus.

»Man brachte Christina aus den USA weg, weil dort das Pflaster zu heiß geworden war. Die Agenten waren der Sekte schon zu dicht auf den Fersen«, schlussfolgerte Jin Jang.

Caspari hob die Hand.

»Einen Brief gibt es noch. Er kam heute bei Maria an.«

»Die Nachricht lautete: ›Hier lebt der Teufel. Er sperrt Mädchen ein und verprügelt sie‹.«

»Wir vermuten den Produzenten schlimmer Kinderpornos in diesem Lager«, erklärte Tina.

»Wir müssen diese Schlangengrube ausräuchern«, sagte Caspari ernst. »Aber das bedarf einer gründlichen Vorbereitung. Gehen wir zu hastig vor, verschwinden womöglich Beweise. Ich habe heute Vormittag mit unserem BKA-Präsidenten und dem Generalbundesanwalt gesprochen. Beide wollen das Sektenzentrum auf Borkum durch eine Großrazzia auf den Kopf zu stellen lassen. Herr Schneider und Frau Fang werden am Montag nach Borkum reisen. Dort werden sie versuchen, so viel über die Aktivitäten der Sektenmitglieder herauszubekommen wie möglich. Vielleicht bekommen sie ja Nick dort vor die Flinte. Das würde einen schnellen Zugriff und Hausdurchsuchungen rechtfertigen. Die Kollegen Fuchs und Jung haben eine Verabredung in Amsterdam. Sie werden dort an den Verhören von van Ruiker teilnehmen. Frau Bauer und Herr Sommer koordinieren unsere Ermittlungen von Wiesbaden aus. Tina und Mario machen als Aushilfslehrer am Gymnasium weiter und nehmen *Optimum* noch genauer unter die Lupe.«

Caspari sah Marias fragenden Blick.

»Keine Angst, ich habe Christina nicht vergessen. Wir dürfen jetzt nichts überstürzen, sonst gefährden wir sie. Wir müssen die Pläne der Gebäude und das ganze Gelände genau kennen, bevor wir zuschlagen. Bei der Razzia darf kein Versteck übersehen werden. Außerdem müssen wir ganz sicher sein, dass Nick auch dort ist. Wenn er uns wieder entwischt, werden weiterhin Kinder leiden und sterben müssen.«

Er sah Zustimmung in Marias Gesichtsausdruck.

»Ich weiß, dass hört sich alles sehr nüchtern an«, erklärte er der Runde. »Aber wir dürfen uns keine Fehler leisten. Wir müssen uns ganz unauffällig in Bewegung setzen, damit niemand es bemerkt. Wir müssen überlegt und im Verborgenen agieren, wenn wir den Zugriff vorbereiten. Wenn etwas nach draußen dringt, ist *Lux aeterna* schneller gewarnt, als uns lieb ist. Ich habe mit Maria schon darüber gesprochen: Solange sie das Spiel mitspielt, wird Christina nichts passieren. Lux aeterna braucht Maria. Die Verantwortlichen wissen, dass Maria das Spiel nur so lange mitspielt, wie Christina unversehrt bleibt.«

»Wie wirst du damit fertig?«, fragte Clara Maria.

»Am Anfang dachte ich, ich drehe durch. Seit ich Christoph eingeweiht habe, weiß ich, dass ich meine Tochter wieder zurückbekommen werde.«

Casapri sah, ein entschlossenes Lächeln über Marias Gesicht huschte, das er von früher gut kannte. Es war das Lächeln einer Frau, die stärker war als das Leid, das andere ihr zugefügt hatten.

»Christoph hat mir erzählt, dass es heute Abend Gänsekeule gibt. Sie sind ja eigentlich zum Feiern hierher gekommen. Also, ich finde, wir sollten nun endlich ausgiebig essen und trinken. Cheers!«

Samstag, 1. Dezember
Vincent

»Danke, dass du gekommen bist, Vincent.« Der Junge war nervös. Seine Hände zitterten ein wenig, seine Gesichtsfarbe wirkte so grau wie der wolkenverhangene Himmel an diesem eiskalten Dezembermorgen.

»Ich habe Sie in die Pfanne gehauen. Ich weiß nicht, was ich sagen soll. Wenn ich die Zeit zurückdrehen könnte, würde ich alles anders machen.«

»Zum Beispiel?«, fragte Sauer.

Gärtner war nicht glücklich darüber, dass der Journalist an diesem Gespräch teilnahm. Andererseits konnte der Reporter aus erster Hand und halbwegs realitätsnah über die Machenschaften der Sekte berichten. Wer *Lux aeterna* bekämpfen wollte, musste der Öffentlichkeit die teuflische Fratze zeigen, die sich hinter der sauberen Fassade verbarg. Vincent sah den Journalisten irritiert an. Sauer schien es zu bemerken.

»Ich bin mit den beiden Pfarrern zu diesem Gespräch gekommen, weil ich hinter die Vorgehensweise von *Lux aeterna* kommen möchte. Natürlich werde ich nichts über eure Anzeigen schreiben und keine Namen nennen.«

Den Jungen schien diese Erklärung zu beruhigen.

»Also gut«, stimmte er zu. »Aber bevor ich Ihnen alles erzähle, möchte ich Pfarrer Leistner um Vergebung bitten. Mir tut das alles unendlich leid!«

Angespannt sah Vincent zu Leistner hinüber. Der lächelte. »Das habe ich längst, mein Junge. Ich weiß doch, dass nicht du das warst. Sei unbesorgt. Ich bin dir nicht böse. Ich bin froh, dass du den Weg zurück zu uns gefunden hast.«

Vincent wirkte sichtlich erleichtert.

»Danke. Vielen Dank. Ich bin froh, dass ich die Kurve gekriegt habe. Jasmin leider nicht. Sie wollte nicht mit hierher kommen.«

Gärtner versetzten diese Worte einen Stich. Er kannte Jasmin von Kindesbeinen an, hatte sie in all den Jahren begleitet. Dass er keinen Zugang mehr zu ihr hatte, machte ihm zu schaffen.

»Lass uns darüber reden, wie du an diese Sekte geraten bist«, begann Gärtner.

»Das fing mit der Nachhilfe an«, erzählte der junge Mann. »Ich musste mir eigentlich nie viel Mühe geben. Mir fiel alles zu. Lernen war eher eine Nebensache. Aber irgendwann wurde es eng. Es ging stark aufs Abitur zu, und meine Noten wurden immer schlechter. Da stießen meine Eltern und ich auf das Nachhilfe-Programm von *Optimum*. Was die erzählten, hörte sich wirklich gut an. Geistiges Potential ausschöpfen, Lernblockaden abbauen. Meine Eltern waren von diesem Modell sehr angetan. Und ich wollte mein Abi retten, also habe ich mich darauf eingelassen.«

»Was war mit Jasmin?«, unterbrach Gärtner.

»Bei Jasmin lief es in etwa genauso. Sie war halt die Verträumte, die zu viele andere Dinge im Kopf hatte.« Vincent holte tief Luft.

»Wir beide bekamen Tutor Weinmann zugeteilt. Er ging mit uns den Stoff durch, bei dem es haperte. Dann begann er von der Optimierung unserer kognitiven Leistungen zu sprechen. Junge Leute wie wir hätten oft Blockaden, die am optimalen Lernen hindern. Unser Bewusstsein hätte Fallen aufgebaut, in denen wir uns selbst immer wieder verfangen. *Optimum* würde mit einem System arbeiten, das Fehlprogrammierungen im Kopf und in der Seele löscht, damit man Fähigkeiten und Begabungen voll entfalten kann. Dieses System hat *Lux aeterna* entwickelt. Keine Sekte, sondern eine Organisation, die Menschen zur Entfaltung ihrer geistigen Kapazitäten verhilft. Das hörte sich alles prima an. Also ließen wir uns auf die Beratungsgespräche ein. Die haben etwas von Drogenrausch, wissen Sie. Ich bin voll darauf abgefahren. Jasmin ging es genauso. Plötzlich war alles so klar. Unsere Schulnoten besserten sich. Für die Gespräche mussten wir extra zahlen. Erst war das nicht schwierig. Mit unserem Taschengeld haben wir das hinbekommen. Doch wir konnten nicht mehr aufhören, für weitere Gespräche fehlte uns aber das Geld. Wir machten weiter und verschuldeten uns bei *Optimum*. Da kam Weinmann eines Tages und meinte, die Firma erwartete die Zahlung für die Reinigungsgespräche. Woher sollten wir das Geld denn nehmen? Natürlich hatte Weinmann auch gleich eine Idee. Eine kleine Gefälligkeit, die wir für *Optimum* erledigen sollten: die Anzeigen gegen Sie. Als wir ablehnten, erzählte er uns von den Repressalien, die *Lux aeterna* wegen der Kirchen erdulden muss. Von dem Komplott, das der Bürgermeister und die beiden Pfarrer gegen die Organisation geschmiedet hätten. Am Ende haben wir geglaubt, dass wir *Lux aeterna* helfen müssen, sich zu wehren. Also haben wir getan, was man von uns erwartet hat. Ich habe schnell gemerkt, worauf ich mich da eingelassen habe. Aber Jasmin ist völlig in der Sekte gefangen.«

»Gibt es eine Möglichkeit, sie dort rauszuholen?«, fragte Gärtner aufgebracht.

»Zuerst muss sie es selber wollen.«

»Glaubst du, sie ist bereit dafür?«, fragte Gärtner.

»Nein! Aber einen letzten Versuch unternehme ich noch.«

Sie hatten den Tag über viel miteinander geredet. Maria und Clara gingen mit Camillo den langen Weg um den See, dick eingepackt in warme Jacken. Maria war es ein Bedürfnis gewesen, mit Clara allein zu sein. Sie sprachen viel über Christoph. Wenn sie nicht sprachen, war das Knirschen des Schnees unter ihren Füßen das einzige Geräusch, das Clara in der stillen Winterlandschaft hören konnte.

»Er ist ein besonderer Mensch«, sagte Maria. »Aber er weiß es nicht wirklich. Christoph braucht jemanden, der ihm das Gefühl gibt, zuhause zu sein. Dann vergisst er die Verletzungen seiner Kindheit.«

»Aber wer hat ihn denn so verletzt?«, fragte Clara. »Seine Eltern sind doch wunderbare Menschen.«

»Menschen, die sich viele Jahre mit einer dunklen Geschichte gequält haben«, erwiderte Maria. »Das Verschwinden der ältesten Tochter, ihr vermeintlicher Tod. Ich kann mir nicht vorstellen, wie man so etwas überhaupt aushalten kann. Wirklich fröhlich wird es nicht zugegangen sein, als Christoph klein war.«

Clara schwieg einen Moment. Sie wusste, dass Maria recht hatte. Warum war sie nie auf die Idee gekommen, Christophs Unsicherheit könnte mit Johannas Verschwinden zu tun haben?

»Kinder beziehen die Trauer und den Schmerz der Eltern oft auf sich. Sie fühlen sich schuldig an dem Leid.« Clara hielt einen Moment inne.

»Und ich dachte immer, seine Klassenkameraden und ihre Hänseleien sind die Ursache für seine Schüchternheit.«

»Die haben ihm wohl den Rest gegeben«, meinte Maria. »Kinder können sehr grausam sein.«

Maria hatte es geschafft, Clara zu überraschen.

»Du bist sehr bewandert in Psychologie«, sagte sie.

»Für eine Schauspielerin, meinst du?«

Clara fühlte sich ertappt.

»Entschuldige! Ich meinte das nicht despektierlich.«

»Ich weiß«, erwiderte Maria ruhig. »Als Nebenfach habe ich Psychologie studiert. Ich fand das enorm hilfreich für die Schauspielerei. Wenn du fremde Menschen darstellen sollst, hilft dir das bei der Erarbeitung ihres Charakters.«

»Warum ist das damals nichts mit dir und Christoph geworden?«, fragte Clara spontan.

»Weil wir uns zu nahe waren. Und es wahrscheinlich immer noch sind. Als Christoph bei uns durch die Tür kam, wusste ich es gleich. Mein Zwillingsbruder konnte nicht viel mit ihm anfangen. Christoph hatte kein Talent im Basketball. Beim Football kam er mit den Regeln nicht zurecht. Stattdessen suchte er sich eine Schule für japanische Kampfkünste, in die ich ihn begleiten durfte. Dort lernte ich den echten Christoph kennen. Unter den japanischen Trainern und Schülern war er ganz bei sich. Das berührte mich ganz tief. Seither ist Christoph im Grunde das, was meine Bruder nie für mich war: mein wahrer Zwilling.«

»So nahe seid ihr euch?«, fragte Clara mit trockener Kehle.

»So nahe«, bestätigte Maria. »Das ist allerdings keine Basis für eine Partnerschaft. Das ist zu dicht.«

Clara sah zu, wie Maria einen Stock aus dem Schnee grub und ihn wegwarf. Camillo rannte wie ein Blitz hinterher.

»Wir haben es miteinander versucht«, fuhr Maria fort. »Natürlich sollte Elke nichts davon wissen. Aber die war ja selbst auf Abwegen. Es fühlte sich irgendwie komisch und schön zugleich an. Nachdem er wieder nach Hause geflogen war, packte mich eine solche Sehnsucht, dass ich meine Eltern bearbeitete, anstelle meines Bruders nach Deutschland fliegen zu dürfen. Sean war schnell überzeugt. Also landete ich ein Jahr später auf dem Frankfurter Flughafen. Oh Gott, war Elke eifersüchtig. Aber das war Christoph egal. Es war ein herrlicher Sommer auf dem Weiherhof. Als ich nach einem halben Jahr wieder in die USA zurückkehren musste, weinten wir. Weil wir uns fühlten wie siamesische Zwillinge, die man gegen ihren Willen voneinander trennt. Der Abschiedsschmerz verfolgte uns lange. Wir schrieben uns oft Briefe. Aber über den Atlantik eine enge Verbindung zu halten ist schwer. Christoph besuchte mich zwar immer, wenn er mal in Amerika war. Aber wir beide achteten darauf, eine gewisse Distanz zu wahren.«

Clara konnte sich eine Frage nicht verkneifen, obwohl sie wusste, dass sie kindisch war.

»Habt ihr miteinander …«

»… geschlafen? Ja. Aber das Gefühl, das blieb, ist kein erotisches.«

Maria blieb stehen und wandte sich Clara zu.

»Hör mal, Clara«, sagte sie, »ich bin nicht hier, um dir Christoph wegzunehmen. Du bist die Frau, die ich ihm immer gewünscht habe. Ihr beide gehört einfach zusammen. Das habe ich schon bei unserem ersten Treffen gespürt. Ich bin hier, weil ich seine Hilfe brauche und weil ich Heimweh nach meinem Seelenbruder hatte.«

Unvermittelt nahm sie Clara in den Arm. Eigentlich hätte Clara sich überrumpelt fühlen müssen. Doch es tat gut, die Umarmung zu erwidern.

Christina

Christina fühlte sich unwohl, wenn der Mann in der Nähe war, den sie alle Marcel nannten. Seine Art, sie anzustarren, gefiel ihr nicht. In seinem Blick lag eine Art von Hunger. Er wohnte in einem der Häuser, die keine Wände hatten, sondern nur aus einem lang gezogenen Dach bestanden, das bis zum Boden reichte. Bis vor Kurzem hatte er dieses Haus noch mit dem Mann mit den traurigen Augen geteilt. Doch der war seit einiger Zeit verschwunden. Christina hatte sich gefragt, wie das möglich war. Niemand kam hier wieder heraus. Nur der Mann mit dem hungrigen Blick. Der ging ein und aus, wie es ihm passte. Allen anderen war der Kontakt zur Außenwelt durch den hohen Stacheldrahtzaun verwehrt.

Christina hörte die Brandung. Der kalte Küstenwind zerzauste ihr Haar. Wie gern wäre sie einmal am Strand entlang gegangen, hätte ihre Füße in die winterkalte Nordsee gestreckt. Doch weiter als bis zu den Dünen kam sie nicht. Der Zaun stoppte jeden Versuch, das salzige Gefühl der Freiheit auf der Haut zu spüren. So wenige Meter vor dem Meer zu sein und es trotzdem nicht sehen zu können, raubte ihr fast den Verstand. Niedergeschlagen ging sie wieder zu ihrer Wohnung. Zwei Schatten folgten ihr.

Schneider und Jin Jang

»Schmeckt dir das Essen nicht?«

Schneider zuckte zusammen, als Jin Jang ihn ansprach. Sie saßen in ihrer Essküche und aßen eine chinesische Nudelsuppe, die Jin Jang gekocht hatte.

»Du bist aufgeregt. Das ist verständlich, nachdem du sie seit drei Jahren so gut wie gar nicht gesehen hast.«

»Ich hätte für sie da sein sollen. Ich bin doch ihr Vater.«

Jin Jang legte ihren Löffel ab und schwieg eine Weile. Dann nahm die seine Hand.

»Was geschehen ist, lässt sich nicht mehr rückgängig machen. Du hast jetzt die Chance, ihnen etwas von dem Vater zurückzugeben, den sie damals verloren haben.«

»Und wenn sie diesen Vater gar nicht mehr haben wollen? Es geht ihnen gut bei meiner Schwägerin und meinem Schwager. Sie bekommen dort die Liebe und Fürsorge, die Kinder brauchen.«

Er starrte auf seinen halb vollen Teller. Sie drückte seine Hand.

»Du musst ihnen die Möglichkeit geben, dich kennenzulernen. Du bekommst dein Leben gerade wieder in den Griff. Maike und Niklas haben das Recht, dich auch von dieser Seite zu erleben.«

Er hob seinen Blick und lächelte sie an. »Ich weiß nicht, wie du das machst, aber du stellst mich wieder auf die Füße. Womit habe ich das verdient?«

»Du bist ein guter Mensch, Gernot Schneider«, sagte sie leise.

Sie nahm sein Gesicht in ihre Hände und gab ihm einen Kuss auf die Stirn. Zart und warm war die Berührung ihrer Lippen auf seiner Haut. Wie lange schon hatte er so etwas nicht mehr gespürt? Er sah in ihre dunkelbraunen Augen, unfähig, irgendetwas zu sagen. Dann küsste sie ihn auf den Mund. Wärme und ein unbeschreibliches Gefühl von Geborgenheit umgaben ihn. Als sie sich von ihm löste, ließ er es mit einem leichten Bedauern zu. Jin Jang lächelte ihn an und deutete auf seinen Teller.

»Hühnersuppe ist sehr energiereich. Du musst sie essen. Deine Kinder erwarten einen unternehmungslustigen Vater auf dem Weihnachtsmarkt.«

»Was soll ich sagen, wenn sie fragen, wer du bist?«, fragte er. ›Eine gute Freundin‹ schien ihm nach dem Kuss unpassend.

»Sag ihnen doch einfach die Wahrheit«, antwortete sie.

»Dann sage ich, du bist die Frau, die ich liebe«, sagte er mit einem Frosch im Hals.

»Bist du dir sicher?«

»Sicher.«

Sie lächelte. »Es wird ein schöner Nachmittag in Frankfurt. Du wirst schon sehen.«

Sauer

»Ich bin da an etwas ganz Heißem dran!«

Peter Sauer ging unruhig in seinem Zimmer auf und ab, während er den Telefonhörer an sein Ohr hielt. Am anderen Ende der Leitung war Robert Michel, der Ressortchef für Lokales.

»Peter, versteh mich nicht falsch. Aber dein investigativer Journalismus hat unserem Verleger das letzte Mal ziemlich viel Ärger beschert. Und mir eine ganz üble Schelte. Ich habe zwei Kinder im Studium. Ich kann mir so etwas nicht nochmal leisten.«

Sauer schnaubte. Wann würde er diese Geschichte endlich los werden?

»Pass auf. Ich umreiße kurz, um was es geht. In Gelnhausen gibt es ein Unternehmen, das auch Hausaufgabenbetreuung und Lernhilfe anbietet. Dieses Unternehmen heißt *Optimum.*«

»Die kenne ich«, unterbrach ihn Michel. »Die sind doch da unten in der Langgasse.«

»Woher kennst du die denn?«, fragte Sauer irritiert.

»Die haben sich in der Redaktion vorgestellt, als sie ihren Laden aufgemacht haben. Bei der offiziellen Eröffnung war Martin dabei. Hat ein paar Bilder gemacht und einen netten Artikel geschrieben. Der Zweigstellenleiter gab mir auch einen Flyer und bot ein Seminar für unsere Redaktion an. Corporate Working oder so etwas. Für so einen Kram haben wir allerdings keine Zeit«, antwortete Michel. »Was ist denn jetzt mit denen? Beeil dich, wir bekommen gleich Besuch.«

»*Optimum* ist keine seriöse Beratungsfirma. In Wirklichkeit ist das ein Ableger der Sekte *Lux aeterna*. Ziel von *Optimum* ist, durch Schulungen und Nachhilfe neue Sektenanhänger zu rekrutieren.«

»Du willst also sagen, dass das Angebot für Schüler eine Falle ist?«

»Aber hallo! Und zwar mit sehr subtilen Methoden.«

»Hast du dafür Beweise?«

»O ja. Dieses Mal lasse ich mich nicht für die Wahrheit schlachten wie beim letzten Mal«, erwiderte Sauer. »Ich habe Zeugen: einen betroffenen Jugendlichen und dessen Eltern. Dazu noch die beiden Pfarrer Gärtner und Leistner.«

»Das hört sich …«

Michel brach ab und überlegte.

»Das hört sich nach klaren und harten Fakten an. Dann bleib an der Sache dran. Ich halte dir den Rücken frei.«

Camillo saß vor Maria und ließ sich von ihr kraulen. Das Feuer im restaurierten großen Herd knisterte. Als Caspari die Küche betrat, fiel sein Blick durch das Fenster auf den Hof. Draußen legte sich die Dämmerung wie ein graues Tuch über die Landschaft. Der starke Schneefall der vergangenen Stunden hatte alle Zeichen von Leben und Bewegung völlig bedeckt. Kein Fußabdruck war zu sehen.

Clara Maria saß lächelnd gegenüber und hielt die Tasse Pharisäer mit beiden Händen umschlossen. Selbst noch geschwitzt vom Training mit Benny, hatte Caspari den beiden durchgefrorenen Frauen dieses aus Kaffee, Sahne und vor allem Rum bestehende heiße Getränk zum Aufwärmen kredenzt, bevor er zum Duschen gegangen war. Nun stand er im Türrahmen und betrachtete die stille Gemeinschaft. Müde nahm er eine halbvolle Wasserflasche und leerte sie in einem Zug. Die Atmosphäre zwischen den Frauen hatte sich seit ihrer Wanderung um den See verändert. Clara wirkte entspannter. Und Maria ruhte in sich selbst und schien die Sorge um ihre Tochter für diesen Augenblick vergessen zu haben.

Clara war die erste, die aus der Versunkenheit auftauchte.

»Das ist eine ganz schöne Bombe, die du uns gebraut hast«, flachste sie.

»So schlimm kann es nicht sein!«, konterte er. »Ihr beide habt eure Tassen ja gerade mal zur Hälfte geleert. Das Pharisäer muss mittlerweile eiskalt sein.«

»Nein, wir haben die Tassen immer wieder auf den Herd gestellt«, entgegnete Maria. »Clara hat recht. Das Zeug hat es in sich.«

»Das ist ein Getränk von der Nordseeküste. Damit haben sich die Fischer nach einem langen, kalten Tag auf dem Schiff aufgewärmt«, erklärte Caspari. »Da braucht es schon einen ordentlichen Schuss Rum.«

»Fünfzehn Mann auf des toten Manns Kiste, oooh, und 'ne Buddel voll Rum«, sang Clara leise und grinste.

»Hör auf, da krieg ich ja gleich wieder Gänsehaut«, amüsierte sich Maria.

»Wo ihr beide euch so prächtig unterhaltet, habt ihr doch sicher nichts dagegen, mir die Zubereitung des Abendessens zu überlassen«, meinte Caspari.

»Nur zu, du Held der Arbeit«, sagte Clara. »Wir trinken uns währenddessen das Leben schön.«

Grinsend ging er in den Keller, um die Rindfleischsuppe zu holen, die er am Vormittag schon vorbereitet hatte. Ein Gefühl der Erleichterung erfüllt ihn, während er die Treppe hinunter stieg. Es musste eine Aussprache gegeben haben. Clara schien ihre Eifersucht abgelegt zu haben, und Marias Verhalten ihm gegenüber wirkte ebenfalls entspannter.

Als die Suppe auf dem Herd heiß geworden war, stand Clara auf und reckte sich.

»Ich gehe schnell rüber und hole Iris, Benny und Lukas. Ich hoffe, der Bengel hat den beiden noch genug Energie gelassen, um sich zum Essen aufzuraffen.«

»Nur zu, aber geh nicht in dem Schnee da draußen unter!«

»Iris und Benny. Ich konnte mich nur noch dunkel an die beiden erinnern«, sagte Maria.

»Es sind auch schon ein paar Jahre her.«

»Ja, schon. Aber der Hof ist immer noch das selbe Jagdschloss aus irgendeinem Märchen, das er für mich damals war.«

»Du hast dich mit Clara unterhalten?«, fragte Caspari bemüht beiläufig.

»Ja,unter Frauen. Das geht Männer nichts an, mein Lieber«, entgegnete sie lächelnd.

»Da hast du recht. Der Inhalt geht mich nichts an. Das Ergebnis allerdings schon.«

»Gefällt es dir?«

»Das Ergebnis? O ja. Es ist ganz bestimmt nicht einfach, wenn einem der zukünftige Mann eine Art Überfrau aus dem früheren Leben vorsetzt.«

Maria antwortete nicht. Er wandte sich vom Herd ab und sah sie an. Etwas schien ihr auf dem Herzen zu liegen.

»Nun sag schon. Was ist los?«

»Es geht um Christina.« Sie hielt inne. »Es ist an der Zeit, dass du es erfährst«, fuhr sie fort. »Samuel ist nicht ihr Vater.« Sie stockte, dann sprach sie mit gefasster Stimme weiter: »Nicht ihr leiblicher. Als ich ihn kennenlernte, war ich im zweiten Monat schwanger. Es war Liebe auf den ersten Blick. Irgendwann musste ich ihm allerdings gestehen, dass ich schwanger war. Ich hatte schreckliche Angst, dass er mich verlässt. Aber er hat mich einfach in den Arm genommen und gesagt: ›Wenn du willst, ist es auch mein Kind‹.«

»Toller Mann«, kommentierte Caspari respektvoll.

»Da kannst du sicher sein. Christina und Samuel waren wie füreinander geschaffen, als Tochter und Vater. Sie harmonierten so gut miteinander, dass ich manchmal sogar eifersüchtig war. Was soll ich sagen? Ich hatte einfach Glück. Samuel organisierte unser Familienleben und hatte bald seinen Durchbruch als Drehbuchautor. Christina wuchs in dem Bewusstsein auf, dass er ihr leiblicher Vater ist, obwohl sie ihm überhaupt nicht ähnlich sieht.«

Caspari fragte sich, warum sie ihm diese lange Geschichte erzählte.

»Was willst du mir denn nun sagen?«

»Hast du dich nie gefragt, warum ich immer allein zu unseren Treffen gekommen bin, wenn du in Amerika warst?«

»Wegen der Dreharbeiten, hast du gesagt.«

»Und du hast das geglaubt?«

»Warum denn nicht?«, entgegnete er irritiert.

»Ich wollte einfach vermeiden, dass du Christina siehst und erkennst, dass sie deine Tochter ist, Christoph«, platzte es aus ihr heraus.

»Meine Tochter?«

»Ja! Groß gewachsen, rotblondes Haar, stahlblaue Augen. Das Einzige, was sie von mir hat, ist die Nase und das schmale Gesicht. Ansonsten ist sie durch und durch eine Caspari!«

Caspari sah sich nach dem nächsten Stuhl in seiner Nähe um, auf den er sich fallen lassen konnte.

»Mein Gott! Wie, ich meine, wann? Warum?«, stammelte er. »Warum hast du mir nie ein Sterbenswörtchen gesagt?«

»Weil es die Dinge ungemein verkompliziert hätte. Die Nacht, die wir vor siebzehn Jahren im Motel verbracht haben, war wunderschön. Aber du gehörst nach good old Germany und ich nach Amerika. Du warst mitten im Studium und ich an der Universität. Wie hätte das mit einem Kind funktionieren sollen?«

Caspari sah sie durchdringend an.

»Ich kann gut verstehen, dass du das nicht gerade witzig findest. Aber versuch mich bitte zu verstehen. Ich wollte dir und auch mir unnötige Probleme ersparen.«

Caspari schüttelte den Kopf.

»Blödsinn! Wir hätten heiraten sollen.«

»Und was dann?«, fragte sie, selbst um Fassung bemüht. »Vor siebzehn Jahren warst du mit Elke zusammen. Hättest du das aufgeben wollen?«

»Ja! Nein! Ach verdammt, ich weiß es nicht! Die Ehe mit Elke war zum Schluss nur noch ein Kübel Mist. So etwas wäre mit uns beiden nie passiert. Du hättest es mir sagen sollen! Wir hätten das schon irgendwie deichseln können.«

»Das hätte niemals funktioniert. Unser Fluch ist, dass wir uns zu nahe sind. Denk' doch an Clara. Die liebt dich, und du liebst sie auch über alles. Das ist es doch, was zählt. Nicht, was hätte sein können.«

»Weißt du, was du mir damit angetan hast? All die verpassten Geburtstage, jeden Tag, an dem ich nicht zugesehen habe, wie sie größer wurde. Ich weiß ja noch nicht einmal, wie meine Tochter aussieht. Jetzt stehe ich vor der Aufgabe, mein Kind aus den Fängen einer Sekte zu befreien, das mich nicht mal kennt.«

Er schlug die Hände vor das Gesicht. Seine Gefühle waren unterwegs auf einer grauenvollen Achterbahn. Er spürte ihr Arme, die ihn umschlangen, roch das Parfüm, dass er so gut kannte und hörte ihre vertraute Stimme.

»Christoph, nicht! Es zerreißt mich ja selbst. Du hast doch Lukas und Clara. Die beiden sind doch dein Ein und Alles!«

»Ach, hör doch auf!«, sagte er und stand abrupt auf. Caspari lief ohne ein Wort aus der Küche, zog Stiefel, Jacke und Mütze an und knallte die Tür hinter sich zu. Er nahm Clara, Lukas, Iris und Benny nicht wahr, die gerade aus dem gegenüberliegenden Eingang herauskamen. Wie in Trance setzte er sich in seinen Wagen und fuhr los.

Im Gasthof Bergeshöhe fand er einen Platz, an dem man ihn in Ruhe ließ. Dort fing er an, sich zu betrinken. Etwas später betrat Benny die Gaststube. Er setzte sich Caspari gegenüber.

»Du hättest etwas von deiner Suppe essen sollen«, begann er. »Die schmeckt prima. Außerdem hättest du dann fürs Saufen wenigstens eine kleine Grundlage gehabt.«

»Scheiß auf die Suppe«, brummte Caspari.

»Junge, Junge. Zwei Frauen heulen sich deinetwegen die Augen aus, und du besäufst dich. Was für ein beschissenes Adventswochenende.«

»Lass mich in Ruhe.«

Benny griff sich ohne Kommentar Casparis Bierglas und leerte es in einem Zug.

»Lass mich bezahlen, und wir fahren heim«, sagte er ruhig.

Caspari dämmerte langsam, was Benny eben gesagt hatte.

»Warum heulen sich zwei Frauen meinetwegen die Augen aus?«

»Weil die eine Angst hat, dass du sie nicht mehr mit dem Hintern anguckst, während die andere Angst hat, dass du sie nicht mehr liebst.«

»Dumme Gänse«, brummte Caspari.

»Was soll ich sagen? So sind halt Frauen«, kommentierte Benny.

Caspari erbrach sich auf der Toilette, während Benny bezahlte. Dann ließ er sich nach Hause fahren. Auf dem Hof schaffte er es mit Bennys Hilfe gerade noch auf das große Sofa im Wohnzimmer, auf dem er sofort einschlief. Dass Maria und Clara ihm betreten dabei zusahen, wie er unkoordiniert seine Schuhe auszog, bekam er selbst gar nicht mehr mit.

Sonntag, 9. Dezember
Clara

Clara erwachte, als die Sonne ihr durch das Fenster ins Gesicht schien. Müde blinzelte sie dem Licht entgegen. Der Wecker zeigte neun Uhr an, für einen Sonntagmorgen noch nicht so spät. Mit ihrer Hand fuhr sie auf die andere Bettseite, doch die war leer. Wie eine Woge kamen die Erinnerungen an den Abend zuvor wieder in ihr Gedächtnis. Alles war gut gewesen, bis Marias Geständnis die Welt auf den Kopf gestellt hatte. Was war Clara für Caspari? Nur die zweite Garnitur, mit der er vorlieb nahm, weil er Maria nicht haben konnte? Sie musste sich Klarheit darüber verschaffen. Am besten, bevor Maria wach war. Clara schlich die Treppe hinunter ins Wohnzimmer. Das Sofa war leer, die Decke lag sorgfältig zusammengelegt über der Rückenlehne. Sie ging leise weiter in die Küche. Dort strahlte der Herd eine wohlige Wärme aus. Der Frühstückstisch war gedeckt, es roch nach Kaffee. Caspari musste seit einiger Zeit wach sein. Gähnend ging sie durch das Erdgeschoss auf der Suche nach ihm. Seine Stiefel im Flur fehlten. Jacke und Mütze hingen auch nicht an der Garderobe. In diesem Augenblick bemerkte Clara, dass Camillo sie noch gar nicht begrüßt hatte. Seine Leine hing nicht am Haken. Caspari hatte ihn zum ersten Mal allein mitgenommen.

Clara ging in die Küche und goss sich einen Kaffee ein. Sie versuchte, an nichts zu denken. Es gelang ihr nicht. Schließlich kam Caspari mir Camillo zurück.

»Wo warst du?«, fragte Clara mit einem Kloß im Hals.

»Ich bin mit Camillo nach Wittenborn gelaufen, um mein Auto zu holen«, brummte er.

»Dein Auto?«

»Ich war gestern ja wohl nicht mehr in der Lage, Auto zu fahren. Benny hatte mich in seinen Wagen gepackt.«

»Was war eigentlich mit dir los?«

»Muss ich dir das wirklich erklären?«, schnaubte er.

»Ich weiß, dass du von einem Moment auf den anderen nochmal Vater geworden bist. Und nun frage ich mich, ob du nicht lieber mit Maria und deiner Tochter zusammenleben willst?«

»Blödsinn!«

»Warum warst du dann so sauer?«

»Weil mir so viele Jahre mit einem Kind genommen wurden, die ich nie mehr werde aufholen können. Außerdem hätte ich, im Nachhinein, eine Ehe mit Maria der Ehe mit Elke vorgezogen.«

»Auch einer Ehe mit mir?«, fragte Clara zögernd.

»Nein, zum Henker«, entrüstete sich Christoph. »Das ist die Vergangenheit. Dich gebe ich nicht mehr her!«

»Wirklich?«, fragte sie unsicher.

»Wirklich!«, bestätigte er, nahm sie in den Arm und gab ihr einen langen Kuss.

Sauer

Die Sonne tauchte die schneebedeckte Gelnhäuser Altstadt in ein märchenhaftes Licht. Peter Sauer hatte sich an diesem Sonntagmorgen ein großzügiges Frühstück gegönnt, nachdem er die halbe Nacht gearbeitet hatte.

Nun stapfte er durch den Stadtgarten, dessen Wege nicht geräumt waren. Er fühlte sich erschöpft. Kein Wunder nach den vergangenen Tagen, in denen er viel und lange gearbeitet hatte. Eine ordentliche Portion Bewegung an der frischen Luft war genau das, was sein Körper jetzt brauchte. Dann ein ausgedehntes Mittagsschläfchen nach dem obligatorischen Essen bei seinen Eltern. Doch die Erschöpfung ließ sich nicht vertreiben. Im Gegenteil. Er fühlte sich immer schwächer. Plötzlich hatte er das Gefühl, als würde das Blau des Himmels näher kommen. Alles sah groß und nah aus, schien ihn erdrücken zu wollen. Der Schnee auf der Parkbank begann seine Form zu verändern. Er glitt wie eine kristaline weiße Schlange von der Sitzfläche herunter und bewegte sich auf Sauer zu. Hastig drehte sich Sauer um und verließ keuchend den kleinen Park. Mit zitternden Knien stieg er in den Stadtbus. Verdammt! Eine Grippe war das Letzte, was er jetzt brauchen konnte.

Keuchend schleppte er sich die Treppe zu seiner Wohnung hinauf. Als er den Schlüsselbund aus seiner Jackentasche zog, fiel er ihm aus der Hand. Fluchend bückte er sich, um ihn aufzuheben. Als er sich aufrichtete, tanzten bunte Sterne vor seinen Augen. Dann steckte er den Schlüssel in das Türschloss, öffnete und betrat seine Wohnung.

Claudia Gärtner

Michael wirkte müde, als er mit einem Buch unter dem Arm aus seinem Amtszimmer kam. Claudia sah ihn besorgt an. Die Belastungen der vergangenen Wochen hatten ihre Spuren hinterlassen.

»Bleib nicht so lange«, sagte sie und gab ihm einen Kuss. »Du brauchst dringend mal eine Pause.«

»Sieht man mir das an?«, fragte er leise.

Sie nickte stumm.

»Advent ist allerdings eine schlechte Zeit, Pause zu machen. Da hetzt man als Pfarrer von einer Besinnung zur nächsten.«

Er grinste müde, strich ihr zärtlich über die Wange und ging zu seinem Wagen.

Lustlos ging Claudia in die Küche. Ihr Familie liebte Weihnachtsplätzchen. Weder Michael noch die Jungs wollten darauf verzichten. Dementsprechend hoch war der Schwund in den Vorratsdosen. ›Alle Jahre wieder‹, ging es ihr durch den Kopf, als sie begann, die zweite Auflage zu backen. Früher hatten ihr die Kinder geholfen. Doch die waren nun fast schon erwachsen. Der Ältere war mit seiner Freundin unterwegs, der Jüngere hockte vor seinem Computer.

Über ihrer Arbeit bemerkte sie nicht, wie schnell die Zeit verging. Als sie auf die Wanduhr sah, war es schon nach sechs. Wo Michael nur blieb? So lange war er sonst nie beim Adventskaffee. Sie überlegte, ob sie ihn anrufen sollte, als das Telefon klingelte. Friedel Schmidt, der Küster, meldete sich.

»Ist Ihr Mann zu Hause?«, fragte er ungewöhnlich schroff.

»Nein«, antwortete Claudia. »Ich denke, der ist bei Ihnen im Romanischen Haus.«

»Ja, das wäre schön gewesen!«, schimpfte Schmidt. »Von Ihrem Mann war den ganzen Nachmittag nichts zu sehen. Die Damen vom Kirchenvorstand haben auf die Schnelle noch ein kleines Programm aus dem Boden gestampft.«

»Ich kann Ihnen nur so viel sagen, dass sich mein Mann kurz vor halb drei auf den Weg zum Romanischen Haus gemacht hat.«

»Das ist aber merkwürdig.«

Schmidt klang jetzt beunruhigt.

»Wir haben ihn auf seinem Dienstanschluss und auf dem Handy anzurufen versucht. Aber da meldet sich niemand. Der Dekan hat mir dann Ihre Privatnummer gegeben.«

Claudias Hände begannen zu zittern. Sie hatte Schwierigkeiten, das Telefon zu halten.

»Vielen Dank«, sagte sie hastig. »Ich werde mich sofort auf die Suche nach meinem Mann machen.«

»Kann ich Ihnen dabei irgendwie helfen?«

»Erst einmal nicht, danke. Aber ich komme später vielleicht auf Ihr Angebot zurück.«

»Hoffentlich ist nichts passiert«, sagte Schmidt, ohne zu überlegen.

»Ja, hoffentlich«, erwiderte Claudia mit erstickter Stimme.

Clara

Caspari und Maria waren zu seinen Eltern hinüber gegangen, um ihnen von einem weiteren, unverhofften Enkelkind zu erzählen. Clara hatte Christoph angesehen, dass ihm dabei ganz und gar nicht wohl zumute war.

Clara nutzte die Gelegenheit zu einem Telefonat mit ihrer Mutter. Sie brauchte ihren Rat.

»Wenn diese Schauspielerin wirklich die Anam cara von Christoph ist, dann hast du nichts zu befürchten«, erklärte ihre Mutter.

»Mama, ich bin mir nicht sicher, dass die Beiden die irische Bedeutung des Begriffs Seelenfreund meinen.«

»Liebes, was sollen sie denn sonst meinen? Alles, was du mir bisher erzählt hast, weist darauf hin. Kindchen, das sind ganz besondere Bindungen, die Anam Cara zueinander haben. Man könnte sogar von Zwillingsseelen reden. In der uralten Tradition der irischen Kirche gab es öfter solche Anam Cara. Sie haben einander geholfen, über sich selbst hinauszuwachsen. Der Anam cara ist der engste Vertraute, eine Zwillingsseele. Mit so einem Menschen kann niemand liiert oder gar verheiratet sein. Das wäre, als würde man das Spiegelbild seiner Seele zum Ehepartner erwählen. Christoph und du, ihr seid vertraut miteinander, aber doch so, dass jeder noch ein kleines Geheimnis für den anderen bleibt. Das macht eine Paarbeziehung erst interessant. Ich weiß, wovon ich spreche. Dieser schlacksige Preuße wird sich mir nie völlig erschließen.«

Clara lachte leise auf. Ihre Mutter hatte ihren Vater schon lange nicht mehr ›schlacksigen Preußen‹ genanntt.

»Du meinst also, ich sollte Christoph vertrauen?«

»Liebes, er hat dir bisher nie einen Grund gegeben, irgendwelche Zweifel zu hegen. Du solltest dich eigentlich auf das Wort des Mannes verlassen dürfen, der dir mehr als ein Mal das Leben gerettet hat.«

Clara wusste, dass ihre Mutter recht hatte.

»Meinst du nicht, ich sollte das Projekt Hochzeit erst einmal auf Eis legen?«

»Wozu? Ihr werdet doch ohnehin irgendwann heiraten. Weil ihr einfach zusammen gehört.«

»Dein Wort in Gottes Gehörgang«, erwidert Clara, als es mehrmals hintereinander an der Haustür klingelte. Sie öffnete, das schnurlose Telefon noch in der Hand. Vor ihr stand Claudia Gärtner, aschfahl und mit geröteten Augen.

»Um Gottes willen, Claudia!«, rief Clara erschrocken.

»Ich muss Schluss machen, Mama. Kann ich dich später noch einmal anrufen?«

»Natürlich, Liebes«, antwortete ihre Mutter und legte auf.

»Claudia, was ist los?«, fragte Clara, während sie die zitternde Frau ins Haus zog.

»Er ist weg, einfach verschwunden. Wie vom Erdboden«, stammelte Claudia.

Während Clara ihr half, die Jacke auszuziehen und sie in die warme Küche führte, berichtete Claudia vom Verschwinden ihres Mannes.

»Ich bin alle Strecken abgefahren, auf denen ich Michael vermutet habe. Wie viele Leute ich angerufen habe, kann ich gar nicht sagen. Niemand weiß etwas, und ich kann ihn nicht finden.«

»Und du hast keinen Verdacht, was passiert sein könnte?«, hakte Clara nach.

»Er hat sich gestern mit diesem Journalisten getroffen. Der wusste alles über die Anzeigen. Michael wollte ihm helfen, ihm so viele Informationen über die Sekte liefern, wie er nur kann.«

»Hat Michael mit jemandem sonst darüber gesprochen?«

»So weit ich weiß, nein. Das alles sollte geheim bleiben.«

»Hast du schon mit der Polizei gesprochen?«

»Nein, bis jetzt noch nicht. Ich wusste nicht mehr weiter. Deshalb bin ich jetzt hier. War das falsch?«

Claudia begann wieder zu zittern.

»Nein, das war eine gute Entscheidung«, beruhigte Clara sie. »Ich hole Christoph. Der wird sich darum kümmern.«

Sie goss Claudia eine Tasse Tee ein und ließ sie in der Küche zurück. Schnell lief sie in den Wohntrakt von

Christophs Eltern. Aus dem Wohnzimmer drangen Stimmen.

»Natürlich freue ich mich über ein weiteres Enkelkind«, hörte Clara Christophs Mutter sagen.

»Aber dass du damals hinter Elkes Rücken … also, ich muss schon sagen, das passt so gar nicht zu dir.«

Hastig klopfte Clara an den Türrahmen des Wohnzimmers, bevor sie eintrat.

»Ich platze nur sehr ungern hier herein. Aber wir brauchen ganz dringend Christophs Hilfe. Mein Kollege Gärtner ist spurlos verschwunden, nachdem er ein konspiratives Treffen mit einem Journalisten gehabt hat.«

Caspari sah sie ernst an. Schnell richtete er sich auf.

»Das hört sich nicht gut an«, sagte er leise.

»Wir werden noch einmal darüber reden, mein Freund«, schimpfte Pia Caspari hinter ihm her. Clara sah zu ihrer Überraschung, wie er auf dem Absatz kehrt machte und sich seiner Mutter zuwandte.

»Nein, das werden wir nicht. Ich habe deine Meinung gehört. Und, ja, du hast recht, es war unrecht Elke gegenüber. Aber mit dem, was Elke vor ein paar Jahren dann mit mir gemacht hat, bin ich im Übermaß bestraft worden. Thema beendet!«

Clara hatte noch nie erlebt, dass Christoph einen derart scharfen Ton gegenüber seiner Mutter angeschlagen hatte. Clara eilte mit Christoph und Maria im Schlepptau in ihre Küche, wo Claudia apathisch vor dem Tee saß, den sie noch nicht angerührt hatte. Christoph setzte sich zu ihr und bat sie, alles noch einmal genau zu erzählen. Maria stand im Hintergrund und hörte schweigend zu. Als Claudia fertig war, stand Christoph auf, legte ihr die Hand auf die Schulter und ging in den Flur. Clara folgte ihm.

»Was wirst du tun?«, fragte Clara ihn.

»Dein Kollege hat sich mit Leuten angelegt, die wesentlich stärker sind als er«, antwortete Christoph flüsternd. »Ich befürchte, die haben davon Wind bekommen. Ich werde jetzt das ganz große Besteck auffahren und Michael mit allen Möglichkeiten suchen lassen. Um den Journalisten kümmern wir uns bei der Gelegenheit auch gleich.«

Clara sah die Sorge in seinem Gesicht.

»Ich hoffe, es ist noch nicht zu spät«, zischte Caspari. Dann griff er sich das schnurlose Telefon und ging damit in sein Arbeitszimmer.

Caspari

Nachdem Caspari alle nötigen Telefonate geführt hatte, war sein Mund vom vielen Reden ganz trocken. Nach einem Gespräch mit dem BKA hatte er Heinz Bertram, dem Leiter des Gelnhäuser Polizeireviers, und dessen Vertreter, Jürgen Jungmann, einen gemütlichen Ausklang des Adventswochenendes gründlich verderben müssen. Andreas Sommer und Svenja Bauer hatte er vom Frankfurter Weihnachtsmarkt in Gärtners Pfarrhaus beordert. Fuchs und Jung, die beiden alten Hasen, waren auf dem Weg in die Niederlande, Jin Jang und Schneider saßen um diese Zeit wohl schon beim Abendessen auf Borkum. Als er Mario und Tina anrufen wollte, waren beide mit ihrem Wagen schon in den Hof gefahren. Zügig ging er an die Haustür und rief sie zu sich. Schnell brachte er sie im Flur auf den neuesten Stand der Dinge.

»Du glaubst, *Lux aeterna* steckt dahinter?«, fragte Tina.

»Ich bin mir sogar sehr sicher. In der vergangenen Woche habe ich mich in die Dokumentation des FBI eingelesen. Diese Sekte hat einen perfekt organisierten Geheimdienst, der einem staatlichen in nichts nachsteht. Dem dürfte das Treffen der Pfarrer mit dem Journalisten nicht entgangen sein.«

»Das sieht nicht gut aus für Gärtner«, sagte Mario.

»Das kannst du laut sagen«, brummte Caspari.

»Scheiße!«, zischte Tina. »Wie gehen wir vor? Hast du schon eine Großfahndung eingeleitet?«

»Klar«, antwortete Caspari. »Außerdem fragen die Kollegen vom Gelnhäuser Revier in Gärtners Nachbarschaft herum, ob da jemand etwas gesehen hat. Wir fahren mit Frau Gärtner zu ihrem Haus und sehen alle Unterlagen ihres Mannes durch. Vielleicht finden wir einen Anhaltspunkt. Die Anderen brauchen unbedingt sofort Polizeischutz.«

»Falls der nicht zu spät kommt«, erwiderte Mario.

Caspari bat seine Eltern in aller Eile, sich um Lukas zu kümmern, wenn Elke, seine geschiedene Frau, ihn nach Hause brachte. Dann sah er in die Runde in der Küche. Zum ersten Mal seit er Maria kannte, wusste er nicht, was er mit ihr anfangen sollte. Sie schien seine Gedanken zu erraten.

»Wenn ich darf, komme ich mit. Ich koche Kaffee und Tee, mache Abendessen, während ihr mit Frau Gärtner sprecht. Du wirst mich fast gar nicht bemerken«, sagte sie.

»Also gut. Clara, es wäre schön, wenn du auch mitkommst und dich um Frau Gärtner kümmerst. Vielleicht fällt euch beiden ja doch noch ein Ort ein, an dem wir Michael suchen können.«

Eilig stiegen sie in die Autos und fuhren zum Pfarrhaus nach Gelnhausen-Haitz. Caspari ließ sich von

Claudia Gärtner das Amtszimmer ihres Mannes zeigen. Dann begann er, mit Tina und Mario nach der Nadel im Heuhaufen zu suchen. Kurze Zeit später standen Andreas Sommer und Svenja Bauer vor der Tür. Sommer machte sich gleich an Gärtners privates Notebook. Es war nicht passwortgeschützt, sodass er sofort Zugang zu allen Daten bekam. Beim Intranetrechner lag der Fall anders. Mario probierte es mit dem Passwort ›Claudia‹. Der Rechner akzeptierte es nicht.

»Wir können hier nicht herumexperimentieren«, meinte Mario. »Beim dritten Fehlversuch ist das Ding für vierundzwanzig Stunden blockiert.«

Caspari fuhr sich durch das Haar. Jetzt durfte er nicht nervös werden.

»Welches Passwort gibt ein Pfarrer in seinen Dienstrechner ein?«, fragte er laut. »Es darf nicht zu persönlich sein. Also ein Name, der einen Bezug zu seiner Gemeinde hat.«

Svenja Bauer, die gerade die Aktentasche des Pfarrers durchwühlte, schaltete sich ein.

»Ich frage Frau Gärtner, ob sie etwas weiß.«

Caspari nickte und grübelte weiter. Tina sah sich alle Bücher in den Regalen an.

»Bei so viel Fachliteratur können wir lange nach einem Zugangswort suchen.«

Svenja Bauer kam zurück und schüttelte stumm den Kopf.

»War denn wenigstens ein Terminkalender in Gärtners Tasche?«, fragte Caspari angespannt.

Wieder schüttelte seine Mitarbeiterin den Kopf.

»Tut mir leid! Seine Frau sagte, er hat seine Termine nur noch mit Smartphone und Computer verwaltet.«

»Auf seinem privaten Rechner ist der Terminplaner jungfräulich«, sagte Sommer halblaut.

»Das heißt, wir müssen in der System des Intranet-Rechners«, stellte Mario fest.

»Noch einmal von vorn: Welches Zugangswort gibt ein Pfarrer in seinen Dienstrechner ein?«, trieb Caspari seine Mitarbeiter an.

»Vielleicht ›KircheHaitz‹«, schlug Svenja Bauer vor.

»Zu banal«, meinte Mario.

Caspari ging durch das Büro. Irgendwo musste es doch einen Hinweis auf das Zugangswort geben. An einer gerahmten Fotografie blieb sein Blick hängen. Es war die Innenaufnahme einer Kirche. Unter dem Bild las er den Text: ›Dankeskirche Haitz, erbaut in den Jahren 1907 bis 1909, renoviert im Jahr 2009.‹

Das war es. Das musste es sein.

»Mario, gib folgenden Text ein: ›Dankeskirche1909‹«, rief er, während er auf Gärtners Schreibtisch zulief.

Marios Gesicht hellte sich ein wenig auf, nachdem er den Code eingegeben hatte. Dann ertönte die Erkennungsmelodie des Betriebssystems.

»Woher wusstest du das?«, fragte er.

Caspari lächelte kurz. »Weil ich weiß, wie Pfarrersleute ticken. Schließlich habe ich selbst eine Vertreterin dieses Berufsstandes zu Hause.«

Mario öffnete schnell das E-Mail- und Terminverwaltungsprogramm. Wie eine Traube standen Caspari und die anderen hinter ihm.

»Unter den Terminen für gestern Nachmittag ist ein Treffen mit Pfarrer Leistner«, berichtete Mario, obwohl sie es alle selbst lesen konnten.

Caspari überlegte kurz.

»Öffne doch mal diesen Termin.«

Nach zwei weiteren Klicks las er im Notizfeld: ›Teilnehmer: Pfr. Leistner, Sauer, Vincent und ich‹.

Caspari atmete laut aus.

»Wenigstens wissen wir, wer noch alles in Gefahr ist. Tina, frag Frau Gärtner doch bitte zusammen mit Frau Bauer noch mal nach den Hobbys ihres Mannes, nach den Lieblingsplätzen in Gelnhausen und im ganzen Kinzigtal und so weiter. Ich informiere währenddessen die Kollegen, damit die die drei Anderen und dieses Mädchen, wie heißt sie doch gleich? – ach ja, Jasmin – in Sicherheit bringen können.«

Tina blieb skeptisch.

»Aber Christoph, Gärtner könnte doch mittlerweile sonst wo sein, falls die ihn tatsächlich verschleppt haben. Meinst du nicht, das greift zu kurz, wenn wir uns auf Gärtners Lieblingsplätze konzentrieren?«

Caspari konnte ihre Skepsis verstehen. Ruhig sprach er aus, was er seit Claudia Gärtners Auftauchen befürchtet hatte.

»Es gehört zu den Spezialitäten des Geheimdienstes von *Lux aeterna*, einen Selbstmord oder einen Unfall zu inszenieren, wenn sie einen Feind eliminieren. Wo bringt sich wohl ein Mensch um? Doch wahrscheinlich an einem ihm vertrauten Ort, oder?«

Mario nickte zustimmend.

»Da der Pfarrer schon länger auf der Liste der Sekte steht, haben die Informationen über ihn gesammelt.«

»Klingt logisch«, meinte Andreas Sommer.

»Okay. Ihr habt mich überzeugt«, stimmte Tina zu. »Außerdem habe ich keine bessere Idee.«

Sie nickte Svenja Bauer zu und die Beiden verschwanden gingen zu Claudia Gärtner. Caspari wählte Bertrams Nummer. Übellaunig meldete der sich.

»Ich höre!«

»Christoph hier«, antwortete Caspari knapp. »Pfarrer Gärtner hat sich gestern mit diesem Vincent, einem

Journalisten namens Sauer und seinem katholischen Amtsbruder Leistner getroffen. Die haben wahrscheinlich irgendetwas gegen *Lux aeterna* ausgeheckt. Alle brauchen dringend Polizeischutz, ebenso das Mädchen.«

»Die Information kommt zu spät, mein Junge«, hörte er Bertram mit bedrückter Stimme sagen, »jedenfalls, was Pfarrer Leistner betrifft. Der liegt hier tot auf seinem Sofa. Die Haushälterin hat uns vor einer viertel Stunde verständigt.«

»Mist«, fluchte Caspari. »Weißt du schon etwas über die Todesursache?«

»Nee, keinen blassen Schimmer. Wäre gut, wenn du Spezialisten aus deinem Stall herschickst. Das ist mir bei dem ganzen Hintergrund zu heiß.«

»Ich veranlasse das«, antwortete Caspari. »Aber schick deine Leute zu den anderen, bevor wir noch ein Opfer zu beklagen haben.«

»Geht klar«, brummte Bertram und legte auf.

Caspari atmete noch einmal tief durch, bevor er Mario und Andreas Sommer erzählte, was Bertram ihm berichtet hatte.

»Kein Wort zu Frau Gärtner!«, befahl er. »Die darf uns jetzt nicht zusammenbrechen. Wir brauchen jede Information, die wir bekommen können. Außerdem besteht immer noch Hoffnung, dass wir ihren Mann lebend finden.«

Beide nickten stumm. Caspari schickte Svenja Bauer und Andreas Sommer zum katholischen Pfarrhaus und begann, mit der Zentrale des Bundeskriminalamtes zu telefonieren. Kurz darauf kehrte Sommer wieder zurück.

»Die Gelnhäuser Kollegen sind uns gerade eben über den Weg gelaufen. Bei den Nachbarn gab es kaum etwas Interessantes in Erfahrung zu bringen. Nur die Frau vis a vis erzählte, sie habe durch das Küchenfenster gesehen, wie ein Mann auf der Beifahrerseite in Gärtners Fahrzeug gestiegen ist, bevor der aus dem Carport fuhr.«

Caspari nickte. Das alles passte ins Bild, aber es hörte sich nicht gerade gut an.

»Die Gärtners sind Erlebnisführer in Gelnhausen«, sagte Mario, über das Notebook gebeugt, nachdem Caspari ein Spezialistenteam des BKA zur Untersuchung des katholischen Pfarrhauses angefordert hatte. »Gärtner hat einige Zeitungsartikel eingescannt, in denen über ihn und seine Frau berichtet wurde.«

Caspari überflog einen der Berichte. Claudia und Michael Gärtner hatten bis zum Herbst eine Erlebnisführung als historisches Pfarrehepaar Strupp angeboten, die sehr beliebt war. Doch Caspari war sich unsicher, ob sich daraus ein Anhaltspunkt für die Suche ergab.

»Wir behalten es einmal im Hinterkopf. Hast du sonst noch etwas gefunden?«, fragte er Mario.

»Nee. Nichts Verwertbares. Es sei denn, du willst in der Provence nach ihm suchen. Dort hat die Familie Gärtner ihren letzten Urlaub verbracht.«

»Vergiss es! Dann bleibt uns doch nur die Erlebnisführung. Machen wir das Beste daraus.«

Er ging in die Küche, wo Claudia Gärtner in sich zusammengesunken kauerte. Clara saß neben ihr, Tina gegenüber. Caspari überlegte, wie er vorgehen sollte. Auf keinen Fall wollte er Claudia Gärtner schockieren oder überrumpeln. Andererseits hatte er keine Zeit zu verlieren.

»Erzählen Sie mir von Ihren Erlebnisführungen«, bat er sie direkt und ohne Einleitung.

Frau Gärtner sah ihn überrascht an.

»Was hat das mit dem Verschwinden meines Mannes …?«

»Bitte beantworten Sie meine Frage. Ich kann Ihnen das jetzt nicht erklären, aber wir glauben, dass es wichtig ist«, unterbrach er sie.

»Also gut. Wir spielten das historische Ehepaar Strupp. Sie war die Tochter des Pfarrers, der die Reformation in Gelnhausen eingeführt hat. Ihr Mann war dessen Nachfolger. Else Strupp starb als das letzte Opfer der Hexenverfolgung in Gelnhausen.«

»Ich weiß«, sagte er, wobei er nur mühsam seine Ungeduld unterdrücken konnte. »An welche Orte haben Sie die Gruppen bei den Führung mitgenommen?«

»Das waren der Ober- und der Untermarkt, der Hexenturm natürlich, die Marienkirche und der Steinborn.«

Der Hexenturm war ihm noch sehr gut in Erinnerung. Dort hatte er vor einem Jahr um Claras Leben kämpfen müssen. Dieses Gemäuer eignete sich tatsächlich als ein Ort, an dem man unbeobachtet einen Selbstmord inszenieren konnte. Doch auch bei der Erwähnung des Steinborns hatte er aufgehorcht.

»Ist das die umbaute Quelle oberhalb der Marienkirche?«

»Ja, richtig. Im Mittelalter wurde ein Gewölbe darum gebaut, um die Quelle besser vor Verunreinigung und Vergiftung zu schützen«, antwortete Claudia Gärtner langsam.

»Ich kann Ihnen noch nicht sagen, ob uns das hilft, Ihren Mann zu finden«, kam Caspari ihrer Frage zuvor. »Vielleicht ja, vielleicht nein. Wir werden uns die Gebäude auf jeden Fall ansehen. Ich mache mich mit Mario auf den Weg. Tina, du hältst hier die Stellung.«

Er drehte sich ohne weitere Erklärung um und lief

los. Tinas Nicken nahm er nicht mehr wahr. Auf dem Weg zum Auto klingelte sein Telefon. Er warf Mario den Schlüssel zu und nahm das Gespräch an. Jürgen Jungmann meldete sich.

»Wir sind in der Wohnung des Journalisten. Ich sage es mal ganz derb: Peter Sauer baumelt am Treppengeländer seiner zweigeschossigen Wohnung.«

»Scheiße!«

»Kannst du laut sagen. Auf den ersten Blick sieht es nach Selbstmord aus.«

»Das halte ich für ausgeschlossen.«

»Sicher. Und es kommt noch schlimmer: Die beiden Jugendlichen sind seit heute Mittag verschwunden. Ihre Eltern haben es schon über die Handys probiert, aber erfolglos.«

»Verdammt!«, kommentierte Caspari, während er Mario mit der Hand die Richtung deutete, in die er fahren sollte.

»Meinst du, die CIA hängt da mit drin?«, fragte Jungmann irritiert.

»Ach was! Die Sekte hat einen Zweig, der geheimdienstlich arbeitet und unliebsame Personen eliminiert.«

»Nee, oder?«

»Oh doch. Wenn unser Team im katholischen Pfarrhaus fertig ist, schick ich die Leute zu dir«, sagte Caspari und holte tief Luft. »Jürgen, kannst du zwei Mann entbehren?«

»Eigentlich nicht. Wieso?«

»Wir haben den Verdacht, dass diese Leute auch Pfarrer Gärtner verschleppt haben. Wir vermuten ihn entweder im Hexenturm oder im Steinborn.«

»Wie kommt ihr denn darauf?«

»Das kann ich dir auf die Schnelle nicht erklären.

Wir sind jedenfalls schon unterwegs zum Steinborn. Schick doch bitte zwei Kollegen zum Hexenturm. Ich hoffe, wir finden den Mann noch lebend.«

Während er die Nummer der Polizeidirektion Offenbach wählte, gab Caspari Mario weitere Instruktionen.

Der zuständige Polizeioberrat in Offenbach war bereits vom BKA-Führungsstab instruiert worden. Er sicherte Caspari weitere Beamte zu, die am Wochenende Rufbereitschaft hatten. Caspari schaffte es gerade noch, sich bei dem Kollegen zu bedanken, als Mario mit dem schweren Wagen direkt vor dem Tor des Steinborns auf der schneebedeckten Straße ins Schleudern geriet. Einen halben Meter vor der massiven Holztür blieb der Volvo endlich stehen. Hastig stiegen sie aus und rannten zur Tür. Mario fingerte gerade in seiner Manteltasche nach einem Bund mit Dietrichen, da sah Caspari, dass die Tür nicht ganz geschlossen war. Etwas Schnee hatte sich zwischen die Torflügel geschoben und somit verhindert, dass das Schloss einrasten konnte. Mit einem sanften Ruck zog er es auf.

Jin Jang und Schneider

Seit sie ihr Zimmer bezogen hatten, lag eine seltsame Stille zwischen ihnen. Nach dem vergangenen Tag auf dem Weihnachtsmarkt fühlte sich Schneider unsicher. Er ahnte, dass Jin Jang genauso empfand. Der erste Ausflug mit seinen Kindern war aufregend gewesen. Danach hatte es keinen Raum für eine weitere Annäherung gegeben. Die Koffer mussten gepackt und alles für die Reise vorbereitet werden. Auf der Fahrt mit dem Auto und auf der Fähre drehte sich das Gespräch um ihre Aufgabe. Als sie sich dann später an der Rezeption des Hotels einschrieben, war Gärtner fast die Luft weg geblieben. Man hatte für sie beide ein gemeinsames Zimmer gebucht. Er war irritiert. Es war, als fehlten mehrere Schritte. Verabredungen, die langsame Annäherung, das allmähliche Kennenlernen, alles das stand eigentlich noch aus.

Als sie nun im Restaurant saßen und auf ihr Essen warteten, hielt Schneider die innere Unruhe nicht mehr aus.

»Dass wir ein Bett teilen, heißt nicht, dass wir – ich meine, wir müssen ja nicht. Ich möchte dich auf keinen Fall überrumpeln. Ich hoffe, du weißt, was ich meine.«

Jin Jang sah von ihrem Inselprospekt hoch und lächelte ihn an.

»Es war klar, dass wir nicht als Bruder und Schwester verreisen können. Natürlich müssen wir als Paar hier auftauchen. Dass wir gestern damit angefangen haben, eines zu sein, kam halt dazwischen. Lass den Dingen doch einfach ihren Lauf. Wenn mir danach ist, küsse ich dich. Wenn es mehr wird, dann wird es eben passieren.«

Sie nahm seine Hand und drückte sie.

»Alles ist gut.«

»Ich bin ein bisschen durcheinander«, gab Schneider zu. »Ich dachte, in China wären die Moralvorstellungen ein wenig strenger als bei uns.«

»Das stimmt, und es stimmt auch wieder nicht«, entgegnete sie. »In den Metropolen leben wir jungen Chinesen schon etwas freier. Außerdem sind wir hier in Deutschland, und wir Chinesen gelten ja als sehr anpassungsfähig.«

Sie beugte sich über den Tisch und gab ihm einen Kuss.

»Reden wir hier von einer klassischen Herzattacke?«, fragte Bertram den Rechtsmediziner Doktor Völker.

»Im Volksmund drückt man das so aus.«

»Aber das kann doch nicht sein«, schaltete sich Mechthild Braun, die Haushälterin, ein. »Pfarrer Leistner war mit seinen Herzmedikamenten optimal eingestellt. Er ist auch immer regelmäßig zur ärztlichen Untersuchung gegangen.«

»Welche Medikamente nahm er denn?«, fragte der Arzt.

»Ich kann mir diese Namen nicht merken«, antwortete Frau Braun. »Ich hole Ihnen am besten die Schachteln.«

Wenig später legte sie die Arznei auf den Küchentisch, um den Bertram und die beiden Jungspunde aus Casparis Stall saßen. Doktor Völker, der den Leichnam des Geistlichen untersucht hatte, erhob sich und kam zu ihnen.

»Der Tod ist vor maximal zwei Stunden eingetreten, schätze ich. Genaueres kann ich wie immer erst nach der Obduktion sagen.«

Er zog die Handschuhe aus und betrachtete die Schachteln.

»Herzglykoside«, murmelte er. »Die haben einen kleinen Therapiespielraum.«

»Das heißt?«, fragte Andreas Sommer.

»Man darf nicht schlampen«, führte der Arzt aus. »Wer sein Therapeutikum ungenau dosiert oder falsch einnimmt, kann sich leicht vergiften. Der Wirkstoff stammt ursprünglich aus der digitalis purpurea.«

»Doktor, nach der deutschen Lesart, bitte!«, brummte Bertram.

»Fingerhut«, übersetzte Svenja Bauer. »Bio-Leistungskurs«, fügte sie schulterzuckend hinzu.

»Moment mal«, beschwerte sich die Haushälterin. »Ich habe dem Herrn Pfarrer immer über die Schulter geguckt, wenn er sich seine Tagesdosis zurecht gemacht hat. Vier Augen sehen besser als zwei, hat er gesagt. Von einer falschen Dosierung kann keine Rede sein.«

Bertram zog sich Handschuhe über beide Hände und leerte den Inhalt der drei Packungen aus.

»Sehen Sie sich das ganz genau an«, forderte er die Frau auf. »Ist das die Menge, die nach der Dosierung für den heutigen Tag noch übrig war?«

Die Haushälterin ließ ihren Blick über die eingeschweißten Blister gleiten, dann nickte sie.

»Hier fehlt nichts.«

Bertram überlegte kurz.

»Wäre es möglich, dass Pfarrer Leistner sich heimlich immer wieder mal etwas zur Seite geschafft hat, um sich dann mit einer ausreichenden Menge das Leben zu nehmen?«

»Niemals!«, empörte sich Frau Braun. »Ein Freitod wäre für ihn niemals infrage gekommen.«

»Vielleicht war es ja kein Freitod, sondern ein ganz klassischer Suizid.«, meinte Sommer.

»Worin liegt denn da der Unterschied?«, fragte die Haushälterin mit einem gereizten Unterton.

»Ein Freitod geschieht aus freiem Willen. Die meisten Selbstmorde werden allerdings aus einer desolaten seelischen Verfassung heraus verübt, sodass man durchaus davon reden kann, dass diejenigen, die sich das Leben nehmen, es nicht aus freien Stücken, sondern aus einem seelischen Zwang heraus tun.«

»Pfarrer Leistner ging es gut!«, rief Frau Braun. »Er

hatte Freude am Leben und an seinem Beruf. Natürlich gab es auch Tiefschläge. Aber er war ein Stehaufmännchen.«

Svenja Bauer war aufgestanden und mit ihren Überschuhen aus Plastik durch die Wohnung geschlurft. Nach einer Weile, als sich die Haushälterin wieder beruhigt hatte, kam sie wieder zurück.

»Hat der Pfarrer heute Abend geduscht?«, fragte sie.

»Nein. Wieso?«

»Im Bad liegt ein nasses Handtuch in der Badewanne.«

Frau Braun schüttelte den Kopf.

»Erstens hat der Herr Pfarrer immer nach seinem Morgenspaziergang geduscht. Und zweitens war er ein ordentlicher Mensch, der ein nasses Handtuch nicht einfach in die Wanne wirft, damit die Haushälterin es wegräumt. So etwas hätte er nie getan.«

Die Polizistin nickte.

»Dann werde ich den Kollegen sagen, dass sie das Handtuch als Beweismittel behandeln sollen.«

»Wie bitte?«, rutschte es Bertram heraus. »Wieso als Beweismittel? Das kann doch überall nass geworden sein.«

»Möglich«, erwiderte sie. »Doch in diesem Fall unwahrscheinlich. Der Mann starb an einem Herzinfarkt. Ungewöhnlich für einen Menschen mit Herzschwäche, also einer geringen Herzleistung. Die Vermutung einer Vergiftung liegt nahe. Doch bei den Medikamenten scheint nichts zu fehlen. Das deutet darauf hin, dass jemand nachgeholfen hat.«

»Was hat das mit dem nassen Handtuch zu tun?«, fragte Bertram, der langsam seiner Freude an der jungen Kollegin hatte. »Führen Sie Ihre Theorie bis zum Ende. Und beeindrucken Sie mich!«

»Haben Sie den Fall Barschel verfolgt?«, fragte die junge Beamtin.

Bertram sah, wie der Mediziner aufhorchte. Ihm selbst wurde mit einem Mal auch klar, was sie meinte.

»DMSO«, brummte er.

Caspari und Mario

Während Caspari mit der einen Hand das Tor des Steinborns aufdrückte, zog er mit der anderen Hand seine Pistole und entsicherte sie. Mario tat es ihm nach und kramte seine Taschenlampe aus der Jackentasche. Caspari ging in die Hocke, um seinen Kopf durch die Türöffnung zu stecken. Gleich darauf war er wieder hinter dem Tor. Er brauchte einen kurzen Moment, um die Bilder, die er in Sekundenbruchteilen aufgenommen hatte, zu einem sinnvollen Ganzen zusammenzusetzen.

Auf dem Boden hatte er einen kaum bekleideten Mann regungslos liegen sehen. Ansonsten war keine weitere Person zu erkennen gewesen.

»Und?«, flüsterte Mario.

»Da liegt jemand auf dem Boden.«

»Allein?«

»Ich gehe davon aus. Aber wir sind trotzdem vorsichtig. Das kann auch eine Falle sein.«

Langsam richtete sich Caspari auf und atmete tief durch. In der Eile hatten sie vergessen, die Schusswesten anzuziehen. Bei allem, was er schon erlebt hatte, konnte das ein sträflicher Fehler sein. Mit der Pistole im Anschlag ging er langsam durch die Tür. Außer dem Plätschern des Wassers war nichts zu hören. Aus seinem Mund entwich bei jedem Atemzug eine

Dampfwolke. Wenn außer ihnen und dem vor ihnen liegenden Mann noch jemand in dem Gemäuer war, würde ihn das verraten. Mario deckte Casparis Rücken, während beide sich über das Kopfsteinpflaster nach vorn arbeiteten. Caspari sah den Lichtschalter und betätigte ihn. In sanftes Licht getaucht, erstreckte sich vor ihnen der Vorraum. Durch ihn lief das Quellwasser in einer Bodenrinne. Der reglose Körper lag vor der schmalen Treppe, die in den Raum führte, in dem die Quelle aus der Wand kam. Caspari blieb vor dem Mann stehen und ließ seinen Blick über den hinteren Raum gleiten. Hier war niemand außer ihnen. Sie sicherten die Waffen und steckten sie wieder in die Holster. Dann bückte sich Caspari zu dem Mann, der vor ihm auf dem Bauch lag. Es war Michael Gärtner, nur mit Hemd und Hose bekleidet. Sakko, Mantel, Schal und Mütze lagen, ordentlich zusammengelegt, in der Nähe der Rinne. Caspari legte seine Finger auf Gärtners Halsschlagader.

»Wir kommen zu spät.«

»Madonna!«, entfuhr es Mario.

»Geh mal davon aus, dass Gärtner hier schon eine Weile liegt«, sagte Caspari. »Bei dieser Affenkälte stirbst du recht schnell an Unterkühlung.«

»Bist du dir sicher, dass er tot ist?«

»Nein, nicht hundertprozentig.« Aber Caspari hatte wenig Hoffnung, dass der Pfarrer noch lebte.

»Dann lass uns auf Nummer sicher gehen«, drängte Mario.

»Du bist dir im Klaren darüber, dass wir damit den Tatort verändern?«

»Ich kann einfach noch nicht glauben, dass er tot ist. Wenigstens einer muss diesen Wahnsinn doch überleben.«

»Mario, wer soll denn so etwas überleben?«

Doch statt einer Antwort reichte Mario ihm ein Paar Vinylhandschuhe. Caspari zog sie an und half seinem Freund, den Toten umzudrehen. Dabei gab er sich keine Mühe, auf die stabile Seitenlage zu achten. Sie verdrehten versehentlich Gärtners Hand. Mit einem knirschenden Geräusch brachen einige Finger, bevor sie den kalten Körper auf den Rücken gedreht hatten. Gärtner regt sich nicht.

»Ich hätte jetzt zumindest das Gesicht verzogen«, kommentierte Caspari, während er dabei zusah, wie Mario den Körper untersuchte.

»Hast du schon mal einen Toten weinen gesehen?«

»Natürlich nicht.«

»Ja, siehst du. Während du schon den Leichenwagen rufen willst, sehe ich, wie dieser angebliche Tote weint, weil wir ihm mit unserer Trotteligkeit die Finger gebrochen haben.«

Caspari starrte erschrocken in Gärtners regungsloses Gesicht und die geöffneten Augen. Aus dem rechten Auge quoll eine Träne.

»Ist er tatsächlich noch am Leben?«, fragte Caspari erschüttert.

»So unwahrscheinlich das klingen mag – da ist noch Leben drin!«, rief Mario und griff nach seinem Mobiltelefon.

CHRISTINA

»Der Brief, Mädchen, der Brief!«, bellte Marcel sie an. »Wo ist er?«

Christina spürte, wie sich ihre Augen mit Wasser füllten. Trotzig schob sie ihr Kinn vor.

»Ich bin noch nicht fertig.«

»Ich habe dir gestern schon gesagt, dass du ihn schreiben sollst. Warum, zum Henker, dauert das so lange? Es kann nicht so schwer sein, ein paar dämliche Zeilen zu schreiben!«, schrie er und schlug hart mit der Faust auf den Tisch, an dem sie saß.

»Was soll ich denn schreiben? Es gibt doch nichts Neues zu erzählen. Es ist hier immer gleich.«

»Ist mir scheißegal!«, brüllte Marcel. »Dann schreib halt denselben Kram nur anders.«

»Das tue ich seit dem zweiten Brief. Mir fällt nichts mehr ein.«

»Du bist ein schlaues Mädchen, du schaffst das schon«, sagte er höhnisch.

»Und wenn ich mich weigere?«

Sie sah ihn an und versuchte, seinem brutalen Blick standzuhalten. Er war wie ein gefährliches Raubtier. Sie durfte keine Angst zeigen, sonst war sie verloren.

»Gib mal acht, mein Fräulein«, sagte er leise. »Das ist hier kein Landschulheim für verwöhnte Teenager. Du tust brav, was wir dir sagen. Wenn du dich querlegst, wirst du unsere Spezialbehandlung zu spüren bekommen. So wie Natalja. Ist das klar?«

Christina sah das Mädchen vor ihrem inneren Auge, die Blutergüsse und die Würgemale, den apathischen Ausdruck in den Augen. Sie zwang sich, ihre Panik nicht zu zeigen.

»Ist das klar?«, fragte Marcel noch einmal.

Sie nickte stumm.

Er ging zur Tür, drehte sich dann noch einmal um.

»Gut. Morgen früh um acht hole ich ihn ab«, sagte er tonlos. »Tu dir selbst einen Gefallen und schreib.«

Die schrillen Sirenen der Einsatzfahrzeuge wurden immer lauter. Während Mario mit dem Toxikologen des Bundeskriminalamtes telefonierte, hatte Caspari Notarzt und Polizeikräfte angefordert.

Wenig später kamen die Sanitäter und der Arzt in das Gewölbe, gefolgt von Streifenbeamten. Der Mediziner untersuchte Gärtner mit dem Stethoskop.

»Es tut mir leid. Der Mann ist tot«, sagte er.

»Mein Kollege sieht das anders«, entgegnete Caspari.

»Ich kann verstehen, dass Sie in einer schwierigen Situation wie dieser so denken«, erwiderte der Arzt, Mario zugewandt. »Ich kann aber keine Herztätigkeit mehr feststellen.«

»Können Sie das bitte mit einem Oszilloskop überprüfen?«, fragte Mario ruhig.

»Ich weiß wirklich nicht, was das bringen soll. Wenn es noch einen Herzschlag gäbe, dann müsste ich den mit dem Stethoskop hören.«

»Haben Sie schon einmal einen Toten weinen gesehen?«, fragte Mario unvermittelt.

Der Notarzt sah ihn irritiert an.

»Was soll das?«

Bevor er weiterreden konnte, erzählte ihm Mario von seinen Beobachtungen. Dann stellte er die Lautsprecherfunktion seines Mobiltelefons ein.

»Am anderen Ende der Leitung hört Professor Junghans mit. Er ist der Toxikologen des BKA. Herr Professor, können Sie uns weiterhelfen?«

»Zunächst einmal müssen wir sicherstellen, dass Sie mit Ihrer Beobachtung recht haben, Herr Bartoldi«, klang es blechern durch den Telefonlautsprecher.

»Bitte, Herr Doktor, machen Sie sich die Mühe, und schließen Sie den Mann an das Oszilloskop an.«

Der Arzt nickte einem der Sanitäter zu, der loslief und wenige Augenblicke später mit einem Aluminiumkoffer zurückkam. Mit geübten Händen klebte der Arzt die Kontakte auf Gärtners Brust und schaltete das Gerät ein. Auf dem Bildschirm war eine Linie zu sehen, die ihre Form nicht ändern wollte.

»Ich glaube, das war's«, setzte der Mediziner gerade an, als sich die Linie zu einer winzigen Welle anhob, so flach, dass man sie leicht hätte übersehen können.

»Das gibt's doch nicht!«, rief er erstaunt. »Der Mann lebt tatsächlich noch.«

»Bevor Sie jetzt mit der Behandlung beginnen, hören Sie mir bitte genau zu«, hörten sie die Stimme durch den Telefonlautsprecher. »Der Mann ist vergiftet worden, damit er, unfähig zu jeder Form von Bewegung, einen langsamen Erfrierungstod stirbt. Ich gehe von einem Neurotoxin aus.«

»Ein Nervengift, verdammt!«, rief der Arzt.

»Keine Sorge, wir bekommen das gemeinsam hin«, beruhigte ihn der Toxikologe am Telefon.

»Zuerst muss ich wissen, um welches Gift es sich handelt. Deshalb ist es wichtig, dass Sie den Hals, die Ohren und die Arme nach Einstichstellen absuchen.«

Der Notarzt und die Sanitäter machten sich sofort an die Arbeit.

»Da ist keine Injektionsstelle«, rief der Arzt in Richtung Telefon.

»Gut. Dann fällt Curare aus. Das wirkt nur über die Blutbahn«, erklärte Junghans. »Dann bleibt nur ein Gift. Nach dem, was mir Herr Bartoldi erzählt hat, kann es sich nur um Tetrodoxin handeln. Dieses Gift wird oral aufgenommen.«

»Ich kenne es nicht«, gab der Arzt zu.

»Sie haben bestimmt von den Todesfällen in Japan nach dem Genuss von Fugu gehört«, half Junghans nach.

»Der Kugelfisch. Natürlich. Das Gift lähmt den Patienten fast vollständig. Bei hoher Dosis erfolgt der Herzstillstand.«

»Bis dahin ist der Patient bei vollem Bewusstsein, auch wenn es aussieht, als ob er schon tot ist«, erklärte der Toxikologe.

»Um Gottes willen, das heißt, Herr Gärtner bekommt das alles hier mit?«, fragte einer der Sanitäter.

»Ja«, erklärte der Wissenschaftler. »Die Therapie ist folgende: Stellen Sie seine Atmung sicher und versuchen Sie, seinen Blutdruck konstant zu bekommen. Geben Sie Aktivkohle verflüssigt über eine Magensonde. Außerdem muss er Epinephrin und hinterher Hypophysenextrakt bekommen. Da es nach einem Erfrierungstod aussehen sollte, wird man ihm wahrscheinlich keine letale Dosis verabreicht haben. In Verbindung mit der Unterkühlung ist dieses Gift allerdings trotzdem sehr ernst zu nehmen. Falls Sie noch Fragen haben, rufen Sie mich jederzeit an.«

Der Arzt bedankte sich und machte sich mit den beiden Sanitätern sofort an die Arbeit. Dabei redete er beruhigend auf Michael Gärtner ein.

Caspari nahm Mario beiseite.

»Das war grandios, Mario. Ohne dich wäre er mit Sicherheit gestorben. Jetzt hat er wenigstens noch eine Chance. Sag mal, wie bist du denn darauf gekommen?«

»Zuerst dachte ich, genauso wie du, dass er schon mehrere Stunden da liegt. Aber dann ging mir durch den Kopf, dass es zu auffällig gewesen wäre, Gärtner am hellichten Tag hierher zu schleppen. Der Pfarrer konnte also noch nicht allzu lange dort liegen. Die Sache mit dem Gift war ein Zufall. Vor einiger Zeit habe ich eine Dokumentation im Fernsehen gesehen. Über Voodoo-Priester, die Menschen mit dem Gift des Kugelfisches vergiftet haben, gerade so, dass sie nicht starben. Aber ihre Angehörigen hielten sie für tot und haben sie beerdigt. Nachts wurden die vermeintlich Toten heimlich aus ihren Gräbern geholt und verschleppt. Die Hexer gaben ihren Opfern ein Gegengift, das seinerseits Nerven zerstört. Wenn die Leute wieder zu sich kamen, waren sie apathisch und wirkten wie wandelnde Tote. Sie waren völlig hilflos. So wurde sie als Sklaven an Plantagen verkauft.«

Caspari war beeindruckt.

Svenja Bauer und Bertram

»Es war Sonntagnachmittag, als der Pfarrer starb«, erklärte Svenja Bauer. »Das ist ein ungewöhnlicher Zeitpunkt, um zu duschen oder ein Bad zu nehmen. Das nasse Handtuch ist schwer zu erklären, es sei denn, es wurde dafür verwendet, Dimethylsulfoxid auf die Haut zu bringen, damit sie als Transmittersubstanz fungiert. Diese Chemikalie macht die Haut durchlässig und den Organismus aufnahmefähig für Substanzen. Man bringt sie zuerst auf die Haut auf, dann gibt man das Gift dazu, das dann ungehindert durch alle Hautschichten eindringen und in die Blutbahn gelangen kann. Dimethylsulfoxid verflüchtigt sich gänzlich und ist nur nachzuweisen, wenn es auf Textilien verwendet wird. Ein Handtuch mit Dimethylsulfoxid fanden die Ermittler im Hotelzimmer von Reiner Barschel, konnten aber nichts damit anfangen. Erst nach und nach begriffen sie, womit sie es zu tun hatten. Der Politiker hatte sich nicht, wie jahrelang angenommen, wegen der Abhörskandale das Leben genommen. Er wurde ganz geschickt aus dem Weg geräumt. Die meisten Journalisten vermuten einen Geheimdienst dahinter.«

»Sie meinen also, die Überdosis wurde Pfarrer Leistner durch diese Substanz über die Haut zugeführt?«, fragte Bertram.

»Bei jemandem, der seit Jahren absolut komplikationsfrei mit seinen Medikamenten zurecht kommt, ist eine versehentliche Überdosierung nicht glaubhaft«, stellte Svenja fest.

»Besonders, wenn seine Mitstreiter ebenfalls tot aufgefunden werden oder verschwunden sind«, brummte Bertram

.

Caspari

Caspari hasste das flaue Gefühl in der Magengegend, das ihn immer noch auf dem Weg zu Angehörigen Verstorbener befiel. Dabei war Michael Gärtner ja noch am Leben. Clara öffnete ihnen die Hautür und fragte ohne große Umschweife: »Lebt er?«

»Gerade noch so«, brummte Caspari und schob sich an ihr vorbei in den Flur, gefolgt von Mario. In der Küche sah er Dekan Kern. Mit ernster Miene blickte er die beiden Ankömmlinge an. Casparis Gesicht musste Bände sprechen. Als Claudia Gärtner ihn sah, wurde sie aschfahl.

»Oh nein, nein, nein«, wimmerte sie. Einer ihrer Söhne hielt ihr die Hand, der andere streichelte ihr über den Rücken.

»Er lebt«, sagte Caspari mit leiser Stimme. »Es hat

ihn allerdings ziemlich hart erwischt. Sein Zustand ist kritisch, es ist aber noch nichts verloren.« Er atmete tief durch. »Wäre Mario nicht gewesen, wäre er jetzt tot.«

Mario erzählte mit knappen Worten, was passiert war. Claudia Gärtner sprang von ihrem Stuhl auf.

»Ich muss zu ihm!«

»Ich fahre dich und bleibe bei dir«, bot Clara an.

»Nein, Frau Frank. Sie fahren mit Ihrem Gast nach Hause und ruhen sich erst einmal aus. Das übernehme ich jetzt«, sagte Kern.

»Also gut«, fügte sich Clara, der Caspari ansah, dass sie lieber bei Claudia gebieben wäre.

»Die Nacht wird sehr lang werden, Clara. Morgen musst du wieder unterrichten. Dekan Kern hat recht. Gönn dir eine Pause.«

Widerwillig verabschiedete sich Clara von Claudia und ihren Söhnen. Maria tat es ihr gleich. Caspari verabschiedete sich im Flur von den Beiden. Er wartet noch, bis Tina mit Mario aus der Küche kam, dann fuhren sie zu Sauers Wohnung.

Schneider und Jin Jang

Als Schneider aus dem Badezimmer kam, saß Jin Jang im Bett und las. Verschämt sah er sie an, während er zu seiner Bettseite ging. Wie lange war es her, dass er mit einer Frau das Bett geteilt hatte? Und nun würde er die Nacht Seite an Seite mit dieser Frau verbringen.

Jin Jang sah von ihrem Buch auf.

»Wird dir nicht kalt, wenn du so lange vor dem Bett stehst?«, fragte sie lächelnd. »Unter der Decke ist es gemütlicher.«

Er spürte, wie Wärme in seinem Kopf hochstieg. Aus Jin Jangs Lächeln wurde ein breites Grinsen.

»Sind alle deutschen Männer so … so schüchtern?«

Verschämt schlüpfte er unter die Bettdecke.

»Ich glaube, ich bin in solchen Dingen völlig aus der Übung«, sagte er.

Jin Jang klappte ihr Buch zu und legte es auf den Nachttisch.

»Dann wird es Zeit, dass wir das ändern«, antwortete sie, bevor ihre Lippen die seinen berührten.

Christina

Die ›equal distance Methode‹ war wie ein Vermächtnis ihres Vaters. Ohne sie wäre es ihr nicht möglich gewesen, ihrer Mutter von dem Ort zu erzählen, an dem man sie festhielt. Doch langsam gingen ihr die Ideen und Formulierungen aus. Ihre Mutter hatte ihr in ihrem letzten Brief mitgeteilt, es würde Hilfe kommen. Hatte Mom tatsächlich jemanden gefunden, dem man vertrauen konnte? Christina wollte daran glauben. Sie musste durchhalten und stark sein.

Nach mehreren Versuchen hatte sie einen passablen Text verfasst, in dem die Botschaft ›Marcel ist gefährlich‹ und ›Ich habe kaum noch Kraft‹ versteckt war. Sechs Seiten waren vollgeschrieben, jeder sechste Buchstabe war Teil der geheimen Botschaft. Christina sah auf die Uhr. Viertel nach eins. Viel zu spät!

Müde schleppte sie sich ins Bett. Doch bevor sie erschöpft in einen traumlosen Schlaf fiel, hörte sie zwei Stimmen, die vor ihrem Bungalow halblaut flüsterten.

»Der Mann heißt ...«, Jürgen Jungmann unterbrach sich. »... hieß Peter Sauer. Armer Teufel. Das ist bestimmt kein schöner Tod gewesen. Bei dieser Methode dauert es ein bisschen länger, bis man endlich über den Jordan geht.«

Er geleitete Caspari und Mario in den Wohnbereich. Im Wohn- und Esszimmer führte eine Treppe zur nächsten Etage. Am Treppengeländer war das Seil verknotet, an dem der tote Journalist hing. Vor ihm lag ein Stuhl auf dem Boden.

»Sieht nach einem Selbstmord aus«, kommentierte Mario.

»Jepp!«, gab Jungmann als Antwort. »Sieht so aus. Aber man darf so seine Zweifel haben.«

Er deutete auf den Stuhl.

»Nach unserer Meinung und der eurer Spezialisten ist der nämlich zu klein.«

»Wie darf ich das verstehen?«, fragte Caspari.

»Wenn Sauer auf diesem Stuhl gestanden haben soll, als er sich selbst aufknüpfte, dann hätte er noch ein dickes Buch auf die Sitzfläche legen müssen, um überhaupt mit dem Kopf in die Schlinge zu kommen. Aber davon ist nichts zu sehen.«

»Wie kam er dann mit dem Kopf in die Schlinge?«, fragte Mario. »Wenn ihn jemand hochgehoben hat, kann er nicht allein gewesen sein. Dazu braucht es mindestens zwei Täter. «

Jungmann nickte.

»Unsere bisherige – und ich sage bewusst bisherige – Rekonstruktion sieht so aus: Täter eins befestigt den Strick am Geländer. Dann hilft er dem anderen, Sauer hochzuwuchten. Täter zwei steht auf den Stuhl, Sauer im Arm, während Täter eins dem Journalisten die Schlinge um den Hals legt und zuzieht. Dann lässt Täter zwei Sauer los und springt vom Stuhl.«

»Ihr geht von zwei Voraussetzungen aus, die noch nicht gesichert sind«, wandte Caspari ein. »Erstens, dass Sauer wehrlos war. Und zweitens, dass hier ein großer und sehr starker Mann am Werk war.«

Jungmann verzog das Gesicht.

»Ich mache das auch nicht erst seit gestern, Christoph. Wir haben die Mitbewohner dieses Hauses schon befragt. Eine Mieterin konnte sich daran erinnern, dass Sauer heute Morgen zu einem Spaziergang aufgebrochen und wenig später schwer atmend zurückgekommen ist. Er sagte, ihm sei ganz plötzlich schwindelig geworden. Was den Tathergang betrifft, da haben wir auch deutliche Hinweise. Dieser Stuhl ist ein robustes altes Modell mit einem dicken, brüchigen Sitzpolster. Auf dem sind Fußabdrücke zu erkennen, die sich nicht wieder ausgebeult haben. Sie sind sehr tief und sehr groß, größer als die Schuhe des Journalisten. Also sind unsere Annahmen durchaus berechtigt.«

»Entschuldige«, gab Caspari zurück. »Ich habe nicht in Zweifel ziehen wollen, dass du gute Arbeit leistest. Aber uns darf hier kein Fehler unterlaufen.«

Ein Kriminaltechniker des BKA kam aus dem Badezimmer. In einer Hand hielt er ein Plastiktütchen mit orangefarbenen Pillen darin.

»Das habe ich auf der Unterseite des Spülkastendeckels gefunden. War mit Klebestreifen befestigt.«

Caspari betrachtete es mit müden Augen.

»Wenn es das ist, was ich denke, wird es sich in Sauers Blut wiederfinden.«

»Wir sollten es auf jeden Fall auf Fingerabdrücke untersuchen lassen«, sagte Mario.

»Aber warum verstecken diese Sektenheinis diese Drogenkapseln in dieser Wohnung? Halten die uns für so blöd?«, regte sich Jungmann auf.

»Ich glaube, die Jungs sind mächtig unter Zeitdruck«, erläuterte Caspari. »Aber eines muss man denen lassen: Die Ideen sind nicht schlecht. Der eine Pfarrer stirbt, weil er aus Versehen eine Überdosis seines Herzmittels eingenommen hat. Der andere Pfarrer sucht den Freitod durch Erfrieren, der Journalist setzt seinem Leben ein Ende, indem er sich im LSD-Rausch erhängt. Nur die Umsetzung der Morde ist zu hastig. Das ist im Grunde genommen unser Glück. Ohne die Hast der Täter hätten wir überhaupt keine verwertbaren Spuren.«

Caspari warf einen Blick auf Sauers Leichnam, der immer noch am Strick hing und eineinhalb Meter über dem Boden zu schweben schien. Er rief einen der Kriminaltechniker zu sich.

»Werner, wie lange braucht ihr hier noch?«

»Das wird noch eine Weile dauern.«

»Ist es nicht möglich, ihn endlich loszuschneiden? Das ist würdelos.«

Der Kriminaltechniker sah zu dem Erhängten hinüber.

»Auf dem Boden und auf der Treppe haben wir alles untersucht. Ich denke, wir können ihn jetzt abmachen.«

Caspari nickte erleichtert.

»Danke.«

Andreas Bauer kam aus der Küche.

»Ich habe eben einen Anruf von den niederländischen Kollegen erhalten«, berichtete er mit einem Anflug von Triumph auf seinem Gesicht. »Die haben heute Vormittag einen Mann mit einem Verband über der Nase in Emshaven auf die Fähre nach Borkum steigen sehen. Die Beschreibung passt auf Weinmann.«

»Das ist gut. Das ist sogar sehr gut. Haben wir ihn jetzt in Handschellen?«

»Nein, die Kollegen beobachten nur. Deshalb sind zwei von ihnen mit auf die Fähre gegangen und mit zur Insel gefahren, wo sie sich als Touristen ausgeben. Ich wollte einfach wissen, wo Häuptling broken nose denn so unterkommt.«

Montag, 10. Dezember

Caspari

In seinem Kopf summte ein Bienenschwarm. Wie immer, wenn er übernächtigt und am Rande der Erschöpfung war. Caspari wusste, dass er dringend schlafen musste. Und doch fiel es ihm schwer, ins Bett zu gehen. Zu viel ging ihm durch den Kopf. Zwei Morde, ein Mordversuch, zwei verschwundene Jugendliche, das war die schreckliche Bilanz des Tages. Dann wieder die Gedanken an seine fremde Tochter. Er musste es irgendwie schaffen, abzuschalten, ansonsten war an Schlaf gar nicht zu denken. Er legte eine CD des Hilliard Ensembles in den CD-Spieler und ließ sich auf die Couch im Wohnzimmer fallen. ›Morimur‹ verband verschiedene Kompostionen Johann Sebastian Bachs, die im Stil der Renaissance gesungen wurden, mit solchen, die ein Bratschist spielte. Die Klarheit der Musik half Caspari, seine Gedanken loszulassen und sich ganz auf seine Atmung zu konzentrieren. Bis er so ruhig war, dass er in einen tiefen Schlaf fiel.

Als Teller in der Küche klapperten und der Kaffeeautomat vor sich hin gurgelte, wachte er auf. Er fühlte sich wie gerädert. Müde schälte er sich unter der Couchdecke hervor und schlurfte in die Küche, wo Clara und Lukas mit den Frühstücksvorbereitungen beschäftigt waren. Clara sah ihn fragend an.

»Du hast im Wohnzimmer geschlafen?«

»Ich hatte das eigentlich nicht vor«, rechtfertigte er sich. »Die Musik sollte mir beim Abschalten helfen. Dabei bin ich wohl eingeschlafen.«

»Ich dachte schon …«

Caspari schüttelte den Kopf, dann strich er Lukas über das Haar und setzte sich zu ihm an den Tisch.

»Wie war es?«, fragte Clara.

»Furchtbar!«

»Es nicht zu begreifen, dass eine Sekte so kriminell und so grausam ist.«

Caspari nickte.

»Ich werde alles daran setzen, diesen Spuk ein für allemal zu beenden.«

»Mach' dir da mal nicht allzu viele Hoffnungen!«, klang es hinter ihm.

Er drehte sich zu Maria um, die im Türrahmen stand.

»*Lux aeterna* ist wie eine Hydra. Schlägst du ihr einen ihrer Schlangenköpfe ab, wachsen aus dem Stumpf sofort wieder neue nach. Du kriegst vielleicht einige Verantwortliche dran. Aber das ganze System ist kaum zu zerschlagen.«

Clara

»Es ist nicht länger notwendig, verdeckt an dieser Schule zu ermitteln.«

Clara betrachtete das Gesicht des Schuldirektors, während Tina ihm die Situation schilderte.

»Jasmin und Vincent sind verschwunden. Wir gehen davon aus, dass sie in irgendeinem Sektenunterschlupf sind – freiwillig oder nicht. Damit sind unsere Zielpersonen weg. Außerdem werden wir dringend in unserer Abteilung gebraucht.«

Clara wusste, dass der Vortag Tina und Mario noch in den Knochen steckte. Beide hatten dunkle Ringe unter den Augen und wirkten übernächtigt.

»Also gut«, brummte der Rektor. »Obwohl ich anfänglich große Bedenken hatte, habe ich mich an Sie und Ihre Arbeit hier gewöhnt. Ich hätte Sie beide gern noch länger hier behalten. Aber Sie haben derzeit andere Prioritäten, das ist einzusehen. Schade!«

Er machte eine kurze Pause.

»Das ist eine furchtbare Geschichte. Entsetzlich! Zwei Menschen tot! Das ist absoluter Irrsinn. Wie geht es Pfarrer Gärtner?«

Clara zögerte. Wie weit konnte sie dem Rektor vertrauen? Wie groß war die Möglichkeit, dass auch er ein Anhänger von *Lux aeterna* war? Einerseits wollte sie nicht in eine Paranoia verfallen, andererseits konnte jeder ein potentielles Mitglied sein.

Mario kam ihr zuvor. »Er ist noch nicht über dem Berg. Sein Leben hängt noch immer an einem seidenen Faden. Mehr wissen wir derzeit auch nicht.«

»Mein Gott. Das ist – mir fehlen die Worte! Hoffentlich finden Sie meine beiden Schüler unversehrt.«

Der Rektor schüttelte betroffen den Kopf.

Clara begleitete Tina und Mario hinaus.

»Und ihr habt wirklich keine Zeit mehr, wenigstens noch eine Abschiedsrunde zu drehen?«, fragte sie, obwohl sie genau wusste, wie die Antwort ausfallen würde.

Mario sah sie an. »Tut mir leid, Clara. Aber dein Mann braucht jetzt jeden von uns in der Zentrale.«

»Halte du bitte für uns die Augen offen«, bat Tina. »Wir können nicht wissen, wer noch mit drin hängt.«

CASPARI

»Ich weiß, du willst wieder einmal deine Operationsbasis nach Gelnhausen verlegen«, fiel Bertram am anderen Ende der Leitung Caspari ins Wort. Der hatte sich auf der Autofahrt nach Wiesbaden überlegt, wie er dem früheren Mentor sein Anliegen möglichst schonend beibringen konnte. Die Zentrale seiner Abteilung ins Gelnhäuser Polizeirevier zu verlegen, war für die dortigen Kollegen immer mit Aufwand und zusätzlicher Organisation verbunden.

»Alle Fäden laufen in Gelnhausen zusammen«, erklärte Caspari. »Von Wiesbaden aus kann ich nicht schnell genug reagieren. Über eine Stunde Fahrtzeit ist in der derzeitigen Situation zu viel. Wären wir alle gestern Abend in Wiesbaden gewesen, würde Pfarrer Gärtner jetzt auf Doktor Völkers Sektionstisch liegen.«

»Ja, mein Gott. Red nicht so lange, packt lieber euer Zeug zusammen und kommt her. Ich sage Ecki Bescheid, dass er alles für euch richten soll.«

»Auch die E-Mail-Verbindung mit dem BKA!«

»Natürlich! Ohne die könnt ihr heutzutage keine Verbrecher mehr fangen«, brummte Bertram und legte auf.

Gähnend raffte Caspari die Akten zusammen und ging in den Konferenzraum, in dem die Mitglieder seiner Abteilung bereits Platz genommen hatten. Von einem Großbildschirm strahlten ihm die Gesichter von Jin Jang und Gernot Schneider entgegen, die über eine Computerverbindung an der Sitzung teilnahmen. Tina stellte Caspari eine große Tasse schwarzen Kaffee hin.

»Du siehst aus, als könntest du den gut gebrauchen.«

Caspari bedankte sich.

»Die Nacht war für uns alle nicht sonderlich lang«, begann er die Sitzung. »Ich fasse zusammen, was passiert ist – oder was nach unserer Ansicht passiert sein könnte. Die beiden Pfarrer Leistner und Gärtner lassen sich vom Journalisten Sauer überreden, die Machenschaften der Sekte *Lux aeterna* aufzudecken. Vincent ist bei dem Treffen dabei. Was er an Wissen über die Strukturen und die Vorgehensweise der Sekte hat, gibt er an die Drei weiter. Der Journalist hat die Aufgabe, das gesamte Recherchematerial in einer Artikelserie zu verarbeiten. *Lux aeterna* bekommt Wind davon und reagiert sofort. Das wirft die Frage auf, woher die Sekte diese Informationen hatte. Standen die vier Personen schon länger unter Beobachtung oder hat einer der Verschwörer versehentlich eine Bemerkung fallen lassen?«

»Andreas und ich haben vorhin die Telefonanrufe aller vier gecheckt«, antwortete Svenja Bauer. »Bei Gärtner gab es keine auffälligen Gespräche. Nach Aussage seiner Frau kam er nach besagtem Treffen direkt nach Hause, bereitete den Gottesdienst für den kommenden Tag vor und ging gegen halb elf ins Bett. Mit wem er vor oder nach dem Gottesdienst gesprochen hat, kann sie nicht sagen. Sauer hatte zu dieser Zeit die Droge wahrscheinlich schon in seinem Körper. Die Information muss am Samstagabend noch zu der Sekte gelangt sein. Pfarrer Leistners Haushälterin sagte aus, er habe nach dem Treffen sein Haus nicht mehr verlassen. Die Vorabendmesse wurde vom Kaplan gehalten. Leistner sei beim Hören von Händels ›Messias‹ eingeschlafen und gegen 22 Uhr ins Bett gegangen. Wegen seiner Herzprobleme habe er immer sehr genau auf ausreichenden Schlaf geachtet.«

»Bleiben nur noch Sauer und der Junge«, konstatierte Tina.

»Und jetzt wird es interessant«, übernahm Andreas Sommer den Bericht. »Sauer ging nach dem Treffen auch direkt nach Hause. Er hatte ab diesem Zeitpunkt keinen Kontakt mehr mit anderen Menschen, sieht man mal von den Begegnungen mit Nachbarn im Treppenhaus ab. Allerdings telefonierte er am Abend ein einziges Mal, und zwar mit seinem Chefredakteur Robert Michel. Wir konnten die von ihm angerufene Telefonnummer eindeutig zuordnen.«

»Kommt Michel als Sektenmitglied infrage?«, unterbrach Caspari.

»Das können wir zum jetzigen Zeitpunkt weder ausschließen noch bestätigen«, fuhr Sommer fort. »Wir hatten bisher keine Gelegenheit, ihn genauer unter die Lupe zu nehmen. Außerdem ist die Überwachung von Journalisten ein heißes Eisen. Die kommen doch gleich mit der Pressefreiheit und dem Schutz von Informanten.«

»Lass dich nicht irre machen«, kommentierte Schneider vom Bildschirm aus. »Bei dem derzeitigen Stand der Dinge bekommt ihr zumindest die Überwachung seiner privaten Telefonanschlüsse relativ unkompliziert genehmigt.«

Caspari nickte.

»Ich kümmere mich gleich im Anschluss unserer Konferenz darum. Was gibt es noch bezüglich Peter Sauer?«

Er sah Sommer an.

»Nichts«, antwortete der achselzuckend.

»Wie, nichts?«

Caspari war irritiert.

»Na ja, zumindest auf den ersten Blick. In seinem Arbeitszimmer stand ein relativ neuer Computer, auf dem allerdings keinerlei Fingerabdrücke zu finden sind.«

»Ach, schau mal an«, schaltete sich Mario ein. »Ein Journalist benutzt Vinylhandschuhe, um seine Artikel zu schreiben.«

Caspari atmete geräuschvoll aus.

»Wie gesagt, die Sekte musste sehr schnell reagieren. Das ist ihr Nachteil und unser Glück. Mit einer längeren Vorbereitungszeit hätten die uns eine deutlich präzisere Arbeit vorgesetzt.«

»Dann müssen wir uns Mühe geben, diesen Vorteil auch richtig zu nutzen«, kommentierte Tina.

»Ich habe gestern Nacht noch Sauers Akten durchstöbert«, meinte Svenja Bauer, deren dunkle Ringe unter den Augen ihre Nachtschicht bezeugten. »Unter seinen Kaufbelegen findet sich die Quittung für ein recht hochwertiges Notebook. Außerdem fand ich die Rechnung eines Serverbetreibers. Sauer hat wohl im Internet digitale Sicherungskopien von seinen kompletten Dateien angelegt.«

»Noch ein Gerichtsbeschluss, um den ich bitten muss. Na, dann lohnt es sich ja, zum Untersuchungsrichter zu gehen.«

»Wenn Sie schon da sind«, sagte Svenja Bauer, nachdem sie einen großen Schluck Kaffee getrunken hatte, »bitten Sie doch gleich um einen Beschluss, dass wir auf Sauers Redaktionsrechner zugreifen können.«

»Also gut«, sagte Caspari. »Was wissen wir über den Jungen?«

»Vincent telefonierte nach dem Treffen mit den Pfarrern mit Jasmin, anschließend haben sich die beiden noch gesehen«, erklärte Mario. »Seine Eltern waren sich sehr sicher. Von Jasmin wissen wir, dass die Gehirnwäsche bei ihr erfolgreich war. Neben dem Ressortchef der Zeitung ist sie für mich die zweite mögliche Informantin. Verhören können wir sie nicht, da sie gemeinsam mit Vincent verschwunden ist. Aber ihre Telefonanrufe müssten wir auch durchsehen. Vielleicht ergibt sich dabei eine Spur. Christoph, wenn du schon zum Untersuchungsgericht gehst, macht doch ein Antrag mehr oder weniger nichts aus, oder?«

Caspari brummte unwillig. Die zähen Diskussionen mit Untersuchungsrichtern über Überwachungsmaßnahmen waren nicht gerade seine Lieblingsbeschäftigung. Mit den Richtern, die für das BKA zuständig waren, hatte er allerdings noch wenig Erfahrung. Vielleicht waren die schneller zu überzeugen. Er wechselte das Thema.

»Was macht denn die Überwachung der Borkumer Sektenzentrale?«, fragte er.

»Wir haben sie heute morgen als Jogger getarnt einmal umrundet«, erklärte Schneider. »Das ist ein großes Areal mit vielen Bungalows und kleineren Ferienhäusern. In der Mitte steht ein großes Gebäude, das früher wohl als Veranstaltungszentrum für die Feriengäste genutzt wurde. Die Sektenjünger sind wie die Ameisen auf das Gebäude zugelaufen, so als würde sie irgendein Signal zur Versammlung rufen. Mit den niederländischen Kollegen habe ich vorhin Kontakt aufgenommen. Die sind in demselben Hotel untergekommen wie wir. Nachher geben sie die Observation von broken nose an uns weiter.«

»Gut«, kommentierte Caspari. »Bleiben Sie bitte dran. Wir werden das Rattennest sehr bald ausräuchern. Allerdings wäre es günstig, wenn beim Zugriff auch alle unsere verschwundenen Personen dort zu finden wären. Damit meine ich nicht nur die Täter, sondern auch die Opfer.«

»Schon klar«, antwortete Schneider, während Jin Jang im Hintergrund nickte.

»Wie geht es eigentlich dem Pfarrer?«, fragte sie.

»Pfarrer Gärtner? Ich habe noch keine neuen Informationen. Das nehme ich erst einmal als positives Zeichen. Wenn er gestorben wäre, hätte man mich schon längst verständigt«, antwortete Caspari.

Er hatte plötzlich das große Bedürfnis, das Thema zu wechseln.

»Was macht van Ruikers Verhör?«

»Die Kollegen können erst heute zu ihm. Unsere beiden Kollegen Fuchs und Jung dürften ihn in diesem Augenblick gemeinsam mit den niederländischen Kollegen in die Zange nehmen«, erklärte Tina.

»Nun gut«, meinte Caspari. »Wir wollen die Zeit nutzen, bis wir von der Gerichtsmedizin und der Kriminaltechnik neue Informationen bekommen. Packen Sie alles ein, was wir zu diesem Fall haben und bringen Sie das zum Gelnhäuser Polizeirevier.«

»Och nö, nicht schon wieder«, nörgelte Tina. »Ich hatte gehofft, wir könnten nach der Observation in der Schule endlich wieder in Wiesbaden arbeiten.«

»So gut ich dich verstehen kann«, entschuldigte sich Caspari, »muss ich euch das zumuten. Wir ermitteln nun einmal in Gelnhausen. Für schnelles Eingreifen ist der Weg von Wiesbaden einfach zu lang.«

Erich Fuchs und Wolfgang Jung

Die Luft im Verhörraum war schon stickig, bevor van Riuker von einem uniformierten Beamten hereingeführt wurde. Wolfgang Jung zog nach wenigen Minuten das Sakko aus. Sein Kollege Erich Fuchs tat es ihm nach. Der niederländische Kollege Jan van Leeuwen sah sie verständnisvoll an.

»Ekelhaftes Klima hier. Die Elektriker schaffen es nicht, die Klimaanlage richtig einzustellen. Entweder man fühlt sich wie im Kühlschrank, oder es riecht nach verbrauchter Luft. Im neuen Jahr soll es ein neues Klimasystem geben.«

Van Ruiker setzte sich unter dem sanften Druck, den der Polizeibeamte hinter ihm mit seiner Hand ausübte. Seinem Rechtsanwalt Peer Vock, der in diesem Moment des Raum betrat, schien der starke Arm der Justiz nicht recht zu sein.

»Muss das sein?«, beschwerte er sich bei van Leeuwen.

»Nicht, wenn Ihr Mandant kooperiert«, entgegnete der gelassen. »Ich möchte Ihnen die beiden Kollegen aus Deutschland vorstellen. Hauptkommissar Fuchs und Hauptkommissar Jung vom Bundeskriminalamt.«

Das Anwalt zeigte sich überrascht.

»Vom Bundeskriminalamt?«

»Wie Ihnen bekannt sein dürfte, gehörte das Blut, das im Boot Ihres Mandanten gefunden wurde, einem deutschen Mordopfer«, erklärte Jung in einem fast akzentfreien Niederländisch, auf das er sehr stolz war. Seine Frau hatte großen Wert darauf gelegt, dass nicht nur ihre Kinder, sondern auch er ihre Muttersprache gut beherrschten.

»Wir haben erklärt, wie es dort hin gekommen ist. Dieser Mann war zu Besuch bei meinem Mandanten. Beim Betreten der Kajüte stieß er sich so heftig den Kopf, dass er blutete. Das steht alles in den Verhörprotokollen. Den Weg von Deutschland hierher hätten Sie sich sparen können.«

»Wir haben die Protokolle sehr genau gelesen. Auch den Bericht der Kriminaltechnik. Dem war zu entnehmen, dass es so nicht gewesen sein kann. Es handelt sich vielmehr um Flecken, die entstehen, wenn Blut spritzt. Anhand der Verletzungen unseres Toten lassen sich mehrere Schläge auf den Kopf nachweisen, bei denen Blut gespritzt sein muss, da der Täter mehrmals auf die gleiche Stelle geschlagen hat.«

»Und das wollen Ihre Wissenschaftler bei einem Leichnam entdeckt haben, den das Meer gegen eine Schleuse gedrückt hat?«, fragte der Anwalt mit einem sarkastischen Unterton.

»Schleusen sind aus Stahl, nicht aus Holz. Ein Splitter steckte so tief in dem Schädel, dass selbst das Meer ihn nicht herausgewaschen hat. Und wie es der Zufall so will, gehört dieses winzige Stückchen Holz zweifelsfrei zu einem Paddel, das die Kollegen auf dem Boot Ihres Mandanten sichergestellt haben. Ich schätze, das bringt Ihren Mandanten in einige Erklärungsnot!«

Vock tat sich schwer, seine Überraschung zu verbergen. Van Ruiker sah ihn Hilfe suchend an. Wolfgang Jung genoss die Wirkung, die seine Worte hinterließen. Ein Blick zur Seite verriet ihm, dass sein niederländischer Kollege ebenfalls stille Freude empfand.

»Warum erhalten wir diese Information erst jetzt?«, fragte der Anwalt, nachdem er sich wieder gefasst hatte.

»Erstens, weil die deutschen Kollegen diese Information gestern erst mitgebracht haben. Zweitens, weil es nicht unsere Pflicht ist, ermittlungstaktische Maßnahmen mit dem Anwalt des Verdächtigen durchzusprechen«, antwortete von Leeuwen. »Wir würden jetzt gern die Märchenstunde Ihres Mandanten beenden und die gesamte Wahrheit hören. Nach unserer Sicht kommt er nicht mehr heil aus der Sache heraus. Er könnte sich allerdings selbst helfen, wenn er endlich mit uns kooperiert.«

Van Ruiker sah seinen Anwalt verzweifelt an.

»Ich möchte mit meinem Mandanten allein sprechen«, antwortete dieser ernst.

»Selbstverständlich«, sagte van Leeuwen und stellte das Aufnahmegerät aus.

Tina betrachtete nachdenklich ihren Lebensgefährten, während der den Wagen steuerte. Mario schien nicht ganz bei der Sache zu sein. Seinem Gesichtsausdruck war zu entnehmen, dass ihn etwas quälte.

»Mario?«

»Hm?«

»Was ist los?«

Mario atmete tief aus.

»Die beiden Jugendlichen gehen mir nicht aus dem Kopf. Ich frage mich, wie es ihnen wohl geht oder ob sie überhaupt noch leben. Sie sollten doch ihr ganzes Leben noch vor sich haben.«

»Wir werden sie sicher sehr bald finden«, versuchte Tina ihn zu beruhigen. »Viele Möglichkeiten, die Beiden zu verstecken, hat die Sekte ja nicht.«

»Eben das beunruhigt mich ja so«, erwiderte Mario. »Ich befürchte, dass sie versuchen, die Beiden auch schnell zu entsorgen.«

Tina wusste, dass er recht hatte. Ihnen blieb im Grunde kaum noch Zeit.

»Wir nehmen dieses Rattennest in Borkum hoch, sobald unsere alten Hasen uns aus den Niederlanden Hinweise geben können oder wenn Jin Jang und Gernot etwas finden.«

»Ich glaube nicht, dass Jasmin und Vincent bis nach Borkum gebracht wurden«, entgegnete Mario. »Das dauert zu lange und ist zu aufwendig. Die werden hier in der Nähe versteckt. Ich bin mir sicher, dass etwas in den Büros von *Optimum* zu finden ist. Irgendein kleiner, aber entscheidender Hinweis.«

»So mir nichts, dir nichts bekommen wir aber keinen Durchsuchungsbefehl.«

»Ich weiß, ich weiß«, knurrte Mario. »Dann müssen wir halt andere Wege gehen.«

Clara

Der Unterricht war die Hölle. Immerzu musste Clara an Michael Gärtner denken. War er noch am Leben, lag er noch im Koma, war er über den Berg? Diese Fragen schossen ihr in einer Endlosschleife durch den Kopf. Nach der letzten Stunde erledigte sie noch schnell das Nötigste im Lehrerzimmer und ging mit eiligen Schritten zum Ausgang. Dass eine Schülerin nach ihr rief, bemerkte sie erst, als die junge Frau sie eingeholt hatte.

»Frau Frank, warten Sie bitte!«

Clara erwachte aus ihrem tranceähnlichen Zustand.

»Oh, Valerie, ich hatte dich gar nicht gehört.«

»War schwer zu übersehen«, antwortete die Abiturientin, immer noch etwas außer Atem.

»Was gibt es denn?«, fragte Clara.

»Auf dem Schulweg habe ich einige von unserem Pfadfinderstamm getroffen. Die sagten, dass Pfarrer Gärtner ermordet worden ist. Sagen Sie bitte, dass das nicht wahr ist!«

Das Mädchen hatte Tränen in den Augen.

»Man hat versucht, ihn umzubringen. So viel kann ich dir sagen. Gestern Abend hat er noch gelebt, und bisher habe ich keine anderen Informationen.«

Valerie wirkte erleichtert.

»Und Vincent? Er und Jasmin sind angeblich seit gestern verschwunden.«

»Das ist wahr. Niemand weiß genau, was passiert ist, aber die Polizei tut alles, um sie zu finden.«

»Hat das denn etwas mit dem Mordversuch an Pfarrer Gärtner zu tun?«

»Ich weiß es nicht, Valerie. Ich weiß es wirklich nicht.«

Clara hatte große Mühe, ihre Ungeduld zu verbergen. Sie wollte zu ihrem Kollegen und dessen Familie. Aber Valerie hatte einen Anspruch auf ihre Seelsorge. Clara konnte ihre Betroffenheit nur allzu gut verstehen. Diese Nachrichten mussten ein Schock für die Jugendlichen sein. Wenn der ganze Umfang erst einmal bekannt wurde, würden sie und der Jugenddiakon alle Hände voll zu tun haben. Clara sah Valerie an.

»Hör mal, das ist alles wie ein böser Traum. Wir werden morgen in aller Ruhe und in einem größeren Kreis darüber reden, in Ordnung? Lass mir bitte etwas Zeit, das auch vorzubereiten.«

Valerie nickte.

»Das hat alles mit dieser beknackten Sekte zu tun, oder? Wieso lässt man denen so viel Narrenfreiheit?«

»Morgen, Valerie. Bitte morgen. Dann werde ich dir und allen anderen Rede und Antwort stehen«, antwortete Clara. Valerie nickte stumm.

Mit einem flauen Gefühl im Magen drückte Clara auf den Klingelknopf an der Tür zur Intensivstation.

»Ja, bitte?«, meldete sich eine Männerstimme durch den kleinen Lautsprecher.

»Pfarrerin Frank. Ich möchte Michael Gärtner besuchen.«

Als Antwort surrte der Türöffner. Als Clara eintrat, stand ein schlaksiger junger Pfleger vor ihr.

»Guten Tag«, sagte er knapp. »Sie müssen Kittel und Haube anziehen, aber das wissen Sie wahrscheinlich.«

Nachdem Clara sich beides übergestreift hatte, folgte sie dem Pfleger in einen Raum, der mehr einem Computerzentrum als einem Krankenzimmer glich. Um zwei Betten stand eine Batterie von Geräten, die die Patienten am Leben halten sollten. Clara war schon oft auf dieser Station gewesen, um einen Sterbesegen zu sprechen. Doch die Intensivmedizin bedrückte sie immer wieder aufs Neue.

Neben dem Bett am Fenster saß Claudia Gärtner auf einem Stuhl und starrte ins Leere. Müde blickte sie zu Clara auf.

»Clara.«

»Hallo, Claudia«, grüßte diese leise. »Wie geht es Michael?«

»Er ist noch nicht über den Berg. Aber der Arzt sagt, es gibt Hoffnung, dass er es schafft. Sie sind hier in Kontakt mit dem Toxikologen vom BKA. Der hat ihnen wertvolle Hinweise gegeben, sagt der Chefarzt. Das Gift hat sich noch nicht ganz abgebaut. Die Unterkühlung schwächt den Körper zusätzlich. Sie haben Michael in einen Heilschlaf versetzt.«

Clara atmete tief durch. Was Claudia erzählte, war nicht gut, aber auch nicht so schlimm, wie man hätte befürchten können.

»Wie geht es dir?«, fragte sie.

In Claudias Augen sammelten sich Tränen.

»Das hat mich Dekan Kern heute auch schon gefragt. Ehrlich gesagt, ich weiß es nicht. Seit ein paar Wochen steht alles auf dem Kopf. Seit Michael dieses Foto auf seinem Rechner gefunden hat, ist nichts mehr so, wie es früher war. Ich bin zu aufgeregt, um schlafen zu können, und zu müde, um einen klaren Kopf zu fassen.«

»Du kannst nicht die ganze Zeit hier sitzen. Das hilft

Michael nicht. Komm, ich fahre dich nach Hause. Leg dich für ein paar Stunden hin. Wenn Michael wieder aufwacht, braucht er dich halbwegs ausgeschlafen.«

»Ich weiß, ich weiß. Du hast recht. Aber es ist schwer, zu gehen.«

»Das kann ich gut verstehen. Lass uns davon ausgehen, dass die Ärzte ihn bald aus dem Heilschlaf herausholen. Dann braucht er dich voll und ganz.«

Claudia Gärtner nickte dankbar und erschöpft. Als Clara sie hinausbegleitete, fiel ihr auf, dass Claudia wie in Trance durch die Flure lief. Es war höchste Zeit gewesen, sie vom Bett ihres Mannes wegzuholen.

Jin Jang und Schneider

»BKA? Was interessiert Sie denn an unserer schönen Insel? Etwa das Strandjen?«, fragte Reinhardt Ackermann, der Leiter des Borkumer Polizeireviers, überrascht.

»Strandjen?«, fragte Jin Jang irritiert.

»Strandpiraterie«, erklärte Schneider. »Ein Volkssport der Nordsee-Inselvölker seit Jahrhunderten.«

Jin Jang sah ihn immer noch fragend an.

»Wenn ein Frachtschiff in Seenot gerät und Ladung verliert, wird die oft an den Strand geschwemmt. Eigentlich bleibt sie weiter im Besitz des Auftraggebers. Doch das stört die Friesen nicht im Geringsten. Was sie am Strand finden, betrachten sie als ihr Eigentum.«

»Sehr richtig«, stimmte Anders zu.

»In diesem ordentlichen Land ist so etwas noch möglich?«, fragte Jin Jang sichtlich erheitert.

Anders grinste. »Jo, min Deern. Auf den friesischen Inseln ist alles ein bisschen anders.«

»Jo, min Deern?«, fragte die junge Chinesin.

»Das heißt soviel wie ›Ja, junge Dame‹«, klärte Ackermann auf.

Als wolle sie ihre Gedanken neu sortieren, schüttelte Jin Jang den Kopf.

»Wir sind wegen *Lux aeterna* hier«, erklärte sie.

»Ach, die Typen von der ehemaligen Feriensiedlung. Na, da sind Sie aber nicht die einzigen, die sich für diese Sekte interessieren«, brummte Ackermann.

»Wer außer uns ist denn noch an denen dran?«, fragte Schneider.

»Bisher der Verfassungsschutz. Vor Kurzem kamen dann auch noch ein paar Herren vom Bundesnachrichtendienst.«

»Na, da wird es ja nicht langweilig«, kommentierte Jin Jang. »Wir sind allerdings wegen einer konkreten Personenfahndung gekommen. Es geht um diese zwei Männer.«

Sie legte die Fotos von Macel Nick und Axel Weinmann auf den Tisch.

»Den einen, Marcel Nick, kenne ich von Ihrer bundesweiten Fahndung.«

»Und?«

»Den haben wir hier auf Borkum noch nicht zu Gesicht bekommen, sonst hätten wir das umgehend gemeldet. Wir sind hier zwar immer nur fünf bis acht Beamte, je nach Jahreszeit. Das bedeutet aber nicht, dass wir unsere Arbeit nicht tun würden.«

Ackermann schnaubte.

»Natürlich schauen wir da hin und wieder vorbei, wie überall. Aber wenn wir keinen konkreten Anhaltspunkt haben, machen wir dort nicht die Häuser links. Es ist gut möglich, dass sich dort jemand aufhält, ohne dass wir es mitbekommen.«

Er hielt inne und betrachtete Weinmanns Foto.

»Bei dem bin ich mir nicht sicher. Irgend etwas sagt mir, dass ich dieses Gesicht schon mal gesehen habe.«

»Er ist auf der Insel«, erklärte Schneider. »Die niederländischen Kollegen haben ihn zufällig entdeckt, als er in Emshaven auf die Fähre gegangen ist. Wir gehen davon aus, dass er bei der Sekte untergekrochen ist. Gut möglich, dass Sie sich nicht sicher sind, ihn gesehen zu haben. Er trägt zurzeit einen Verband und hat Blutergüsse.«

Ackermann sah auf. »Ja, mit Verband über der Nase und Hämatomen unter den Augen – so habe ich ihn gesehen. Sah schlimm aus. Wer hat ihn denn so zugerichtet?«

»Eine Pfarrerin.«

Ackermann sah Jin Jang ungläubig an.

»Eine Pastorin? Unglaublich.«

»Wo haben Sie unseren Häuptling broken nose denn gesehen?«, fragte Schneider.

»An der Strandpromenade. Einen Tag später dann auf dem Fahrrad. Auf einem Weg, der an der Siedlung der Sekte vorbeiführt.«

Schneider fing Jin Jangs Blick auf. Sie wirkte entschlossen wie ein Raubtier, das den Geruch seiner Beute wahrnimmt.

Caspari und Maria

Müde stellte Caspari seine Aktentasche in das kleine Büro, dass er sich seit Kurzem mit Clara teilte. Wie nebenbei gab er die Zahlenkombination an der Tür des kleinen Tresors ein. Mit einem leisen Surren entriegelte sich dieser. Caspari legte seine Pistole in das obere

Fach, die Ersatzmagazine in das untere. Als er die Tür wieder zuschob, hörte er ein Räuspern hinter sich. Überrascht drehte er sich um und sah in Marias Gesicht. Ihre Wangen waren von der kalten Winterluft gerötet. Neben ihr saß Camillo und sah ihn erwartungsvoll an.

»Schnee wie in den Rocky Mountains«, sagte sie. »Euer Hund und ich hatten viel Spaß miteinander.«

Caspari fühlte sich mit einem Mal unsicher. Nur war es dieses Mal nicht seine Schüchternheit, die ihm das Leben schwer machte. Er wusste einfach nicht, wie er sich Maria gegenüber verhalten sollte. Maria forderte wieder den Platz in seinem Leben ein, der ihr zustand. Sie war fest mit seiner Persönlichkeit verwoben, war ein Teil von ihm. Und er wusste, dass es so bleiben würde.

»Du überlegst, ob wir es nicht doch noch einmal miteinander versuchen sollten«, stellte Maria fest.

»Ja und nein«, erwiderte Caspari. »Ja, ich fühle mich auf eine unbeschreibliche Weise mit dir verbunden – körperlich und seelisch. Nein, ich bleibe bei Clara. Ich liebe sie über alles, Maria.«

»Es ist dir ernst mit Clara.«

»Ja, sehr. Aber seitdem du wieder in meiner Nähe bist, werde ich fast wahnsinnig bei dem Gedanken, dass du bald fort sein wirst. Gleichzeitig brauche ich Distanz zu dir, weil ich sonst meine Ehe in den Sand setze, bevor sie überhaupt begonnen hat.«

»Oh Christoph.« Sie umarmte ihn. »Meinst du, wir werden einen Weg finden?«

»Nur, wenn wir nach ihm suchen.«

Als Clara das Haus betrat, hörte sie Lukas' Gelächter. Der Klang kindlicher Ausgelassenheit hellte ihre Laune auf. Sie ging in die Küche und goss sich Tee in eine große Tasse. Dann folgte sie dem Gelächter. Sie öffnete die schwere Tür zum Trainingsraum und sah Caspari und seinen Sohn ausgelassen auf dem Tatami balgen.

»Ihr beiden seid doch zwei Verrückte«, lachte Clara.

Lukas stand auf und umarmte sie.

»Clara! Ja, prima. Willst du mitmachen?«

»Oh nein. Drei sind einer zu viel. Außerdem seid ihr mir entschieden zu gut. Da habe ich keine Chance.«

Caspari war aufgestanden, hob sie hoch und gab ihr einen Kuss.

»Papa, lass Clara sofort wieder runter!«, befahl Lukas. »Wenn du Stress willst, dann kämpf lieber mit mir!«

Clara schlang ihre Beine um Casparis Hüfte und sah den Kleinen an, wie er mit in die Hüften gestemmten Armen breitbeinig vor ihnen stand und versuchte, einen gefährlichen Eindruck zu erwecken.

»Vielleicht will ich ja gar nicht mehr runter, Lukas«, sagte sie amüsiert.

»Dann musst du mit uns kämpfen!«

»Ein anderes Mal«, entgegnete sie und ließ sich von Caspari herunter gleiten. Als sie wieder mit den Füßen auf dem Boden stand, fiel ihr auf, dass jemand fehlte.

»Wo ist denn unser Gast? Und wo ist mein Hund abgeblieben?«

»Beide haben sich nach einer sehr langen Wanderung im Schnee ins Wohnzimmer vor den Kamin gelegt und sind dort eingeschlafen«, erklärte Caspari.

Clara nickte. Sie wusste nicht, wie sie zu Maria stehen sollte. Die Amerikanerin war ihr eigentlich sehr sympathisch. Aber sie empfand sie auch als Konkurrentin. Clara nickte und überließ Vater und Sohn wieder ihrem ausgelassenen Spiel.

Als sie wieder in den Wohnbereich kam, begrüßte sie Camillo schwanzwedelnd und legte sich vor ihr auf den Rücken. Clara ging in die Hocke und begann, ihn ausgiebig zu streicheln.

»Ein süßer Lausbub«, sagte eine Stimme. Clara richtete sich auf und sah Maria, die im Türrahmen des Wohnzimmers lehnte.

»Das kann man wohl sagen«, stimmte sie zu.

Maria gähnte und streckte sich.

»Ihr wart lange an der frischen Luft.«

»Ja, bei strahlendem Sonnenschein«, antwortete Maria. »Wenn man zum Warten verdammt ist, ist das die angenehmste Art, die Zeit zu vertreiben.«

Clara sah, wie sich eine tiefe Sorgenfalte auf Marias Stirn bildete.

»Noch immer keine Nachricht von Christina?«, fragte sie.

»Nein. Die wollen mich mürbe machen. Aber ich lasse mich von denen nicht mehr unter Druck setzen. Das FBI sucht nach Christina, und das BKA ist auch mit von der Partie. Wenn diese Spinner einen Fehler machen, sind sie dran.«

Clara fragte sich, ob Maria sich das nur einredete, um nicht vor Sorge um ihre Tochter durchzudrehen.

»Aber leicht ist es nicht, das alles zu ertragen? Ich meine, erst der Tod deines Mannes und jetzt die Sache mit Christina.«

»Nein, leicht ist das nicht«, bestätigte Maria.

Als sie ein Schnaufen hinter sich hörte, drehte Clara

sich um. Caspari war mit Lukas im Schlepptau gekommen und wischte sich den Schweiß an einem kleinen Handtuch ab.

»Lukas, geh bitte unter die Dusche. Wir werden bald zu Abend essen«, sagte er.

Der Kleine sprang die Treppe hinauf.

»Wie geht es Michael?«, fragte Caspari.

Clara erzählte, was sie im Krankenhaus erfahren hatte.

»Könnte schlechter sein, wenn man bedenkt, was man mit ihm gemacht hat«, konstatierte Caspari. »Aber gut ist es auch nicht.«

Clara schüttelte den Kopf

»Nein, gut ist es ganz und gar nicht. Die Frage ist ja auch, wer der Sekte verraten hat, dass sich eine Verschwörung gegen sie zusammenbraut.«

»Der Chefredakteur ist unter Beobachtung. Alle Telefonverbindungen werden abgehört und alle E-Mails überprüft. Wenn er Dreck am Stecken hat, haben wir ihn schnell am Schlafittchen«, erklärte Caspari. »Allerdings ist es gut möglich, dass jemand mit drin hängt, von dem wir das nicht vermuten.«

Mario und Tina

Tina beobachtete Mario, wie er am Fenster des Büros im Gelnhäuser Polizeirevier stand und geistesabwesend in die Dunkelheit hinaus starrte.

»Die Sache nimmt dich mehr mit als alle anderen Fälle bisher«, stellte sie fest.

»Es geht um Kinder.«

»Ja, ich weiß. Aber geht es in unserem Beruf nicht immer auch um Kinder?«

»Tina, du weißt, was ich meine. Das ist das erste Mal, dass zwei Jugendliche, auf die wir aufpassen sollten, vor unserer Nase gekidnappt werden.«

»Falsch, Mario! Wir sollten sie observieren. Von einem Babysitter-Auftrag war nie die Rede«, sagte sie.

»Aber ich fühle mich beschissen«, sagte Mario halblaut. »Mit jeder Stunde, die die beiden verschwunden sind, verringert sich die Wahrscheinlichkeit, sie lebend zu finden.«

»Die Suche nach ihnen läuft auf Hochtouren. Mehr können wir nicht tun!«

»Ach wirklich?«

In seinen Augen lag ein Ausdruck, den Tina nur allzu gut kannte. Es war eine zornige Entschlossenheit, der man nichts entgegensetzen konnte.

»Hast du eine bessere Idee?«

»Wir sehen uns das Büro von *Optimum* mal genauer an.«

»Bei aller Liebe, mein Schatz, du spinnst«, sagte sie so ruhig, wie möglich.

Mario blickte auf den Teppichboden.

»Das Alarmsystem ist schnell abgeschaltet. Ich habe bei meinen Besuchen immer wieder mal einen Blick darauf geworfen. Das ist keine große Sache.«

»Du willst das wirklich tun«, stellte Tina fest. Im Grunde konnte sie Mario gut verstehen.

»Das scheint mir die einzige Möglichkeit, den Ort zu finden, an dem die Beiden festgehalten werden.«

»Und wenn sie gar nicht festgehalten werden, sondern aus freien Stücken abgehauen sind?«, gab Tina zu bedenken.

»Wäre möglich – bei Jasmin. Aber nicht bei Vincent. Nein, das ist unwahrscheinlich.«

»In Ordnung, ich gehe mit«, sagte Tina.

Wolfgang Jung hatte die Spielchen ziemlich satt. Den ganzen Tag lang hatten van Leuwwen und van Ruikers Anwalt Vock über ein Entgegenkommen der Justiz gestritten, falls der Geschäftsmann auspacken würde. Erich Fuchs, der kein Niederländisch verstand, beobachtete van Ruiker, dessen Gesichtsausdruck eine große Bandbreite zwischen Hoffnung und Ergebung zu bieten hatte.

Endlich schienen van Leuwwens Zusagen den Vorstellungen des Anwalts zu entsprechen. Er nickte und flüsterte dann seinem Mandanten etwas zu.

»Wir brauchen eine Pause, danach wird mein Mandant Ihre Fragen beantworten.«

Müde setzten sie sich in die Kantine und tranken Tee.

»Das war ganz großes Kino«, begann Fuchs.

»Oh, vielen Dank für die Blumen«, antwortete van Leuwwen.

»Tut mir leid, Sie meinte ich gar nicht, sondern van Ruiker. Ich konnte Ihrem Disput mit Vock nur schlecht folgen. Nach van Ruikers Gesicht zu urteilen, hat er erst jetzt richtig begriffen, welche Folgen sein Engagement für die Sekte haben wird.«

»Der Anwalt ist ein zäher Hund«, brummte van Leuwwen. »Ich musste immer wieder mit dem Staatsanwalt Rücksprache halten, um nicht etwas zuzusagen, was wir nicht einhalten können.«

»Die Kronzeugenregelung ist doch ein ganz vernünftiger Kompromiss«, mischte Wolfgang Jung sich ein. »Falls er den Mann nicht selbst erschlagen hat, kann ich damit leben.«

»Der Vorwurf der Vertuschung einer Straftat bleibt

trotzdem im Raum«, entgegnete van Leuwwen. »Das ist bei Mord keine Spielerei.«

»Schon klar. Aber mir ist wichtig, was er über die Sekte erzählen kann und besonders über unseren Kinderschänder Marcel Nick.«

»Na gut, dann fühlen wir dem Herren mal auf den Zahn. Zeit zum Regenerieren hatte er jetzt genug«, sagte van Leuwwen und trank seinen Tee aus.

Als sie den Verhörraum wieder betraten, sah ihnen neben einem müde wirkenden Anwalt ein Mann entgegen, der sich in sein Schicksal ergeben zu haben schien.

»Dann sind wir gespannt, was Sie uns zu erzählen haben«, eröffnete van Leuwwen das Verhör.

»Wo soll ich anfangen?«, fragte van Riuker.

Jung räusperte sich.

»Am besten mit Ihrem Eintritt in die Sekte.«

»Ich gehöre *Lux aeterna* nicht an!«, unterbrach ihn van Ruiker. »Als ich dieser Gruppe zum ersten Mal begegnet bin, hielt ich sie für einen internationalen Konzern.«

»Mit welchem Profil?«, fragte Jung.

»Informationstechnik, Beratungs- und Schulungstätigkeit für andere Firmen. Das schien sehr gut zu meinem Arbeitsfeld zu passen. Also knüpfte ich Kontakte.«

»Wo und mit wem?«, hakte van Leuwwen nach.

»Ungefähr vor vier Jahren. Ich hatte gerade in Dubai einen großen Auftrag für meine Firma ausgehandelt, als mir am Rande eines Abendessens Marcel Nick von dem Unternehmen *Lux aeterna* vorgestellt wurde. Der Präsident der Großbank sagte mir, dieses Unternehmen habe seinem Geldinstitut geholfen, die Arbeitsprozesse zu optimieren. Wir beide waren die einzigen

Europäer bei diesem Bankett. So kamen wir schnell ins Gespräch und verstanden uns gut. Wir tauschten Visitenkärtchen aus. Nach ungefähr zwei Monaten rief er an. Er wollte mit seinem Chef nach Amsterdam kommen und mit mir über Möglichkeiten der Zusammenarbeit sprechen. Ich war neugierig und stimmte zu. So saßen wir dann in meinem Büro, Nick, dieser Amerikaner namens Derringer und ich. Derringer erklärte mir das Geschäftsmodell ihres Konzerns. Er sagte, sie hätten eine ganz bestimmte Philosophie, die die Basis ihres Konzeptes sei. Wer sich die zu eigen machen würde, könnte als Mitarbeiter wie auch als ganzes Unternehmen erfolgreicher arbeiten. Sie würden den Unternehmen empfehlen, das Personal zu kontrollieren. Nur, um den Mitarbeitern zu helfen, versteht sich. Er beschrieb, wie man im Personalgespräch einem Angestellten seine Fehler mit Hilfe von Videoaufnahmen zeigen kann. Derringer schlug vor, meine Überwachungstechnologie in das Paket aufzunehmen, das sie den Firmen anbieten.«

»Welche Gegenleistung erwartete *Lux aeterna* von Ihnen?«, fragte van Leuwwen.

»Ich verpflichtete mich, meinen Kunden die Dienstleistungen *Optimum* zu empfehlen.«

Wolfgang Jung horchte auf, als er den Namen der Beratungsfirma hörte. Er sah zu Fuchs, der ihm zunickte. Van Leuwwen schien diese Reaktion bemerkt zu haben.

»Sie kennen *Optimum*?«

»Ja, mit denen hatten wir schon zu tun. *Optimum* ist ein wichtiges Puzzleteil bei unseren Ermittlungen.«

Jung wandte sich wieder an van Ruiker.

»Erzählen Sie weiter.«

»Ich hielt das für ein gutes Geschäft.«

»Sie sind nicht auf die Idee gekommen, dass sich hinter dieser Firma eine kriminelle Organisation verbergen könnte?«, hakte van Leuwwen nach.

»Nein, zu Anfang nicht. Die Referenzen, die mir Derringer mitbrachte, waren sehr gut. Auch als ich mitbekam, wie Marcel Nick einigen Börsianern DVDs zusteckte, machte ich mir noch keine Gedanken. Ich sprach ihn irgendwann im Fahrstuhl darauf an. Und er sagte, dass in Ländern mit strenger muslimischer Ausrichtung ein großes Interesse an Pornofilmchen existieren würde.«

»Und Nick versorgte zahlungskräftige Kunden mit entsprechenden Aufnahmen?«, fragte Jung.

»Die seien nur zum Anfüttern, sagte Nick. Mehr Material könnten sich die Herren auf einer Internetplattform ansehen – gegen einen angemessenen Betrag natürlich.«

»Haben Sie sich dieses Material einmal angesehen?«

»Bis vor ein paar Monaten hatte ich keine Ahnung, dass es sich um Kinderpornografie handelt. Ich war von den üblichen Schweinereien ausgegangen.«

»Wie sind Sie dahinter gekommen?«

»Ich sah in Dubai, wie Nick ein Mädchen in eine Hotelsuite brachte, in die wenig später ein Aufsichtsratsmitglied hineinging. Das Mädchen war noch ein Kind, vielleicht zehn oder elf. Es wirkte irgendwie apathisch.«

»Sie hatten den Eindruck, dass das Kind unter Drogen stand?«

»Ohne Zweifel. Wissen Sie, ich bin selbst kein Moralapostel. Auf meiner Gehaltsliste stehen zwei Callgirls, die mich verwöhnen, wenn meine Frau in der Karibik mein Geld ausgibt. Aber Kinderprostitution – das geht gar nicht. Ich stellte Nick zur Rede. Ich sagte, dass ich die Behörden informieren würde. Er lachte nur und fragte, ob ich wirklich so naiv gewesen sei, um zu glauben,dass *Lux aeterna* seine hohen Gewinne allein aus Unternehmensberatung erwirtschaften könnte. Pornografie sei ein großer Markt in den islamischen Ländern, auf dem viel Geld zu verdienen sei. Um sich von der Konkurrenz abzuheben, habe sich *Lux aeterna* auf Kinderpornografie spezialisiert. Für ganz besonders gute Kunden organisiert man auch Treffen mit den Favoriten.«

»Favoriten?«

»Das Kind, das die reichen Herren am erregendsten finden.«

Van Ruiker nahm einen großen Schluck aus dem Wasserglas, das van Leuwwen vor ihn gestellt hatte.

»Weiter!«, drängte der niederländische Polizist.

»Ich war außer mir. Ich wollte sofort aus dem Joint Venture aussteigen. Nick hat nur gelacht und gesagt, ich würde schon zu tief mit drin hängen. Immerhin sei meine Hard- und Software nicht nur zur Überwachung eingebaut worden. Einige meiner Mitarbeiter seien mittlerweile selbst Mitglieder von *Lux aeterna* und hätten bestimmten Herren Internetverbindungen zu der betreffenden Plattform eingerichtet.«

»*Lux aeterna* hat innerhalb von vier Jahren Ihre Firma unterwandert?«, fragte Jung nachdenklich.

»Ja, so sieht es aus«, antwortete van Ruiker. »Ich war plötzlich nicht mehr Herr in dem Unternehmen, das ich selbst aufgebaut habe. Nick nannte mich einen naiven Trottel. Er schlug mir sogar vor, selbst Mitglied ihrer ›Glaubensgemeinschaft‹ zu werden.«

»Und? Sind Sie ein Erleuchteter geworden?«

»Nein, niemals. Bei allen Kompromissen, die man als Unternehmer eingehen muss. Niemals! Ich weiß auch gar nicht, was die Leute an dieser abstrusen Ideologie finden. Ich tue mich ja schon mit dem Christentum schwer. Aber diese Geschichte von der Seele als Lichtfunke aus dem Universum – ich bitte Sie.«

»Sie haben also mitgemacht und keinen Versuch unternommen, die Polizei zu informieren«, resümierte van Leuwwen.

»Ich habe nach Wegen gesucht, da wieder raus zu kommen und die Sache auffliegen zu lassen. Aber was macht man, wenn man nicht weiß, wem man noch trauen kann? Was ist, wenn der Kriminalbeamte, mit dem ich spreche, auch ein Sektenmitglied ist? Also habe ich soviel Geld wie möglich zur Seite gelegt. Meine Firma ist ein gutgehendes Unternehmen, da kam schon ein nettes Sümmchen heraus. Dann schlug ich Derringer vor, mich ganz zurückzuziehen und die Firma an *Lux aeterna* zu verkaufen. Derringer lud mich zu Verhandlungen nach Borkum ein. Ich fuhr mit Herrn Vock dorthin. Derringer wusste sehr gut Bescheid. Selbst, dass ich mein Geld schon aus dem Unternehmen gezogen hatte. Auch, dass die meisten Patente auf meinen Namen angemeldet waren, nicht auf das Unternehmen. Der Preis, den er anfangs bot, war natürlich lächerlich. Aber wir bewegten uns aufeinander zu. Derringer sagte, er brauche noch einen Tag, um die Vereinbarung mit der Zentrale in den USA abzuklären. Wir sollten uns einen Ruhe gönnen und die-Schönheit der Insel genießen. Aber daraus wurde nichts. Kaum waren Vock und ich wieder im Hotel, rief mich Nick an. Er wollte mich unbedingt an meiner Yacht treffen. Er machte es sehr dringlich. Also fuhr ich zum Hafen. Der ist um diese Jahreszeit so gut wie ausgestorben. Deshalb war mir ein bisschen mulmig. Nick kam mit einem anderen Mann, den ich einige Male auf dem Sektengelände gesehen hatte. Er ließ ihn zuerst in die Kajüte steigen. Bevor der Mann die letzte Stufe genommen hatte, sackte er zusammen. Dann sah ich das Paddel, das Nick in der Hand hielt. Er schlug mehrmals auf den Kopf des Mannes ein, dass das Blut nur so spritzte. Dann kniete Nick sich auf ihn, legte ihm die Hände um den Hals und drückte zu, aber der Mann am Boden reagierte nicht mehr. Ich saß wie gelähmt auf der Eckbank. Nick sagte zu mir: ›Das war eine kleine Kostprobe von dem, was dir blüht, wenn du jemals den Mund über uns aufmachst. Hast du das verstanden?‹ Dann musste ich ihm helfen, die Schweinerei zu beseitigen. Wir legten den Mann in einen Leichensack und schrubbten die Yacht. Dann ging Nick und sagte, dass die Leiche am nächsten Tag ins offene Meer geworfen werden solle. Den Rest kennen Sie ja.«

Jung sah zu Fuchs herüber, der hörbar schnaufte.

»Am nächsten Tag«, fuhr van Ruiker fort, »unterzeichnete Derringer die Verträge, die meinen Vorstellungen sehr entgegen kamen. Er sagte, dass ich mich jetzt ganz und gar aus den Unternehmungen der Firma herauszuhalten hätte und ein ›vertrauenswürdiger Bekannter‹ sein müsste.«

»Was meinte er damit?«, fragte van Leuwwen.

»Das liegt doch auf der Hand: Ich soll die Klappe halten, sonst geht es mir wie diesem armen Mann, den ich mit Nick einen Tag später über Bord geworfen habe, als schon Sturm auf der Nordsee aufzog.«

»Warum meinen Sie, haben die Sie da mit reingezogen?«, fragte Jung.

»Das liegt doch auf der Hand: um es mir schwer zu machen, zur Polizei zu gehen.«

Plötzlich und ohne Vorwarnung verdrehte van Ruiker die Augen und sackte in sich zusammen. Der diensthabende Beamte sprang vom Stuhl auf und lief zu ihm. Vock sah hilflos zu, wie sein Mandant von den Polizisten auf den Boden gelegt wurde. Van Leuwwen riss die Tür des Verhörraumes auf und rief nach einem Arzt. Nach einer Zeit, die Jung vorkam wie eine Ewigkeit, kam ein Notarzt in Begleitung zweier Sanitäter. Als sie mit ihrer Untersuchung begannen, verließen die Kriminalbeamten den Raum. Sie gingen schweigend zum Kaffeeautomaten im Flur, der ein heißes, tiefbraunes Gebräu ausspuckte. Jung fasste für Fuchs auf deutsch noch einmal zusammen, was van Ruiker erzählt hatte.

»Glauben Sie ihm?«, fragte van Leuwwen.

»Ja«, antwortete Jung. »Dass Nick ein skrupelloses Schwein ist, wissen wir.«

»Wo wir ihn finden, jetzt auch!«, ergänzte Fuchs.

Tina und Mario

Tina schnaufte auf dem Weg zu *Optimum*. Sie mussten sich durch den frisch gefallenen Schnee kämpfen. Dicke, weiche Flocken fielen wie Federn auf ihre schwarze Kleidung und segelten mit jeder Bewegung weiter zu Boden. Mario drehte sich zu ihr um.

»Wenigsten müssen wir keine Spuren beseitigen. Die Fußspuren sind schnell zugeschneit!«

»Dafür läuft man wie auf nassem Sand«, entgegnete Tina.

»Man kann halt nicht alles haben.«

Vor dem großen, hölzernen Hoftor packte Mario sein Spezialwerkzeug aus. Während er mit seinen behandschuhten Fingern versuchte, den Reißverschluss des Etuis zu öffnen, fiel Tina auf, dass die Durchgangstür nicht ganz geschlossen war. Sie stieß dagegen, und die Tür öffnete sich leise. Mario sah sie überrascht an.

»So geht es auch«, brummte er.

Vorsichtig schlüpften sie durch die Tür. Zu ihrer Überraschung brannte das Hoflicht.

»Da muss jemand kurz vor uns hier gewesen sein. Das erklärt auch die unverschlossene Hoftür«, flüsterte Mario.

Sie sahen, wie im Gebäude Licht anging.

»Mist«, fluchte Mario halblaut. »Da spuckt uns jemand gerade in die Suppe.«

Tina sah seine Enttäuschung.

»Lass uns der Sache trotzdem mal nachgehen. Ist schon komisch, dass jemand um diese Uhrzeit in der Firma ist.«

»Du denkst an Einbrecher?«

»Ich denke an gar nichts. Höchstens daran, dass wir Gefahr im Verzug geltend machen können, falls uns jemand unrechtmäßiges Eindringen unterstellt.«

»Das hört sich gut an.«

Tina nickte.

»Ich bin gespannt, wer sich da drin herumtreibt.«

Sie zogen ihre Dienstwaffen und schlichen im Schatten der Mauer zur Außentreppe, auf deren verschneiten Stufen die Abdrücke großer Schuhe zu sehen waren. Vorsichtig stiegen sie hinauf. Die Eingangstür war geschlossen.

»Dann habe ich mein Werkzeug doch nicht umsonst mitgenommen«, flüsterte Mario und machte sich daran, das Zylinderschloss zu knacken. Nach ein paar Minuten, die Tina vorkamen wie eine Ewigkeit, ging die Tür auf. Schnell tauchten sie in den Raum ein. Aus einem der hinteren Zimmer hörten sie das surrende Geräusch eines elektronischen Gerätes, das von einem

Knistern abgelöst wurde. Dazwischen erklang die Startmelodie des Betriebssystems eines Computers.

»Da will jemand Spuren vernichten«, flüsterte Mario.

Eilig arbeitete er sich weiter. Tina hatte Mühe, hinter ihm zu bleiben. Dann hatten sie das Zimmer erreicht, aus dem die Geräusche kamen. Ein Mann stand mit dem Rücken zu ihnen vor einem Schreibtisch, riss Blätter aus einem Ordner und schob sie in einen Aktenvernichter.

»Wenn das mal keine Überraschung ist!«, rief Mario.

Der Mann zuckte zusammen, streckte die Hand aus, drehte sich dann blitzschnell um und verschoss mit einem großen Revolver gleich mehrere Patronen. Mario wurde einige Male nach hinten gerissen, bevor er umfiel. Tina feuerte ohne zu überlegen auf den Mann, bis dieser zusammensackte und umfiel.

CASPARI

»Man glaubt, schmutziger kann es nicht mehr werden und wird dann ganz schnell eines Besseren belehrt«, kommentierte Caspari angewidert, was Wolfgang Jung ihm am Telefon erzählt hatte. »Für wie glaubwürdig halten Sie van Ruiker?«

»Keine Frage, der sagt die Wahrheit. Sein Anwalt bestätigte uns, dass er mit seinem Mandanten zu den Verhandlungen auf Borkum war. Er hatte ihm zum Verkauf der Firma geraten, nachdem van Ruiker ihm erzählt hatte, dass sie von der Sekte unterwandert sei.«

»Wenn er wieder ansprechbar ist, fragen Sie van Ruiker bitte, ob er auch Aufträge für deutsche Botschaften bekommen hat.«

»Das wird schwierig. Der Mann hatte einen Herzinfarkt und ist zurzeit nicht vernehmungsfähig.«

Caspari fluchte.

»Gut, dann rufe ich gleich morgen den BND an und frage dort nach, ob den betreffenden Botschaften Server von van Ruikers Firma geliefert und eingebaut wurden.«

»Wie geht es jetzt weiter? Sollen wir wieder zurückkommen?«, fragte Jung.

»Nein, bleiben Sie noch eine Weile und sammeln Sie so viele Informationen wie es geht. Halten Sie sich an diesen Vock. Ich nehme an, der wird noch so manches erzählen können. Sofern van Ruiker ihn dazu ermächtigt hat, versteht sich.«

»In Ordnung«, antwortete Jung.

Caspari hörte in der Stimme seines Kollegen ein leichtes Missfallen. Er konnte ihn gut verstehen. In der Adventszeit war man viel lieber zu Hause. Allerdings konnte er darauf im Augenblick keine Rücksicht nehmen.

»Nur ein paar Tage noch, dann kommen Sie wieder zurück«, sagte er in versöhnlichem Tonfall.

»Na, dann viele Grüße aus dem eiskalten Holland.«

»Gute Nacht.«

Kaum hatte Caspari das Gespräch beendet, klingelte sein Mobiltelefon erneut.

»Christoph«, meldete sich Tina mit bebender Stimme. »Du musst sofort kommen. Mario wurde angeschossen.«

In der *Optimum*-Zentrale wimmelte es nur so von Menschen. Bertram und Jungmann saßen bei Tina, während ihre Kollegen in weißen Overalls alle Spuren sicherten. Ein Notarzt und ein Sanitäter knieten vor

Mario, der vor Schmerzen stöhnte, während ein weiterer neben der Leiche des Angreifers kniete und den Defibrilator in einem Kasten verstaute. Tina zitterte am ganzen Körper. Sie hatte in ihrer Laufbahn noch nie einen Menschen töten müssen. Ihr war übel, doch zum Erbrechen hatte sie zu wenig im Magen. Bertram reichte ihr eine Wasserflasche, aus der sie gierig trank. Plötzlich stand Caspari vor ihr. Auf eine für ihn untypische Art war er leise hereingekommen. Besorgt sah er sie an und drückte sanft ihre Schulter.

»Wie sieht es aus?«, hörte sie ihn fragen.

Tina war froh, dass Jungmann antwortete.

»Zu Allererst: Bartoldi wird es überleben. Er und die Kollegin Hergenrath trugen Schusswesten. Sie überraschten Herrn Huth, als der anfing, Dokumente zu vernichten. Die Computerfestplatte wollte er, wie es aussieht, auf Null fahren. Als die Kollegen das Büro betraten, griff Huth nach seiner Pistole und feuerte ohne Vorwarnung auf den Bartoldi. Frau Hergenrath erwiderte unverzüglich das Feuer. Das Ergebnis siehst du selbst: ein Toter und ein Polizist, der eine Rippenprellung und wahrscheinlich einen Riss in der Lunge hat. Dazu jede Menge Spuren und den freien Zugang ins Intranet der Beratungsfirma und der Sekte.«

»Du hast schon einmal geguckt?«, fragte Caspari.

»Klar, wenn alle Informationen, die wir haben wollten, wie auf dem Präsentierteller vor mir liegen, greife ich natürlich zu. Außerdem ist das Büro ein Tatort. Rechtlich ist das in Ordnung.«

»Huth? Wo habe ich den Namen schon einmal gehört?«

»Das ist der Vater von Jasmin, dem verschwundenen Mädchen.«

Tina sah die tiefen Falten auf Casparis Stirn.

»Der? Himmel noch mal. Dann gehört der auch zu diesem Sauhaufen!«

»Ganz recht«, brummte Bertram.

Caspari und Tina

»Kannst du mir mal sagen, was ihr Beiden euch dabei gedacht habt, einfach mitten in der Nacht bei *Optimum* einzusteigen?«

Nachdem Tina sich wieder etwas gefangen hatte, machte Caspari seinem Ärger Luft. Sie saßen im Flur des Krankenhauses, während Mario geröntgt wurde.

»Mario hat dieses Warten nicht mehr ausgehalten. Er wollte in der Zentrale Hinweise suchen. Und ich wollte ihn nicht allein gehen lassen. In den letzten Tagen haben wir alle einen Eindruck davon bekommen, wozu diese Sekte fähig ist. Deshalb habe ich auf die Westen und die Dienstwaffen bestanden.«

»Mensch, Mensch, Mensch«, schimpfte Caspari, der sich Mühe gab, seine Erleichterung darüber zu verbergen, dass sein Freund glimpflich davongekommen war.

»Hätte Huth nicht die Eingangstür offen gelassen, dann wärt ihr ohne triftigen juristischen Grund in die Räume eingedrungen. Dass ihr den Verdacht auf einen Einbruch geltend machen könnt, ist euer Glück. Trotzdem befürchte ich, dass ihr bei einer internen Untersuchung unangenehme Fragen beantworten müsst. Schusswesten und Pistolen gehören gewöhnlich nicht zu den Accessoires, die man bei einem abendlichen Bummel durch Gelnhausen mit sich führt.«

»Wir werden sagen, dass wir schnell zum Wagen zurückgelaufen sind und uns ausgerüstet haben.«

»Seit wann liegen denn Pistolen im Fahrzeug?«

»Die Waffen haben wir getragen, weil wir erst kurz vorher den Dienst beendet hatten.«

»Wo wollt ihr gearbeitet haben?«

»Na, im Polizeirevier in Gelnhausen.«

»Du weißt selbst, dass deine Geschichte auf recht wackligen Füßen steht.«

»Die Dienstaufsicht hat schon deutlich schwammigere geschluckt.«

»Das stimmt. Aber heute Abend gab es einen Toten. Da sind die Kollegen immer sehr genau. Aus gutem Grund. Sie werden dich fragen, warum ihr nicht die Kollegen im Revier verständigt habt.«

»Weil wir verhindert wollten, dass der vermeintliche Einbrecher sich vorher aus dem Staub macht.«

Caspari sah Tina eine Weile schweigend an. Sie war blass und wirkte eingefallen. Die Dynamik, die sie sonst ausstrahlte, war verschwunden. Immer wieder rieb sie sich mit den Handflächen über die Oberschenkel.

»Beschissenes Gefühl«, sagte er leise.

»Bitte?«

»Einen Menschen erschießen zu müssen.«

Tina nickte stumm. Tränen quollen ihr aus den Augen. Caspari legte seinen Arm um ihre Schulter.

»Man lernt, damit zu leben. Man lernt sogar, es zu vergessen – meistens. Aber dazu braucht man professionelle Hilfe. Du musst sobald wie möglich zum Polizeipsychologen.«

Tina drehte sich zu ihm, legte ihren Kopf auf seine Brust und schluchzte. Langsam beruhigte sie sich wieder. Nach einer Weile löste sie sich von ihm und wischte sich die Tränen aus dem Gesicht.

»Oh, jetzt habe ich dir dein Hemd ganz nass gemacht«, sagte sie und versuchte ein Lächeln.

»Ich denke, ich werde es überleben«, antwortete er und gab ihr ein Taschentuch.

»Wenn ich mir vorstelle, dass dieser Huth Mario beinahe getötet hätte, wird der Gedanke an seinen Tod fast schon erträglich. Ich wüsste nicht, wie ich hätte weiterleben können, wenn Mario gestorben wäre.«

Caspari verstand sie gut. Er konnte sich keinen der Beiden ohne den Anderen vorstellen. Tina und Mario waren bereits ein Paar gewesen, als er sie kennen gelernt hatte.

»Das ist doch ein guter Anfang«, sagte er.

Tina blickte auf, als Mario in einem Krankenbett auf den Flur geschoben wurde. Der behandelnde Arzt, ein hagerer Mann mittleren Alters, blieb bei Tina und Caspari stehen.

»Ihr Kollege muss ein paar Tage zur Beobachtung hier bleiben. Der Riss in der Lunge hat sich als Fehldiagnose herausgestellt. Bei einem Schuss aus so kurzer Distanz auf eine kugelsichere Weste wäre das ja nicht ungewöhnlich gewesen. Aber eine schwere Rippenprellung konnten wir feststellen. Die Atemnot ist auf eine schockartige Reaktion zurückzuführen.«

»Es wäre mir sehr recht, wenn Sie die Kollegin über Nacht auch zur Beobachtung hier behalten können. Sie weist posttraumatische Stresssymptome auf und braucht ärztliche Aufsicht.«

Der Arzt sah Caspari skeptisch an.

»Der Mann ist Kriminalpsychologe und hat Ahnung«, krächzte Mario von hinten.

Der Arzt nickte.

»In Ordnung. Ich gebe dem Psychiater Bescheid. Der wird sich Ihre Kollegin heute Abend noch ansehen.«

Dann wandte er sich Tina zu.

»Wenn ich das richtig mitbekommen habe, sind Sie miteinander liiert. Wir legen Sie beide in ein Zimmer.«

Tina bedankte sich. Der Mediziner war im Grunde gar nicht so spröde wie er auf den ersten Blick gewirkt hatte. Caspari schob Tina mit sanftem Druck hinter der Krankenschwester her, die Marios Krankenbett geschickt zum Aufzug bugsierte. Während sie auf den Fahrstuhl warteten, meldete sich Casparis Mobiltelefon.

»Hallo Christoph«, sagte sich Jürgen Jungmann. »Es wäre gut, wenn du zur *Optimum*-Zentrale kommen könntest. Deine beiden Youngster sitzen hier am Computer und fördern die unglaublichsten Dinge zutage.«

Caspari sah zu Tina und Mario hinüber, die sich an der Hand hielten.

»Nun zieh schon los. Wir kommen allein zurecht«, sagte Tina mit einem ersten Lächeln.

Caspari

Caspari hasste es, mitten in der Nacht zu arbeiten. Als er die *Optimum*zentrale betrat, zeigte die Wanduhr ein Uhr. Er unterdrückte ein Gähnen. Bis auf Jürgen Jungmann, Andreas Sommer und Svenja Bauer war kein Polizeibeamter mehr vor Ort. Die drei saßen am Schreibtisch und starrten auf den Computerbildschirm, während die Tastatur zu Sommers schnellen Fingerbewegungen leise klickte.

»Wir haben die Büchse der Pandora geöffnet«, berichtete Jungmann, während Caspari seine Winterjacke auszog. »Allerdings finden sich nur Eingeweihte und Profis wie deine beiden Kollegen in diesem Intranet zurecht. Andreas lädt so viele Informationen wie möglich auf eine externe Festplatte. Wir müssen alles nehmen, was wir kriegen, bevor die merken, dass die Polizei in ihrem Intranet unterwegs ist.«

»Was haben wir bisher?«, fragte Caspari, der das Jagdfieber seines Kollegen um diese Uhrzeit nicht nachempfinden konnte.

»Korrespondenz und strategische Entwürfe. Daneben die Namen etlicher Mitglieder der Sekte und ihres Geheimdienstes, von dem wir jetzt auch wissen, wie sie ihn nennen: Cleaning Operations, kurz CO.«

»Und jetzt rate mal, wer der deutsche Sektionschef der CO ist?«, fragte Jungmann mit dem triumphierenden Gesichtsausdruck eines Kindes, das das Ostergeschenk nach langem Suchen gefunden hat.

»So, wie du fragst, kann das nur Huth sein«, kombinierte Caspari.

»Richtig! Nach außen war er der Geschäftsführer einer Firma, die in Wirklichkeit gar nicht existiert, sondern die CO-Zentrale für Deutschland und die ehemaligen Ostblockländer ist.«

Caspari lief ein Schauer über den Rücken.

»Also ist er der Hauptverantwortliche für die Mordanschläge. Und die Entführung der beiden Jugendlichen geht auch auf sein Konto.«

Er empfand Ekel angesichts solcher Skrupellosigkeit.

»Wie muss ein Mensch sein, damit er seinem eigenen Kind so etwas antut?«, fragte er halblaut.

»Er muss ganz und gar auf Kurs seiner Glaubensgemeinschaft sein. Huth war gleichgeschaltet«, antwortete Svenja Bauer.

Caspari sah sie an. »Ja, so wird es sein«, brummte er. »Bleibt nur noch die Frage, wohin er seine Tochter und ihren Freund hat bringen lassen.«

»In der Korrespondenz der letzten Tage wurde immer wieder eine Jagdhütte in Moosborn erwähnt, wo immer das auch sein mag.«

»Das ist im Spessart. Moosborn gehört zur Gemeinde Flörsbachtal. Das ist 25 bis 30 Kilometer von hier«, erklärte Jungmann. »Sieh mal, ob es nicht eine genauere Beschreibung der Gegend gibt, in der die Hütte steht.«

»Hier steht, sie wäre in der Nähe eines Weihers. Sie gehört einem dieser Sektenheinis.«

»Dann weiß ich, wo sie ist«, sagte Jungmann. »Da kommt man aber nicht unbemerkt ran – zumindest nicht tagsüber. Bei Nacht dürfte es gehen. Ein SEK mit Nachtsichtgeräten dürfte das hinbekommen.«

Caspari war klar, dass die Zeit drängte. In nur sechs Stunden begann es zu dämmern. Bis dahin musste die Einheit zugeschlagen haben.

»Ich fordere sofort das SEK an. Allerdings hätte ich vorher gern gewusst, wie wahrscheinlich es ist, dass Jasmin und Vincent dort festgehalten werden.«

»Hier schreibt Huth einem anderen, dass dieser Ort vielleicht der beste sei, um aus zwei Funken strahlende Lichter zu machen«, sagte Andreas Sommer.

»Das passt zu Jasmin und Vincent«, meinte Svenja Bauer.

»Also gut. Das SEK soll anrücken. Jürgen versucht bis dahin, so viel wie möglich über diese Hütte in Erfahrung zu bringen«, entschied Caspari.

»Vielleicht bekommen wir das auch einfacher hin«, schlug Andreas Sommer vor. »Huth hat den Kerkermeistern der Jugendlichen seit gestern E-Mails geschrieben, in denen er sich unter anderem nach dem Befinden der beiden »Funken« erkundigte. Die Entführer müssen also in der Hütte über einen mobilen

Internetempfang verfügen. Ich werde ihnen von diesem Rechner aus eine Mail schreiben, in der ich die Aktion beende und die Jugendlichen zurückbeordere.«

»Das ist nicht ungefährlich. Wenn die Entführer den Braten riechen, tauchen sie mit Jasmin und Vincent unter und wir haben keinen Anhaltspunkt mehr, wo sie sein könnten«, warnte Caspari.

»Ich werde mich der Sektensprache bedienen«, beruhigte Sommer. »In diesem Computer finden sich ja genug Vorlagen. Und unbedenklicher als ein SEK-Einsatz, bei dem auch die Jugendlichen zu Schaden kommen können, ist es allemal.«

»Also gut«, entschied Caspari. »Dann versuchen wir die trickreiche Variante.«

Ganz wohl war ihm bei dem Gedanken aber nicht. Zu viel stand auf dem Spiel, allem voran das Leben von Jasmin und Vincent.

Wieder klickten die Tasten.

»Alarmstufe Rot! Die beiden Funken sind am Lagerfeuer nicht mehr geschützt. Sofortige Sicherheitsmaßnahme: zurück in Glutofen! Kein Telefonkontakt! Die Finsternis hat ihre Fühler ausgestreckt. CO-Commander«, las er das Geschriebene vor.

»Glutofen?«, fragte Jungmann.

»Jepp! So nennen sie diese Zentrale. Hier werden die Funken nach Lesart der Sekte entfacht, sodass der Suchende seine wahre Gestalt erkennt und akzeptiert.«

»Schicken Sie es ab«, bestimmte Caspari. »Mal sehen, was passiert.«

Sein Herz schlug heftig, als Sommer die Enter-Taste drückte. Wenig später zeigte ein Tonsignal an, dass eine Antwort angekommen war. Sommer las sie vor.

»Wir bereiten alles vor. Sind in etwa einer Stunde im Glutofen. CO-Sergeant.«

»Und jetzt?«, fragte Jungmann.

»Jetzt beginnt die Zeit des Wartens und des erhöhten Adrenalinspiegels«, antwortete Caspari. Dann kam ihm ein Gedanke, den er bisher verdrängt hatte.

»Was ist eigentlich mit Frau Huth?«, fragte er. »Wurde sie schon informiert?«

»Ja«, antwortete Jungmann. »Es sind zwei Kollegen und zwei Notfallseelsorger vor Ort.«

»Informiere die Kollegen bitte darüber, dass sie so lange nicht telefonieren darf, bis wir die Entführer festgenommen haben und die Jugendlichen in Sicherheit sind.«

»Du denkst, sie könnte auch eine Anhängerin der Sekte sein?«

»Möglich ist mittlerweile alles.«

Jin Jang und Schneider

»Scholle Finkenwerder Art«, resümierte Jin Jang. »Ein riesiger Fisch auf einem ebenso riesigen Teller mit einer riesenhaften Menge Beilagen. Das war ja so lecker. Aber ich glaube, ich platze gleich.«

»Dabei sind wir jetzt schon eine ganze Weile gelaufen«, antwortete Schneider. »Nicht zu vergessen, dass ich knapp die Hälfte deiner Portion gegessen habe.«

Jin Jang schmiegte ihren Kopf an seine Schulter.

»Ist das romantisch. Wenn unser Auftrag nicht wäre, könnte es in diesem Moment schöner nicht sein.«

Sie saßen auf einer Bank am Südstrand. Der Vollmond warf ein unwirkliches Licht auf die See, die in eisiger Ruhe vor ihnen lag. Dick in Winterkleidung eingehüllt, waren sie zuvor den Krischan-Wolters-Pfad entlang gegangen. Dann hatten sie in den verschneiten Dünen neben dem Spazierweg gelegen, um mit einer Nachtsicht-Kamera das Leben auf dem Sektenanwesen zu fotografieren und die Positionen der Kameras auf dem Grundstück ausfindig zu machen.

»Das waren Könner, die das Überwachungssystem installiert haben«, stellte Schneider fest, während Jin Jang herzhaft gähnte. »Die Kameras sind so platziert, dass es praktisch keinen Bereich gibt, der unbeobachtet ist. Unbemerkt kommen wir da nicht rein.«

»Mit einem guten Computerprogramm lässt sich auch diese Sicherheitsfrage lösen«, gab Jin Jang zu bedenken.

»Das wäre zu schön, um wahr zu sein«, entgegnete Schneider. Noch während er das sagte, stellten sich seine Nackenhaare auf. Er hatte ein merkwürdiges Geräusch gehört und reagierte sofort. Irgendetwas war in den Dünen hinter ihnen. Mit seinen starken Händen hob er Jin Jang mühelos hoch und zog sie auf seinem Schoß. Dann begann er, sie hemmungslos zu küssen. Er spürte ihre Überraschung, doch schließlich antwortete sie mit einer Leidenschaft, die er als fremd empfand. Er ahnte, dass sie den Beobachter gesehen haben musste, dessen Nähe er gespürt hatte. Das Rauschen des Meeres hatte das Knirschen des Schnees unter seinen Stiefeln übertönt. Jetzt war er bis auf wenige Meter an sie herangekommen. Der Fremde verharrte eine Weile, als genieße er den Anblick des Pärchens auf der Bank. Aus dem Augenwinkel konnte Schneider seine Silhouette erkennen. Er und Jin Jang taten so, als ob sie den Voyeur nicht bemerkten. Der ging in einem kleinen Bogen an ihrer Bank vorbei und setzte seinen Weg auf dem Krischan-Wolters-Pfad fort. Als der Mann weit genug entfernt war, löste Schneider sich aus der Umarmung.

»Das war knapp«, stellte er fest. »Fast wären wir aufgeflogen.«

»Fast?«, fragte Jin Jang. »Meinst du nicht, die haben durchschaut, was wir hier tun?«

»Keine Ahnung. Wie meinst du das?«

»Ich kenne mich ja noch nicht ganz mit den deutschen Gewohnheiten aus. Aber für wie wahrscheinlich hältst du es, dass sich ein Liebespaar mitten in einer eiskalten Winternacht auf einer Bank an einem Nordseestrand leidenschaftlich küsst?«

»Möglich ist alles. Borkum ist eine Insel mit ganzjährigem Fremdenverkehr. Viele Paare kommen hierher, um sich im alten Leuchtturm trauen zu lassen, auch in dieser Jahreszeit. So ungewöhnlich dürfte unser Auftritt also nicht gewesen sein. Zumal der ganz bestimmt bühnenreif war.«

Sie lächelte ihn an, dann wurde sie wieder ernst.

»Lass uns gehen. Ich glaube, es ist nicht klug, länger hier zu sein. Außerdem bin ich mittlerweile ziemlich durchgefroren.«

»Ja, du hast recht. Nun wissen wir auch, dass die Sekte nicht nur ihr eigenes Gelände, sondern auch den Strand überwacht. Merkwürdig, die entsprechende Kamera habe ich gar nicht gesehen.«

»Das Gesicht des Mannes auch nicht, oder?«, fragte Jin Jang, während sie aufstand.

»Nein. Hast du mehr sehen können?«

»Nicht allzu viel, aber genug, um zu wissen, dass es Nick war.«

Gernot Schneider griff nach seinem Rucksack, in dem die Kamera lag, und zog ihn sich auf den Rücken.

»Mist. Jetzt haben wir das Schwein so dicht vor der Nase und können ihn nicht verhaften.«

»Keine Bange«, beruhigte ihn Jin Jang, während sie

sich in Bewegung setzten. »Wir wissen jetzt mit absoluter Sicherheit, wo er sich aufhält. Der geht uns nicht mehr durch die Lappen. Wir melden es und warten, bis die Kavallerie anrückt. Mit nur fünf uniformierten Beamten auf der Insel dürfte eine Festnahme sehr gefährlich werden.«

»Meinst du, er hat uns erkannt?«

Schneider sah plötzlich ihre Mission gefährdet.

»Sicher nicht. Als du mich hochgehoben und auf deinen Schoß gesetzt hast, hatte ich das Mondlicht im Rücken. Durch meine Position lag ein Schatten auf unseren Gesichtern, der es ihm schwer gemacht haben dürfte, uns zu erkennen.«

»Ja«, sagte Schneider und schwieg einen Augenblick lang. »Wahrscheinlich hatte Nick auch eine Waffe dabei, die er ohne Skrupel gegen uns eingesetzt hätte. Die Gelegenheit wäre günstig für ihn gewesen. Schließlich hat er noch eine Rechnung mit uns offen.«

»In erster Linie mit dir, mein Lieber!«, erwiderte Jin Jang und knuffte ihn zärtlich in die Seite.

Caspari

»Achtung! Ein Wagen nähert sich eurem Hoftor. Vier Personen, zwei vorn, zwei hinten«, sagte die Stimme durch den Mini-Lautsprecher in Casparis Ohr. Jungmann hatte in kürzester Zeit nicht nur die entsprechenden elektronischen Geräte besorgt, sondern auch noch zwei Kollegen aus der Rufbereitschaft aktiviert, die viel Erfahrung mit Zugriffen hatten. Svenja Bauer hatten sie in der Langgasse positioniert, sodass sie rechtzeitig alle warnen konnte, die im Hof des *Optimum*-Zentrums lauerten, ebenso wie Andreas Sommer, der sich im Büro positioniert hatte. Caspari drückte sich gegen die Mauer am Tor, neben ihm verbarg sich Jungmann im Dunkeln. Auf der gegenüberliegenden Seite duckten sich die beiden anderen Kollegen in die Schatten, die das Mondlicht warf. Er hörte das elektronische Läuten der Torglocke im Bürolautsprecher, dann das Surren des Türöffners. Mit einem Klacken wurden die Torflügel aufgeschoben, dann rollte der Wagen in den Hof. Ein Mann lief auf der Beifahrerseite neben dem Auto her, das kurz hinter dem Tor stehen blieb.

»Zugriff«, flüsterte eine Stimme in Casparis Ohr. Die Dienstwaffe im Anschalg, sprang er gemeinsam mit den drei anderen Polizisten aus der Deckung und auf den Mann neben dem Wagen zu.

»Polizei! Hände hoch!«, brüllte er. Der Mann neben dem Wagen fuhr mit der rechten Hand blitzartig in seine Jacke. Caspari ließ ihm keine Möglichkeit, eine Waffe zu ziehen. Mit einer kurzen Bewegung holte er aus und schlug ihm mit der Unterseite des Pistolengriffs gegen die Schläfe. Mit einem Schnaufen sackte sein Gegenüber zusammen und blieb regungslos im Schnee liegen. Caspari sah kurz zur anderen Seite des Autos, aus dem die beiden Polizisten den Fahrer herauszogen. Jungmann hatte ein Paar Handschellen aus seiner Jackentasche gezogen und begann nun, den Mann vor ihnen auf den Bauch zu drehen und zu fesseln.

Caspari öffnete die hintere Tür und schreckte zurück. Er hatte erwartet, zwei aufgeregte Jugendliche zu sehen. Doch Jasmin und Vincent starrten nur völlig ausdruckslos vor sich hin. Caspari sprach sie an.

»Jasmin, Vincent, es ist vorbei. Ihr seid jetzt in Sicherheit. Kommt, ihr könnt jetzt aussteigen.«

Die Jugendlichen rührten sich nicht. Caspari zog seine Handschuhe aus und fasste beiden nacheinander an die Halsschlagader. Puls konnte er bei beiden fühlen, wenn auch einen sehr langsamen.

»Was ist los?«, wollte Jungmann wissen.

»Wenn ich nicht ganz falsch liege, haben sie die zwei unter Drogen gesetzt. Und zwar mit einer ordentlichen Ladung.«

»Scheiße«, kommentierte Jungmann.

»Du sagst es. Wir brauchen einen Notarzt und zwei Krankenwagen.«

»Eher drei! Sag mal, musst du eigentlich immer so draufhauen?«

»Wie meinst du das?«

»Na, der Knabe hier unter mir. Der ist völlig weggetreten. Ein bisschen weniger Wucht hätte auch ausgereicht.«

»Ja, ja, ja«, nörgelte Caspari, »das nächste Mal, wenn jemand seine Waffe ziehen will, frage ich ihn erst, ob er einen Schlag gegen den Kopf verträgt, bevor ich ihm eins überziehe.«

Dienstag, 11. Dezember
Caspari

An den Dienstagen genoss Clara ihre halbe Stelle als Schulpfarrerin am meisten. Dieser Wochentag war frei von schulischen Verpflichtungen. Nachdem sie Lukas an die Bushaltestelle gebracht und mit ihm auf den Schulbus gewartet hatte, freute sie sich jetzt auf ein gemütliches Frühstück in der großen Küche, die vom Herdfeuer herrlich warm war.

Als sie das Haus betrat, roch sie schon den Kaffeeduft. Hatte sich Maria zur Frühaufsteherin gemausert und war aufgestanden, nachdem Lukas und sie das Haus verlassen hatten? Maria. Während sie Camillo den Schnee aus dem dichten Fell rubbelte, fiel ihr auf, dass sie sich schon sehr an die Anwesenheit ihrer Rivalin gewöhnt hatte. Ein Blick in die Küche zeigte ihr jedoch, dass es Caspari war, der den Tisch deckte.

»Ich habe frische Brötchen mitgebracht«, sagte er zur Begrüßung.

»Guten Morgen, du Nachtwandler«, erwiderte sie und schlang die Arme um ihn. Sein Kuss schmeckte nach Kaffee und Schlafmangel. Clara sah ihm ins Gesicht. Tiefe dunkle Ringe hatten sich unter seinen Augen breit gemacht, und die sonst so gesund wirkende Gesichtsfarbe war einem aschfahlen Ton gewichen, der ihm etwas Gespenstisches verlieh. Er presste die Lippen zusammen, doch dann konnte er ein ausgedehntes Gähnen nicht mehr unterdrücken.

»Vor nicht allzu langer Zeit sahst du so aus, wenn wir beide uns zusammen die Nacht um die Ohren geschlagen haben. Wie heißt denn deine neue Nachtgefährtin?«, fragte Clara spöttisch.

»*Lux aeterna*. Oder *Optimum.*«

Clara hatte sich das bereits gedacht, als Caspari am Abend zuvor wortlos weggefahren war. Sie beide akzeptierten, dass es Bereiche in ihren Berufen gab, über die sie nicht miteinander sprechen konnten.

»Kannst du darüber reden?«, fragte sie vorsichtig. Dann fiel ihr plötzlich etwas anderes ein. »Wo sind überhaupt Tina und Mario? Die Beiden habe ich seit gestern Nachmittag nicht mehr gesehen.«

Caspari setzte sich auf seinen Stammplatz und sah sie eine Weile schweigend an. Dann erzählte er ihr von den Ereignissen der vergangenen Nacht. Maria, in einen dicken Flanell-Pyjama gehüllt, gesellte sich zu ihnen. Als Caspari fertig war, musste er ein weiteres Mal heftig gähnen. Clara war entsetzt über das, was sie gehört hatte.

»Wie geht es ihnen?«

»Mario ist auf dem Weg der Besserung. Tina wurden leichte Psychopharmaka verordnet. Sie ist stabil. Die Jugendlichen machen mir große Sorgen. Jasmin und Vincent stehen derartig unter Drogen, dass die Ärzte von einem mehrtägigen Entgiftungsprozess ausgehen. Ganz bei sich sind sie noch nicht. Das wird wohl noch eine Weile dauern.«

»Welcher Vater tut seinem Kind das an?«, fragte Clara entsetzt.

»Die Frage habe ich gestern Abend schon einmal gehört«, antwortete Caspari. »Huth hatte eine Gehirnwäsche hinter sich, die aus ihm einen anderen Menschen macht.«

Clara drückte sanft Casparis Hand.

»Jetzt habe ich zwei Grundbedürfnisse: Essen und Schlafen.«

Während Caspari sich ein Brötchen aufschnitt, meldete sich Marias Mobiltelefon. Sie nahm den Anruf entgegen. Das Gespräch musste unangenehm sein. Mit fahrigen Bewegungen fuhr sich Maria mit der freien Hand immer wieder über die Nase und den Mund. Ihre Antworten waren kurz und knapp, zumeist nicht mehr als ›Yes‹ und ›No‹. Dann legte sie auf. Ihr Stimme zitterte, als sie wieder zu reden begann.

»Sie wissen nicht, wo sie mich finden können, und ich werde es ihnen auch nicht sagen. Deshalb wollen sie sich mit mir in Gelnhausen treffen, um mir einen weiteren Brief vor Christina zu übergeben. Sie erwarten, dass ich mit ihnen kooperiere. Ansonsten würde es meinem Kind nicht mehr so gut gehen.«

Caspari legte ihr die Hand auf die Schulter. Clara spürte einen Stich in der Brust, während sie die Beiden ansah.

»Haben sie einen Treffpunkt genannt?«, wollte er wissen.

»Nein, sie sagten, sie wollten sich noch einmal melden.«

»Verabrede dich mit ihnen. Spiel das Spiel mit. Wir werden ihnen jetzt das Handwerk legen. Aber vorher muss ich erst einmal essen und schlafen!«

Clara und Caspari

Clara hatte Caspari versprochen, ihn nach zwei Stunden wieder zu wecken. Doch kaum hatte er sich ins Bett gelegt, klingelte sein Mobiltelefon. Svenja Bauer meldete sich.

»Guten Morgen. Ich muss den Chef sprechen. Unbedingt!«

»Er hat sich gerade hingelegt«, versuchte Clara, sie abzuwimmeln.

»Tut mir leid. Darauf können wir jetzt keine Rücksicht nehmen. Wir haben alle die Nacht durchgemacht«, erklärte die Polizistin entschieden. »Wenn Sie ihn nicht wecken, macht er mir später den Kopf runter.«

Clara gab nach und lief mit dem Mobiltelefon ins Schlafzimmer. Sie brauchte mehrere Anläufe, bis sie Caspari wach hatte. Als er die Augen aufschlug, sah sie eine Mischung aus Verärgerung und Erschöpfung in seinem Blick. Sie zuckte zur Entschuldigung mit den Schultern und reichte ihm das Telefon. Noch während er hörte, was Svenja Bauer ihm zu erzählen hatte, stand er auf und ging ins Bad. Clara folgte ihm und blieb im Türrahmen stehen, während er nach seiner Zahnbürste griff.

»In einer halben Stunde bin ich da. Bleiben Sie weiterhin am Ball, aber unternehmen Sie nichts selbstständig«, wies er an und beendete mit einem kurzen Abschiedsgruß das Gespräch.

»Mit dem Intranet-Zugang haben wir eine unglaubliche Quelle aufgetan, die wir ausschöpfen müssen, bevor die Sekte merkt, dass wir Informationen daraus ziehen«, erklärte er. »Der Kollege Sommer hat wichtige Hinweise über die Organisation des Kinderpornorings gefunden. Wir brauchen eine Konferenzschaltung mit den anderen Polizeibehörden in den betroffenen Ländern, damit wir gemeinsam zuschlagen und den Ring ausheben können. Schlaf ade!«

Hastig verteilte er die Zahnpasta auf die Bürste und begann, sich die Zähne zu putzen. Seine graue Gesichtsfarbe war in ein helles Rot gewechselt. Sein Körper schoss eine große Menge Adrenalin ins Blut und ermöglichte es ihm, trotz der Erschöpfung weiterzuarbeiten. Bis zu einem gewissen Punkt wenigstens.

»Frag Maria doch bitte nach den Namen der FBI-Agenten, die hinter der Sekte her waren. Ich möchte diese Beamten sprechen, nicht irgendeinen, der keine Ahnung von dem Ganzen hat«, bat er, während er unter die Dusche schlüpfte.

Clara gönnte sich einen Blick auf seinen Körper. Wann waren sie zuletzt zärtlich miteinander gewesen? Seit ihrem Einzug immer weniger. Sah so der Alltag eines Ehelebens aus? Oder hatte es mit Marias Auftauchen zu tun? Vielleicht redete sie sich das alles nur ein und er war einfach nur zu eingespannt in diesen Fall. Dieser Mann mit dem wuchtigen Körper, den Muskeln und dem Bauchansatz war ihr einfach zu wichtig, als dass sie die Flinte jetzt schon ins Korn werfen wollte. Ein bisschen mehr Zeit als Paar und etwas weniger Großfamilie würde sie allerdings durchsetzen müssen, damit ihr Zusammenleben gut ging.

»Was machen wir mit Marias Brief?«, fragte sie, während die Dusche rauschte.

»Abwarten! Falls sich die Herren melden, ruft ihr sofort bei mir an«, rief Caspari. An seiner stockenden Sprache und dem fehlenden Wasserdampf merkte sie, dass er wieder einmal kalt duschte, um richtig wach zu werden. Wie verrückt musste man sein, wenn man so etwas tat? Schnaufend stieg er wieder aus der Dusche. Clara warf ihm sein Badetuch zu. Er roch nach einem sehr männlichen Duschgel. Sie schaute ihm weiter zu, während er sich abtrocknete und seine Kleider schnell auswählte: Jeans, ein Rollkragenpulli und ein Tweed-Sakko.

»Was ist?«, fragte er, als er bemerkte, wie intensiv sie ihn betrachtete.

»Nichts«, gab sie zur Antwort. »Ich sehe meinen Partner von Zeit zu Zeit einfach gern an.«

Er lächelte und gab ihr einen Kuss. Dann eilte er die Treppe hinunter, verabschiedete sich von Maria und ging aus dem Haus. Clara war wieder allein mit Maria, verbunden mit ihr im Warten und im Aushalten der Hoffnung und des Zweifels.

Caspari

Das leise Grundrauschen in seinem Kopf wollte trotz der kalten Dusche nicht verschwinden. Er brauchte dringend Schlaf, daran gab es nichts zu rütteln. Mit großen Schritten nahm Caspari die Außentreppe zur *Optimum*-Zentrale. Er zog seinen Handschuh aus und klopfte energisch an die Eingangstür. Ecki, ein Kollege in Uniform, öffnete und ließ ihn eintreten.

»Wir haben zwei Gäste«, sagte Ecki.

Caspari sah ihn fragend an.

»Die beiden übrig gebliebenen Mitarbeiter dieser komischen Beratungsfirma«, erklärte Ecki. »Nachdem du losgefahren bist, fiel der Kollegin Bauer ein, dass die beiden Herrschaften am Morgen in die Zentrale kommen mussten. Also fuhren wir die Streifenwagen aus dem Hof und löschten das Licht. Die Beiden kamen tatsächlich um acht Uhr. Pünktlich wie die Maurer.«

Caspari betrat das Büro, in dem Huth in der vergangenen Nacht den Tod gefunden hatte. Die Spuren der kriminaltechnischen Arbeit waren noch deutlich zu erkennen. Blut war in den Teppichboden eingesickert. Spuren des Puders, mit dessen Hilfe Fingerabdrücke sichtbar gemacht wurden, klebten auf der Schreibtischplatte, den Schranktüren und dem Aktenvernichter. Gegenüber dem Schreibtisch, hinter dem

Andreas Sommer konzentriert auf den Computerbildschirm blickte, saßen zwei Männer. Svenja Sommer stand mit der Waffe in der Hand an die Wand neben einem der Fenster gelehnt und beobachtete die Festgenommenen. Caspari ging an ihnen vorbei und stellte sich neben Sommer, sodass er den beiden *Optimum*-Mitarbeitern ins Gesicht sehen konnte.

»Sind Sie der Leiter dieser Aktion?«, fragte ihn der eine, ein korpulenter Mittfünfziger.

Caspari nickte stumm und fixierte den anderen, einen blass wirkenden, schmächtigen Mann, der für sein jugendliches Alter eine erstaunlich ausgeprägte Glatze hatte.

»Wie lange werden wir hier noch festgehalten?«, fragte der Ältere.

Caspari sah zu Ecki herüber.

»Die Zwei werden auf das Revier gebracht, sobald sie dem Kollegen Sommer noch einige Fragen beantwortet haben.«

»Sie dürfen das nicht!«, wetterte der Ältere. »Dazu brauchen Sie einen Durchsuchungsbefehl!«

»Der wird zurzeit unterschrieben«, brummte Caspari.

»Sie können sich doch nicht einfach in unser System hacken und unsere Daten abrufen«, beschwerte sich der Mann weiter. Caspari bedachte ihn mit einem finsteren Blick.

»Die beiden wissen nicht, was hier letzte Nacht geschehen ist«, erklärte Svenja Bauer.

»Sie haben es Ihnen nicht gesagt?«, fragte Caspari.

»Ich habe einige Informationen über das Intranet aus ihnen herausgekitzelt«, gab Andreas Bauer zu. »Ich weiß einfach nicht, wie lange wir noch die Möglichkeit haben, Verwertbares herauszufischen.«

»Und? Kommen Sie voran?«, fragte Caspari.

»Ja, ich habe schon reichlich Material auf meine Festplatte kopieren können.«

Caspari wandte sich wieder den beiden Männern zu.

»Sie kennen Herrn Huth?«

»Ja, das ist ein Mann aus der Geschäftsleitung unseres Mutterkonzerns«, antwortete der Ältere. »Wieso fragen Sie?«

Caspari ließ die Frage zunächst unbeantwortet.

»Meine Kollegen ertappten Herrn Huth in der vergangenen Nacht, als er hier Akten durch den Reißwolf jagen und Ihren Intranet-Rechner neu formatieren wollte.«

»Warum? Ich meine, wieso macht der das?«, fragte der dürre Glatzköpfige.

»Herr Huth war, wie wir wissen, der europäische Geheimdienstchef für *Lux aeterna*. Da wir vom BKA gegen Ihre Sekte und Ihre Firma ermitteln, wollte er Informationen und Beweise vernichten. Dabei wurde er von zwei meiner Kollegen gestört, die ihn zunächst für einen Einbrecher hielten und festnehmen wollten. Er eröffnete ohne Vorwarnung das Feuer.«

»Sie lügen!«, schrie ihn der Schmächtige an.

»Keineswegs. Von wem, meinen Sie, ist das Blut auf dem Teppichboden?«

»Sie haben ihn umgebracht«, fauchte der Korpulente.

»Nein. Ein Kollege erschoss ihn in Notwehr. Umgebracht hat Herr Huth einen Journalisten und einen Pfarrer, ein weiterer Mann schwebt in Lebensgefahr. Die Drei hatten sich zusammengeschlossen, um die Machenschaften Ihres sauberen Vereins aufzudecken.«

»Wir sind eine Glaubensgemeinschaft, die zu Unrecht verfolgt wird«, entgegnete der Glatzkopf.

»Am Arsch die Räuber!«, schnauzte Svenja Bauer ihn an. »Ihr Laden ist eine Psychosekte, die sich ihren Glaubenskrieg mit dem florierenden Handel von Kinderpornos finanziert.«

»Nein, nein, das glaube ich niemals«, widersprach der Schmächtige heftig.

Caspari sah sich die Personalausweise der Beiden an, die vor ihm auf dem Schreibtisch lagen. Der schmächtige Glatzkopf hieß Janus Körner, der korpulente Mittfünfziger Erwin Gebauer.

»Sagt Ihnen der Name Marcel Nick etwas?«

Körner zuckte mit den Schultern, Gebauer zeigte keine Regung. Caspari war sich sicher, dass der Ältere den Namen zumindest schon einmal gehört hatte.

»Dieser Mann«, fuhr Caspari fort, »hat im Auftrag von *Lux aeterna* eine Computerplattform geschaffen, auf der sich zahlungskräftige Kunden genug Nahrung für ihre perversen Fantasien holen konnten.«

»Nein!«, heulte Körner auf.

»Glaub ihm kein Wort!«, rief Gebauer aufgebracht. »Merkst du nicht, was er gerade tut? Er erzählt uns Lügen, damit wir den Menschen in den Rücken fallen, denen wir alles verdanken, was wir sind.«

»Ja, ja, so muss es sein. Du hast recht«, stammelte Körner.

Clara und Maria

»Ich bringe hier alles durcheinander«, sagte Maria plötzlich, als sie Clara half, im Hof einen Fußweg freizuschaufeln.

Clara wusste nicht, was sie sagen sollte. Natürlich hatte Maria recht. Aber was blieb ihr übrig? Clara glaubte Maria, dass sie niemals wieder so sehr in Casparis Leben eingedrungen wäre, wenn nicht das Leben ihrer Tochter auf dem Spiel stehen würde.

»Was soll ich sagen, Maria?«, begann Clara vorsichtig. »Auf der einen Seite bist du ein sehr liebenswerter Mensch, den ich mir gut als Freundin vorstellen könnte. Auf der anderen Seite bist du meine Konkurrentin, anam cara hin oder her. Dieses komplizierte Verhältnis überrollt mich förmlich, während ich gerade versuche, mit Christoph eine gemeinsame Zukunft aufzubauen. Wie aus dem Nichts taucht dann noch eine gemeinsame Tochter auf. Sag mir, wie groß sind meine Chancen, mit Christoph eine ganz normale Ehe zu führen?«

»Es tut mir ehrlich leid!«

»Ich weiß. Aber für dieses Durcheinander bist du nicht allein zuständig. Christoph auch nicht. Wir treiben zurzeit alle im Fluss der Ereignisse.«

»Wenn das alles hier vorbei ist, werde ich mit Christina weg gehen und euch in Ruhe lassen.«

Clara sah Maria an, dass sie es ehrlich meinte.

»Ach Maria. Wie soll das denn gehen? Christina hat ein Recht auf ihren Vater und umgekehrt. Außerdem löst sich ein unklares Verhältnis nicht dadurch auf, dass man sich entzieht. Ihr müsst eure Beziehung zueinander klären, am besten mit professioneller Hilfe. Und dann würde ich mich sehr freuen, dich und deine Tochter ab und zu hier auf dem Hof zu sehen.«

Clara meinte ernst, was sie gesagt hatte. Maria ließ ihre Schaufel fallen und umarmte sie.

»Danke, Clara«, flüsterte sie mit belegter Stimme.

Als sie mit ihrer Arbeit fortfahren wollten, meldete sich Marias Mobiltelefon. Nach wenigen Augenblicken war das Gespräch beendet.

»Ich soll nach Gelnhausen kommen. Ins Café Art.«

»Ein öffentlicher Platz, das ist gut für uns«, überlegte Clara. »Ich fahre dich hin und gebe dir Rückendeckung.«

»Willst du das wirklich machen?«, fragte Maria. »Das ist nicht ganz ungefährlich.«

»Kein Problem. Ich kann auf mich aufpassen«, sagte Clara selbstbewusster, als sie sich tatsächlich fühlte.

»Davon habe ich gehört«, sagte Maria und zwang sich zu einem Lächeln.

»Ich rufe schnell Christoph an, bevor wir losfahren.«

»Er sagte, ich soll allein kommen, wenn ich will, dass es Christina auch weiterhin gut geht.«

Clara bleib stehen. »Weißt du, diese Sprüche sind Standard. Christoph und seine Mitarbeiter sind professionell, man erkennt sie nicht so leicht. Außerdem ist das Café Art meist gut besucht, sodass ein paar Polizisten in Zivil nicht weiter auffallen.«

»Meinst du wirklich?«, fragte Maria unsicher.

»Klar! Vertraue Christoph. Der weiß, was er macht«, beruhigte Clara sie.

Im Haus angekommen, versuchte Clara mehrmals, Caspari zu erreichen. Er ging nicht ans Telefon. Was sollte sie jetzt tun? Kurz entschlossen wandte sie sich Maria zu.

»Wir fahren jetzt.«

»Was sagt Christoph dazu?«

»Keine Ahnung. Er geht nicht ans Telefon.«

Maria wirkte mit einem Mal sehr blass.

»Aber können wir dann einfach so in dieses Café gehen?«

Clara überlegte kurz. Je länger Maria den Besuch im Café Art hinauszögerte, umso auffälliger war es.

»Wir gehen!«, entschied Clara. »Schreib du Christoph eine Mail, während ich fahre. Dann ist er wenigstens informiert und kann uns helfen.«

Caspari

Svenja Bauer und Andreas Sommer sahen Caspari überrascht an. Er wusste, was sie beschäftigte.

»Meine Herren«, unterbrach er die lautstarke Verwirrung der beiden *Optimum*-Mitarbeiter, »zwei unserer Kollegen verhören seit ein paar Tagen einen Unternehmer in den Niederlanden, der mit *Lux aeterna* kooperiert hat. Wir wissen ganz genau, dass Ihr illustrer Lichterclub diese gesamte Kinderporno-Geschichte mit Marcel Nicks Hilfe aufgezogen hat. Das lässt sich so einwandfrei nachweisen, dass Ihre Freunde im Glauben aus dieser Nummer nicht mehr rauskommen.«

»Marcel Nick?«, fragte Gebauer. »Wer ist das?«

»Ein Computergenie, Software-Entwickler und ein begnadeter Hacker«, antwortete Andreas Sommer gereizt. »Daneben ein pädophiles Schwein, das andere Perverse mit Filmmaterial versorgt.«

Caspari warf kommentarlos ein Fahndungsfoto von Nick auf den Schreibtisch.

»Aber das ist doch …, der war doch hier«, stammelte Körner.

»Halt die Klappe!«, schnauzte ihn sein älterer Kollege an.

»Aber wenn doch was dran ist? Weißt du wirklich nicht, was das heißt?«, erwiderte Körner.

Gebauer schüttelte den Kopf und schwieg.

»Ich werde den Verdacht nicht los, dass Ihr Kollege tiefer mit drinhängt, als Sie ahnen«, sagte Caspari. Er war überzeugt, dass Körner bald umfallen und ihnen wichtige Informationen geben würde. Jetzt war der Zeitpunkt gekommen, das Gespräch auf den abgetauchten Leiter der Gelnhäuser *Optimum*-Zentrale zu lenken.

»Lassen Sie uns über den lieben Herrn Weinmann sprechen. Das ist ja wohl Ihr Chef, oder?«

Körner nickte, während Gebauer zornig zum Seitenfenster sah.

»Diesen sauberen Herrn suchen wir, weil er eine Frau überfallen hat. Die Dame war allerdings sehr wehrhaft, weswegen er sich mit einem Verband im Gesicht nach Borkum abgesetzt hat, wo sich, wie wir alle wissen, die Europa-Zentrale ihrer Sekte befindet. Es wäre doch sehr interessant herauszufinden, ob Weinmann in Marcel Nicks nettes Kinderprojekt einsteigt.«

Körner stand der Schweiß auf der Stirn.

»Das kann doch alles nicht wahr sein.«

Caspari fuhr ungerührt fort.

»Wissen Sie, was ich sehr bemerkenswert finde? Die Clearing Organisation versucht über Nacht, ihren gesamten Aktenstand zu eliminieren und ihre Intranet-Verbindung zu kappen. Und Sie wissen nichts davon. Man lässt Sie eiskalt ins Messer laufen. Stellen Sie sich vor, Herr Huth hätte seinen Auftrag letzte Nacht ausführen können. Sie hätten heute Morgen vor dem Nichts gestanden. Es hätte noch nicht einmal eine Möglichkeit gegeben, mit der Zentrale in Verbindung zu treten.«

Er betrachtete Körner und Gebauer ganz genau, während er eine Kunstpause machte.

»Soll ich Ihnen sagen, was das heißt? Sie sind denen völlig egal. Sie sind Bauern, die man ohne Bedenken opfert. Dieses ganze Lichtgefasel Ihrer Sekte können

Sie das Klo hinunterspülen. Das ist eine Farce, die nur dazu da ist, Leuten das Geld aus der Tasche zu ziehen. Dabei geht man auch über Leichen.«

Gebauer schüttelte den Kopf.

»Was passiert mit mir, wenn ich Ihnen helfe?«, fragte Körner leise.

»Das wirst du nicht tun!«, schrie Gebauer.

Caspari gab Ecki einen Wink. Der schleppte den korpulenten Mann zusammen mit Svenja Bauer ins Nebenzimmer. In diesem Moment bemerkte Caspari den Vibrationsalarm seines Mobiltelefons in der Hosentasche. ›Nicht jetzt‹, dachte er und ignorierte den Anruf.

»Sie werden in ein Zeugenschutzprogramm aufgenommen und können irgendwo ganz neu anfangen, wenn Sie das wollen«, bot er Körner an.

»Also gut. Was wollen Sie von mir wissen?«

»Wir brauchen den Zugang zum Borkumer Zentrum. Wenn wir den haben, können wir einen Spionagevirus einschleusen, der uns die gesamte Kommunikation liefert.«

»Woran hängt es?«, fragte Körner.

»Unter welchem Namen firmiert das Zentrum innerhalb Ihres Systems?«, fragte Sommer. »Ich habe mir heute Morgen schon einen Wolf gesucht.«

»Der Codename des Zentrums lautet ›Troja‹«, erklärte Körner.

»Troja? Wie passend. Dann wollen wir den Trojanern doch mal ein schönes Pferd zukommen lassen«, meinte Caspari und gab Sommer einen Wink. Der klickte den Namen in einer Liste an. Dann steckte er einen USB-Stick in den Anschluss des Computers und verschickte eine E-Mail vom *Optimum*-Rechner nach Borkum, in dessen Anhang der Virus mitreiste und sich im Server des Borkumer Zentrums ausbreitete.

»Das wäre geschafft«, freute sich Sommer. »Der Virus ist allerfeinste Arbeit aus unserem BKA-Labor. Den findet selbst Nick nicht so schnell.«

»War das alles, was Sie von mir wissen wollten?«, fragte Körner erschöpft.

»Nicht ganz«, meinte Caspari. »Die eine oder andere Frage haben wir noch an Sie. Zu Ihrer eigenen Sicherheit behalten wir Sie erst einmal in unserer Obhut, schön getrennt von Ihrem Kollegen, versteht sich. Außerdem brauchen die Herrschaften vom Zeugenschutz auch ein bisschen Zeit, Ihr Programm vorzubereiten.«

Körners Gesicht wurde von einem Moment auf den anderen aschfahl.

»Was mache ich, wenn *Lux aeterna* auch in dieser Behörde Anhänger hat?«

Clara und Maria

Clara ließ Maria einen Vorsprung von drei Minuten, bevor sie selbst das Café Art am Gelnhäuser Obermarkt betrat. Während sie den Reißverschluss ihrer Winterjacke öffnete, sah sie sich um. Das Café hatte erst vor einer halben Stunde geöffnet, sodass nur wenige Tische besetzt waren. An einem Tisch in der Nähe des Ausgangs saß Maria, ihr gegenüber hatten zwei bullig wirkende Männer, die sie als Personenschützer von der Filmpremiere noch in Erinnerung hatte, Platz genommen. Einer der Beiden drehte sich zu ihr um. Schnell ließ sich Clara auf einen Stuhl an einem nahestehenden Tisch fallen, an dem ein Mann saß, der ganz in seine Zeitschrift vertieft war und den dampfenden Kaffee vor sich auf dem Tisch zu ignorieren schien. Clara saß mit dem Rücken zu Maria und den Männern, die auf sie einredeten. Sie hoffte inständig, dass sie nicht erkannt worden war. Der Mann an ihrem Tisch sah sie mit einem Stirnrunzeln an.

»Entschuldigung. Ist hier noch frei?«, fragte sie leise.

Der Mann nickte stumm, trank einen Schluck Kaffee und widmete sich wieder seiner Zeitschrift. Clara schlüpfte aus ihrer Jacke. Dabei konnte sie einige Gesprächsfetzen vom Tisch hinter sich aufschnappen.

»Ihre Verpflichtungen uns gegenüber sind noch nicht beendet«, sagte einer der Männer mit tiefer Stimme.

»Wer glauben Sie eigentlich, dass Sie sind?«, reagierte Maria scharf. »Sie halten meine Tochter gegen ihren Willen fest und zwingen mich, nach Ihrer Pfeife zu tanzen. Das läuft so nicht mehr. Ich habe Ihnen nun genug Gefälligkeiten erwiesen. Ich will meine Tochter wiederhaben.«

»Sie sind nicht in der Position, Forderungen zu stellen.«

»Das glaube ich nicht. Ich weiß, wo sie Christina festhalten. Es war ein Leichtes, das herauszufinden. Das Bundeskriminalamt und der Verfassungsschutz sind sehr an dieser Entführung interessiert.«

»Wer sagt denn, dass Ihre Tochter gegen ihren Willen bei uns lebt?«

»Ich! Außerdem ist sie nicht volljährig. Wenn ich als Mutter darauf bestehe, dass sie nach Hause kommt, dann habe ich das Recht auf meiner Seite, das wissen Sie sehr genau.«

»Sie arbeiten also nicht mehr mit *Lux aeterna* zusammen«, stellte der andere Mann fest.

»Sehr richtig. Dafür aber mit der deutschen Polizei, die Gott sei Dank noch nicht von Ihrem kranken Haufen unterwandert ist«, zischte Maria.

Clara sah aus dem Augenwinkel, wie Maria versuchte aufzustehen. Einer der Männer packte sie am Arm und versuchte, sie wieder zum Sitzen zu zwingen.

»Lassen Sie mich los! Sie tun mir weh!«, schrie Maria.

»Halten Sie die Klappe«, knurrte der Mann. Claras Tischnachbar breitete seine Zeitschrift aus und begann, sie fest zusammenzurollen. Sie wusste nicht, was das zu bedeuten hatte. Aber Maria brauchte ihre Hilfe. Clara sprang auf, drehte sich um und trat so hart sie nur konnte dem Mann, der Maria festhielt, mit dem Absatz gegen die Schläfe. Der Mann sackte zur Seite und hielt stöhnend die Hand an den Kopf. Der Andere war aufgesprungen und griff in sein Sakko. Clara wusste, dass er eine Waffe ziehen würde. Sie hatte sich wieder einmal ohne ausreichende Rückendeckung in eine gefährliche Situation begeben. Dieses Mal würde es nicht mehr glimpflich ausgehen. Während sie sich noch über ihre Dummheit ärgerte, wurde sie plötzlich zur Seite gestoßen. Der Mann hinter ihr schlug dem bulligen Sektenanhänger mit der Zeitschrift erst auf die Hand und gleich darauf ins Gesicht. Der falsche Personenschützer bog seinen Kopf nach hinten und gab den Hals frei. Clara sah, wie das Ende der Zeitung seinen Kehlkopf traf.

»Gut gemacht, Herr Sommer«, hörte sie eine wohl vertraute Stimme von der Theke her. Sommer? Andreas Sommer, der Mitarbeiter von Christoph? Clara hatte ihn vor lauter Anspannung nicht erkannt. Nun stand er mit gezogener Waffe vor den beiden Sektenjüngern, die benommen auf dem Boden lagen. Während Clara sich wieder aufrichtete, hörte sie schnelle Schritte auf sich zukommen. Caspari, Svenja Bauer und einige Beamte in Uniform kamen vom Thekenbereich angelaufen. Caspari packte Clara bei den Armen und stellte sie wieder auf die Füße.

»Tu das nie wieder, hörst du!«, sagte er scharf. »Das hätte ganz leicht ins Auge gehen können.«

»Aber der Tritt hat doch gesessen«, verteidigte sich Clara kleinlaut.

»Ich rede nicht von der Prügelei«, fuhr Caspari sie an. »Ich rede davon, dass du dich allein und ohne Schutz in eine lebensgefährliche Situation begibst. Gott sei Dank habe ich Marias Nachricht noch rechtzeitig gelesen.«

»Du hast dich nicht gemeldet, und die Männer hatten auf ein sofortiges Treffen bestanden«, sagte Clara mit belegter Stimme. »Wir mussten doch etwas tun.«

»Ja, und zwar so lange bei mir anrufen, bis ich drangehe! Ich habe nicht vor, dich vor unserer Hochzeit zu beerdigen.«

»Es tut mir leid«, flüsterte sie.

Er strich ihr über das Haar.

»Schon gut.«

Dann ging er zum Tisch, neben dem sich die Polizisten um die Männer am Boden kümmerten. Maria kam zu ihr und legte ihr den Arm um die Schulter.

»Danke.«

»Es sieht so aus, als bräuchten die Herren einen Arzt«, meinte Andreas Sommer.

»Clara und Sie haben ja auch ordentlich zugelangt«, sagte Caspari. »Das hätte ich Ihnen gar nicht zugetraut.«

»Ich trainiere schon lange philippinischen Stockkampf, Modern Arnis. Aber getraut habe ich mich nie etwas. Als Marcel Nick mich bei seiner Verhaftung so vermöbelt hat, wollte ich schon damit aufhören. Aber ich musste immer an Schneiders Worte denken, dass ich meine Angst überwinden muss. Diese Ansage hat geholfen.«

Clara fiel der Brief wieder ein.

»Hast du schon lesen können, was Christina dir geschrieben hat?«, fragte sie Maria.

»Das Oberflächliche konnte ich lesen. Aber für die wahre Botschaft brauche ich ein bisschen Ruhe.«

»Die bekommst du zu Hause. Dahin fahrt ihr jetzt auf der Stelle«, forderte Caspari streng. »Und wir werden jetzt im Polizeirevier planen, wie wir diesem Spuk ein Ende bereiten.«

Jin Jang und Gernot Schneider

Etwas klapperte in ihrem Zimmer. Gernot Schneider sprang aus dem Bett auf und sah sich um. Vorsichtig bewegte er sich vorwärts zu dem kleinen Flur am Eingang. Dort war das Zimmermädchen gerade im Begriff, den Wagen mit den Reinigungsutensilien hineinzuziehen. Als sie sich zu ihm umdrehte und ihn sah, zuckte sie erschrocken zusammen. Schneider überlegte kurz, wie er die Frau ansprechen sollte, die offensichtlich keine Einheimische war.

»Moin«, grüßte er sie auf nordisch.

»Moin«, grüßte sie zurück, was sich aus ihrem Mund irgendwie lustig anhörte. »Sie sind noch im Bett?«

Schneider war peinlich berührt.

»Ja, wir waren gestern lange unterwegs und sind erst sehr spät ins Bett gekommen.«

»Das Frühstücksbüfett ist schon abgeräumt.«

»Nicht schlimm.«

»Ich komme später noch mal, wenn Sie weg sind«, sagte die Frau und drehte sich wieder zum Wagen.

Schneider nickte und ging wieder zurück zum Bett, in dem Jin Jang ihn gähnend erwartete. Plötzlich weiteten sich ihre Augen vor Entsetzen. Irgendetwas stimmte ganz und gar nicht. Schlagartig wurde ihm bewusst, dass er nicht gehört hatte, wie die Zimmertür ins Schloss fiel. Blitzschnell machte er eine Drehung um 180 Grad und führte dabei beide Arme als Blockade vor seinem Körper mit. Vor ihm stand das Zimmermädchen mit einem langen Dolch in der Hand. Schneider spürte ein Brennen auf seinem rechten Unterarm, doch er verdrängte den Schmerz. Seine volle Aufmerksamkeit galt der Waffe, die er an seinem Körper hatte vorbeigeleiten lassen, und der Frau, die sie hielt. Noch bevor er ihr Handgelenk greifen konnte, zog sie sich zurück und vollführte einige schnelle Paraden mit dem Dolch. Jin Jang sprang aus dem Bett und riss die Schublade ihres Nachttisches auf. Während er einem Dolchhieb auswich, sah Schneider, wie sie ihren Teles-kopstock herausholte und ausfahren ließ. Die Angreiferin wandte sich mit einer flinken Drehung Jin Jang zu, wobei sie einen Schritt rückwärts ging, um Schneider im Auge behalten zu können. Jin Jang gebrauchte ihren Metallstock wie ein Kurzschwert, das sie so blitzschnell durch die Luft wirbeln ließ. Er hörte ein metallisches Klirren, als Dolch und Stock aufeinandertrafen. Die Inderin machte einen schnellen Ausfallschritt. Jin Jang reagierte mit ebenso hoher Geschwindigkeit, leitete den Angriff an sich vorbei und versetzte der Inderin mit der freien Hand einen harten Faustsstoß in die Rippen. Die Angreiferin taumelte zurück und versuchte, möglichst unauffällig den Rückzug anzutreten. Gegen zwei hellwache und gut ausgebildete Kämpfer konnte sie allein nichts ausrichten. Schneider spürte, was sie vorhatte. Er griff nach der Wasserflasche, die neben seinem Bett stand und schleuderte sie ihr entgegen. Mit dieser Attacke schien sie nicht gerechnet zu haben. Irritiert schlug sie die Flasche weg. In diesem Moment war die Seite zu Jin Jang völlig ungedeckt, was die Chinesin ohne zu zögern nutzte. Sie schlug ihrer Gegnerin mit dem Teleskopstock gegen den Hals, gegen das rechte Handgelenk und dann wieder gegen den Hals. Die Frau verdrehte die Augen, ließ den Dolch fallen und fiel vornüber auf den Boden.

»Teufel noch mal«, schimpfte Schneider. »Die Herrschaften von *Lux aeterna* scheinen uns doch als Bedrohung zu sehen. Dass die eine Killerin in ihren Reihen haben, hätte ich nicht gedacht.«

Er registrierte weder den Schmerz, der von seinem Unterarm ausging, noch das Blut, das stetig vom Pyjama-Ärmel auf den Fußboden tropfte. Aus seinem Nachttisch holte er ein Paar Handschellen, die er der Bewusstlosen umlegte. Jin Jang fesselte die Fußgelenke der Angreiferin.

»Wir müssen uns um deinen Arm kümmern«, sagte sie schließlich. Aus ihrem Nachttisch holte sie eine kleine Erste-Hilfe-Tasche, wie sie Bergwanderer mit sich führen. Vorsichtig zog sie seinen Ärmel nach oben. »Du hast Glück gehabt. Der Schnitt ist nicht allzu tief. Aber das sollte sich trotzdem ein Arzt ansehen.«

Behutsam legte sie eine Kompresse auf die Wunde und verband sie. Allmählich kam das Gefühl in seinen Arm zurück, und er spürte einen heftigen, stechenden Schmerz.

»Miststück!«, fluchte er.

Dann rief er Ackermann an. Der versicherte, dass er mit allen verfügbaren Kollegen zum Hotel kommen würde.

»Haben Sie anständige Fußfesseln?«, fragte Schneider.

»Fußfesseln?«, wiederholte Ackermann aufgeregt. »Ich glaube, die liegen irgendwo im Archiv. So etwas haben wir bisher nie gebraucht.«

»Jetzt schon!«, erwiderte Schneider. »Und bringen Sie einen Arzt mit. Unsere Killerbiene sieht nicht wirklich gut aus.«

Als er das Gespräch beendet hatte, sah er zu Jin Jang herüber, die sich den Schlafanzug ausgezogen hatte und in einen Pulli und Jeans schlüpfte.

»Eines muss man der Dame ja lassen«, meinte er. »Sie kann ausgezeichnet kämpfen. Diesen Stil kannte ich bisher noch nicht.«

»Sie beherrscht Kalarippayat, eine uralte indische Kampfkunst, die von Historikern sogar als eine der Wurzeln des Kung Fu gesehen wird.«

»Ich kann mir nicht vorstellen, dass wir die einzigen sind, die sie in ihrem Leben angegriffen hat.«

»Nicht die einzigen, die angegriffen wurden, wahrscheinlich aber die einzigen, die überlebt haben.«

Caspari

Caspari war außer sich, als Schneider ihm die Ereignisse am Telefon schilderte.

»So eine Sauerei!«, fluchte er. »Ich habe langsam genug von diesem Haufen. In einer halben Stunde spreche ich mit dem Bundesstaatsanwalt. Dem werde ich einen Durchsuchungsbefehl für alle Einrichtungen von *Optimum* und *Lux aeterna* aus den Rippen leiern. Wir schlagen in den nächsten vierundzwanzig Stunden auf Borkum zu.«

»Das muss schneller gehen, Chef«, verlangte Schneider. »Hier wurde eine Sturmwarnung für den Nachmittag ausgegeben. Da kommt ein ordentliches Unwetter auf uns zu. Wenn das erst mal los geht, kommt niemand mehr zur Insel rüber.«

»Ich spreche mit dem Landeskriminalamt Niedersachsen und mobilisiere alle verfügbaren Kräfte. Die müssen noch vor dem Sturm auf die Insel. Mit fünf Streifenbeamten und Ihnen beiden können wir das Rattennest nicht ausheben.«

»Was sollen wir währenddessen tun?«, fragte Schneider.

»Lassen Sie den Hafen sperren. Kein Privatboot darf mehr unkontrolliert die Insel verlassen. Alle Passagiere der Fähren sollen überprüft werden.«

»Dann darf die Unterstützung vom LKA nicht allzu lange auf sich warten lassen. Dieser Aufwand an Kontrolle ist von uns wenigen nicht zu bewältigen.«

Caspari schnaubte.

»Jin Jang und ich haben uns überlegt, dass es besser ist, die Sektenleitung auf der Insel in Sicherheit zu wiegen. Wir dachten, eine kleine Inszenierung wäre ganz hilfreich. Der örtliche Bestatter kam mit zwei Särgen zum Hotel. Wir haben uns im Kofferraum der Polizeiwagen, damit der Eindruck entsteht, dieses Teufelsweib hätte ihren Auftrag erfüllt.«

»Sehr gut«, zeigte sich Caspari zufrieden.

»Außerdem haben wir mit dem Kollegen Ackermann von der Inselpolizei einen kurzen Pressetext vorbereitet, der im Online-Newsticker der lokalen Zeitung veröffentlicht wird. Überschrift: Tödlicher Überfall auf Borkum: Hotelangestellte tötet Pärchen. Was halten Sie davon?«

»Sehr gut. Das verschafft uns Luft bis zum Zugriff.«

Ohne vorher anzuklopfen betrat Marcel Nick plötzlich ihr Zimmer.

»Komm mit!«, befahl er.

Christina musste schlucken. Würde sie jetzt in das Haus zu den Mädchen mit den ausdruckslosen Gesichtern gebracht?

»Derringer möchte dich sprechen.«

Was der Chef von *Lux aeterna* nur von ihr wollte? Sie konnte sich keinen Reim darauf machen. Was es auch war, es konnte nur besser sein als die Tortur, die die Mädchen drüben durchmachen mussten. Mit bleiernen Beinen schleppte sie sich zum Haus in der Mitte der Siedlung. Derringer saß in seinem ledernen Bürostuhl und beäugte sie missmutig, als sie von Nick in den Raum hineingeschoben wurde. Seine schwere Hand auf ihrer Schulter hieß sie, sich zu setzen.

»Christina, ich komme gleich zur Sache«, begann Derringer. »Wir haben uns alle Mühe gegeben, deiner Mutter entgegen zu kommen. Allmählich verdichten sich die Anzeichen dafür, dass sie einen Pakt mit unseren Feinden geschlossen hat. Falls dem so ist und sie nicht weiter kooperiert, sehen wir uns gezwungen, dich von der Insel zu bringen. Oder wir lassen dich in einem unserer ... Programme verschwinden. Hast du das verstanden?«

Christina nickte stumm.

»Gut. Es ist nur zu deinem Besten.«

Christina lag eine scharfe Erwiderung auf der Zunge, aber sie schluckte sie hinunter. Die Sekte hatte bisher noch nie etwas für sie getan. Alles, was man mit ihr gemacht hatte, galt einzig und allein den Interessen von *Lux aeterna*.

Marcel Nicks Hand auf ihrer Schulter deutete ihr an, dass das Gespräch nun beendet sei. Langsam erhob sie sich und ging nach draußen. Nick wies ihr stumm einen Stuhl, auf den sie sich setzte.

»Warte hier!«, befahl er. Dann ging er wieder ins Büro zurück und schloss die Tür. Christina sah sich im Flur um. Weit und breit war keine Menschenseele zu sehen. Sie fasst ihren Mut zusammen, ging zur Tür und lauschte.

»Hat sich Kali schon gemeldet?«, fragte Derringer.

Christina zuckte zusammen. Aus der Schule wusste sie, dass Kali die indische Todesgöttin war. Von wem auch immer die Rede war, es konnte kein liebevoller Mensch sein.

»Bisher noch nicht«, antwortete Nick.

»Ungewöhnlich. Das ist gar nicht ihre Art.«

Derringers Stimme klang besorgt.

»Ich hätte das Pärchen gleich am Strand erledigen sollen«, sagte Nick.

»Damit jede Menge Spuren zu uns führen? Nein, wirklich nicht. Haben Sie denn mittlerweile herausbekommen, wer das war?«

»Nein, ich bin ihnen mit großem Abstand bis zu ihrem Hotel gefolgt. Sie haben wahrscheinlich unter falschen Namen eingecheckt. Wer sie wirklich sind, sollte Kali herausfinden. Sie wird ihnen aufgelauert und sie erledigt haben. Vielleicht wurde sie gesehen und musste erst mal abtauchen.«

»Ich hoffe, Sie haben recht. Sie ist ein unverzichtbares Mitglied unserer Gemeinschaft. Wir haben sie in vielen Ländern eingesetzt.«

»Jeder ist ersetzbar«, erwiderte Nick.

»Mag sein, dass das für Sie zutrifft. Aber Kali ist einzigartig.«

»Dass ich nicht lache!«, höhnte Nick. »Ohne meine Fähigkeiten hätten die Propheten ein paar Millionen Euro weniger auf ihrem Konto. Und vor allem keine Wichsvorlagen.«

»Was erlauben Sie sich!«, donnerte Derringer. »Die beiden höchsten Lichter des Universums haben Ihnen bei uns eine Heimat geschenkt. Treten Sie das nicht mit Füßen!«

»Ja, ja, nun regen Sie sich nicht auf. Ich bin den beiden Opis dankbar, dass sie mir neue Möglichkeiten eröffnet haben. Allerdings weiß ich, dass ich mit meiner Arbeit ganz genau ihren Geschmack treffe.«

»Gehen Sie! Das Gespräch widert mich an!«, erwiderte Derringer.

»Sie brauchen mich, ob Sie wollen oder nicht«, entgegnete Nick ungerührt.

Christina hörte gedämpfte Schritte auf dem Teppichboden. Schnell setzte sie sich wieder auf ihren Stuhl. Da kam auch schon Nick mit einem höhnischen Grinsen aus dem Raum.

»Komm!«, befahl er knapp.

Christina lief ein Schauer über den Rücken. Von diesem Mann ging eine eisige Kälte aus, die ihr Angst machte. Mit weichen Knien folgte sie ihm durch das Hauptgebäude auf den Hof. Er steuerte genau auf das Haus zu, aus dem sie die Mädchen mit dem leeren Blick hatte kommen sehen. Mit jedem Schritt, mit dem sie sich dem verklinkerten Bau näherten, wurden ihre Beine schwerer. Nick drehte sich zu ihr um.

»Geht es ein bisschen schneller?«, fauchte er sie an.

Christina gab sich alle Mühe, die Fassung zu bewahren. Sie durfte vor diesem Mann keine Schwäche zeigen. Doch irgendetwas hielt sie zurück. Sie stand wie angewurzelt auf der Stelle und starrte Nick an.

»Angst?«, fragte Nick. »Das ist gut! Angst bewahrt vor Dummheiten.«

Er ging zu ihr, packte sie fest am Arm und zog sie mit sich zum Haus. Neben der Eingangstür gab er auf einem Tastenfeld einen Code ein. Christina zwang sich hinzusehen und sich die Zahlenfolge einzuprägen. 1212. Konnte der Schlüssel für die Tür tatsächlich so simpel sein? Dezember im Jahr 2012. ›Manchmal sind die Orte, an denen man ständig vorbeigeht, die besten Verstecke, und die einfachsten Zahlenkombinationen diejenigen, auf die man gar nicht kommt‹, hatte Samuel ihr beigebracht. Marcel Nick gab sich keine Mühe, ihr beim Eintippen die Sicht zu verstellen.

Mit einem Surren sprang die schwere Stahltür auf. Nick schleifte sie mit sich durch einen leeren Flur, dessen weiße Wände im Neonlicht ihr das Gefühl gaben, vollkommen verloren zu sein. Nach einigen Metern waren Stahltüren in die Wände eingelassen, die Christina an ein Gefängnis erinnerten. Eine dieser Türen schloss Nick auf. Christina blickte auf ein vergittertes Milchglasfenster. Im Zimmer herrschte eine unangenehme Wärme. Verbrauchte Luft schlug ihr entgegen. Ihr Blick wanderte zu dem Bett, das neben einem Tisch und einem Stuhl das einzige Möbelstück war. Darin lag unter einer dicken Decke zusammengekauert ein Mädchen. Nick stieß Christina ins Zimmer. Sie stolperte auf das Bett zu. Als sie erkannte, wer darin lag, rang sie mit den Tränen. Irina! Das Mädchen, mit dem sie noch vor zwei Wochen gesprochen hatte. Ihre Lippen waren gesprungen, das Gesicht hatte eine ungesunde Blässe. Das linke Auge war vollkommen zugeschwollen, unter den Nasenlöchern sah Christina getrocknetes Blut. Christina sprach sie an. Irina reagierte nicht. Selbst als sie ihr über das Haar strich, lag das Mädchen da wie tot. Doch sie atmete noch, wenn auch nur flach und unregelmäßig.

»Was haben Sie mit ihr gemacht?«

Christina konnte nicht verhindern, dass sich ihre Stimme überschlug.

»Oh, wir haben unsere Leute. Die wissen, wie man mit kleinen Mädchen spielt. Und dann gibt es noch unseren Chemiker, der dafür sorgt, dass sich Kinder wie Irina keine Gedanken machen müssen.«

»Nein«, stammelte Christina.

»Ich möchte, dass du kooperativer wirst. Ansonsten wirst du Gast in diesem Haus werden. Ist das klar?«

Christina brachte keinen Ton mehr heraus. Sie musste sich am Bettgestell abstützen. Dann nickte sie stumm.

»Gut! Dann ist ja alles klar«, sagte Nick zufrieden.

Clara und Maria

Müde und mit einem flauen Gefühl im Magen saß Clara am Küchentisch und sah Maria dabei zu, wie sie schweigend Camillo kraulte.

»Manchmal habe ich mein Temperament nicht im Griff«, sagte Clara.

Maria sah sie an, als sei sie aus einem tiefen Schlaf erwacht.

»Bitte?«

»Ich habe uns beide in Gefahr gebracht.«

»Blödsinn!«

»Ich habe die beiden Schläger unterschätzt. Das hätte uns fast das Leben gekostet.«

Maria sah sie ernst an.

»Hör mir mal zu. Wir haben uns unvorbereitet auf

dieses Treffen eingelassen. Wenn jemand fahrlässig gehandelt hat, dann waren wir das beide.«

»Es ist ja auch noch mal gut gegangen«, brummte eine Stimme aus dem Flur.

Überrascht drehte Clara sich um. Caspari kam mit einem unterdrückten Gähnen in die Küche.

»Christoph! Du bist ja schon wieder da.«

»Ja, aber nur zum Packen.«

Clara konnte sich keinen Reim darauf machen. Caspari schien ihr die Verwunderung anzusehen.

»Jin Jangs und Schneiders Tarnung ist aufgeflogen. Sie wurden heute Morgen von einer Killerin angegriffen. Sie haben überlebt, aber es war knapp. Ich hatte vorhin eine Videokonferenz mit dem Generalbundesanwalt und den Präsidenten des BKA und des LKA Niedersachsen. Mehrere Einheiten der Bereitschaftspolizei und des SEK sind schon unterwegs nach Borkum.«

Er goss sich ein großes Glas Wasser ein, das er gierig in einem Zug austrank.

»Heißt das, dass du auch nach Borkum fährst?«, wollte Clara wissen.

»Ja, zusammen mit der GSG 9.«

Maria sah ihn fragend an.

»Was ist das?«

»Eine Spezialeinheit der Bundespolizei, besonders auf Anti-Terror-Kampf trainiert.«

»Großer Bahnhof!«, kommentierte Clara.

»Du hast selbst erlebt, wozu diese Sekte fähig ist«, sagte Caspari knapp. »Ich werfe schnell ein paar Sachen in die Reisetasche, dann muss ich los.«

Ohne auf eine Reaktion zu warten, drehte er sich um und lief zur Treppe. Clara und Maria hörten stumm auf die Geräusche aus dem oberen Stockwerk. Caspari kam nach einer Weile in einer dunkelblauen Cargo-Hose und einem Polizeipullover in die Küche. Clara sah ihn von oben bis unten an. Ihr Blick blieb an der Sturmhaube hängen, die er in der Hand hielt. Dann sah sie die Schussweste, die auf der Reisetasche im Flur lag. Ein Aktenkoffer aus Aluminium stand daneben. Clara kannte ihn. Caspari transportierte darin seine Waffen und die Munition.

»Du siehst aus, als würdest du in den Krieg ziehen«, sagte sie heiser. Zum ersten Mal seit sie sich kannten hatte sie Angst um ihn.

»Keine Angst, ich komme wieder«, versicherte er ihr.

›Er hat mir nicht widersprochen‹, durchfuhr es sie.

»Pass auf dich auf, und bring mir mein Kind wieder«, sagte Maria, die sichtlich mit den Tränen rang.

Clara spürte Casparis große Arme um ihre Hüften. Er drückte sie an sich und gab ihr einen Kuss. Einen kurzen Moment sah er ihr in die Augen.

»Grüß Lukas von mir, wenn er aus der Schule kommt«, sagte er mit ruhiger Stimme. »Und sag ihm, dass ich bald wieder da bin.«

Er sah auf seine Uhr und fluchte leise.

»Ich muss los. In einer Stunde hebt das Flugzeug ab.«

»Ihr fliegt?«, fragte Clara erstaunt.

»Ja, wir müssen nach Borkum, bevor der angekündigte Sturm losbricht.«

Er gab Maria einen hastigen Kuss auf die Stirn, streichelte Camillo über den Kopf, griff nach seinen Sachen und eilte durch die Tür. Durch das Küchenfenster sah Clara, wie er das Blaulicht auf das Dach seines Volvo setzte und davonbrauste.

Dann war es still im Haus.

Zeit zum Verschnaufen war ihm nicht geblieben, nachdem er abgehetzt in das Flugzeug eingestiegen war. Kaum hatten sie die vorgesehene Höhe erreicht, winkte ihn der Einsatzleiter der GSG 9 zu sich. Der Mann hatte sich ihm beim Einsteigen als Carsten Freund vorgestellt. Caspari setzte sich auf den Platz neben ihm. Freund entfaltete eine Karte, die ein Satellitenfoto von der Sektenzentrale darstellte.

»Mit den Daten, die Sie mir übermittelt haben, konnte ich mir ein vorläufiges Bild von dieser Sektenzentrale machen«, begann Freund. »Das Ganze gleicht einer Festung. Nach Schneiders Angaben konnte ich die Überwachungskameras einzeichnen. Allerdings hätte ich mir bessere Aufnahmen von der ganzen Anlage gewünscht.«

Caspari sah auf den Plan. Er konnte keine Stelle auf dem Gelände und am Strand entdecken, die unbeobachtet war.

»Es wird sehr schwer, mit so vielen Einsatzkräften unbemerkt auf das Gelände vorzudringen«, erklärte Freund.

Caspari kam trotz seiner Müdigkeit eine Idee.

»Wir haben im BKA zwei, drei hervorragende Hacker. Ich kann sie bitten, ins Netz der Sekte einzudringen und die Kameras zum richtigen Zeitpunkt ein Standbild senden zu lassen.«

Freund war skeptisch.

»Dauert es nicht zu lange, sich durch die Sicherheitssoftware durchzufressen?«

»Wir konnten uns einen Zugang zum Intranet der Sekte verschaffen und haben einen Informanten, der uns bei Detailfragen weiterhilft.«

»Solange die Sekte davon nichts mitbekommt, ist das natürlich ein Sechser im Lotto«, sagte Freund.

Sie kamen überein, bei der Lageplanbesprechung alles Weitere zu erörtern. Caspari griff zu seinem Mobiltelefon und rief die Internet-Abteilung des BKA an. Wenig später machte sich ein hagerer junger Mann mit langen Haaren und einer Designerbrille an die Arbeit.

Als das Flugzeug in Emden zur Landung ansetzte, spürte Caspari den harten Wind, der an ihrem Jet rüttelte. Eisig brannte die kalte Luft auf seiner Haut, während er die Treppe hinunterging. Ein Linienbus brachte sie zu einem anderen Bereich des Flughafens, dort stiegen sie in vier große Hubschrauber ein. Der Pilot schien Casparis skeptischen Gesichtsausdruck bemerkt zu haben. Kaum hatte Caspari die Kopfhörer aufgesetzt, meldete sich der Mann.

»Wenn es bei diesem Wetter überhaupt ein Vogel über das Meer schafft, dann ist es der Seaking. Dieser Helikopter ist, wie der Name schon sagt, absolut seetauglich. Wir haben bei noch schlimmerem Wind Rettungseinsätze auf See geflogen.«

Caspari wollte noch etwas erwidern, aber der Hubschrauber hob bereits ab. Eine gute halbe Stunde später landeten sie auf Borkum. Der Wind rüttelte an Casparis Jacke und Hose. Trotz seiner Winterkleidung fühlte er sich nach wenigen Minuten schon durchgefroren. Das Rauschen des Meeres verwandelte sich in ein Tosen, als sie mit Kleinbussen an einem der Gästehäuser abgesetzt wurden. Im Foyer saßen Schneider und Jin Jang zusammen mit einem Soldaten an einem Tisch und koordinierten die Unterbringung der über hundert Polizisten, die hierhin beordert worden waren. Jin Jang bemerkte Caspari als erste. Sie sprang auf und lief ihm entgegen.

»Moin Chef!«

»Moin«, grüßte er lächelnd zurück.

Freund steuerte zielstrebig auf Gernot Schneider zu. »Was für eine Freude, dich wieder zu sehen. Wie geht es dir, Junge?«, begrüßte er ihn herzlich.

»Gut, endlich wieder gut, Chef«, antwortete Schneider und schüttelte Freunds Hand.

»Das freut mich. Wir haben uns große Sorgen gemacht«, meinte der. »Die Polizei ist doch ein großes Dorf, und man hört so vieles. Aber jetzt scheinst du ja in der richtigen Abteilung gelandet zu sein.«

Schneider nickte stumm.

Man hatte Caspari ein Zweibettzimmer zugewiesen, das er allein bezog. Er raffte seine Unterlagen zusammen, glitt wieder in die warme Winterjacke und machte sich auf den Weg zur Kantine, die sich in einem der Gebäude um den Exerzierplatz befand. Als er ins Freie trat, empfing ihn der Wind. Das Tosen der Wellen war zu einem tiefen, lauten Grundton angeschwollen, der allgegenwärtig zu sein schien. Im Licht der Laternen stemmte Caspari sich gegen den Sturm, während er die verschneiten Wege entlang stapfte. Schnaufend kam er im Kantinengebäude an, schlug sich den Schnee von Jacke und Hose und schüttelte ihn aus der Mütze. Jin Jang und Schneider hatten ihm einen Platz frei gehalten. Hungrig und mit voll beladenem Tablett setzte er sich zu ihnen.

»Sie sehen müde aus«, bemerkte Jin Jang.

Ein kurzer Blick in den Spiegel beim Händewaschen hatte ihm zuvor dasselbe erzählt. Caspari berichtete von dem Intranetzugang im *Optimum*-Büro und von den Ereignissen im Café Art.

»Sieht so aus, als liefe alles auf das große Finale hinaus«, stellte Schneider fest.

»Hoffentlich ist es ein gutes Finale für uns«, meinte Caspari. »Die Großrazzia auf dem Sektengelände wird noch einmal ein großer Brocken werden.«

Er sah, dass Schneider kurz zuckte, als er mit seinem rechten Unterarm gegen die Tischkante kam.

»Ist es schlimm?«, fragte Caspari besorgt.

»Vier Stiche, reine Fleischwunde. Es lässt sich aushalten. Nur, wenn ich mich stoße, tut es höllisch weh.«

»Konnten Sie den Todesengel schon vernehmen?«

»Wir haben unser Bestes versucht. Zum einen war sie ohnehin nicht allzu mitteilungswillig, zum anderen hat Jin Jang ihr einen ordentlichen Gong verpasst. Heute Mittag war ein Hubschrauber mit ein paar Beamten hier. Die haben sie mitgenommen.«

Ein breitschultriger Mann in Uniform näherte sich ihrem Tisch. Er blieb vor Caspari stehen und reichte ihm die Hand.

»Moin! Major Knut Hansen.«

»Moin, Christoph Caspari. Sie sind der Kommandant dieser Kaserne?«

»Richtig. Und Sie sind der Chef von diesem Volksauflauf«, stellte der Major fest.

»Das könnte man so sagen.«

»Was haben diese Spinner am Südstrand bloß angestellt?«

»Jede Menge böse Sachen! Das ist ein Staat im Staate, mit eigenem Geheimdienst und vielen schmutzigen Geschäften. Das alles unter dem Deckmäntelchen der Religion.«

»Ich habe die schon immer, gelinde gesagt, für merkwürdig gehalten. Unser Stützpunkt wird in einem Jahr aufgelöst. Einsparungen im Militäretat der Bundesregierung, verstehen Sie. Da versuchte die Sekte doch tatsächlich, das komplette Areal zu kaufen.«

»Und? Ist es ihr gelungen?«

»Nein, das wäre ja noch schöner. Hier wird mal eine große Jugendherberge stehen.«

Caspari schloss aus Hansens Gesichtsausdruck, dass dies zwar nicht seiner Idealvorstellung der Nutzung einer Kaserne entsprach, doch der Major schien die Umwandlung in eine Jugendherberge als das kleinere Übel anzusehen.

»Ist wohl ein komisches Gefühl, das abzubauen, was man jahrelang als seinen Arbeitsplatz angesehen hat.«

»Wohl war«, brummte Hansen und wechselte das Thema.

»Wann schlagen Sie los?«

»Sobald wir unser Ei unbemerkt in das Nest des bösen Vogels gelegt haben«, antwortete Caspari.

»Wissen Sie schon, wie Sie in dieses Lager hineinkommen?«

»Wir haben Satellitenbilder.«

»Da gibt es Besseres! Der Bundesnachrichtendienst ließ erst kürzlich eine Drohne über Borkum fliegen. Streng geheim. Das wäre es auch geblieben, wenn das Ding keinen Kurzschluss in der Steuerung gehabt hätte. Aber dann stürzte es zwischen Borkum und Juist ab. Da mussten wir ran und den Vogel aus dem Wasser ziehen.«

Caspari traf die Nachricht wie ein Schlag. Wie von der Tarantel gestochen sprang er auf, entschuldigte sich knapp und lief auf den Flur. Aufgeregt suchte er im Wahlspeicher seines Mobiltelefons nach der Nummer des Kontaktmannes vom BND.

»Hallo«, meldete sich Bogners Stimme am anderen Ende. Caspari hatte Schwierigkeiten, ihn zu verstehen. Der Sturm störte die Funkverbindung.

»Was kann ich für Sie tun?«, rief Bogner.

Caspari musste an sich halten, um nicht ebenso zu brüllen.

»Da arbeiten wir seit Wochen mit dem BND zusammen«, sagte er mit unterdrücktem Zorn in der Stimme, »und Sie sagen uns nicht, dass Sie genaue Lagepläne vom Sektenzentrum auf Borkum haben.«

»Das ist nicht so einfach«, versuchte Bogner zu erklären. »Offiziell war das nämlich eine Aktion des Militärischen Abschirmdienstes. Die Aufnahmen und die Auswertungen sind streng genommen das Eigentum dieses Geheimdienstes.«

»Es ist mir vollkommen egal, ob der BND oder der MAD die Eigentümer sind. Als Bundespolizei arbeiten wir genauso für die Interessen der Bundesrepublik wie Sie. Hätte ich von diesen Aufnahmen gewusst, hätte ich meine Leute nicht zum Ausspionieren nach Borkum geschickt, wo man versucht hat, sie umzubringen.«

»Das tut mir ehrlich leid«, versicherte Bogner. »Wie kann ich diesen Lapsus wieder gut machen?«

»Ich gehe mal davon aus, dass der BND Kopien von den Aufnahmen besitzt.«

»Das ist korrekt.«

»Dann senden Sie uns die via Mail.«

»Bis wann brauchen Sie das Material?«

»Sofort!«

Christina

In ihrem Zimmer war es kalt und dunkel. Christina lag unter ihrer dicken Daunendecke auf dem Bett. Sie wagte es nicht, das Licht anzuschalten. Nachdem Nick sie wieder in ihr Zimmer gebracht hatte, war ihr ein schwarzer Punkt auf dem Deko-Gemälde aufgefallen. Er war nicht größer als ein zwanzig Cent Stück. Seit wann beobachtete man sie? Wahrscheinlich wussten ihre Entführer schon vom ersten Tag an, was sie tat. Fieberhaft überlegte sie, wie sie sich den fremden Blicken entziehen konnte. Einen Pulli ausziehen und lässig an der Ecke des Bilderrahmens aufhängen, sodass die Kamera verdeckt war? Das war nicht überzeugend. Sollte sie einen Tobsuchtsanfall imitieren, mit Gegenständen werfen und dabei ganz zufällig die Kamera treffen? Das konnte vielleicht sogar glaubhafter sein. Allerdings fürchtete sie, dass man sie dann im Höllenhaus einsperren würde.

Christina hatte sich entschieden, das Licht auszuschalten und den Eindruck zu erwecken, sie würde sehr früh schlafen gehen. Im Dunkeln konnte sie in aller Ruhe nachdenken. Eines war klar: Sie musste so schnell wie möglich aus ihrem Gefängnis raus. Aber nicht allein.

Clara und Maria

»Dieses Mal hat sie es mir enorm schwer gemacht«, klagte Maria nun zum wiederholten Mal, über Christinas Brief gebeugt. Neben ihr lagen ein Schreibblock und ein Bleistift auf dem Küchentisch. Clara, die gerade Lukas ins Bett gebracht hatte, blickte ihr über die Schulter.

»Ich brüte schon seit Stunden über diesem Text.«

»Sie wird wohl aufpassen müssen, dass die Sache mit euren versteckten Nachrichten nicht auffliegt«, überlegte Clara. »Die Jungs vom Sektengeheimdienst sind auch nicht gerade auf den Kopf gefallen.«

Maria zuckte mit den Schultern. Dann schlug sie sich mit der Hand gegen die Stirn.

»Natürlich! Warum habe ich das nicht gleich gesehen?«

Sie griff nach dem Bleistift und begann, einzelne Buchstaben auf den Block zu schreiben. Clara sah ihr zu und staunte über den Bandwurm aus Buchstaben, der dabei entstand.

»Wie hat sie denn die Botschaft verpackt?«

»Nicht mehr nur jeder vierte oder fünfte Buchstabe, sondern das doppelte equal difference system. Der erste Buchstabe ist zum Beispiel der dritte im Text, der zweite ist im offensichtlichen Text der fünfte, und dann wieder von vorn: erst der dritte, dann der fünfte.«

Maria widmete sich wieder dem Text. Clara schaute ihr noch eine Weile zu und ging dann in ihr Arbeitszimmer, um die Materialien für den Unterricht am kommenden Tag einzupacken. Sie hatte gerade alles in der Tasche verstaut, als das Telefon klingelte. Tina meldete sich. Clara hatte augenblicklich ein schlechtes Gewissen.

»Oh Gott, Tina. Bei dem ganzen Trubel habe ich euch vollkommen vergessen. Entschuldige bitte!«

»Kein Problem. Alles in Ordnung. Deine Schwiegereltern haben uns heute morgen schon mit allem Notwendigen versorgt. Ihr wart auf Verbrecherjagd, wie Andreas und Svenja uns vorhin erzählt haben.«

»Hör bloß auf. Die Geschichte ist nun wirklich kein Ruhmesblatt für mich«, erwiderte Clara.

»Das hat Christoph dir ja wohl auch unmissverständlich zu verstehen gegeben, wie man so hört«, neckte Tina sie.

»Tratschliese!«, konterte Clara und versuchte, das Thema zu wechseln. »Wie geht es euch beiden?«

»Wir werden morgen entlassen. Mario ist fast wieder beschwerdefrei. Ich muss wohl noch eine Weile ein paar kleine Stimmungsaufheller nehmen und Gespräche mit dem Psychologen führen. Der war heute auch schon zum ersten Gespräch hier. Stell dir mal vor: Er wurde extra aus Wiesbaden nach Gelnhausen geschickt. Ich bin denen wohl was wert.«

»Was macht die interne Ermittlung?«, fragte Clara vorsichtig.

»Die ist angelaufen. Der zuständige Kollege war noch vor dem Psychologen hier und hat Marios und meine Aussage aufgenommen.«

»Das geht bestimmt gut aus«, meinte Clara ermutigend.

Der Klang in Tinas Stimme veränderte sich mit einem Mal. Clara spürte, wie sie sich mit Selbstvorwürfen quälte.

»Juristisch bestimmt. Aber trotzdem bleibt die Tatsache, dass ich einen Menschen erschossen habe.«

»Im Grunde hat Huth sich selbst getötet, als er die Waffe auf euch richtete. Du warst in diesem Moment nichts anderes als sein Werkzeug«, erklärte Clara. »Du wirst lernen, mit dieser Erfahrung zu leben. Ich bin sogar ein bisschen froh, dass dich dein Gewissen plagt. Das zeigt doch, dass es dir nicht egal ist und dass du keine Maschine bist, die einfach so tötet.«

»Ja, da ist wahrscheinlich etwas dran. Ich brauche halt Zeit, um das auch anzunehmen.«

Clara suchte nach einem anderen Thema.

»Weißt du, wie es Jasmin und Vincent geht?«

»Ich habe sie vorhin besucht. Man hat hier viel Zeit, weißt du. Die beiden leiden noch an den Folgen der Drogen. Jasmin kämpft damit, dass es ihr eigener Vater war, der das alles angeordnet hatte. Frau Huth steht auch völlig neben sich. Wenn sie die Wahrheit sagt, dann hat ihr Mann ihr in den vergangenen zehn Jahren mächtig etwas vorgelogen. Ich glaube Frau Huth, dass sie von der wahren Gesinnung ihres Mannes nichts wusste.«

»Dann war es wohl auch seine Idee, Jasmin und Vincent zur Nachhilfe zu schicken«, kombinierte Clara.

»Das ist anzunehmen. Er muss die öffentliche Demontage der beiden Pfarrer schon vor längerer Zeit geplant haben und scheute nicht davor zurück, seine Tochter für diesen Zweck zu missbrauchen«, erklärte Tina.

»Das sind Stasi-Methoden vom Feinsten«, empörte sich Clara.

»Zersetzung des Feindes von innen«, stimmte ihr Tina zu. »Alte Geheimdienstmethode. Wo wir gerade davon sprechen – kannst du mir sagen, wie ich Christoph erreiche? Er geht nicht an sein Telefon.«

»Es dürfte schwer sein, ihn jetzt noch zu erreichen. Er ist mit einem Großaufgebot nach Borkum gefahren, um die Sektenzentrale auszuheben.«

»Ja, ich weiß. Svenja hat davon erzählt.«

»Im Laufe des Tages kam ein Sturm auf. Er dürfte die Mobilfunknetze erheblich stören. Warum willst du ihn denn gerade jetzt sprechen?«

»Frau Huth erzählte von einem Besuch, den ihr Mann vor Kurzem bekommen hat. Als sie wissen wollte, wer das ist, erklärte ihr Mann, das sei sein Coach. Sie fand diesen Begriff merkwürdig, weil Huth zum einen kaum etwas über seine Arbeit erzählte und zum anderen nie das Wort ›Coach‹ hat fallen lassen. Sie konnte sich deshalb auch noch gut an den Namen dieses Coaches erinnern. Er stellte sich ihr mit einem leicht oberbayerischen Akzent als Karl Bogner vor.«

»Mit dem Namen kann ich nichts anfangen.«

»Ein Oberbayer mit diesem Namen arbeitet beim Bundesnachrichtendienst. Er hat sich uns als Kontaktmann bei diesen Ermittlungen vorgestellt.«

»Das heißt, die Sekte war bestens über alle eure Schritte informiert?« Clara war bestürzt.

»Nicht über alle, aber über viele. Auf jeden Fall muss Christoph diese Information auf dem schnellsten Weg bekommen! Ich rufe beim BKA an. Die müssen ihm die Nachricht über das Festnetz zukommen lassen und sich mit dem BND in Verbindung setzen, bevor bei der Razzia etwas schief läuft.«

Clara wurde von einer bösen Vorahnung gepackt.

»Hoffentlich kommt das nicht zu spät!«

Kaum hatte sie das Gespräch beendet, rief Maria aus der Küche: »Clara, ich habe es entschlüsselt.«

Sie lief zu ihr und las im Stehen: ›Sie erhöhen den Druck auf mich, um meinen Widerstand zu brechen. Ich kann mich dem nicht mehr lang widersetzen. Ich habe Angst. Die ganze Welt ist voll von ihren Spitzeln. Sie meinen, ich würde nichts davon mitbekommen, aber ich bin wachsam. Ich streune oft an den Überwachungskameras vorbei über das Gelände. Letzte Woche waren zwei Amerikaner hier. Einer war ein CIA-Agent, ein anderer vom FBI. Ich konnte sie belauschen, als sie sich über dich unterhielten. Vor zwei Tagen kam ein Mann von einem deutschen Geheimdienst. Ich glaube, der hieß Bogner. Ist denn die ganze Welt von *Lux aeterna* unterwandert?‹

Clara wurde gleichzeitig heiß und kalt.

»Bogner, schon wieder!«

Maria sah sie fragend an. Clara erzählte ihr schnell von dem Telefonat mit Tina.

»Shit! Lass uns versuchen, Christoph anzurufen.«

Clara wählte Casparis Mobilnummer.

»Der Anschluss ist zurzeit nicht verfügbar«, dröhnte eine mechanische Stimme durch den Lautsprecher.

»Dann schreiben wir ihm eine SMS«, schlug Maria vor. »Sobald der Empfang innerhalb der nächsten 24 Stunden ein bisschen stabiler ist, wird Christoph sie erhalten.«

Clara nickte und tippte aufgeregt die Botschaft auf ihrem Mobiltelefon ein.

›Achtung! Bogner ist ein Maulwurf!‹

Caspari

»Dieses Material gibt doch viel mehr her als die Satellitenbilder!«

Freund machte ein zufriedenes Gesicht. Caspari sah dem Leiter der GSG 9-Einheit zu, wie dieser gemeinsam mit allen Gruppenleitern der zusammengezogenen Polizeieinheiten die Bilder am Großbildschirm des Computers studierte. Die Ausarbeitung des Plans für die Razzia hatte Caspari diesen Fachleuten überlassen.

»Ja, das hat die BND-Drohne aber richtig nett fotografiert«, meinte Major Knut Hansen.

»Das Ding war vom MAD«, entgegnete Caspari.

»Sagt wer?«, brummte Hansen.

»Der Kontaktmann vom BND.«

»Blödsinn!«

Caspari war irritiert.

»Ich verstehe nicht.«

»Die Jungs, die das Ding hier abgeholt haben, waren vom BND. Das jedenfalls stand auf ihren Ausweisen.«

»Warum hat mir Bogner dann diesen Mist erzählt?«, wunderte sich Caspari.

»Bogner? Ja, so hieß der Boss von denen. Dem Dialekt nach kam der aus Bayern«, entgegnete Hansen.

»Irgendetwas ist hier faul«, sagte Caspari und sah dabei zu Schneider und Jin Jang hinüber.

Das schrille Klingeln des Telefons im Besprechungszimmer riss ihn aus seinen Gedanken. Major Hansen nahm das Gespräch an, reichte dann aber den Hörer weiter zu Caspari.

»Doktor Caspari, hier ist Jörn Friedrich. Wir haben soeben das Kuckucksei im Nest des bösen Vogels plaziert. Der Kuckuck ist bereits am Schlüpfen. In einer halben Stunde sollten die Kameras auf unser Kommando hören.«

»Bestens, vielen Dank«, antwortete Caspari. »Eine Frage noch: Hat sich der BND bei Ihnen oder Ihren Kollegen gemeldet und um Informationen gebeten?«

»Nein.«

»Weiß außer meiner Abteilung und Ihnen sonst noch jemand von dieser Kuckucksnummer?«

»Nein. Wir hatten gar keine Zeit, mit jemandem darüber zu reden. Warum fragen Sie?«

»Nur so eine Vermutung. Bewahren Sie auch weiterhin Stillschweigen über diese Aktion. Und denken Sie bitte daran: Jeder Versuch der Sekte, Daten zu löschen, muss unterbunden werden.«

»Geht klar. Bei Datei- oder Ordnerlöschungsversuchen fließt der gesamte Inhalt automatisch auf unseren Server. Das konnten zwei Kollegen vorhin noch zurechtbasteln. Ich melde mich dann, sobald wir die komplette Kontrolle über die Überwachungselektronik haben.«

Nachdem er den Hörer aufgelegt hatte, sah Caspari einen Augenblick auf den großen Wandbildschirm, dann auf die Runde der Gruppenleiter.

»Wir rücken sofort aus«, sagte er mit fester Stimme. »Es könnte sein, dass die Sekte gewarnt wurde. Jede Minute, die wir warten, gibt denen die Möglichkeit, sich vorzubereiten und wichtige Dokumente verschwinden zu lassen.«

Christina

Das lautlose Ankleiden in fast völliger Dunkelheit war anstrengender, als sie gedacht hatte. Noch hatte Christina keine Idee, wie sie Irina aus ihrem Verlies befreien und dann mit ihr fliehen sollte. Doch sie konnte nicht länger hier herumsitzen und darauf warten, dass ihre Mutter sie irgendwie freikaufte. Sie saß im dunkelsten Winkel ihres Zimmers und zog sich die Stiefel an, als plötzlich die Tür aufgerissen und das Licht angeschaltet wurde. Den Mann, der vor ihr stand, hatte sie schon einmal gesehen. Vor Kurzem war er mit einem Nasenverband auf das Gelände gekommen. Er schien zur Führungsetage zu gehören. Verblüfft sah er sie an.

»Nanu. Du bist ja schon angezogen. Hat man dich schon informiert?«

»Ja«, log Christina. »Vor ein paar Minuten war ein Typ da. Der meinte, ich soll mich anziehen und bereithalten.«

»Warum sagt mir das keiner?«, brummte der Mann. »Und warum sitzt du dann im Dunkeln?«

»Ich bin müde und wollte noch ein bisschen Ruhe, bevor ich abgeholt werde«, entgegnete Christina.

»Meinetwegen.«

Der Typ schien ihre Geschichte zu glauben.

»Zieh dir die Jacke an, und dann komm. Wir haben keine Zeit zu verlieren.«

»Warum? Was ist los?«, fragte Christina mit einem Kloß im Hals.

»Wir müssen dich wegbringen. Hier bist du nicht mehr sicher.«

Natürlich wollte sie weg von dieser Siedlung, aber nicht ohne Irina. Irgendwie musste sie dem Mann mit der gebrochenen Nase entkommen. Aber wie? Wie in Trance zog sie Schal, Jacke, Mütze und Handschuhe an. Dem Mann ging das nicht schnell genug. Bevor sie ihren Reißverschluss richtig zuziehen konnte, zerrte er sie mit sich. Keuchend stolperte sie vor ihm her ins Freie. Dann brach die Hölle los.

Die Razzia II.

»Verdammt! Wie lange dauert das, bis die Computerfreaks die Kameras im Griff haben«, nörgelte einer der Gruppenleiter über Funk. »Wir liegen hier im Schnee und frieren uns die Kronjuwelen ab.«

Caspari musste grinsen. Jin Jang, die zwischen ihm und Schneider stand, kicherte. Bei der ganzen Anspannung tat eine flapsige Bemerkung gut.

»Es muss jeden Moment losgehen«, gab er zur Antwort. Der Sturm war weniger heftig als angekündigt, der Wind hatte ein wenig nachgelassen. Nur der Schneefall war stärker und die Flocken dicker geworden. Sie alle sahen schon nach kurzer Zeit aus wie Schneemänner. Caspari bemerkte eine Vibration an seiner linken Brustseite. Er zog seine Handschuhe aus und griff nach seinem Mobiltelefon in der Brusttasche. Clara hatte ihm eine Textnachricht gesandt.

›Achtung! Bogner ist ein Maulwurf!‹ Er fluchte halblaut. Die Puzzleteile fügten sich nun zu einem Gesamtbild zusammen. Bogner gehörte *Lux aeterna* an. Als leitender Agent des BND musste er im Fall der gehackten Botschaftsserver gegen Marcel Nick ermitteln. Nachdem dessen Verbindung zu *Lux aeterna* klar wurde, musste er zumindest den Eindruck vermitteln, dass die Machenschaften der Sekte nun genauer untersucht würden. In Wahrheit bemühte er sich, alles im Sande verlaufen zu lassen und Informationen zurückzuhalten. Deshalb wusste Caspari so wenig über den Ermittlungsstand des BND.

»Doktor Caspari. Hier Hansen«, meldete sich die Stimme des Majors über Funk. »Die Jungs von der Spielzeugabteilung des BKA lassen ausrichten, der Kuckuck habe sich im Nest breit gemacht. Viel Erfolg.«

Caspari bedankte sich.

Er winkte Freund zu sich und hielt das Mikrofon seines Headsets zu.

»Die Lage hat sich geändert. Der Einsatz wurde verraten.«

»Wer, zum Henker, hat geplappert?«

»Wahrscheinlich ein Maulwurf im BND.«

Schneider und Jin Jang sahen ihn fragend an.

»Bogner«, erklärte er kurz.

»Schweinerei!«, kommentierte Freund. »Seit wann wissen die Herrschaften jenseits des Zauns darüber Bescheid?«

»Es kann nicht länger als eine Stunde sein«, schätzte Caspari.

»In Ordnung. Sie haben mir die Einsatzleitung übertragen. Ich gebe jetzt den Startschuss. Wir machen es so, wie besprochen. Die können uns ja nicht sehen, weil sie nicht mehr Herr ihrer Überwachungsanlagen sind. Das ist unser Vorteil«, entgegnete Freund. »Hier ist der Einsatzleiter. An alle: Zugriff!«

Der Mann hatte sie hart am Oberarm gepackt und schob sie vor sich her zum Hauptweg hin. Christina vermutete, dass er sie zu Derringer bringen wollte. Fieberhaft überlegte sie, wie sie entkommen konnte. Da hörte sie laute Schreie aus den Häusern. Durch die Tore in der Umzäunung strahlten Lichtkegel. Sie brauchte einen Augenblick, bis sie erkannte, dass es Stirnlampen waren. Eine unüberschaubare Zahl an schwarz gekleideten Gestalten mit Helmen und Maschinenpistolen drängte auf das Gelände und stürmte ein Haus nach dem anderen. Ein Trupp kam auf sie zu, drehte aber dann zum Zentralgebäude ab. Der Mann mit dem Nasenverband blieb wie angewurzelt stehen. Diese Schrecksekunde musste sie nutzen. Wenn es eine Chance für sie gab, dann war sie jetzt gekommen. Mit Wucht schleuderte sie ihren Kopf in den Nacken. Ein leises Knacken und das Aufheulen des Mannes bestätigten ihr, dass sie seine verletzte Nase getroffen hatte. Schnell drehte sie sich um. Er hielt sich die Nase und keuchte. Christina trat ihm mit aller Kraft zwischen die Beine. Der Mann verstummte und kippte mit verdrehten Augen vornüber. Christina rannte instinktiv in Richtung Hauptausgang. Während sie durch den tiefen Schnee floh, durchzuckte sie ein Gedanke. Irina! Hatte sie sich nicht vorgenommen, das Mädchen zu retten? Eine bessere Gelegenheit gab es nicht. Sie drehte auf dem Absatz herum und lief zu dem Haus, in das Nick sie vor einigen Stunden geschleppt hatte.

Die Razzia III.

Caspari rannte hinter den Männern der GSG 9 her, so gut er konnte. Jin Jang und Schneider folgten ihm. Er wusste nicht, wie lange das Adrenalin ihn sein ramponiertes Bein vergessen lassen würde. Lange Strecken konnte er mit der alten Schussverletzung nicht rennen. Aus dem Augenwinkel sah er zwei Personen, eine größere, die eine kleinere vor sich her schob und plötzlich stehen blieb. Irgendetwas an dieser Gestalt zog seine Aufmerksamkeit auf sich. Dann wusste er es. Der Nasenverband war unverkennbar. Weniger als hundert Meter von ihm entfernt stand Weinmann. Er sah, wie die kleinere Person Weinmann niederschlug und weglief, plötzlich die Richtung änderte und rannte, was das Zeug hielt. Caspari verließ den Pulk des GSG 9 und lief so schnell er konnte auf Weinmann zu.

»Chef, was ist los?«, rief Schneider über Funk.

»Weinmann. Er liegt hier im Schnee«, keuchte Caspari.

»Wir kommen«, meldete sich Jin Jang. »Die GSG 9 kommt auch ohne uns zurecht.«

Caspari kniete vor Weinmann, dessen Nasenverband sich rot färbte. Der Mann war bewusstlos.

»Keine guten Zeiten für deine Nase, Mistkerl«, brummte Caspari, während er ihm mit Kabelbindern die Hände hinter dem Rücken zusammenband. Schneider, der mit Jin Jang aufgeschlossen hatte, tat dasselbe mit Weinmanns Füßen.

»Der haut nicht mehr ab«, triumphierte er, als er sich wieder aufrichtete.

Caspari zeigte in die Richtung, in die die andere Person gerannt war.

»Ich weiß nicht wieso, aber wir müssen dorthin!«

Außer Atem gab sie den Zahlencode ein. Mit dem vertrauten Surren sprang die Tür auf. Christina schlüpfte hinein, zog ihre Handschuhe aus und klemmte sie zwischen die Tür und den Rahmen, sodass ein Spalt offen blieb. Die eisige Kälte des weißen Lichts empfing sie, als sie durch den Flur strich. Die Zellentüren standen alle offen. Vorsichtig schaute sie in jeden der Räume hinein. Alle waren leer. Auch dort, wo sie Irina noch vor Kurzem gesehen hatte, war niemand mehr. Christina blieb stehen und lauschte. Hinter einer angelehnten Tür am Ende des Flurs hörte sie eine zornige Männerstimme.

»Halt's Maul! Hör jetzt mit deinem Geplärre auf, und schluck endlich die Pillen. Wird's bald!«

Christina schlich sich zur Tür und zog den Spalt so weit auf, dass sie in den Raum hineinblicken konnte. Er glich einem Filmstudio, wie sie es von Hollywood her kannte, nur war er viel kleiner. An der Decke hingen Metallstreben, an denen Scheinwerfer befestigt waren. In der Mitte stand ein überdimensional großes Bett. Christina konnte drei Filmkameras entdecken, deren Objektive darauf ausgerichtet waren. Vor dem Bett standen vier Mädchen, die Christina auf höchstens zehn Jahre schätzte, darunter Irina. Andere lagen bereits bewusstlos auf dem Boden. Ein großer, breitschultriger Mann hielt Irina von hinten fest, während Marcel Nick versuchte, ihr einen Pillencocktail in den Mund zu stecken. Irina kniff verzweifelt ihre Lippen zusammen. Mit seiner freien Hand holte Nick aus und schlug Irina mit dem Handrücken ins Gesicht. Von den Lippen des Mädchens rann Blut, Tränen liefen ihr über das Gesicht, ihr Mund aber blieb verschlossen.

»Scheiße!«, brüllte Nick. »Dann brich ihr halt das Genick, wenn sie den sanften Abgang nicht haben will.«

Der bullige Mann hinter Irina fasste sie am Kinn. Christina wusste, was gleich kommen würde. Mit einem schnellen Ruck würde er den Kopf zur Seite reißen, bis es knackte.

»Nein!«, schrie sie laut auf.

Nick drehte sich überrascht zu ihr herum.

»Na, sieh mal einer an, wen wir da haben«, höhnte Nick. »Die Lady persönlich. Auch eine Freikarte in den Himmel gefällig?«

Christina wollte sich umdrehen und weglaufen. Vielleicht konnte sie noch rechtzeitig Hilfe holen. Doch Nicks Grinsen zeigte ihr, dass ihr das nicht gelingen würde. Sie warf einen Blick über die Schulter. Hinter ihr stand ein zweiter bulliger Mann mit rundem Gesicht, der seine Hand auf ihre Schulter legte und sie durch die Tür schieben wollte.

»Die Polizei räuchert dieses Rattennest gerade aus. Meinen Sie, Sie kommen damit durch?«, rief sie Nick verzweifelt zu.

»Klar. Beweise vernichten, dann durch den unterirdischen Gang abhauen«, erwiderte der mit eisiger Stimme. »Die Mädchen treten weg, dann gibt es eine Explosion, die das ganze Haus in Schutt und Asche legt, und von uns fehlt jede Spur.«

Christina hörte einen leisen, dumpfen Schlag hinter sich. Der Druck auf ihrer Schulter ließ plötzlich nach. Dann war der Mann hinter ihr verschwunden.

»Feiner Plan, allerdings zu spät!«, donnerte eine Stimme hinter ihr. Ein großer, breitschultriger Mann schob sie von der Tür weg und trat mit zwei Begleitern in den Raum. Alle drei trugen Sturmmasken und

Helme, sodass man ihre Gesichter nicht erkennen konnte.

»Hände hoch, und weg von den Kindern!«, befahl der Große mit der Pistole im Anschlag.

»Sie werden uns doch nicht erschießen. Wir sind wichtige Zeugen gegen die Sekte«, entgegnete Nick.

»Ach ja?«, brummte der Große, der ihn mit der Waffe fixierte. »Weißt du was, Arschloch, vergiss es! Wir haben genug gegen euch alle zusammen.«

Nick zog eine kleine Tastatur aus der Gesäßtasche seiner Hose.

»Also gut. Ihr verzieht euch alle, verstanden! Das ist ein Fernzünder. Wenn ich den drücke, fliegt euch das ganze Haus um die Ohren.«

Niemand reagierte. Die Szenerie wirkte auf Christina wie eingefroren. In diesem Augenblick kam Leben in Irina. Mit ihren kleinen Händen griff sie nach Nicks Arm, riss ihn zu sich und biss ihm in die Hand. Nick schrie auf und ließ die Fernbedienung fallen. Bevor er sich von dem Schreck erholen konnte, stand der Große vor ihm und schlug ihm mit der freien Faust hart ins Gesicht. Nicks Kopf wurde nach hinten geschleudert. Dann rammte der Große ihm das Knie in die Magengrube, worauf Nick sich nach vorn krümmte. Der Große ließ seinen Ellenbogen gegen den Kiefer des Kinderschänders krachen, der daraufhin das Bewusstsein verlor. Während Nick zur Seite fiel, erwachte der Mann hinter Irina aus seiner Starre und holte zum Schlag aus. Sie sah die fleischige Faust schon auf sich zukommen, als ein peitschender Knall den Raum zerriss. Rauch quoll aus dem Lauf der Pistole des zweiten Mannes in Schwarz. Der Bullige fiel mit einem Loch in der Stirn nach hinten um.

»Danke, Schneider«, raunte der Große.

»War mir ein Bedürfnis, Chef!«

Christinas Knie wurden mit einem Mal ganz weich. Die Stimmen und Geräusche um sie herum wurden unwirklich und entfernten sich. Alles verschwamm vor ihren Augen und begann sich zu drehen. Dann kam die Dunkelheit, die sich wie ein schützender Mantel auf sie legte.

Alles drehte sich, als sie die Augen wieder aufschlug.

»Tut mir leid, wenn ich Ihnen Umstände machen muss. Aber im Augenblick halte ich es für das Beste, wenn Christina mit Jin Jang in einem Zimmer schläft. Falls sich ihr Zustand verschlechtern sollte, ist jemand da«, sagte die Stimme, die dem großen Mann gehörte. Neugierig drehte Christina den Kopf. Das verschwommene Bild wurde allmählich klarer. Der Mann, zu dem die Stimme gehörte, war auch ohne Helm, Sturmmaske und Pistole eine beeindruckende Erscheinung. Mit seinem kurz geschnittenen, rotblonden Haar und dem Bart wirkte er neben den anderen wie ein Kleiderschrank. Seine Gesten und seine Sprache dagegen hatten etwas Aristokratisches. Trotz der Müdigkeit, die sich in sein Gesicht gefurcht hatte, wirkte er körperlich und geistig sehr präsent. Der Mann ihm gegenüber, den er mit Schneider ansprach, war drahtiger, hatte ein scharfkantiges Gesicht und etwas Trauriges im Blick. Die Asiatin daneben war eine bildschöne Frau.

»Eines muss ich noch für mich klar kriegen, bevor wir uns draußen wieder in die Arbeit stürzen«, setzte der Große von neuem an. »Natürlich bleibt das unter uns. Aber ich muss wissen, warum ich meinen Kopf hinhalte, falls es Ärger gibt. Also: Wieso haben Sie den Russen erschossen?«

»Weil er der Mann in den Kinderpornos war, der

zwei der Mädchen bei der Vergewaltigung erwürgt hat«, antwortete der Drahtige mit rauer Stimme.

»Warum sind Sie sich da so sicher? Der Mann in den Videos trug eine von diesen Sado-Maso-Masken.«

»Seine Augen. Ich habe seine Augen wiedererkannt. Auch die Art, wie er zum Schlag ausholte.«

Der Große nickte stumm.

»Bin ich jetzt suspendiert?«, fragte der andere.

»Nein. Ich halte nichts von Selbstjustiz. Aber wenn Sie recht haben – und ich bin mir sicher, dass ich mich auf Ihr Urteil verlassen kann – dann hat der Mann das mehr als verdient. Ich sage das als ausdrücklicher Gegner der Todesstrafe.«

»Was sagen wir den Kollegen der Internen Abteilung?«, fragte die Asiatin.

»Dass der Mann nach der Fernzündung greifen wollte«, antwortete der Aristokrat. »Nick wird sich dazu nicht äußern können. Zu dieser Zeit hat er schon Sternchen gesehen.«

»Das Haus war tatsächlich rappelvoll mit Sprengstoff. Wenn das hoch gegangen wäre, hätte kein Stein mehr auf dem anderen gelegen. Den Geheimgang hätten wir wahrscheinlich auch erst Tage später gefunden. Nick und seine Folterknechte wären längst über alle Berge gewesen«, ergänzte der Drahtige.

Die schöne Asiatin sah zu Christina herüber.

»Sie kommt zu sich.«

Der Große blickte sie mit seinen graublauen Augen freundlich an.

»Hallo, Christina«, sagte er mit einem Lächeln. »Der Albtraum ist vorbei. Du bist jetzt in Sicherheit.«

Sie lächelte zurück, nicht nur wegen seiner Worte, sondern auch, weil sie plötzlich wusste, wer er war.

»Hey, Dad.«

Mittwoch, 12. Dezember
Caspari und Christina

Du wusstest bisher tatsächlich nicht, dass sie deine Tochter ist?«, fragte Jin Jang beim verspäteten Frühstück in der Kantine. Sie hatten bis tief in die Nacht gearbeitet, Beweismaterial sichergestellt und in die Fahrzeuge der niedersächsischen Polizei gepackt, die Gefangenen in der Turnhalle der Kaserne inhaftiert und die Kriminaltechniker bei der Arbeit unterstützt. Caspari hatte Schneider und Jin Jang im Laufe der Nacht das ›Du‹ angeboten. Jin Jang sah etwas frischer aus als ihre Kollegen. Caspari hatte ihr die Fürsorge von Christina aufgetragen und sie ins Bett geschickt, nachdem das Mädchen wieder friedlich eingeschlummert war. Nun war Christina beim Marinearzt, der sie gründlich untersuchte.

»Bis vor ein paar Tagen hatte ich keine Ahnung«, antwortete er. »Maria hielt es für das Beste, es zu verschweigen.«

»Und trotzdem wusste Christina es«, entgegnete Jin Jang.

»Ja, weiß der Geier, woher.«

»Moin!«, erklang eine Männerstimme hinter ihnen. Der Marinearzt kam zusammen mit Christina auf sie zu.

»Sie sind der Vater der jungen Dame, wie ich gehört habe«, begann der Arzt.

»Das ist richtig«, sagte Caspari.

»Na, dann kann ich Ihnen ja sagen, was los ist«, fuhr der Arzt fort. »Christina ist etwas erschöpft, aber ansonsten geht es ihr gut. Ein paar Tage ausreichend Schlaf, regelmäßiges Essen und frische Luft, und sie ist wieder vollkommen hergestellt.«

»Danke.«

»Da nich für«, erwiderte der Arzt. »Eine bescheidene Frage hätte ich aber noch. Wie kommt es, dass diesem armen Menschen in der Turnhalle so häufig die Nase gebrochen wurde?«

»Ich würde sagen, das hat er sich redlich verdient«, erklärte Caspari.

»Dem habe ich nichts hinzuzufügen«, bestätigte Jin Jang.

»Geht mir genauso«, warf Schneider ein.

Der Arzt schüttelte den Kopf, verabschiedete sich und ging. Caspari sah Christina an. Er wusste nicht, wie er sie ansprechen und was er sagen sollte.

»Setz dich doch.«

»Wie fühlst du dich?«, fragte Jin Jang.

»Noch etwas benommen«, erwiderte Christina.

»Magst du einen Kaffee oder Schokolade?«, fragte Caspari und fühlte sich dabei vollkommen unbeholfen.

»Nein, danke. Ich habe vorhin schon ausreichend gefrühstückt.«

»Hast du Irina schon besuchen können?«, fragte Schneider.

»Ja, gleich nach meiner Untersuchung. Sie liegt zusammen mit den anderen Mädchen im Krankenbereich der Kaserne.«

»Wie geht es ihr?«, fragte Schneider weiter.

»Sie ist froh, dem Tod entkommen zu sein, aber sie kann diese Hölle nicht vergessen.«

»Diese Schweine«, raunte Schneider, »einem Kind so etwas anzutun.«

Jin Jang legte ihm die Hand auf die Schulter.

»Ich habe eine Idee«, sagte sie schließlich in die entstandene Stille hinein. »Wie wäre es, wenn ihr Beide einen kurzen Ausflug zum Nordbad macht. Die Kollegen von der Inselpolizei sind gerade hier. Die fahren euch bestimmt hin.«

Caspari warf einen Blick auf seine Uhr.

»Unsere Fähre geht in zweieinhalb Stunden. Das ist eine gute Idee.«

»Ihr werdet es nicht bereuen. Die Aussicht dort ist einfach fantastisch«, meinte Schneider.

Ein Borkumer Kollege fuhr Caspari und Christina zur Promenade am Nordbad. Nach dem Sturm des vergangenen Tages war der Himmel strahlend blau. Nur die unruhige See zeugte noch von dem Unwetter. Der Kollege gab Caspari seine Mobilfunknummer, die er wählen sollte, wenn sie wieder abgeholt werden wollten. Dann war Caspari mit seiner Tochter allein. Sie schlenderten schweigend die Treppe hinunter an den Strand. Dort nahm Caspari sich Zeit, seine Tochter näher anzusehen. Ihr Gesicht war, anders als seines, schmal geschnitten. Die rotblonden Haare und die blauen Augen gingen unverkennbar auf das Caspari-sche Erbe zurück, ebenso der große Wuchs und die kraftvolle Erscheinung. Christina war keine zierliche Person.

»Wer hat es dir gesagt?«, fragte er schließlich.

»Dass du mein Vater bist?«, fragte Christina zurück. »Niemand. Für mich gab es nur Samuel. Er war der beste Dad, den ich mir wünschen konnte. Dann kam der Unfall, oder das, was danach aussehen sollte. Mom verlor den Boden unter den Füßen, und ich flüchtete mich in Erinnerungen. Ich habe mir alle Fotoalben angeschaut, die ich in die Finger kriegen konnte. Die Bilder taten gut und weh zugleich. Mom hochschwanger zusammen mit Samuel. Mom, Sam und ich, wie ich im Kinderwagen liege. Es gab eigentlich keinen Lebensabschnitt ohne Sam. Ich fand einige Alben aus Moms

Kinder- und Jugendzeit bis zum Studium. Und da sah ich immer wieder einen großen Deutschen neben ihr. Mom und er schienen ein sehr intensives Verhältnis gehabt zu haben. Ich wurde das Gefühl nicht los, dass ich ihn irgendwo her kannte. Eines Tages legte ich vor Mom eines der Alben auf den Tisch und fragte nach. Sie fing an zu weinen und sagte, sie könnte im Augenblick nicht darüber reden. Eines Tages, als ich vor dem Spiegel stand und mich für die Schule zurecht machte, sah ich das Gesicht von den Fotos klar und deutlich vor mir. Es war mein eigenes Spiegelbild. Ich war nicht Samuels Tochter, war es nie gewesen. Es gab keinerlei Ähnlichkeit zwischen uns. Mein Vater war dieser Fremde, warst du. Diese Erkenntnis hat mir den Boden unter den Füßen weggezogen. Ich hatte den Wunsch, meinen leiblichen Vater kennenzulernen, aber gleichzeitig das Gefühl, damit Sam zu verraten. Während Mom ihre Trauer in Wodka ertränkte, suchte ich dann bei den falschen Leuten Halt.«

»Bis vor ein paar Tagen wusste ich nicht, dass du meine Tochter bist«, sagte Caspari, während er auf die See blickte.

»Aber warum? Warum hat Mom uns beiden das verheimlicht?«

»Weil deine Mutter und ich uns so nahe sind, dass wir zwar nicht ohne einander leben können, aber auch nicht miteinander«, versuchte er zu erklären.

Sie sah ihn durchdringend an.

»Das ist mir zu hoch.«

Caspari atmete tief durch.

»Stell dir ein eineiiges Zwillingspärchen vor. Sie entstammen derselben Zelle, sind aber zwei eigenständige Persönlichkeiten. Deine Mutter und ich merkten sehr rasch, dass wir so was wie seelische Zwillinge sind.«

Christina betrachtete schweigend das Meer.

»Hört sich ganz schön bescheuert an, nicht wahr?«, fragte Caspari halblaut.

»Nein, gar nicht. Es ist nur so … so furchtbar kompliziert.«

»Aus diesem Grund hat Maria es auch für sich behalten. Wenn Samuel nicht umgekommen wäre, wäre heute noch alles beim Alten und du hättest diese schlimmen Erfahrungen nicht machen müssen.«

»Dann hätte ich dich aber auch nie getroffen. Das wäre echt schade gewesen.«

Sie hielt inne.

»Bevor wir einen Kaffee trinken gehen, hätte ich aber noch eine Frage, die mir unter den Nägeln brennt.«

»Bitte, nur zu.«

»Bist du immer so ein harter Knochen?«

»Wie meinst du das?«

»Gestern Abend warst du nicht gerade zimperlich.«

»Ich suche den Kampf nicht. Es ist nichts, was mir Spaß machen würde. Manchmal ist er leider ein notwendiges Übel. Es geht mir dabei auch nicht um das Gewinnen. Mein einziges Ziel ist es, zu überleben.«

»Cool!«

Clara

Noch in der Nacht hatte Caspari Clara angerufen und ihr und Maria in knappen Worten berichtet, was sich ereignet hatte. Maria hatte vor Erleichterung geweint. Danach hatten sie die teuerste Flasche spanischen Rotweins gemeinsam getrunken, die Caspari unter seinen besonderen Exponaten im Keller aufbewahrt hatte. Der

Tag danach zog sich hin wie zäher Kaugummi. Das Warten auf Caspari und seine fremde Tochter verdarb Clara den Unterricht genauso wie die Spaziergänge mit Camillo und Lukas im knirschenden Schnee bei strahlend blauem Himmel. Auch Maria lief so unruhig umher wie eine Tigerin im Käfig.

Als Clara am Nachmittag vom Spaziergang nach Hause kam, lagen Tina und Mario dick eingepackt in warme Decken auf Gartenliegen im Hof und ließen sich von der Wintersonne bescheinen. Obwohl ihre Gesichter von der Kälte gerötet waren, wirkten sie erschöpft und abgespannt. Clara freute sich, sie zu sehen.

»Hallo Clara, das Lazarett des BKA ist vollzählig angetreten«, begrüßte Tina sie.

»Das freut mich aber. Wie geht es euch?«

»Noch ein bisschen neben der Rolle, aber ansonsten gut«, erklärte Mario.

»Ich staune, dass eine Kugel trotz Schussweste solche Wirkung haben kann.«

»Huth hat aus sehr kurzer Distanz auf mich geschossen. Es war, als hätte mich ein Vorschlaghammer getroffen. Aber der Treffer war es ja nicht allein. Die Undercover-Arbeit bei der Sekte hat mich an meine psychischen Grenzen gebracht.«

»Und nach dieser Tortur macht ihr euch nicht gleich auf den Weg nach Wiesbaden, sondern kehrt wieder zum Weiherhof zurück?«, fragte Clara ironisch. »Habt ihr denn kein Zuhause?«

»Zuhause erwartet uns la familia, comprende!«, entgegnete Tina mit einem müden Lächeln. »Die Fürsorge von Marios Familie hat etwas sehr Vereinnahmendes. Außerdem ist das hier doch der reinste Urlaub. Christophs Eltern umsorgen uns so herrlich. Morgen gehen wir in aller Ruhe auf das Gelnhäuser Polizeirevier, schreiben unsere Berichte und räumen unser Büro. Bis nach Weihnachten ist dann erst einmal Erholung angesagt.«

»Weihnachten?«, fragte Clara entsetzt. »Um Gottes willen, das ist ja schon in eineinhalb Wochen.«

»Ja, wie schnell die Zeit vergeht, nicht wahr?«, sagte eine vertraute Stimme hinter ihr. Sie drehte sich überrascht um. Vor ihr stand Caspari mit einem Mädchen, das unverkennbar seine Tochter war. Langsam ging er auf Clara zu und nahm sie in den Arm.

»Ich war zu müde zum Fahren«, sagte Caspari. »Ein Kollege hat uns mit meinem Auto vom Flughafen hierher gebracht, ein anderer ist in einem zweiten Wagen gefolgt. Unser Fahrer kam aber nicht so recht mit den alpinen Straßenverhältnissen auf der Spielberger Platte zurecht und hat meinen Volvo hundert Meter von hier in eine Schneewehe gesetzt. Deshalb schleichen wir zu Fuß auf den Hof.«

»Christina!«, rief Maria vom Hauseingang her und kam über den Hof gerannt. Die Beiden fielen sich in die Arme.

»Mein Kind! Endlich, endlich habe ich dich wieder«, schluchzte Maria und streichelte Christina über das Haar.

Clara spürte, wie der Druck von Christophs Umarmung stärker wurde. Sie sah ihm tief in die Augen.

»Alles ist gut«, sagte er zu ihr. »Zuallererst das Leben mit dir!«

»Bist du dir sicher?«

»So sicher ich mir sein kann, nachdem ich während der gesamten Rückreise meine Tochter angesehen und mit ihr gesprochen habe. Du bist und bleibst meine Heimat.«

»Und Maria?«, fragte sie unsicher.

»Sie ist mein Zwilling, mein zweiter Teil, nicht mein Gegenüber.«

»Ach Christoph, du alter Esel«, sagte sie glücklich.

Maria löste sich von ihrer Tochter und kam zu ihnen.

»Wie kann ich dir nur danken?«, fragte sie Caspari.

»Indem du mich teilhaben lässt am Leben meiner Tochter.«

Maria umarmte ihn und gab ihm einen Kuss auf die Stirn.

»Wir sehen uns später«, rief Caspari Mario und Tina zu. »Ich habe seit zwei Tagen nicht mehr geschlafen und bin zum Umfallen müde. Wir reden heute Abend.«

Die Beiden winkten ihnen zu und reckten ihre Gesichter wieder in die Sonne.

Caspari

Es kam ihm vor, als hätte er nur wenige Minuten geschlafen, als die Sirene des Weckers ihn aus dem Schlaf riss. Doch die Uhrzeit auf der Anzeige belehrte ihn eines Besseren. Er hatte drei Stunden geschlafen. Draußen war es mittlerweile dunkel geworden. Caspari brauchte eine Weile, um sich aufzurappeln. Nach einer langen, heiß-kalten Dusche war er wach genug, den Abend gemeinsam mit seinen Lieben zu verbringen. Als er die Treppe hinunterstieg, roch es verführerisch nach seinem Lieblings-Winteressen: Sauerkraut mit Kasselerbraten und Kartoffelbrei. Zu seiner Überraschung stand seine Mutter am Herd und pürierte die Kartoffeln. Er stellte sich neben sie und legte seine Hand unbeholfen auf ihre Schulter.

»Mein lieber Christoph«, begann sie. »Obwohl ich

ganz und gar nicht damit einverstanden bin, wie dieses Kind entstanden ist, freue ich mich doch sehr über eine so gelungene Enkeltochter!«

Mit diesen Worten legte sie ihre Hand in seinen Nacken, zog ihn zu sich und gab ihm einen dicken Kuss auf die Wange.

»Und wage dich bloß nicht, solche Sachen mit Clara zu machen. Dann bekommst du es mit deinem Vater und mir zu tun!«

»Ich bin mir mehr als sicher, dass das nie wieder passiert«, erwiderte Caspari. »Freut mich, dass dir deine Enkelin gefällt. Ich finde sie auch toll.«

»Das aufrechte Wesen und den guten Charakter verdankt sie aber jemand anderem, vergiss das nicht.«

»Bestimmt nicht. Ich weiß, was ihre Familie in den USA und ihr Stiefvater geleistet haben.«

»So, und jetzt genug sentimentales Gedöns!«, wechselte Pia Caspari das Thema. »Hol ordentlich viel Bier und Wein aus deinem Keller und ruf die Mischpoke zum Abendessen!«

»Ja, Mama.«

Nachdem er den Kühlschrank bestückt und einige Flaschen württembergischen Grauburgunders auf den Tisch gestellt hatte, ging Caspari ins Wohnzimmer. Clara saß dort in fröhlicher Runde mit Maria und Christina, Tina und Mario, Iris und Benny und seinem Vater, auf dessen Schoß Lukas sich breit gemacht hatte. Christina war gerade mitten in einer Erzählung, als er hereinkam.

»Papa!«, rief der Kleine, sprang von den Beinen seines Großvaters herunter und lief zu Caspari, der ihn in die Arme nahm und hochhob.

»Na, du Räuber.«

»Christina erzählt gerade, wie du sie gerettet hast.«

»Das hättet ihr sehen müssen, wie er diesen Mistkerl ausgeknockt hat«, beschrieb Christina. »Das ging so schnell und war besser als in jedem Actionfilm.«

»Du brauchst uns das nicht näher zu beschreiben«, erklärte Mario. »Wir haben das schon öfter miterlebt.«

»Papa, haust du die bösen Männer?«, fragte Lukas.

Caspari musste lachen.

»Nicht immer, Lukas. Nur, wenn es sich nicht verhindern lässt.«

Er blickte in die Runde und spürte ein tiefes Gefühl von Geborgenheit in sich aufsteigen. Die meisten Menschen, die ihm wichtig waren, hatten sich in seinem Wohnzimmer versammelt.

»Mutter lässt ausrichten, dass das Essen fertig ist.«

Donnerstag, 13. Dezember

Clara und Caspari

Clara ließ Caspari schlafen, als sie selbst aufstand, um Lukas zum Schulbus zu bringen und zum Unterricht zu fahren. Gähnend schlurfte sie ins Bad und probierte Casparis Heiß-Kalt-Variante des Duschens aus.

In der Küche warf sie eilig ein paar dünne Holzscheite in den Herd und sah zu, wie sie sich in der restlichen Glut entzündeten. Vorsichtig legte sie Holz nach, so wie Caspari es ihr gezeigt hatte. Schnell begann der Herd, eine angenehme Wärme abzustrahlen. Lukas kam in die Küche getrottet und frühstückte schweigsam mit ihr. Dann durchbrach er die Stille.

»Clara, bleibt Christina jetzt bei uns?«

»Nein, Lukas. Sie lebt in Amerika. Dort sind auch ihre Großeltern und ihre übrige Familie. Maria und Christina werden bald die Heimreise antreten.«

Lukas machte ein nachdenkliches Gesicht.

»Aber sie ist doch meine Schwester.«

»Möchtest du denn, dass sie bleibt?«

»Ich weiß es nicht. Sie ist sehr lieb, aber so richtig kenne ich sie ja noch nicht.«

Clara sah ihn an. Das war noch nicht alles, was ihn umtrieb.

»Was beschäftigt dich noch?«, fragte sie.

»Geht der Papa dann auch nach Amerika?«

»Nein, nein. Dein Papa bleibt hier bei dir und bei mir. Christina wird uns öfter besuchen, so wie du deine Mama ab und zu besuchst.«

Das Gesicht des Jungen hellte sich auf. Er sprang auf, umarmte Clara und gab ihr einen dicken Kuss auf die Wange.

Im Unterricht waren Claras Schüler mit ihren Gedanken schon in den Weihnachtsferien. Sie zur Mitarbeit zu motivieren war ein zähes Ringen. Als Clara nach der letzten Unterrichtsstunde ihre Tasche einräumte, klingelte ihr Mobiltelefon. Caspari meldete sich.

»Michael Gärtner ist nicht nur wieder ansprechbar, sondern auch vernehmungsfähig. Die Ärzte sagen, er hat in den vergangenen zwei Tagen große Fortschritte gemacht.«

Clara fiel ein Stein vom Herzen. »Darf ich dabei sein, wenn ihr mit ihm sprecht?«, fragte sie.

»Eigentlich nicht, das weißt du. Normalerweise ist der geistliche Beistand bei einem solchen Gespräch außen vor. Aber wir verhören ja keinen Verdächtigen, und du bist ja auch in die ganze Geschichte involviert. Also, wenn du mir versprichst, kein Wort darüber zu verlieren, mache ich eine Ausnahme. Ich denke, Mario hat auch nichts dagegen.«

Aufgeregt fuhr sie zur Klinik. Michael Gärtner war auf eine andere Station verlegt worden. Sein Zimmer fand sie sofort: Ein Polizeibeamter saß davor und kontrollierte jeden, der hinein wollte, selbst das Pflegepersonal. Sie wusste, dass *Lux aeterna* eine gefährliche Sekte war, aber diese Schutzmaßnahme überraschte sie trotzdem. Der Beamte wusste, wer sie war und ließ sie hinein. Drinnen saß Mario auf einem der Stühle, Caspari stand am Bett. Ein wenig abseits stand Claudia am Fenster. Gärtner hob die Hand zum Gruß. Seine sonst rosige Gesichtsfarbe war einem talgigen Weiß gewichen. Er wirkte, als sei er geschrumpft.

»Hallo Clara«, sagte er leise und mit rauer Stimme.

»Hallo, du Lazarus«, grüßte sie in Anspielung auf den von Jesus Auferweckten.

»Ich habe Mario eben dafür gedankt, dass er mir das Leben gerettet hat.«

»Das war mehr Glück als Verstand«, entgegnete Mario. »Die Verkettung glücklicher Zufälle.«

»Nein, ich glaube nicht an Zufälle. Ich glaube, dass Gott seine Hand über mich gehalten hat«, sagte Gärtner ruhig.

Caspari stellte ein kleines Aufnahmegerät auf den Nachttisch neben dem Bett und schaltete es ein.

»Wir müssen über das sprechen, was am vergangenen Sonntag geschehen ist«, erklärte er. »Es ist Donnerstag, der 13. Dezember 2012. Befragung des Zeugen Pfarrer Michael Gärtner. Anwesend sind der Zeuge, seine Frau, Claudia Gärtner, Kriminalhauptkommissar Mario Bartoldi und Kriminaldirektor Doktor Christoph Caspari.«

Er sah zu Clara herüber und legte den Zeigefinger auf den Mund.

»Wir wissen, dass Sie am Sonntag, den 9. Dezember, um 14.15 Uhr das Pfarrhaus verließen, um mit Ihrem Wagen zum Romanischen Haus zum Adventsnachmittag der Senioren der evangelischen Kirchengemeinde Gelnhausen zu fahren. Bitte erzählen Sie uns, was geschah, nachdem Sie zu Ihrem Wagen gegangen waren.«

Gärtner atmete mehrmals tief durch, bevor er zu reden begann.

»Ich ging in die Garage und wollte gerade die Fahrertür öffnen, als mich jemand von außen ansprach. Ich drehte mich um. Da stand Herr Huth. Er sagte, er wolle mit mir über Jasmin reden. Ich bot ihm an, am frühen Abend mit ihn zu sprechen. Plötzlich traf mich ein Schlag hinter dem Ohr, der mir für einen Augenblick die Sinne raubte. Als ich wieder zu mir kam, saß ich auf der Rückbank meines Wagens. Huth saß am Steuer. Neben mir hatte ein fremder Mann Platz genommen und drückte mir eine Pistole in die Seite.«

»Können Sie den Mann beschreiben?«, fragte Christoph.

»Er war ungefähr Mitte fünfzig, hatte volles, graues Haar und einen bayerischen Akzent.«

»Hat er sich mit Ihnen unterhalten?«

»Er fragte nach dem Treffen am vorherigen Abend beim Kollegen Leistner.«

»Haben Sie ihm Auskunft gegeben?«

»Nein. Der Mann hat nur gelacht und gesagt, dass sie auch gut auf meine Mitarbeit verzichten könnten. Sie hätten eine Quelle, die sie zum Reden gebracht hätten. Der Bayer erklärte mir, dass Huth der Leiter ihres Geheimdienstes sei, der die Feinde ihrer Lehre vernichtet. Ich konnte das alles nicht glauben. Vor lauter Aufregung achtete ich nicht darauf, wohin wir fuhren. Irgendwann standen wir dann in der Nähe des Brunnens. Die beiden Männer nahmen mich zwischen sich und zwangen mich, mit ihnen ins Brunnenhaus zu gehen. Dann sollte ich meinen Mantel und mein Sakko ausziehen. Huth hat meinen Kopf nach hinten gerissen, un der Bayer kippte mir eine Flüssigkeit in den Mund. Ich bekam einen Hustenreiz. Einen Teil habe ich wieder ausgespuckt, den Rest aber geschluckt. Ich merkte, wie ich die Kontrolle über meinen Körper verlor. Dann fiel ich zu Boden. Die Kälte des Steinbodens tat scheußlich weh, aber ich war wie angebunden. Mein Geist war hellwach. Ich sah und hörte alles, spürte jeden Schmerz. Der Bayer drängte Herrn Huth, sich um die Anderen zu kümmern. Aber der sagte, das hätten seine Mitarbeiter bereits in Angriff genommen. Dann fiel die Tür zu, und ich wartete auf meinen Tod.«

Caspari zog ein Foto aus einer Aktenkladde und hielt es Gärtner hin.

»Ist das der Mann mit dem bayerischen Akzent?«

»Ja, das ist er. Dieses Gesicht werde ich wohl nie mehr vergessen«, antwortete Gärtner. »Auch Jasmins Vater nicht. Wie kann man seinem eigenen Kind so etwas antun?«

»Ich glaube, das kann man nur annähernd erahnen, wenn man sich auf die Gehirnwäsche der Sekte eingelassen hat«, sagte Mario.

»Herr Huth hat teuer dafür bezahlt«, sagte Caspari tonlos. »Können Sie sich noch an andere Dinge erinnern? Alles kann wichtig sein, auch wenn es noch so belanglos erscheint.«

Pfarrer Gärtner zog die Stirn in Falten und starrte an die Zimmerdecke.

»Nein«, sagte er schließlich. »Wenn man gelähmt daliegt und auf das Ende wartet, hat man eine sehr intensive und klare Wahrnehmung. Wenn die Beiden etwas Wichtiges gesagt hätten, würde ich mich daran erinnern.« Er atmete tief durch. »Wie geht es Vincent und Jasmin?«, fragte er unvermittelt.

»Es ist schwer für sie. Da kommt einiges zusammen, was sie verarbeiten müssen«, antwortete Caspari. »Sie bekommen jede Hilfe, die sie brauchen.«

Claras Kollege nickte und schloss die Augen.

»Es tut mir leid«, sagte er. »Ich fühle mich noch sehr schwach.«

»Wir lassen Sie jetzt in Ruhe«, erwiderte Caspari. »Vielen Dank für Ihre Hilfe.«

Clara wollte sich von ihrem Kollegen verabschieden und ihn mit seiner Frau allein lassen, doch Gärtner hob die Hand und winkte sie zu sich. Caspari sah Clara fragend an.

»Ich komme gleich nach«, sagte sie, als sie zum Krankenbett ging.

Je näher sie ihrem Kollegen kam, umso deutlicher sah sie die Spuren der vergangenen Tage in seinem Gesicht. Die Ohren wirkten viel zu groß im Vergleich zu dem eingefallenen Gesicht. Leise begann Gärtner zu sprechen.

»Clara, kümmere dich bitte um Jasmin und Vincent. Der Junge schafft es wohl am ehesten. Er hat eine gute Familie. Jasmin muss erst einmal begreifen, dass ihr Vater sie skrupellos benutzt hat. Ich befürchte, dass Frau Huth selbst zu traumatisiert ist, als dass sie ihrer Tochter eine Hilfe sein kann.«

Clara lächelte und zwinkerte ihm zu.

»Selbst hier willst du noch die Welt retten! Ich kümmere mich um die Beiden. Du musst jetzt aber auf dich selbst achten.«

»Ich werde dafür sorgen, dass er sich ein bisschen mehr auf sich selbst konzentriert«, versicherte Claudia, die ans Bett ihres Mannes gekommen war.

Auf dem Flur warteten Mario und Caspari auf Clara.

»Was wollte er noch?«, fragte Caspari neugierig.

»Ich soll mich um Jasmin und Vincent kümmern«, erzählte Clara.

»Die sind zurzeit noch zu sehr neben der Spur, als dass irgend jemand mit ihnen reden könnte«, meinte Mario. »Zumindest sagt das der Arzt.«

»Und wie geht es jetzt weiter?«, fragte Clara.

Caspari sah sie müde an. »Wir werden alle Beweise auswerten und alles tun, dass die Einrichtungen von *Lux aeterna* in Deutschland geschlossen werden. Ihren Kinderpornoring haben wir zum Glück zerschlagen.«

»Ich kann nur hoffen, dass ihnen endgültig das Handwerk gelegt wird«, regte Clara sich auf.

»Vergiss es«, meinte Caspari nüchtern. »Diese Sekte ist in den USA viel zu gut vernetzt. Man wird Marcel Nick die alleinige Schuld dafür in die Schuhe schieben und behaupten, man habe von diesem Geschäftszweig nie etwas gewusst. Teure Rechtsanwälte werden mit ihrer Rhetorik das Treiben von *Lux aeterna* als gemeinnützig verkaufen.«

Clara spürte, wie sich Resignation in ihr breit machte.

»Also war alles umsonst?«

»Nein«, entgegnete Caspari. »Wir haben vier Mädchen aus der Hölle befreien können und ihnen das Leben gerettet. *Lux aeterna* wird sich nicht mehr mit derartigen Geschäften die Finger schmutzig machen.«

»Aber du bist nicht zufrieden«, stellte Clara fest.

»Nein. Immer noch werden täglich weltweit Kinder vergewaltigt und ermordet, damit sich irgendwo anders ein Mann an diesen Grausamkeiten aufgeilen kann. Wie kann ich da zufrieden sein?«

Schneider und Jin Jang

Schneider hasste den Geruch von Desinfektionsmitteln, den seiner Meinung nach jedes Krankenhaus verströmte. Das Reinigungsmittel, das im Krankentrakt der Justizvollzugsanstalt Weiterstadt verwendet wurde, empfand er als besonders penetrant. Als Jin Jang und er das Zimmer betraten, schlief Nick. Das Geräusch des aufspringenden Schlosses in der Stahltür hatte ihn nicht geweckt. Der Justizvollzugsbeamte, der mit ihnen die Zelle betrat, stupste ihn leicht an. Grunzend öffnete Nick die Augen.

»Bonnie und Clyde, was für eine Ehre«, krächzte er.

Seinen Mund hatte er dabei nur ein wenig geöffnet. Das ganze Gesicht musste nach der Tracht Prügel von Caspari höllisch schmerzen, vermutete Schneider.

»Wie Sie sich sicher denken können, haben wir noch einige Fragen an Sie«, entgegnete er ungerührt.

»Und was springt für mich dabei raus? Wie wäre es mit der Kronzeugenregelung? Ich verrate euch, was ich über den ganzen Laden weiß, und ihr gebt mir eine neue Identität und ein neues Leben.«

»In dem du dich dann wieder an kleinen Kindern vergreifst?«, antwortete Jin Jang. »Vergiss es!«

»Warum sollte ich dann reden?«

»Weil wir dich sonst in ein Gefängnis stecken, in dem du gleich zur Braut des Knacki-Häuptlings gemacht wirst. Da kannst du am eigenen Leib spüren, was es heißt, vergewaltigt zu werden.«

Schneider war erstaunt. So hatte er Jin Jang noch nie reden gehört. Nick schienen diese Zukunftsaussichten nicht allzu sehr zu behagen.

»Was können Sie mir konkret anbieten?«, fragte er schließlich kleinlaut.

»Einen Platz in einer Haftanstalt, in der die Häftlinge etwas netter zu Kinderschändern sind«, antwortete Jin Jang.

»Versprochen?«

»Versprochen.«

Nick atmete tief durch.

»Also gut. Was wollen Sie wissen?«

»Wie Sie zu *Lux aeterna* kamen.«

Sie hatten zuvor abgesprochen, dass Jin Jang das Gespräch führen würde. Schneider war noch zu aufgebracht, und Jin Jangs nüchterner, fast emotionsloser Tonfall zeigte ihm, dass diese Entscheidung richtig gewesen war.

»Ich konnte einen Auftrag für das Frankfurter *Optimum*-Büro an Land ziehen. Installation, Office- und Sicherheitssoftware, eben das ganze Paket. Die waren dort sehr zufrieden mit meiner Arbeit. So kam ich dann an Folgeaufträge in anderen Filialen. Irgendwann bequatschten sie mich dann, ich solle einen von diesen Optimierungskursen machen. Völliger Mumpitz, wenn Sie mich fragen. Ich ließ ein paar von den Jungs in den Gesprächen auflaufen. Drehte immer wieder den Spieß um und brachte diese Milchgesichter zum Schwitzen. Keine Ahnung, warum, aber die waren irgendwie beeindruckt davon. Ich lernte Derringer kennen. Der testete mich mit ein paar kleinen Hackeraufgaben. Ich wusste, dass die mehr wollten. Also ließ ich mich auf das Spielchen ein. Dann begannen die größeren Dinger. Ich schleuste Spionageviren in einige Behördenserver ein und versorgte die Sekte mit wichtigen Informationen. Dann bekam ich eines Tages zu spüren, dass die einen gut strukturierten Geheimdienst haben. Zwei Männer von *Lux aeterna* standen in meinem Büro und zeigten mir ein gut ausgearbeitetes Dossier über mich und meine Vorlieben für jüngere Frauen.«

»Sagen Sie ruhig Kinder«, erwiderte Jin Jang.

Nick schwieg und blickte auf seine Bettdecke.

»Jedenfalls«, fuhr er schließlich fort, »war es ihnen egal, ob ich der Sekte beitrete. Sie wollten, dass ich ausschließlich für sie arbeite, für sehr gute Bezahlung, versteht sich. Den Rest kennen Sie ja. Wir unterwanderten van Ruikers Firma, kaperten die Server einiger deutscher Botschaften und bauten unsere Pornoseite aus. Es schien mir ausgeschlossen, dass jemand meine Plattform knacken könnte. Aber ihr habt verdammt gute Jungs im BKA. Das habe ich leider zu spät erkannt. Aber *Lux aeterna* ließ mich nicht hängen und holte mich aus dem Knast, natürlich nicht ohne eine gehörige Portion Eigennutz. Dieser bescheuerte Pfleger entdeckte auf Borkum urplötzlich sein Gewissen. Was soll ich sagen, er musste weg!«

Nick sah plötzlich ganz bleich aus.

»Können wir uns an einem anderen Tag weiter unterhalten? Vor mir dreht sich gerade alles.«

»Klar«, sagte Jin Jang, stand auf und packte das Aufnahmegerät ein. Als sie an der Tür standen, hielt Schneider es nicht mehr aus. Eine Frage brannte ihm unter den Nägeln.

»Warum haben Sie uns nicht abgeknallt in dieser Nacht am Strand?«

»Ihr habt euch gut getarnt. Im Dunkeln konnte ich euch nicht erkennen. Und, ehrlich gesagt, habe ich Bullen so eine Leidenschaftsnummer nicht zugetraut. Trotzdem wart ihr ein Risiko. Wir mussten auf Nummer sicher gehen. Deshalb kam Kali zu euch.«

Freitag, 14. Dezember
Caspari, Maria und Christina

Christina hatte ein mulmiges Gefühl. Ihr gegenüber saßen jeweils zwei Agenten des FBI und der CIA. Sie befragten sie nach ihren Erlebnissen bei *Lux aeterna* und zeigten ihr Fotos von Mitarbeitern der beiden Behörden, die sich im vergangenen halben Jahr in Deutschland aufgehalten hatten. Links neben Christina saß ihre Mutter, der sie die Anspannung der vergangenen sechs Monate ansah. Rechts neben Christina saß ihr Vater. Christoph war ihr fremd und vertraut zugleich. Sie hatte sich immer wieder vorgestellt, wie seine Stimme sein würde, wie er sich bewegte, wie er lachte. Die Realität war völlig anders, aber Christoph hatte sie nicht enttäuscht. Er gehörte nun zu ihrem Leben, auch wenn sie das Verhältnis zwischen ihrer Mutter und ihm nicht so recht verstand.

»Erkennen Sie einen von diesen Agenten wieder?«, fragte ein CIA-Mann.

Sie konzentrierte sich wieder auf die Fotografien auf dem Computerbildschirm. Nach einer Weile hatte sie drei der CIA- und FBI- Mitarbeiter wiedererkannt. Die Agenten auf der anderen Seite des Tisches machten ernste Gesichter.

»Was geschieht nun mit Ihren Kollegen?«, fragte Maria.

»Das ist schwer zu beantworten«, erwiderte einer der CIA-Agenten. »Sie werden sich wahrscheinlich auf die Religionsfreiheit in Amerika berufen und behaupten, sie hätten von den schmutzigen Geschäften von *Lux aeterna* nichts gewusst. Wenn sie damit durchkommen, kann man sie höchstens rügen, dass sie Arbeitsaufenthalte in Deutschland zu privaten Ausflügen nach Borkum genutzt haben. Da *Lux aeterna* allerdings eindeutig verfassungsfeindliche Tendenzen zeigt, werden wir die homeland security in die Ermittlungen mit einbeziehen müssen.«

»Wir hatten über einen Zeitraum von fast zwei Tagen Zugang zum Intranet der Sekte«, mischte sich Caspari ein. »Dort werden auch Namen genannt. *Lux aeterna* fühlte sich offenbar so sicher, dass sie keine Decknamen benutzte.«

Der CIA-Agent warf einen Blick in das Dossier, das Caspari zu ihm hin schob. Dann sah er zu seinen Kollegen.

»Meine Herren, es sieht so aus, als habe *Lux aeterna* mit Hilfe einiger unserer Mitarbeiter einen gut funktionierenden Geheimdienst aufgebaut. Da kommt viel unangenehme Arbeit auf uns zu.«

»Heißt dass, Sie kriegen die Verräter aus Ihren Reihen doch noch dran?«, fragte Christina.

»Könnte sein, junge Dame, könnte sein!«

Christina fühlte, wie Erleichterung in ihr aufstieg. Auch wenn es ihnen nicht gelingen sollte, die Sekte zu zerschlagen, so konnten sie diese doch so empfindlich treffen, dass sie sich nicht so leicht davon erholen würde. Noch etwas anderes lag ihr auf dem Herzen.

»Was passiert mit Irina und den anderen Mädchen?«

»Da sie Opfer von Vergewaltigungen auf deutschem Boden geworden sind, werden wir uns um sie kümmern. Verhandlungen mit der russischen Botschaft laufen bereits. So wie es aussieht, sind alle vier Waisen. Die bittere Wahrheit ist, dass sie niemand in Russland vermisst«, erklärte Caspari. »Sie werden hier therapeutisch und medizinisch betreut. Wenn es ihnen besser geht, wird man sie in Pflegestellen aufnehmen.«

»Ich möchte, dass Irina zu uns kommt!«

Maria sah Christina überrascht an.

»Mom, bitte. Du kannst dir nicht vorstellen, was sie durchgemacht hat. Wir beide sind Freundinnen geworden. Sie vertraut mir. Ich bin der einzige Mensch auf der Welt, den sie noch hat.«

»Jedenfalls fragte sie oft nach dir, wie ihr Arzt mir erzählt hat«, sagte Caspari.

»Christina, weißt du, was du da tust?«, fragte Maria.

»Ja, Mom. Ich übernehme zum ersten Mal in meinem Leben Verantwortung.«

Clara

»Was soll ich sagen? Weihnachten steht vor der Tür. Wir arbeiten alle unter Hochdruck«, begann Dekan Kern. »Im Kirchenkreis gibt es drei vakante Stellen. Kurzum: Können Sie als Vertretung für Herrn Gärtner einspringen?«

Clara atmete tief durch. Sie hatte bereits einen Weihnachtsgottesdienst in Waldensberg angenommen, das unweit vom Weiherhof lag.

»Einen Gottesdienst kann ich noch übernehmen, mehr schaffe ich nicht«, antwortete sie. »Ich habe schon einen Gottesdienst in der Schule und einen auf der Spielberger Platte.«

»Es geht mir weniger um die Weihnachtsgottesdienste«, erklärte Kern. »Die können wir gut mit unseren Vikaren im Kirchenkreis abdecken. Es geht mir vielmehr um die Wochenvertretung.«

Clara sollte die Beerdigungen für Michael Gärtner übernehmen. Ihr schwante, was das hieß.

»Sie meinen, ich soll diesen toten Redakteur beisetzen?«

»Herr Sauer war ein Mitglied unserer Kirchengemeinde«, erklärt Kern. »Seine Wohnung liegt in Herrn Gärtners Bezirk, also wäre der mit der Beerdigung dran.«

»Wann soll die Beerdigung sein?«

»Nach Wunsch der Hinterbliebenen am 21. Dezember, also genau in einer Woche.«

»Er hatte Hinterbliebene? Ich dachte, er lebte allein«, wunderte sich Clara.

»Herr Sauer lebte getrennt von seiner Frau und seiner Tochter.«

Clara tat der Verstorbene mit einem Mal sehr leid.

»In Ordnung, ich übernehme das.«

»Da fällt mir ein Stein vom Herzen. Eine Sache noch: Die Beerdigung ist im Vogelsberg, in Sauers Heimatort Bösgesäß.«

»Ortsteil von Birstein«, überlegte Clara.

»Auch eine vakante Stelle dort oben«, brummte Kern. »Ziehen Sie sich warm an. Da oben pfeift ein eisiger Wind.«

Übellaunig fuhr Clara nach Hause. Die ganze Geschichte mit *Lux aeterna* hatte ihr nicht nur eine Nebenbuhlerin beschert, sondern auch noch eine schwierige Beerdigung kurz vor Weihnachten.

Nachdem sie einen langen Spaziergang im Schnee mit Camillo absolviert hatte, fand sie langsam wieder zu sich. Kaum hielt sie eine Tasse Tee in der Hand, klingelte das Telefon.

»Hey, hier ist Johanna«, meldete sich Casparis Schwester aus Schweden. »Ich wollte mal hören, ob bei euch alles klar ist.«

Clara wusste im ersten Augenblick nicht, was sie sagen sollte.

»Es ist derzeit sehr turbulent hier«, begann sie.

»Ist etwas passiert?«, fragte Johanna besorgt.

»Nein, nichts Schlimmes, nur viel Durcheinander«, erwiderte Clara.

»Willst du darüber reden?«, fragte Johanna.

Eigentlich wollte Clara nicht, doch dann sprudelte es aus ihr heraus.

»Klingt schwierig, aber nicht hoffnungslos«, kommentierte Johanna schließlich. »Ich glaube, letzten Endes weiß Christoph, dass er zu dir gehört. Allerdings stimme ich dir zu: Eine Therapie sollten die beiden schon miteinander machen, sonst knistert es immer wieder zwischen ihnen, wenn sie sich sehen.«

Samstag, 15. Dezember
Caspari und Maria

»Was tust du als nächstes?« Caspari hielt inne und sah Maria an. Sie waren mit Camillo schon ein gutes Stück durch den verschneiten Wald gelaufen. Die graue Wolkendecke verhieß neuen Schnee und drückte auf seine Stimmung.

»Erst einmal werde ich eine große Pressekonferenz in Frankfurt abhalten, in der ich über meine Erfahrungen mit *Lux aeterna* berichte. Dann feiere ich mit Christina, meinen Eltern und der Familie meines Bruders in der Schweiz Weihnachten«, antwortete Maria.

»In der Schweiz?«

»Ja. Ich besitze dort seit einigen Jahren ein Haus in den Bergen abseits der Touristenzentren.«

Caspari sah sie verwundert an.

»Hey, sei nicht so überrascht. Ich bin immer noch eine der Top-Verdienerinnen in Hollywood. Das Haus war eine gute Investition«, lachte sie. »Ich will mich einfach von Amerika fernhalten, solange die Untersuchungen gegen *Lux aeterna* und ihre Helfershelfer laufen. Außerdem möchte sich Christina in der Schweiz eine internationale Schule ansehen. In den vergangenen Monaten hatte sie kaum Unterricht und muss jetzt eine ganze Menge nachholen. Vielleicht schafft sie das dort am besten. Außerdem möchte sie in der Nähe ihres Vaters sein. Nach Sams Tod tut ihr der Kontakt mit dir sehr gut.«

Caspari hatte den Geschmack von Galle im Mund.

»Der Gedanke, dass du wieder so weit weg von mir bist, tut weh.«

Sie sah ihn lange an, dann umarmte sie ihn.

»Wenn ich bleiben würde, wäre ich dir und Clara

nur im Weg«, sagte sie halb flüsternd. »Wir müssen uns loslassen. Komm, sei nicht traurig. Ich bin nicht das, was du brauchst.«

»Ich liebe Clara. Aber jetzt, wo wir uns wiedergefunden haben, möchte ich dich nicht aufs Neue verlieren.«

»Du verlierst mich nicht. Ich denke an dich bei jedem Schritt, den ich gehe, glaube mir. Doch wir sind keine Menschen, die zusammengehören, nicht als Paar. Clara gab mir den Rat, unser Verhältnis mit professioneller Hilfe aufzuarbeiten. Ich werde das in der Schweiz tun und dich zu gegebener Zeit integrieren.«

Caspari kamen die Tränen. Er verstand die Welt nicht mehr, am wenigsten sich selbst. Gerade er, der so viel Wert auf klare Verhältnisse legte und das Leben mit Clara in vollen Zügen genoss, kam mit seiner eigenen Gefühlswelt nicht mehr zurecht. Maria war etwas anderes als eine Partnerin für ihn, dieses Gefühl konnte er akzeptieren. Aber sie war ein Teil seines Lebens.

»Hör mal, wir haben eine gemeinsame Tochter. Glaubst du denn allen Ernstes, das ist ein Abschied für immer?«, fragte sie und sah ihm dabei tief in die Augen.

»Nein, kein Abschied für immer, aber ein Abschied von allem, was vorher war«, entgegnete er mit belegter Stimme.

»Ich liebe dich so sehr, Christoph. Ich kann meine Gefühle für dich gar nicht in Worte fassen. Aber ich bin nicht das, was du brauchst. Und du bist nicht das, was ich brauche.«

»Ich weiß.«

»Wir brauchen Zeit, um das mit uns klar zu kriegen. Die sollten wir uns nehmen.«

»Ja, ich unterschreibe jedes Wort von dir. Aber es tut trotzdem so verdammt weh. Ich finde mich in meinem Gefühlschaos nicht mehr zurecht. Clara muss mich für einen totalen Idioten halten.«

»Nein, das tut sie nicht. Aber sie hat eine riesige Angst, dass du sie verlässt.«

»Quatsch.«

»Und trotzdem willst du, dass wir so eng zusammen sind wie in der Zeit, als wir jung und ungebunden waren?«

»Ein Teil von mir will das sicher, ein anderer eben nicht.«

»Wie klug deine Clara doch ist. Sie weiß das ganz genau«, sagte sie und gab ihm einen langen, leidenschaftlichen Kuss.

»Ein letztes Mal«, sagte sie entschuldigend, als sie sich wieder von ihm gelöst hatte. »Warum muss alles so kompliziert sein?«

Dienstag, 18. Dezember
Schneider, Jin Jang und Caspari

Jin Jang versuchte ein Gähnen zu unterdrücken. Doch so recht wollte ihr das trotz aller asiatischer Etikette nicht gelingen. Schneider lachte leise. Nach den Tagen der Anspannung hatten sie in der vergangenen Nacht den leidenschaftlichen Kuss auf der verschneiten Strandpromenade wiederholt. Nun saß er ihr gegenüber und fühlte sich so gelöst und frei wie seit dem Tod seiner Frau nicht mehr. Jin Jang hatte sein Herz ganz leise erobert.

Die Stimme des Chefs riss ihn aus seinen Tagträumen. »Morgen zusammen.«

Caspari hatte diesen energischen Blick, der signalisierte, dass etwas Wichtiges anstand.

»Moin, moin«, antwortete Jin Jang. Schneider nickte.

»Ich bekam soeben einen Anruf von einem der CIA-Agenten, die Christina befragten. Er verriet mir den Schlupfwinkel, in dem Bogner sich versteckt hält.«

Schneider war überrascht.

»Warum weiß die CIA, wo sich dieser Verräter aufhält?«

»Das Haus war einmal eines von diesen ›sicheren Häusern‹«, erklärte Caspari.

»Orte, wo Agenten unterkriechen können, wenn sie untertauchen müssen«, erläuterte Jin Jang.

»Die CIA hatte das Haus vor ein paar Monaten aufgegeben, nachdem es von einem Maulwurf verraten worden war. Allerdings müssen auch Geheimdienste die Kündigungsfristen einhalten. Das Haus ist daher zwar unbewohnt, aber noch möbliert. Alle paar Tage sieht jemand von der Agency dort nach, um keine unangenehmen Fragen zu provozieren. Der Mitarbeiter ging gerade auf das Haus zu, als jemand herauskam. Er fotografierte ihn mit dem Handy und schickte das Bild zu seiner Dienststelle. Da Bogner als hochrangiger BND-Agent kein Unbekannter ist, wurde er rasch identifiziert.«

»Wieso sagen die Amerikaner nicht dem BND sondern uns Bescheid?«, fragte Jin Jang überrascht.

»Manus manum lavat – eine Hand wäscht die andere«, erklärte Caspari. »Durch unsere Hilfe konnte ein Agentennetz der Sekte innerhalb der CIA und des FBI aufgedeckt werden. Die Homeland Security betrachtet *Lux aeterna* seither als staatsfeindliche Vereinigung. Die CIA gibt uns eine halbe Stunde Vorsprung, bevor sie den BND benachrichtigt. «

Schneider holte seine Pistole aus der Schublade und steckte sie mit dem Holster an seinen Gürtel.

»Dann sollten wir keine Zeit verplempern!«

»Du sprichst mir aus der Seele«, brummte Caspari. »Zieht eure Schusswesten an! Die Ratte ist dann am gefährlichsten, wenn man sie in die Enge treibt.«

»Wo fahren wir überhaupt hin?«, fragte Jin Jang.

»Du wirst es kaum glauben«, grinste Caspari. »Er war die ganze Zeit vor meiner Nase. Das Haus steht in Bad Orb.«

»Ach was, echt?«, fragte Schneider verwundert.

»Nicht schlecht gewählt. Dort fällt er unter den vielen Kur-Patienten nicht auf«, überlegte Jin Jang.

Sie folgten mit ihrem Dienstwagen Casparis Volvo. Schneider hatte Mühe, Anschluss zu halten. Mit dem Blaulicht auf dem Dach und eingeschaltetem Martinshorn fuhr der Chef wie ein Henker. Als sie bei der Wächtersbacher Abfahrt die Autobahn verließen, wurde Casparis Fahrstil sichtlich moderater. Kurz bevor sie in Bad Orb einfuhren, nahm er das Blaulicht vom Dach und stellte die Sirene ab. Schneider folgte seinem Beispiel. Quälend langsam ging die Fahrt zum ehemaligen safe house, in dem Bogner sich versteckt hielt. Sie bogen von der Würzburger Straße rechts ab und fuhren am Salinenplatz vorbei. Caspari folgte einem Schild mit der Aufschrift Toskana Therme und bog in eine Einbahnstraße ein. Kurze Zeit später parkten sie. Caspari deutete unauffällig auf ein Haus auf der rechten Seite, das früher, als der Kururlaub noch Hochkonjunktur hatte, eine Pension gewesen war.

»Ich gehe vorn rein. Ihr kommt von hinten.«

Schneider nickte und folgte Jin Jang, die auf dem Nachbargrundstück über den schneebedeckten Rasen lief. Als sie hinter dem Haus waren, stiegen sie über einen halbhohen Jägerzaun. Geduckt pirschten sie sich an, nutzten die Deckung mannshoher Tannen. Sie krochen unter den Fenstern bis zur Terrasse. Schneider spürte, wie seine Hose allmählich kalt und nass wurde. Er verkniff sich einen Fluch. Jin Jang spähte durch die Terrassentür in das Wohnzimmer. Dann stand sie auf. Schneider wollte sie noch daran hindern und sie wieder auf den Boden ziehen, doch es war zu spät. Die junge Chinesin hatte sich bereits aufgerichtet.

»Du kannst aufstehen. Sieh selbst!«

Schneider erhob sich vorsichtig und auf alles vorbereitet. Im Wohnzimmer sah er Bogner stehen, vor ihm Caspari mit seiner Waffe im Anschlag. Der ging auf die Terrassentür zu, ohne sich von Bogner abzuwenden. Mit einem Handgriff öffnete er und ließ sie ein. Während sie eintraten, ging Bogner bedächtig zum Schreibtisch und setzte sich auf den Stuhl dahinter. Schneider gefiel das überhaupt nicht.

»Hände auf den Tisch, aber schnell! «, blaffte er Bogner an. Der folgte seiner Aufforderung mit unbewegter Miene.

»Er hat uns erwartet«, sagte Caspari hinter ihm.

»Ich konnte mir an einer Hand abzählen, dass mein Versteck nur von kurzer Dauer sein würde«, erklärte Bogner.

»Warum sind Sie denn nicht ins Ausland geflohen?«, fragte Jin Jang. »Sie haben als BND-Agent doch bestimmt mehrere Ausweise mit falscher Identität.«

»Die dem BND wohl bekannt sind«, erwiderte Bogner. »Fliehen hätte ich aber trotzdem können, wenn ich gewollt hätte. Im Laufe der Jahre baut man gute Kontakte auf.«

»Sie nehmen die Niederlage so einfach hin, nach allem, was Sie für *Lux aeterna* auf sich genommen haben?«, fragte Caspari skeptisch.

»Das war der größte Fehler meines Lebens«, entgegnete Bogner.

»Späte Erkenntnis!«, kommentierte Caspari.

»Letzten Endes bin ich auch nur ein Opfer dieser Betrüger. Aber ich will mich nicht herausreden. Ich hätte viel früher merken müssen, auf wen ich mich eingelassen habe.«

»Warum?«, fragte Jin Jang.

»Tja, warum? Gute Frage. So weit hätte es eigentlich nie kommen dürfen. Doch ich war leichte Beute für die. Vor ein paar Jahren war ich noch ein ganz normaler Familienvater. Glücklich verheiratet mit einer wunderbaren Frau, einer Tochter, die in Straßburg internationales Recht studiert, und einem Sohn, der gerade das Abitur bestanden hatte. Aber in nur einer Nacht ist das Familienidyll zerbrochen. Meine Frau, mein Sohn und ich waren mit dem Auto unterwegs. Wir fuhren vom Abiturball nach Hause, als uns ein

Wagen in einer Kurve mit hoher Geschwindigkeit überholte und schnitt. Ich versuchte zu bremsen und auszuweichen, vergebens. Das Heck des anderen Wagens streifte den Kotflügel meines Autos. Ich verlor die Kontrolle. Wir kamen ins Schlingern, überschlugen uns mehrmals und krachten schließlich an einen Baum. Markus und Anita waren sofort tot, ich überlebte schwer verletzt. Der Unfallverursacher war ein Verkehrsraudi, der mit seinem hochgetunten Golf schon polizeibekannt war. Meine Tochter und ich versuchten, mit dem Verlust und dem Schmerz gemeinsam fertig zu werden. Sie zog wieder zu mir und studierte in München weiter. Doch es ging nicht. Ich kam nicht mehr auf die Füße. Das Einzige, was ich noch hinbekam, war, Katja zu überreden, wieder nach Straßburg zu gehen. Meine Trauer überforderte sie, das war selbst für mich zu spüren. Ich war in einem tiefen Loch, aus dem ich nicht mehr herauskam. Ich war im Begriff abzustürzen. Der Psychologe unserer Behörde konnte mir nicht helfen, mit dem Pfarrer konnte ich nicht reden, so groß war mein Zorn auf Gott. Ein Bekannter überredete mich damals zu einem Kurs bei *Optimum*. Anfangs war ich skeptisch. Aber dann dachte ich mir, dass es sowieso nicht mehr schlimmer kommen könnte, also ging ich hin. Im Nachhinein betrachtet war ich eine leichte Beute für die. Ich war am Boden, psychisch völlig labil. Durch die Gehirnwäsche fing ich an, wieder auf die Beine zu kommen. Aber das war keine Trauerbewältigung. Die Sekte brachte mich dazu, meine Familie und den Schmerz einfach zu vergessen. Das ist, als würde man liebe Erinnerungsstücke in einen tiefen, dunklen Kerker stellen, den man gut verschließt und danach den Schlüssel wegwirft.«

»Was hielt Ihre Tochter davon?«, fragte Schneider.

»Die hatte von *Lux aeterna* und *Optimum* keine Ahnung. Die Sekte legte mir nahe, den Kontakt zu ihr abzubrechen. Katja konnte das nicht verstehen. Ich sagte ihr, ich könnte sie nicht sehen, weil mich ihre Gegenwart zu sehr an den Verlust von Anita und Markus erinnert. Ich habe meinem einzigen noch verbliebenen Kind sehr weh getan, weil diese Menschen mir einredeten, ich müsste einen klaren und harten Schnitt mit meiner Vergangenheit machen, sonst würde mich der Schmerz auffressen.«

»Und dann halfen Sie *Lux aeterna*, den Geheimdienst aufzubauen«, unterbrach ihn Caspari.

Bogner lachte bitter. »Nein, das hatten die Kollegen vom CIA schon getan. Ich wurde mit der Koordination der Abwehr von Feinden beauftragt. Natürlich erst, als Derringer sich sicher war, dass ich voll auf der Linie von *Lux aeterna* war. Meine Aufgabe war es, Huth und seine Mitarbeiter zu kontrollieren.«

»Hatten Sie kein schlechtes Gewissen?«, wollte Caspari wissen.

»Wenn Sie die Kinderpornos meinen, eindeutig nein. Für mich ging es immer nur um den Schutz unserer Glaubensgemeinschaft gegen Feinde von außen. Als die Botschaftsserver zusammenbrachen und sich herausstellte, dass das die Folge eines Hackerangriffs war, wurde meine Abteilung in Pullach damit beauftragt. Es war ein Schock für mich, als ich herausfand, dass der Verursacher Marcel Nick für *Lux aeterna* arbeitete. Ich redete mir ein, dass das ein Alleingang von ihm gewesen war, mit dem *Lux aeterna* nichts zu tun hatte. Daran hielt ich auch fest, als die Kinderpornoplattform aufgedeckt wurde.«

»Wann merkten Sie, dass die Sekte mit drin hängt?«, fragte Schneider.

»Bei meinem Besuch auf Borkum vor ein paar Tagen. Durch Zufall entdeckte ich, dass in einem der Häuser Mädchen vor laufender Kamera vergewaltigt wurden. Mir war allerdings klar, wie gefährlich es war, Derringer und Nick zur Rede zu stellen. *Lux aeterna* geht nicht gerade zimperlich mit Kritikern um, auch nicht mit denen in den eigenen Reihen. Ich schäme mich, dass ich dabei mitgeholfen habe.«

»Ein kleiner Hinweis an uns hätte aber auch nicht geschadet«, erwiderte Caspari verärgert.

»Zu dieser Zeit war ich dazu noch gar nicht in der Lage. Ich versuchte, mir einzureden, dass das alles doch nur Missverständnisse waren, dass sich alles aufklären würde. Ich versuchte, Derringer vor Ihrer Razzia zu warnen. Die Bilder von den Drohnen hatte ich bis zu diesem Abend unter Verschluss gehalten. Sie waren ohnehin nur deshalb entstanden, weil ich gegenüber meinen Vorgesetzten beim BND so tun musste, als würde ich gegen *Lux aeterna* ermitteln. Die Zeitungs- und Fernsehberichte der vergangenen Tage haben mich dann wachgerüttelt. Ich schäme mich, dass ich Teil einer zutiefst menschenverachtenden Organisation war. Die ganze Ideologie ist eine Lüge, eine riesige Geldmaschine! Die Propheten sind genauso pädophil wie Nicks Internetkunden. Sie haben unsere Gehirne vergiftet.«

Schneider war verwundert über sich selbst. Zum ersten Mal in seiner Laufbahn als Polizist fühlte er Mitleid mit einem Straftäter.

»Ich kann Sie nicht verhaften. Darauf wird Ihre Behörde bestehen«, sagte Caspari nach einem Moment der Stille.

»Ich weiß.«

»Die CIA gab uns eine halbe Stunde Vorsprung,

bevor sie in Pullach anrief.«

»Als ich den Laufburschen der Amerikaner auf dem Trottoir gegenüber gesehen habe, war mir klar, dass mir nur noch wenig Zeit bleiben würde.«

»Zeit wofür?«, fragte Schneider.

»Alles das zu sammeln, was ich in den vergangenen Jahren bei der Sekte mitbekommen habe.«

Jin Jang war überrascht.

»Sie haben sich Notizen gemacht?«

»Alte Agentenschule. So etwas legt man nicht ab. Ihr Diktiergerät hätten Sie nicht gebraucht. Alles, was ich gerade erzählt habe, habe ich vor einer viertel Stunde via E-Mail zum BKA und zum BND geschickt.«

»Was haben Sie vor?«, fragte Caspari besorgt.

»Ich werde in kein Gefängnis gehen«, entgegnete Bogner. »Unter dem Stuhl, auf dem ich sitze, befindet sich Sprengstoff. Der wird das Haus nicht sonderlich groß beschädigen, aber mich sehr schnell atomisieren.«

»Tun Sie das nicht!«, rief Caspari. »Denken Sie doch an Ihre Tochter!«

»Oh, das tue ich, glauben Sie mir. Ich möchte ihr ersparen, dass sie ihren Vater im Gefängnis besuchen muss. Mein Bruder und seine Familie werden sich um sie kümmern. Das machen sie schon jetzt sehr gut, seitdem ich sie aus meinem Leben geworfen habe.«

»Seien Sie doch vernünftig«, redete Caspari auf Bogner ein. »Wie soll ich Katja das denn erklären?«

»Gar nicht. Das habe ich schon getan. Morgen wird ein langer Brief im Briefkasten meiner Tochter sein. Ich habe mehr Schuld auf mich geladen, als ich jemals wieder gut machen könnte. Ich habe nur eine Bitte an Sie: Erzählen Sie meinen Kollegen vom BND nichts von diesem Brief. Die fangen ihn womöglich sonst noch ab. Sie wissen schon, alles nur zum Schutz des Staates und der Verfassung und der ganze Quatsch.«

»Und wenn sie es doch tun?«

»Eine Kopie liegt bei meinem Anwalt, eine weitere ist mit der Post zu meinem Bruder unterwegs«, erklärte Bogner. »Und jetzt gehen Sie bitte. Ich möchte nicht, dass Sie zu Schaden kommen.«

»Wir gehen nicht, nur mit Ihnen.«

»Vergessen Sie es! Ich habe den Daumen schon auf dem Zünder. Der Sprengsatz geht so oder so in die Luft. Ich kann keine Rücksicht darauf nehmen, wenn Sie hier Helden spielen wollen.«

Schneider atmete tief durch. Das Herz pochte ihm bis zum Hals. Er sah keine Möglichkeit, Bogners Hand von der vermeintlichen Fernbedienung auf dem Schreibtisch wegzubekommen, ohne dabei sein Leben und das von Jin Jang und Caspari zu gefährden.

»Es hat keinen Zweck. Wir müssen hier raus«, sagte er so ruhig, wie er nur konnte.

Caspari wollte noch nicht aufgeben.

»Verdammt noch mal, Bogner, werfen Sie Ihr Leben nicht weg.«

»Ich habe schon lange kein Leben mehr«, erwiderte Bogner und fing unvermittelt an, von zehn rückwärts zu zählen.

»Raus hier!«, rief Schneider, packte Jin Jang am Arm und rannte zur Haustür, gefolgt von Caspari. Er riss sie auf und stieß mit einem Mann zusammen. Der wollte ihn festhalten, doch Schneider riss sich los.

»Weg hier, eine Bombe!«, brüllte er und rannte mit den anderen beiden an den überrumpelten BND-Agenten vorbei.

»Wir sind Kollegen vom BKA«, rief Caspari, während sie hinter den Autos Deckung suchten. »Und jetzt sehen Sie zu, dass Sie Ihre Hintern vom Haus wegschaffen!«

Die Männer erwachten aus ihrer Erstarrung und rannten los. Kurz bevor sie das Trottoir erreichten, zerriss ein heftiger Knall die Luft. Scheiben barsten und Glassplitter flogen durch die Gegend. Im Haus sah Schneider eine große Stichflamme, die sich bis in den Flur fraß. Dann war es still. ›So still wie auf dem Friedhof‹, ging es ihm durch den Kopf.

Freitag, 21. Dezember
Clara

»Christus spricht: Meinen Frieden gebe ich euch, nicht den Frieden, den die Welt euch gibt. Euer Herz erschrecke und verzweifle nicht. Amen.« Claras Worte hallten über die Hochebene, auf der der Friedhof von Bösgesäß lag. Dekan Kern hatte nicht übertrieben. Es war barbarisch kalt hier oben. Sie stand unter dem Vordach der Leichenhalle , wo man die Kanzel aufgebaut hatte. Sie musste während der Beerdigung ruhig stehenbleiben. Sich bei einer Trauerfeier ständig zu bewegen, war mehr als unangemessen. Die Kälte war ihr trotz der Funktionsunterwäsche, der wattierten Jacke, den Handschuhen und einem schwarzen Stirnband längst in die Glieder gekrochen. Mit jeder Böe, die der Wind über die Felder blies, glaubte sie, noch ein wenig steifer zu werden.

Während ihrer Predigt sah sie zu Christoph hinüber, der ein wenig abseits stand und genauso fror wie sie. Nachdem er am vergangenen Samstag von einem langen Spaziergang mit Maria zurückgekehrt war, wirkte er auf sie sehr in sich gekehrt. Am Abend darauf hatte er sie im Bett in den Arm genommen und sich bei ihr für alle Turbulenzen entschuldigt, mit denen sie sich hatte auseinandersetzen müssen. Lange hatte er sie gehalten und sie dann unvermittelt noch einmal gefragt, ob sie seine Frau werden wolle.

»Wenn du dir sicher bist, dann ja«, war ihre Antwort gewesen.

»Mehr als sicher«, hatte er erwidert.

Nun standen sie hier und nahmen Abschied von einem Mann, der neben etlichen eigenen Fehlentscheidungen einfach Pech in seinem Leben gehabt hatte.

»Der Herr segne dich und behüte dich. Der Herr lasse sein Angesicht leuchten über dir und sei dir gnädig. Der Herr erhebe sein Angesicht auf dich und gebe dir seinen Frieden. Amen.«

Während Clara den Schlusssegen sprach, merkte sie, dass ihre Zähne leise zu klappern begannen. Es war Zeit für einen wärmenden Schnaps und eine lange Umarmung mit Christoph.

Bemerkungen zur Geschichte

Als mir die Idee kam, in diesem Kriminalroman zwei Pfarrer unter den Verdacht der Nötigung und der Misshandlung zu stellen, waren die Missbrauchsfälle innerhalb kirchlicher Einrichtungen noch gar nicht öffentlich geworden. Lange habe ich mit mir gerungen, bis ich mich entschied, diese Geschichte trotzdem zu erzählen. Ich will damit die Glaubwürdigkeit und das Leid der Opfer keineswegs infrage stellen oder schmälern. Vielmehr war es mir wichtig, darauf aufmerksam zu machen, dass Menschen oft mit falschen Missbrauchsvorwürfen konfrontiert werden. In meiner Ausbildung zum Selbstverteidigungslehrer klärten mich Kriminalbeamte darüber auf, dass die Polizei davon ausgeht, dass die Hälfte aller Anzeigen wegen sexuellen Missbrauchs auf unwahre Aussagen zurückgeht. Als Gründe hierfür gelten ein unklares Verhältnis zwischen dem vermeintlichen Opfer und dem angeblichen Täter, verletzter Stolz, Kränkungen nach einer Trennung, nicht erwiderte Liebe, etc. Wenn der Angeklagte Glück, gute und faire Ermittlungsbeamte und einen kompetenten Strafverteidiger hat, wird ein solcher Vorwurf als das aufgedeckt, was er ist: eine furchtbare Lüge. Wo solche günstigen Komponenten fehlen, kann eine Verurteilung die Zukunft eines Unschuldigen ruinieren.

Für den Missbrauch, als auch für eine Verleumdung gilt gleichermaßen, dass sie zutiefst diabolisch sind. Ein Missbrauchstäter zerstört das Gefühl von Vertrauen bei seinen Opfern für viele Jahre, wenn nicht für immer. Der einmal erfahrene Übergriff ist wie eine finstere Wolkenwand, die selbst am schönsten Sommertag bedrohlich am Horizont schwebt.

Menschen, die andere des Missbrauchs bewusst falsch beschuldigen, verhöhnen und bagatellisieren das Leid der wahren Opfer. Zudem zerstören sie das Leben des Beschuldigten nachhaltig. Der gute Ruf ist dahin, selbst wenn sich die Vorwürfe als Lüge herausstellen. »Wer weiß, ob nicht doch etwas dran ist…«, wird immer wieder gemunkelt werden. Die Angst, sich für etwas vor Gericht verantworten zu müssen, was man nicht getan hat, frisst an der Psyche und macht Menschen kaputt. Ich habe als Seelsorger Betroffene begleitet und miterleben müssen, wie sie daran zerbrechen.

Zu den Orten dieses Romans

Alle in diesem Buch genannten Orte sind real. Die Kaserne der Marine auf Borkum ist allerdings seit einigen Jahren Europas größte Jugendherberge, in der meine Familie und ich schöne Urlaube verlebt haben. Die Ferienhaussiedlung am Südstrand der Insel baute ich in meiner Fantasie für diese Geschichte zu einer abgeschlossenen Einheit um. In der Realität ist sie kein Gebäudekomplex, sondern besteht aus mehreren Straßenzügen mit ganz normalen Häusern im norddeutschen Baustil. Diese ›dichterische‹ Freiheit mag man mir nachsehen.

Doch auch wenn die Orte dieses Romans real sind, ist die vorliegende Geschichte frei erfunden, die handelnden Personen und Organisationen entstammen meiner Fantasie. Sollte es Ähnlichkeiten mit lebenden Personen oder tatsächlichen Organisationen geben, so ist das reiner Zufall.

Danke!

Mein Dank gilt den Menschen, ohne deren Unterstützung ich dieses Buch nicht hätte schreiben können:
Meiner Frau Marion, die immer noch Geduld und Verständnis für meinen Nebenberuf, das Schreiben, aufbringt
Andrea Euler und Stephan Siemon, die das Manuskript in vielen Stunden unermüdlich lektorierten und kommentierten. Ohne euch wäre es nicht das Buch, das ich mir gewünscht habe!
Den Selbstverteidigungsausbildern Sigi Wolf, Werner Dietrich und Jürgen Kestner, die mir aus ihrer reichen Praxis viel erzählten und beibrachten.
Der Kriminaloberrätin Jenny Feist, die mir wie immer half, mich im Dschungel der Polizeistrukturen zurecht zu finden und mir zeigte, was die Behörden über verschiedene Sekten bisher ermittelt haben.
Meinem Hausarzt Doktor Carl Nickel, der mich auf den Barschel-Fall als Giftmord aufmerksam machte.
Dem Borkumer Original, Seenotretter, Fahrradverleiher, etc. Joe Müller für seine detaillierten Beschreibungen von Nordseestürmen.
Meinem Meister Roland Habersetzer (9. Dan Karate), der nicht müde wird, darauf hinzuweisen, dass die Kampfkünste ein Weg des Friedens sind.
Natascha Becker für das geduldige Warten auf Casparis vierten Fall.
Vielen Dank euch und Ihnen allen für diese fantastische Unterstützung!